中國語言文字研究輯刊

四 編

許錟輝 主編

第 **10** 冊

西周金文虛詞研究

方麗娜 著

花木蘭文化出版社

國家圖書館出版品預行編目資料

西周金文虛詞研究／方麗娜 著 — 初版 — 新北市：花木蘭文
化出版社，2013〔民 102〕
目 2+270 面；21×29.7 公分
（中國語言文字研究輯刊　四編；第 10 冊）
ISBN：978-986-322-219-4（精裝）
1. 金文　2. 西周
802.08　　　　　　　　　　　　　　　　102002765

ISBN-978-986-322-219-4

中國語言文字研究輯刊
四　編　第十冊　　　　　　　ISBN：978-986-322-219-4

西周金文虛詞研究

作　　　者　方麗娜
主　　　編　許錟輝
總 編 輯　杜潔祥
出　　　版　花木蘭文化出版社
發 行 所　花木蘭文化出版社
發 行 人　高小娟
聯絡地址　235 新北市中和區中安街七二號十三樓
　　　　　　電話：02-2923-1455／傳眞：02-2923-1452
網　　　址　http://www.huamulan.tw 信箱 sut81518@gmail.com
印　　　刷　普羅文化出版廣告事業
初　　　版　2013 年 3 月
定　　　價　四編 14 冊（精裝）新台幣 32,000 元

西周金文虛詞研究

方麗娜 著

作者簡介

方麗娜，高雄師範大學教授。專長：漢語語法學、漢語詞彙學、華語文教材教法、華人社會與文化。經歷：高雄師範大學華語文教學研究所所長、高雄師範大學語文教學中心主任、教育部國語推行委員會常務委員兼華語組主任、美國夏威夷大學訪問學者、新加坡南洋理工大學國立教育學院客座、臺灣華語文教學學會理事、秘書長。著作：《水經注研究》、《西周金文虛詞研究》、《漢代小學教科書研究》、《華人社會與文化》和《現代漢語詞彙教學研究》等。

提　要

　　夫西周鼎彝所載，上接殷契卜辭之緒，下導兩漢碑刻之先，實為崇閎雋偉之鉅著也。而虛字者，文法之靈魂也。蓋文以代言，取肖神理，抗塑之際，軒輊異情，虛字一乖，判於燕越，故本論文之深衷，在將「西周金文虛詞」作一通盤研究，探源考辨，用究文義之訓詁，以達句讀之明暢焉。

　　茲編計分七章，首章緒論，追述前賢研究金文學、語法學之梗概，及說明本文撰寫之動機與方法。二至六章則為虛詞之推尋，分介詞、連詞、複句關係詞、助詞、歎詞等五部分，循序漸進，由剖析詞性、詮釋義剖，紬繹用法入手，並資取甲骨刻辭，上古典籍，酌加比較。末章結論，乃就以上各章節之探索，綜論西周金文虛詞之特色，與本文考案鼎彝文字之大端。

　　本文所據，有關西周器銘之資料，凡三百零二器。每釋一器，首求字形之無牾，終期文義之大安，凡疑義所在，乞靈於聲韻，借助於文法，匯集眾說，反覆尋繹，以定其取舍，補其缺略。

　　本文研究成果之較著者，在藉語法分析，逐句辨證，以歸納、統計西周金文虛詞運用之條例，溯流窮源，枝分節解，庶幾有助於研稽上古語文者云。

目

次

敍　例

　　夫經墜史失，書闕有間，上古茫茫，難以盡悉。夫子文獻不足之歎，良有
以也。所幸者，三代鼎彝，至今完好，鎬、洛遺型，於焉可稽，是金石文字者，
實古載籍之權輿也。然學者研治，多重於文辭之考校，典籍史實之驗證，而疏
於虛詞之詮釋，或以語詞視之，甚或闕而弗論，遂使彝銘文意扞格而不明。用
是不揣淺陋，爰取西周金文虛詞，貫攝先秦經傳，考案字形，尋繹文義，探索
用法，務期文通字順而後已。茲就其凡例，綜述如次：

　　一、本文凡七章，蓋攻究斯學，首宜知其名義，明其價值，而瞭然其發展
過程，故本文章節順序之安排，先述金文學、語法學之梗概，及本文撰寫之動
機與方法，都爲第一章，名曰「緒論」；二至六章爲虛詞之推尋，皆專章以論列
之；末章則綜言西周金文虛詞之特色，與本文考釋文字之成果，以見其語文表
現之梗概。

　　二、諸家「虛詞」界說，殊不一致，本文討論之重點，在以介詞、連詞、
複句關係詞、助詞、歎詞爲準，不另劃範圍。

　　三、本文所擇錄之銅器銘文，大抵以郭鼎堂、容庚、唐蘭、陳夢家、白川
靜、黃然偉諸家概定爲西周之器者爲之，間或加入晚近出土之西周器銘，凡三
百零二器。

　　四、本文文法術語，大體沿襲一般討論中國語法之論著。而稍有變更，對
應關係如下：

本文術語	一般稱謂
主語	主詞／起詞
謂語	（廣義）謂語
述語	動詞／述詞
表語	表詞／描寫詞
斷語	（狹義）謂語／表語
兼語	賓語兼主語
賓語	止詞／受詞
副語	副詞／修飾語
介詞	介繫詞／前置詞
次賓語	介詞賓語／補詞
連詞	連接詞
助詞	語助詞／句首、句中、句末語氣詞
歎詞	感歎詞／獨立語氣詞
並列結構	詞聯
主從結構	詞組／仂語
加語	加詞／定語
端語	端詞／中心語／被飾語
造句結構	詞結／子句
複句	複句／複合句

　　五、本文釋詞之層次，首述關係詞中之介詞、連詞、複句關係詞，其次助詞，終則歎詞，循序演進，以求條貫。限於篇幅，徵引器銘時，特例則一一條列，常例恐其冗長牽縈，有礙流暢，故僅舉五至七例以明之，此權宜之計也。

　　六、本文虛詞考釋之義例，先列「通說」一節，剖析其詞性；繼之以「釋例」，乃就各虛詞以詮釋其義訓，細繹其用法，分解字、說明、用法、附註等四大目，條分縷析，務求妥適明確；末節「統計」，各銘以代號（1、2、3……）為之，器銘編號，參見附錄一。

　　七、本文所據說文解字，以大徐本為主，兼采他說之善者，用資佐證，不盡竝錄各家說解而臧否得失之辯，務求妥善而後已。

八、本文虛詞之解字，每條標舉說文解字之正篆，及許君說解。並徵引甲骨鐘鼎彝銘之文，列之於下，以見篆文箸形之所承，藉察譌變之所由。惟甲金文字，出自遠古，異體甚多，本編擇其具代表性之形體，列舉數文，不盡具錄各體。又以臨摹匪易，致每多失真，茲於每字下注明出處，俾便查閱，而真跡自見也。

九、本文虛詞所用音切，悉皆取自廣韻，以其包羅古今方國之音，便於上溯古音故也。至若言古韻，則從金壇段玉裁十七部之說。

十、本文六書之稱名及義界，一本之許君說文解字敘，而造字用字有別，從從戴震四體二用之說。

十一、吉金文字，未可全識。本文隸定，悉依原銘文。倘釋文有不可識者，則摹其原文。遇文辭中古人用通假者，如祖字作且，命字作令，仍依原文釋之。

十二、凡本文所釋之虛詞，一以「▲」符號標其上側，以資醒目。

十三、凡銘文闕泐湮損或存疑待考者，隸定則以□示之。

十四、凡註明出處，或引成說者，以（註某）示之。

十五、凡引字形或器名，其註明出處，則以〈　〉示之。

十六、學術文章，天下公器，然掠美勦說，古今所鄙。本文引用舊說，或直錄其文，或稍加刪節，咸標所出，示不掠美。然引用書目，悉以簡稱，全名則見附錄之參考書目，以省篇幅。惟十三經者，為本文最常檢閱之資料，為避免枝蔓，故僅注明篇章。至若期刊論文，則用全稱而註明其出處焉。

十七、附錄一：「本文所引用西周銘文名稱與號碼對照表」，彝器之名，各家往往互異，茲編以作器者為主，以昭畫一。如無作器者，則酌錄一名。編號次第，乃據羅振玉《三代吉金文存》一書之目次，先鐘、鼎、鬲、鬲、彝、殷、簠、豆，次則尊、罍、壺、卣、斝、盉、觚，末則觶、爵、角、盤、匜、雜器、戈、戟、矛、雜兵等等，偶有闕如，則循序漸進。

十八、附錄二：「本文所用金字通假字釋例」，分別部居，略依說文解字，說文所無之字，而見于他書者，有形聲可識者，附于說文各部之末。正書古文，側注今文，讀者充類求之，其庶幾乎！

十九、附錄三：「西周金文虛詞訓解簡表」，斯表以國語音標為序。國語音標之順序，係根據臺灣省國語推行委員會編印之國音標準彙編。

·敍例 4·

夫古文之精嚴雅絜者，莫如吉金文字。而西周鼎彝所載，上接殷契卜辭之緒，下導秦漢碑刻之先，尤爲崇閎雋偉之鉅製。故斯篇之作，非敢舍舊說而尙新奇，亦欲窺測古人之情意，以備來日深究之借鏡耳。本文幸承許師錟輝，殷殷教誨，得以粗識古文，明故訓，諳古事，決然疑。復蒙戴師璉璋，何師淑貞，敦勉再三，惠而好我，撰成此編。感此隆誼，謹誌於斯，而師門作育之恩，如山似海，則尤未敢一日或忘也。

第一章 緒 論

第一節　金文學研究之肇始與演進

　　古以吉金鑄器而銘以文字，相傳濫觴於黃帝。〔註1〕《漢書‧藝文志》道家類有〈黃帝銘〉六篇，其書不傳。《太平廣記》引蔡邕曰：「黃帝有金几之銘。」又王嘉《拾遺記》：「黃帝以神金鑄器，皆有銘題，凡所造建，皆記其年時。」〔註2〕此銘金之始也。惟夏禹鑄鼎，〔註3〕未聞銘刻，故銘金造端於黃帝之說，於經籍、考古尚未榫接確證之前，寧闕信而置疑。至若殷周之器，今所傳者，多載銘識，其至簡者，或僅勒其名，或但有圖記，其長篇文字，則大抵矜功述

〔註1〕按：《黃帝鑄器勒銘之說》，古人言之鑿鑿，若《管子五行篇》云：「昔黃帝以其緩急，作五聲以政五鐘」。《呂氏春秋‧古樂篇》云：「黃帝又命伶倫與榮將，鑄十二鐘以和五音。」《史記‧封禪書》云：「黃帝作寶鼎三，象天、地、人」。似非向壁虛造之辭也。

〔註2〕參見王嘉《拾遺記一》卷九〈頁軒轅黃帝〉。木鐸出版社印。

〔註3〕按：「夏禹九鼎」，屢見於經傳，歷代傳遞，一若信而有徵者，試舉其說，《左傳》宣公三年：「昔夏之方有德也，遠方圖物，貢金九牧，鑄鼎象物」。《墨子‧耕柱篇》：「昔者夏后開（啟）使蜚廉採金於山川，而陶鑄之於昆吾。……九鼎既成，遷於三國」。《史記‧封禪書》：「夏德衰，鼎遷於殷」。此禹鼎之一大掌故，其鼎之有無，及三代之是否以德而遷，俱在疑信之間。

德、顯揚先祖，以崇孝道，兼載祭祀典禮，征伐紀功，賞賜錫命，書約盟誓，訓誥臣下，諸種事端。〔註4〕是知古之君子所以製器撰銘，皆在昭其德業，傳諸子孫，冀其紃循遺澤，奮發淬厲，躋美前徽於不墜耳。

古器之出，蓋無代而蔑有。秦漢以來，抇掘之事屢興。〔註5〕徵諸乙部，張敞、竇憲先後獲觀古鼎文字，馬、班二史，迭有記載。〔註6〕許叔重《敍說文字》謂：「郡國亦往往于山川得鼎彝，其銘即前代之古文。」〔註7〕此金文學之肇端也。然隋唐之前，罕見古器，儒臣有能辨之者，世驚爲奇，偶得古鼎，或稱改元，稱神瑞，〔註8〕雖頗書之史冊，惜以識之者寡，而記之者復不詳，一鱗半爪，未足爲專門之學也。

下逮有宋，高原古冢搜獲甚多，古器之發現頻傳。學者考古釋文，日益精覈，士大夫家有其器，人識其文，閱三四千年而其道大顯焉，故古器之搜羅箸錄，文字形制之考訂研究，實昉自宋代也。宋仁宗皇祐年間，所編纂之《皇祐三館古器圖》，是爲古代彝器見於箸錄之始。而私家爲古器之學，及箸錄所藏者，則始於劉敞之《先秦古器記》，此吉金之學之開山也。嗣後，呂大臨作《考古圖十卷》，乃北宋私家箸錄彝器書中之翹楚，其書賅博富洽，摹寫形制，考訂名物，用力頗鉅，所得亦多，乃至出土之地，藏器之家，苟有所知，無不畢注。後之箸錄金文者，若宋徽宗敕撰之《博古圖錄》，宋佚名撰之《續考古圖》，薛尚功箸《歷代鐘鼎彝器款識》，皆以此書爲椎輪。諸家訓釋，考覈形制，略見眉宇，篳路藍縷，倡爲斯學，考訂之功，于斯爲盛！

遞傳至元，承前宋極盛之後，難乎爲繼。是固因風尚之不重實學，而金石器物之少所發現，有以致之，故箸錄研究之風寖息。吉金之學，元、明二代實無可觀矣。

〔註4〕按：古器銘之重，嘗言及於此而至爲綦詳者，參見《禮記·祭統》，萬卷堂本十四卷632～635頁。

〔註5〕參見《呂氏春秋·安死篇》，及《西京雜記》六卷一頁。

〔註6〕參見《史記·封禪書》、《始皇本紀》；《漢書·武帝紀》、〈郊祀志〉、〈竇憲傳〉、〈明帝紀〉等等。

〔註7〕參見段玉裁《說文解字注》十五卷上769頁。

〔註8〕參見《後漢書·明帝紀》、〈竇憲傳〉等等。

　　降至有清，百年之間，海內承平，文化溥洽，於是三古遺物，應世而出。古器之出於邱隴窟穴者，既十數倍於往昔，研究之風，於焉復興，金文之學遂成專門之業。初則有高宗命尚書梁詩正等錄內府藏器爲《西清古鑑四十卷》，繼有《寧壽鑑古十六卷》，《西清續鑑甲編二十卷》，附錄一卷，及著錄盛京行宮藏器之《西清續鑑乙篇》二十卷，殆皆成於乾隆一朝。上有好者，下必從焉，於是海內諸士，聞風承流，纂相蒐集，購羅古物。嘉慶、同光間，錢坫、阮元、吳式芬、方濬益等人，先後著書，始發眞義，至吳大澂、孫詒讓、王靜安，持論更精，其應用訓詁、考物、徵史之方，亦云備矣。

　　近世以來，地不愛寶，古物蠭出，加以科學精進，資以考古，而諸儒考證視前人有加，宜其流派之宏，著述之富。舉凡款識文字之釋讀，器物形制之研究，乃至器物之斷代，及由器物本身以推論古文之文化，由款識文字以考知古代之史蹟，無不競相考訂。或閎編巨製，或單篇零簡，不可勝計。〔註9〕其識偉、其學至，似又非前賢可得而及，正所謂：「非前人智力有所不逮，如農夫之力田，前人播種，後人耰而鋤且穫之，乃克有秋；爲學之道，人與人相與攻錯而益精者也。」〔註10〕要爲吉金之學之一大貢獻也。諸家所著如林，詳見本文參考書目，無庸喋述矣。

第二節　漢語語法學研究著錄史略

　　語法學（Grammar）者，乃探究語言結構之一門學說。〈荀子‧正名篇〉云：「名無固宜，爲之以命，約定俗成謂之宜。」夫言語文字之初起，其組織蓋亦錯互而不醇，迨積年既久，隨時改善，至於約定俗成，則形成共遵之規律而不可畔越，後人紬繹其規律而敘述之，則所謂文法是也。

　　吾國舊時所謂文法，有所謂起承轉合，謀篇布局之法者；〔註11〕有所謂精

〔註9〕參見周法高〈三十年來的殷周金文研究〉，載《大陸雜誌》1980年六十卷六期11～18頁。

〔註10〕參見于省吾《雙選》五頁，自序。

〔註11〕按：《文心雕龍‧章句篇》云：「至於夫、惟、蓋、故者，發句之首唱；之、而、於、以者，乃搭句之舊體；乎、哉、矣、也，亦送句之常科。據事似閑，其用實切，巧爲迴運，彌縫文體，將令數句之外，得一字之助矣。」此言虛字爲表情傳

巧雅正，神韻氣味之談者。〔註12〕若夫注意語法之事實，則遠自漢代即已萌芽，《說文》四上白部：「皆，俱詞也。从比从白。」又：「者，別事詞也。以白**米**聲，**米**，古文旅。」又五下矢部：「矣，語已詞也。从矢以聲。」若此之類多矣，惜無繼續精求者，此學遂致中廢，寧非恨事歟？

逮至有清之季，西洋科學輸入，文法學亦漸為國人所重視。丹徒馬氏遊學歐洲，歸而取西文律令以馭中文，於是有文通之作。蓋於荊榛薈蔚之中，芟夷剔抉，開闢康莊，其功偉矣。顧自文通書出，於今八十餘載，篤舊者薄視文法，不欲一觀，不待論矣。其知文法為重要而續有所纂述者，大抵能為馬氏之諍友，於其書有所助益也。

夫漢語語法之研究，自《馬氏文通》而下，蔚然成風，著述多有，其發展過程，殆可分三階段焉：第一階段，以馬建忠《馬氏文通》（光緒二十四年，1898）、黎錦熙《國語文法》（民國 13 年）、楊樹達《高等國文法》（民國 19 年）等為代表，諸書受西文語法之影響，大體未脫拉丁語、英語語法之窠臼，傍人藩籬，終未能徹底創立漢語之風格；第二階段，以王力《中國現代語法》（民國 32 年）及《中國語法理論》（民國 34 年）、呂叔湘《中國文法要略》（民國 33 年）、許世瑛先生《中國文法講話》（民國 43 年）、周法高《中國古代語法》（民國 61 年重刊）、趙元任《中國話的文法》（民國 69 年）為代表，諸賢依語言學中結構學派之理論，探究語法現象，頗能描述漢語語法之特色；第三階段，以湯廷池《國語變現語法研究》（民國 66 年）為代表，斯篇之作，根據《語言學》中衍生變形語法理論（Generative-transformational Grammar），從事語法之分析。

夫語言俱時代性與地域性，故語法研究之材料，須隨時代、文體而分別，不宜囫圇吞棗，混為一談。其攻究方法有三：一曰描寫之研究法，即就某時某地某人（或某集團人）之語法，作描寫敍述；二曰歷史之研究法，由文獻研究語法之歷史之變遷；三曰比較之研究法，則指就不同之語言或方言，甚或同一方言中個人間之差異，加以比較，歸納彼此之異同。〔註13〕

神之所託，于文體有彌縫輔助之功，確為不可或缺。

〔註12〕按：《論語·泰伯篇》：「曾子曰：『出辭氣，斯遠鄙倍矣。』劉寶南正義曰：「辭氣者，辭謂言語，氣謂鼻息出入，若聲容靜，氣容肅是也。」謂凡為文者之出言吐語，必得修之以誠，歸諸雅正，自然成章，以達辭不鄙倍之目的。

〔註13〕參見周法高《中國語文研究》40 頁。

是知今後語法學努力之方向，首應以分期分書之專題研究爲基礎，得其精當，明瞭各期語法之特質，復由各「點」貫穿成「線」，進而會通古今之流變，即所謂「平面之靜態研究」達「立體之動態研究」之最高理想。〔註14〕如此，則漢語語法遞嬗之迹，自可脈絡畢現，而語法現象之蛛絲馬跡，不僅能追源溯流，更可預測未來之流向矣。

第三節　本論文撰寫之動機與方法

一、撰寫動機

夫書缺簡佚，上古茫茫難知。昔孔子言夏殷之禮，而深慨文獻之不足徵。〔註15〕時至今日，去古愈遠，史料愈湮，欲考宗周之史實，則眞本竹書紀年沉薶已久，今本竹書紀年謬誤滋甚，皇甫謐帝王世紀，譙周古史考等，亦久失傳，雖由古書所引，間能輯佚，亦係殘篇斷簡，究非全貌，故傳曰書缺簡脫，禮壞樂崩，蓋深惜之也。加以壁經漢隸，今古師法，書佚傳鈔，詭更字形，于是字之紛歧，文之錯簡，往往而然，已非宣尼刪訂舊矣。獨彝銘者，爲三代所遺，沈埋土中，皆其舊貌，爲最直接之史料，有助於證經典之同異，正諸史之謬誤，補載篇籍之缺佚，考文字之變遷，亦且爲文章之祖，百世之範。寶藏無盡，取之不竭，端在學者之善用之耳。

夫傳世鼎彝所載，皆三代之高文，識其辭而不通其義，其爲得也幾何，況於其辭未必盡通乎！清俞樾有云：「夫周秦兩漢，至於今遠矣。執今人尋行數墨之文法，而以讀周秦兩漢之書，譬猶執山野之夫，而與言甘泉建章之巨麗也。」〔註16〕故金文之學，莫先於通讀古文也。且夫構文之道，不過實字虛字兩端，實字其體骨，而虛字其性情也。蓋文以代言，取肖神理，抗墜之際，軒輊異情，虛字一乖，判於燕越，柳柳州所由發，哂于杜溫夫者邪？〔註17〕

是知一字之失，一句爲之蹉跎，一句之誤，通篇爲之梗塞，然則虛字者，

〔註14〕參見王了一《中國語法理論》序言。

〔註15〕參見《論語・八佾篇》，子曰：「夏禮吾能言之，杞不足徵也；殷禮吾能言之，宋不足徵也；文獻不足故也，足，則吾能徵之矣。」注疏本三卷二七頁。

〔註16〕參見俞樾《古書疑義舉例》序。

〔註17〕參見劉淇《助字辨略》序，二頁。

實文法之靈魂也，討論可闕如乎？故研稽金文，虛字之訓釋，不宜輕苟，此本文之所由作也。

二、撰寫方法

釋讀金文，需講究方法，方法愈縝密，材料愈周全，愈能貫串廢文沒款之蛛絲馬跡，俾益於撥散商周史實之雲霧。楊樹達嘗謂：「彝銘之學，用在考史，不惟文字。然字有不識，義有不完，而矜言考史，有如築層台於大漠，幾何其不敗也。……每釋一器，首求字形之無牾，終期文義之大安；初因字以求義，繼復因義而定字。義有不合，則活用其字形，借助於文法，乞靈於聲韻，以假讀通之。」〔註18〕此先生自述其攻究金文學之方法，而示我人以津梁，凡從事斯學者，蓋莫能外其說也。

本文所運用之方法，綜而言之，厥有數端，茲條述於后：

（一）以文字學為前提

夫文字為有形之語言，語言為有聲之文字，時有古今之遞嬗，地有山川之間隔，文字語言之有紛歧，勢之所必然者也，故考文之學，正字為先，以達考古之目的。惟必先明一字之形體原流，始可洞悉其本義。而字形之辨析良難者，蓋于器物之真偽，出土洗剔之工拙，加以銘詞同而有省文羨文之殊，字本異而有形近之嫌，字體之繁複詭異，失之毫釐，謬以千里，故于點畫之辨析，其詰屈俯仰之微，亦不可忽諸！若「訊」字，《說文》三上言部：「訊，問也。以言卂聲。🔣，古文訊以鹵。」金文作🔣（虢季子白盤〈三代、十七、十九〉）、🔣（兮甲盤〈三代、十七、二十〉）、🔣（不嬰毀〈三代、九、四八〉）、🔣（揚毀〈三代、九、二四〉）、🔣（師寰毀〈三代、九、二八〉）諸形，字形譌變至劇，然存於兮甲盤之🔣，則尚可推見其造字之朔誼，🔣象以繩（系）反縛戰俘雙手於背後之形，下作🔣形，非女字，乃🔣（止）之譌變，🔣或作🔣（大克鼎〈三代、四、四十〉），執或作🔣（不嬰毀〈三代、九、四八〉），處或作🔣（宗國鐘〈三代、一、六五〉）等可證，字實象獲馘之形，執繫之，故從系，從口者，蓋取審問之義。諸家之說，或釋戾，〔註19〕

〔註18〕參見楊樹達《積微居金文說》，自序，1頁。

〔註19〕參見吳式芬《攈古》，三之二卷，40頁，虢季子盤。

或釋緯，〔註20〕或釋緘，〔註21〕說皆非是。訊從卂聲，乃後起形聲字，而 𡖇
為初文，殆無可疑。故考文之時，當以說文形音義一貫之條理為綱紀，由金
文而上下甲、石文字，因博蓄以袪其偏蔽，兩相勘合，循原委而觀其會通，
則古文字學之體段具矣。

（二）以聲韻學為基樞

訓詁之旨，本於聲音，故有聲同字異，聲近義同，雖或類聚群分，實亦同
條共貫。夫上古質樸，文字鮮少，故多假借，以趨便易。一字之形體雖變，而
音讀不殊，知其異字同音，則以此擬彼，而其義得矣，若祖之作且（豆開毀〈三
代、九、十八〉），璜之作黃（縣妃毀〈三代、六、五五〉），唯之作隹（繬卣〈三
代、十一、三四〉），錫之作易（大保毀〈三代、八、四十〉），字往往變其形構，
雖曰省體，然亦皆假借之例也。是以知字不明，則義之正假不能明；音不明，
則訓之流變不能明。善乎戴震之言曰：「經之至者，道也。所以明道者，其詞也，
所以成詞者，未能外小學文字者也。由文字以通乎語言，由語言以通乎古聖賢
之心，譬之適堂壇之必循其階，而不可躐等也。」〔註22〕可謂知言也。

（三）以訓詁學為輔翼

夫字無定義，詞無定類，而欲知其類者，當先明曉其上下之文義如何耳。
是以昔賢著述之情意，必待訓詁家為之順釋疏通，使得大白于永世也。訓詁者，
義之屬，而依附形與音，以摽究語言文字正當明碻之解釋。蓋一字之義不瞭，
即一句之義不明，故訓詁須賴于聲音、文字之講求纖悉，始能得其會歸。亦惟
訓詁漸即闓明，斯名物漸知實義。《詞詮》云：「凡讀書者有二事焉：一曰明訓
詁，二曰通文法。訓詁治其實，文法求其虛。」〔註23〕韙哉言乎！故每讀一器，
必整齊而推校之，徵經引史，兼掇子集。凡疑義所在，匯集眔說，校勘參詳，
庶收啓發之益。于其時代之名物、典制等，均反覆尋繹，以知情況，而于古文
之義例，聲音之通叚，尤三致其意，逐條辨正，用究文義之詁訓，以達句讀之
明暢。此以訓詁學為輔翼者也。

〔註20〕參見劉心源《奇觚》，八卷，18頁，虢季白盤。

〔註21〕參見徐同柏《以古十卷》，35頁，周虢季盤。

〔註22〕參見戴震《古經解鉤》，沈序。

〔註23〕參見楊樹達《詞詮》，1頁，序例。

（四）以語法學為利器

夫實字易訓，虛字難解。研稽金文，倘規規於考訂訓詁之細微，沈溺於聲調格律之中，全憑意識以為推求，列舉聲氣以相參證，含混武斷、舛誤難免。孔子有言：「辭，達而已矣。」〔註24〕辭之所以能成其達意之用者，其先決條件有二焉：一曰語文之確定音義，二曰語言之確定法則。〔註25〕而所謂確定者，乃本乎自然之道，適者存之，躓者汰之，取決於使用者之公意，而臻于約定俗成者也。蓋前人初為銘文，詞約意簡，本在自名而已，其後人文蔚興，器銘加詳，彬彬往賢，遂有意于造作，故文藻之雕繪，日以繁縟，各本乎當時之習尚，臨文之好惡，其放言遣詞，洵多變矣！唯文以足言，乃後行遠，要其窮類變通，乃歸肖言，一文一質，若有殊科，捃彼注此，初無二致。故于文字思理之迹，同異分合之間，苟稍加紬繹，仍有條例可尋，則所謂文法是也。是以釋讀金文，必借重語句之分析，使語音、語意、語法三者密切配合，溯流窮源，枝分節解，由複句、單句，而至詞語結構、詞，逐步推進，明辨關係。則三代古文之微言奧旨，庶可渙然以冰釋，怡然而理順矣。故曰語法學為研讀金文之利器也。

蓋學問之道，因推求而得其根本，以比勘而知其碻至。一字之微，必臚列眾說，探微辨惑，以定得失；一義之釋，必詮析解明，反覆推求，導通脈絡；一事必剖解精密，一例必輾轉旁通，欲其通達不滯而後可也。是故語法研究之妙諦，貴在應用通變。方法滋繁無窮，但表一二，以見其大端耳，倘欲究詰，則各章釋例中，俯拾可得矣。

〔註24〕參見《論語・衛靈公篇》，第十五，141 頁。

〔註25〕參見戴師璉璋〈今文尚書稱代詞探究〉，前言，載《師大國文研究所集刊》七期 609 頁。

第二章　介詞探究

第一節　通　說

　　一般文法書所稱之「關係詞」，按其作用，可區分爲三類：〔註1〕一、介詞
——介繫各類次賓語；二、連詞——連接句中之兩個文法成分，以加強句子本
身之結構；三、複句關係詞——顯示複句中，前後二分句之各種關係，加強各
小句間之結構。

　　介詞（Preposition）者，乃介紹名詞或稱代詞給述語之一種語詞，《馬氏文
通》云：「凡虛字用以連實字相關之義者，曰介字。介字云者，猶爲實字之介紹
耳」，〔註2〕其必須與名詞或稱代詞結合，組成介賓主從結構，始能於句中作述
語之次賓語，從而表示處所、時間、原因、方式、目的、憑藉等關係，故任何
情況下，介詞絕不可單獨運用。〔註3〕

〔註1〕按：三者之區別，僅在單位之大小，非有截然劃分之界限也。蓋多數介詞、連詞
　　　　均由謂語或稱代詞演變而來；介詞帶次賓語，似述語帶賓語；而連詞與副語亦難
　　　　以分別，因連詞大抵置於副語之位；故一般文法書概稱之爲「關係詞」，若許世瑛
　　　　《中國文法講話》32 頁，趙景深《中國文法講話》下冊 53 頁等。至若王了一《漢
　　　　語史稿》332 頁，則就三者連接之功能，總名曰「聯結詞」。

〔註2〕參見馬建忠《馬氏文通》313 頁。

〔註3〕按：介詞之性質：（1）凡介詞均爲虛詞；（2）凡介詞必得用於單式句中；（3）凡

　　述語所連結之關係，有種種之不同，則引導實詞之介詞，其本身即應有表現不同關係之意義與任務。因此，介詞在用途上，可再予以分類，其分類之標準，乃依述語在某種關係上對實詞之需要而定。介詞之類別如下：

一、時間介詞，介紹表時間實詞給述語，用以說明一件事（包括動作）發生之時間。此類介詞包括：（一）介表動作之時，如「在」、「于」等；（二）介表動作之起始，如「自」、「繼自」等；（三）介表動作之終點，如「于」等。

二、處所介詞，介紹表空間之實詞（含地所、人物對象）給述語，說明一件事（包括動作）發生之處所。此類介詞包括：（一）介表動作之所在，如「于」、「在」等；（二）介表動作之到達，如「于」等；（三）介表動作之所自，如「自」、「由」等；（四）介表動作之所向，如「向」；（五）介表動作之對象，如「于」、「於」等。

三、憑藉介詞，介紹表完成動作之方法之實詞（含事物）給述語，說明賴以完成動作之事物。此類介詞如「以」、「用」等，皆由動詞演變而來。

四、受事介詞，介紹表動作給予或告訴之實詞給述語，說明一件事（包括動作）給予或告訴之對象。此類介詞如「于」、「自」等。

五、交與介詞，介紹表與主語共同動作之人物給述語，說明一件事（包括動作）共同完成之人物，交與次賓語與主語有主從之關係。此類介詞如「與」、「及」、「暨」等。

六、關切介詞，介紹表主語對某人物有服務關係之實詞給述語，說明一件事（包括動作）所服務之對象。此類介詞如「給」、「替」等。

七、原因介詞，介紹表事情發生之原因之實詞給述語，說明一件事（包括動作）發生之原因。此類介詞如「用」、「因」等。

八、目的介詞，介紹表事情完成之目的之實詞給語述，說明一件事（包括動作）完成之目的。此類介詞如「以」、「為」等。

九、比較介詞，介紹與主語作比較之實詞給述語，說明一件事（包括動作）比較之對象。此類介詞如「比」、「視」等。

十、施動介詞，引進行為之主動者給述語，說明一件事（包括動作）之施

介詞必得用於主從結構中。

動者。〔註4〕此類介詞如「于」等。

第二節　釋　例

壹、處所介詞

【壹】介動作之所在

　　西周金文，連繫動作所在之處所介詞，有「于」、「才」二字。其性質有三：一、介詞必在次賓語之前；二、次賓語不可省略；三、介賓結構常位於動賓結構之後，間有位於述語之前者。〔註5〕句式有二：

　　（1）A₁式：（主語）＋（副語）＋述語＋（賓語）＋介詞＋次賓語。

　　（2）B₁式：（主語）＋（副語）＋介詞＋次賓語＋（副語）＋述語＋（賓語）。〔註6〕

一、于（亏）

（一）解　字

于	（〈藏一、四〉）	𤯔	（切卣〈錄遺、二七五〉）
于	（〈拾五、十四〉）	𤰫	（保卣〈錄遺、二七六〉）
𤰫	（〈前八、一、五〉）	𤰫	（大豐毀〈三代、九、十三〉）
𤰫	（〈菁、十一、十九〉）	于	（令毀〈三代、九、二七〉）
𤰫	（〈前、八、四、七〉）	于	（散氏盤〈三代、十七、二十〉）

《廣韻》：羽俱切。　　　　　　　古音：匣紐、魚部。

〔註4〕參見王了一《古代漢語》一冊，253 頁，〈古漢語通論〉（八），王氏謂先秦被動句式中，一般述語後用「於」字，引進行爲之主動者（即「施動者」）。

〔註5〕按：「介賓結構」者，指「介詞＋次賓語」；「動賓結構」者，指「述語＋賓語」成分。

〔註6〕本文凡介賓結構位於述語之後者，稱爲Ａ式。介賓結構在述語之前者，稱爲Ｂ式。句式中之括號（），表示一成分或可省略。

《說文》五上于部，「⺒，於也。象气之舒，亏从⺒从一，一者，其气平之也。凡亏之屬，皆从亏。」觀上出甲金文，「于」字悉不从⺒一，許慎謂字形从⺒一，無義可說。王筠曰：「吾意『于』當為『吁』之古文，詩皆連嗟言之，于嗟麟兮，傳以為嘆詞；于嗟乎騶虞，傳以為美之；于嗟闊兮，傳以吁嗟釋之。此三詩，蓋皆用本意，非有借也。烏部引孔子曰：『烏，盱呼也。』，取其助氣，故以為烏呼，古文作『於』。故大禹謨之禹曰於，偽孔傳以嘆釋之也」〔註7〕王說是也。字直象吁嗟口氣迗出之形，故託以寄吁嗟之意，嘆詞。自借用為介詞，〔註8〕意同「在」，周秦間人乃加口旁為意符作「吁」，以還其原。至若古文字形有作 ⺒ 者，乃「紆」之初文，《說文》十三上系部：「紆，詘也。从系于聲。」⺒字从弓，象紆曲之形，以于為聲，當為形聲之字也。〔註9〕

（二）說　明

《詞詮》云：「于，介詞，表方所，在也」。〔註10〕考典籍，「于」字作處所介詞，表動作所在者，若《書‧君奭》：「故一人有事于四方。」又〈康誥〉：「周公初基，作新大邑于東國洛。」等是也。

（三）用　法

甲、A 式

1、丁亥，令矢告于周公宮（令彝〈三代、六、五六〉）
2、隹王大龠于宗周（臣辰卣〈三代、十三、四四〉）
3、王酓，用牡于大室。（剌鼎〈三代、四、二三〉）
4、唯五月既死霸，辰才壬戌，王饗于大室。（呂齋〈三代、四、二二〉）
5、萬年永寶用于宗室。（豆閉毀〈三代、九、十八〉）
6、穡从師雝父戍于古𠂤。（穡卣（兩考、六十））

按：上舉諸例，「于」字介繫表動作所在之處所次賓語，介賓結構在述語之後。

〔註7〕參見王筠《說文釋例》。此據《說文解字詁林》四卷下，「于」字條下所引迻錄。

〔註8〕按：于字用為介詞，殷代已然。胡小石《甲骨文例》下卷四頁言于例謂，凡言于皆示所在，卜辭用有三例，一以示地，二以示時，三以示人。

〔註9〕參見高鴻縉《中國字例》，二篇，199～200 頁，又五篇 157 頁。

〔註10〕參見楊樹達《詞詮》，九卷，577 頁。

例1，「告」字，甲骨文作 ▨（〈藏、六、二〉）、▨（〈藏、七、三〉）、▨（〈餘、十三〉）、▨（〈拾、十一、十三〉）形，金文形同，作 ▨（告田罍〈三代、十一、四十〉）、▨（亞中告毀〈三代、六、六〉）、▨（毛公鼎〈三代、四、四六〉）形，《說文》二上告部云：「告，牛觸人，角著橫木，所以告人也。从口从牛。《易》曰：『僮牛之告。』」自後說者紛紜。〔註11〕高田忠周謂告之本義爲祭告，祭必獻牛羊，又必具冊詞，从牛从口，會意之恉甚顯然矣，〔註12〕說殆可從。「告于周公宮」者，言告祭于周公之廟也。

例2，「龠」字，禴之初文也。《爾雅·釋天》：「夏祭曰礿。」《周禮·大宗伯》：「以禴夏享先王。」禴爲時祭之一。〔註13〕陳夢家以爲字乃「和」之初文，《小爾雅·廣言》：「籥，和也。」大和于宗周，猶書召誥四方民大和會，〔註14〕殆以龠爲含政治性質之禮春也，說亦可通。通考西周彝器，稱「宗周」或「周」者，皆指鎬京也。

例3，啻，从帝从口，假爲禘，宗廟之禮謂禘祭也。「牡」字，甲金文作 ▨（〈前、一、二〇、五〉）、▨（刺鼎〈三代、四、二三〉）形，《說文》二上牛部：「牡，畜父也。从牛土聲。」觀甲文字形从牛从士（士原象牡器形，表男性），〔註15〕从會畜父之意。金文士譌變爲土，小篆又沿金文之譌，其旁遂誤从土，故許書釋爲土聲，未允。王國維云：「古音士在之部，牡在尤部，之尤二部，音最相近，牡从士聲，形聲兼會意也。」〔註16〕是則牡字，本从牛从士，士亦聲也。大室，宗廟之建築物，爲舉行隆重錫命典禮之場所。〔註17〕

例4，「饗」字，亦見於臣辰卣（〈三代、十三、四四〉）字作 ▨ 形，《說

〔註11〕按：告字之誼，說者紛紛，吳其昌，《金文名象疏證》509～511頁，謂告爲刑牲之具。沙孟海《攟古錄釋文訂》409頁，謂由口發言，聲報于其人曰告。劉心源《奇觚》三卷11頁，言告乃牿之初文，口象欄荓，牛陷入口爲告。諸說紛紜，失之牽鑿。

〔註12〕參見高田忠周《古籀篇》五一第19頁。

〔註13〕參見郭沫若《兩考》32頁〈臣辰盉〉。

〔註14〕參見王夢旦《金選》76～77頁「西周銅器斷代（二）士上盉」。

〔註15〕參見郭沫若《甲研》11頁〈釋祖妣〉，又下卷二牡字下引。

〔註16〕參見王國維《觀堂》，六卷，288頁釋牡。

〔註17〕參見黃盛璋〈大豐殷制作的年代地點與史實〉，載《歷史研究》1960年六期95頁。

文》無此字。郭沫若讀爲餡，〔註18〕柯昌濟謂乃祭之異文，〔註19〕強運開言是飧字，〔註20〕陳夢家疑居字。〔註21〕然觀古文字形、實象於室內在毀上用肉之狀，爲與「宴」之初誼最相近之形象也，此處訓「饗宴」也。

例5，「宗室」者，蓋爲古代祭祀之場所。詩王風采蘋：「宗室牖下。」傳云：「宗室，大宗之廟也。」儀禮士昏禮：「則教于宗室。」注云：「宗室，大宗之家。」說文七下宀部：「宗，尊祖廟也。」是知宗室殆祖廟之所在也。

例6，稱，人名。戎字，說文十二下戈部訓爲守邊也。古，邑名。自爲師之初文，公羊桓公九年傳：「師春何，眾也。」御覽一百五十七引尚書大傳云：「古之處師，八家而爲鄰，三鄰而爲朋，三朋而爲里，五里而爲邑，十邑而爲都，十都而爲師，卅有十師焉。」是以古代凡人口密聚之大都邑，皆可稱爲師。古邑人口密集，故稱古自。

乙、B 式

臨占丂彝，其丂之朝夕監。（史臨彝〈三代、六、五十〉）

按：此例，二「丂」字介繫表動作所在之處所次賓語。臨，人名。占即佔畢之佔，說文作笘竹部五上，書寫之義也。〔註22〕彝者，宗廟之常器。其通期，表期望語氣。之茲古通，謂于茲朝夕鑑戒而有所勉也。

二、才（在）

（一）解 字

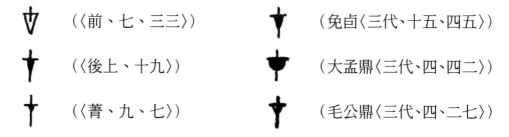

￥	（〈前、七、三三〉）	￥	（免卣〈三代、十五、四五〉）
￥	（〈後上、十九〉）	￥	（大孟鼎〈三代、四、四二〉）
￥	（〈菁、九、七〉）	￥	（毛公鼎〈三代、四、二七〉）

〔註18〕參見郭沫若《金考》，324頁〈臣辰盉考釋〉。

〔註19〕參見柯昌濟《韡華》，36頁〈呂鼎〉。

〔註20〕參見強運開〈古籀三補〉，五卷，9頁。

〔註21〕同註14。

〔註22〕參見吳闓生《吉文》，二卷，18頁〈史臨彝〉。

（〈戩、十一、一〉）	（才興父鼎〈三代、三、五〉）
（〈戩、四四、一〉）	（曾姬無卹壺〈三代、十二、二五〉）

《廣韻》：昨哉切。　　　　　古音：從紐、之部。

《說文》六上才部：「才，艸木之初也。从丨上貫一，將生枝葉；一，地也。凡才之屬，皆从才。」契文才字，變體頗多，李孝定謂以作 ꟷ 為正，象 ꟷ 在地下初生地上之形。〔註23〕說殆可從，字在甲文均假為「在」。金文除上出後二器外，餘所見均作實筆，卜辭亦有作實筆者，然以作空筆者為多，此乃契文金文習見之差異也。

（二）說　明

《詞詮》：「在，介詞，於也。」〔註24〕才字作處所介詞，甲骨文即常見，若：「丁未卜，行貞：王窋叔，亡尤。在𠂤寮卜。」（〈粹、一二一二〉）、「庚寅卜，在宗，夕雨。」（〈粹、六六八〉）等是。考典籍，則有書文侯之命，「昭升于上，敷聞在下。」詩小雅魚藻：「魚在在藻」等等。

（三）用　法

甲、A1　式

1、文王監才上。（大豐毀〈三代、三、五十〉）

2、唯成王大㚔才宗周。（獻侯鼎〈三代、三、五十〉）

3、師雝父戍才古𠂤。（遇甗〈三代、五、十二〉）

按：上舉諸例，「才」字作表動作所在之處所介詞。介賓結構在述語之後，例止三見。

例1，監，自高臨下，監視也。

例2，唯，句首助詞，興發語氣也。「㚔」字眾說紛紜，字在甲文作 㚔（〈續、二、十九、四〉）形，金文作 㚔（杜柏盨〈三代、十、四一〉）、 㚔（吳方彝〈三代、六、五六〉）形。《說文》十下本部云：「㚔，疾也。从本卉聲。捧从此。」

〔註23〕參見《甲骨文字集釋》第六冊2049頁，李孝定按語。

〔註24〕參見楊樹達《詞詮》六卷379頁。

吳大澂言爲「華」之古文。〔註25〕方濬益〔註26〕、林義光〔註27〕、高鴻縉，〔註28〕皆謂爲「賁」之初字，爲華飾之義。劉心源〔註29〕、強運開〔註30〕、容庚〔註31〕，則釋「豑」，讀若賁。賁者，美也，飾也。徐中舒從而言「豑」爲「賁」之本字，有旌勾意〔註32〕。而丁佛言則釋作「來」，賚之省，有賜義。〔註33〕馬敘倫言爲「豑」字，同禓，乃祓之雙聲轉注字，祭名也。〔註34〕龍宇純則旁徵博引，言爲說文「茇」之初文，蓋爲草根之形， ✹ 乃表草之通相， ✚ 爲草根之形，金文用爲除災求福之祭名，即《說文》一上示部之「祓」，除惡祭也，名詞。用爲動詞，義爲祭祀求福，故有祈求義。或用同「賁」，飾也，往往作 ✹✹、✹✹，而不作 ✹，蓋假借也。〔註35〕其說可從。「唯成王大豑才宗周」者，言周成王在宗周（鎬京）舉行盛大之祭祀求福之禮。

　　乙、B1　式

1、隹九月、王才宗周令孟。（大孟鼎〈三代、四、四二〉）

2、康医才休自易作冊 ✹ 貝。（作冊 ✹ 鼎〈三代、三、三〇〉）

3、王才屏易趩采，曰趩。（趩尊〈三代、十一、三四〉）

4、王才上医应豑僡。（不 ✹ 鼎〈文物、一九七二、七〉）

5、獻身才畢公家受天子休。（獻彝〈兩考、四五〉）

　　按：上舉諸例，「才」字作表動作所在之處所介詞。介賓結構在述語之前。

　　例1，宗周指鎬京，詩小雅正月毛傳云：「宗周，鎬京也。」孟，人名。

〔註25〕參見吳大澂《古籀補附錄》，12頁。

〔註26〕參見方濬益《綴遺三卷》，20頁。

〔註27〕參見林義光《文源》。

〔註28〕參見高鴻縉《毛公鼎集釋》，98頁。

〔註29〕參見劉心源《奇觚》二卷，49頁「毛公鼎」。

〔註30〕參見強運開《古籀三補》，十卷，6頁。

〔註31〕參見容庚《金文編》，第十二下。

〔註32〕參見徐中舒〈金文蝦亂釋例〉，載《集刊》六本一分8頁。

〔註33〕參見丁佛言《古籀補補》，六卷，7頁。

〔註34〕參見馬敘倫〈令矢彝〉載《國學季刊》，四卷，一期，18頁。

〔註35〕參見龍宇純〈甲骨文金文 ✹ 字及其相關問題〉，載《集刊》三四本412～432頁。

例 2，休启，邑名。易通錫，賞賜也。乍冊，官名。，人名。貝，賞賜物，殷人賞賜，以賜貝爲大宗，西周賞賜物亦以見多數，然僅見於一般賞賜銘文，因冊命而賞賜之諸器物，貝則不在其列。〔註36〕

例 3，斤，地名，地在今山東濰縣境。〔註37〕趩，人名。采，采地也。《書・康誥》：「采叙于侯、甸、邦之後。」《爾雅・釋詁》：「尸，采也。」注云：「謂采地」，又曰：「采、寮，官也。」注云：「官地爲采，同官爲寮。」郝疏云：「下文云采，事也，能其事者食其地，亦謂之采。〈禮運〉：『大夫有采，以處其子孫』，《韓詩外傳》：『古者，天子爲諸侯受封，謂之采地』。然則尸訓采者，蓋爲此地之主，因食此土之毛。采爲采地。而後世九服之名，亦有采。〈王制〉曰：『千里之內曰甸，千里之外曰采曰流。』」此器之采爲采地。〔註38〕《說文》六上木部：「采，捋取也。」人君賜臣以邑，令取賦稅，謂之采地。〔註39〕趩，地名，即采地所在。

例 4，上庆，此蓋用爲地名。「庅」字彝銘習見，字或从厂形（農卣〈三代、十三、四二〉）、或从广（舀鼎〈三代、四、四五〉）、或从宀（師虎毁〈三代、九、二九〉），歷來諸家皆釋爲「居」，〔註40〕郭沫若闡釋之，謂「隸古定尙書殘卷般庚篇，敦煌本及日本所存唐寫本，居字一作庅，汗簡三：出庅字云見《說文》。然今本說文無此字，蓋所見乃古本也。」而以庅爲居，尸乃广之誤。〔註41〕吳闓生則言爲「宰」字。〔註42〕唐蘭釋爲「位」字，臨時搭蓋之行宮也。〔註43〕陳夢家則釋爲「廏」，行屋之謂，其說云：「（庅）字在西周初期金文中數見，中期亦有，其前總是一地名。字或从宀，或从厂，或从广，立聲。卜辭明日、次日作羽日。或以立爲聲符，小盂鼎則从日从羽从立。《說文》：『昱，明日也。从日立聲。』《爾雅・釋言》：『翌，明也。』卜辭之羽日、翌日，《尙書》〈大誥〉、

〔註36〕參見黃然偉《賞賜》，184 頁。

〔註37〕參見郭沫若《兩考》，14 頁，晨卣。

〔註38〕參見王夢旦《金選》，100 頁，斷代（二）趩卣。

〔註39〕參見《左傳・莊公八年・疏》。

〔註40〕參見吳大澂《古籀補》84 頁；高田忠周《古籀篇》十六第 38 頁。

〔註41〕同註37，17～18 頁中龠二。

〔註42〕參見吳闓生《吉文》，三卷，14 頁揚毁。

〔註43〕參見唐蘭〈西周銅器斷代中的康宮問題〉，載《考古學報》二九冊 31 頁。

〈召誥〉、〈顧命〉作『翼日』，可證立、異同音，故廣韻職部：昱、翊、廙、翼等字，俱作『與職切』，是金文之厇即說文之廙^{九上}_{广部}，行屋也。」〔註44〕厇乃天子出行所居，即後世之行宮。陳說可從。秦，舉行求福之祭禮。僎字，字从人持執器鬯酌，殆指裸享之禮也。

例5，獻，人名。家字，與卜辭：「戊戌口口鼎，亡口余若茲躲丁家。」（〈甲釋、二三〇七〉）之家同義，某家係指先王廟中正室以內。〔註45〕受字，甲金文字形無異：⿰（〈藏、二四、三〉）、⿰（〈餘、八、一〉）、⿰頌鼎（〈三代、四、三九〉）、⿰父乙卣（〈三代、十二、四〇〉），字从兩手相受授形，《說文》四下受部：「受，相付也。」此處解作「接受」也。「天子」與上文「獻白于遘王」之王有別，稱其直接受命之君為天子，天子含主從關係之意，王指周天子。休字，《說文》六上木部訓息止也，引申有嘉美、賞賜、福祿之義。

【貳】介動作之到達

西周金文，連繫動作所到達之處所介詞，僅「于」一字。其性質有三：一、介詞必在次賓語之前；二、次賓語不可省略；三、介賓結構之位置，全在述語之後。句式僅一種，A1式：（主語）＋（副語）＋述語＋（賓語）＋介詞＋次賓語。

于

（一）解 字，參見11頁。

（二）說 明

《詞詮》：「于，介詞，表方所。」〔註46〕用與「至」同。典籍中，「于」字介繫表動作到達點之處所次賓語，如《詩·小雅·雨無正》：「謂爾遷于王都。」又〈魯頌·閟宮〉：「至于海邦。」等是其例。

（三）用 法

A1 式

1、明公朝至于成周。（令彝〈三代、六、五六〉）

〔註44〕參見陳夢家《斷代》，五，249頁。

〔註45〕參見陳夢家《綜述》，471頁。

〔註46〕參見楊樹達《詞詮》，九卷，577頁。

2、王洛于庚嬴宮。（庚嬴卣〈三代、十三、四五〉）

3、自淲東至于涮、毕逆至于玄水。（散氏盤〈三代、九、十八〉）

4、噩厌駿駿方率南淮尸東尸，廣伐南或東或，至于歷內。（禹鼎〈錄遺、九九〉）

5、隹元年三月丙寅、王各于大室。（部智毀〈錄遺、一六五〉）

按：上舉諸例，「于」字介繫表動作到達點之處所次賓語。西周金文，凡此種用法，述語多使用「至」「各」（客、洛）等等字，介賓結構之位置，皆在述語之後。

例1，明公即周公子明保也。「朝至」之稱，見於《書經》，有〈召誥〉：「太保朝至於洛，周公朝至於洛。」〈洛誥〉：「予惟乙卯，朝至於洛師。」〈牧誓〉：「王朝至於商郊牧野。」等等，凡此洛、洛師、牧野對周朝言，皆屬東國，故朝至也者，謂東至也。金文朝字，做 **朝**（大盂鼎〈三代、四、四二〉）、**𩂣**（令彝〈三代、六、五六〉）、**𩂣**（趞毀〈三代、四、三三〉）形，一旁象日出草中，一旁象水潮之形，日出東方為朝，故朝有東誼，《考工記・匠人》：「建國以正朝夕。」《正義》：「朝夕即東西也。」《爾雅・釋山》：「山東曰朝陽。」此銘明公朝至于成周，謂明保東至于成周（洛邑）也。至字，甲文作 **至**（〈藏、三五、二〉）、**至**（〈戩、一、一〉）形，金文作 **至**（令鼎〈三代、四、二七〉）、**至**（齊鎛〈三代、一、六六〉）諸形。《說文》十二上至部：「至，鳥飛從高下至地也。从一，一猶地也。象形。『不』上去而『至』下來也。**聖**，古文至。」林義光謂字从倒矢，一象正鵠，矢著於鵠，有至之象也。[註47]羅振玉謂字从 **矢**，實象矢形，一象地，**至**象矢遠來降至地之形。[註48]觀上出甲金文，可證二氏之說可從。小篆與古文字體相似，僅矢鏃斜出二筆引長耳，許君釋義是，而解形恐未允。

例2，「洛」字，各之繁文，《說文》二上口部：「各，異詞也。」从口夂。夂者，有行而止之，不相聽也。」甲文各字作 **各**（〈前五、二四、六〉）、**各**（〈前五、二四、七〉）、**各**（〈乙、四七八〉）、**各**（〈乙、八四五九〉）諸形，

〔註47〕參見林義光《文源》。

〔註48〕參見羅振玉《雪堂金石文字》，跋尾。

金文作 ⿱ (乙亥鼎〈三代、四、十〉)、⿱ (頌壺〈三代、十二、三十〉)、⿱
(師㝨毁〈三代、九、三五〉)、⿱ (沈子毀〈三代、九、三八〉)、⿱ (庚
嬴卣〈三代、十三、四五〉) 形,高鴻縉謂字象腳行至門口之形。〔註49〕周名輝
謂 ⿰ 象足踵,夊自外而至。〔註50〕勞榦謂夊象足形,自外而至,⿰ 爲席位。
〔註51〕屈萬里言示有足降神臨而騰口說,意謂神憑尸以傳說也。〔註52〕楊樹達
則言象足抵區域之形,各爲格至之初文,後加彳旁作徦,後再以叚代各聲作假,
變爲形聲字,〔註53〕楊氏論各字之衍變誠是也。就字形言之,夊象足,諸家無
異議,然下所從口,則惟楊、高兩氏之說較平實近是,各之朔誼爲至,與「出」
字義相反,而字形亦向背爲異。出字,甲文作 ⿱ (〈後上、二九、一〇〉)、⿱
(〈藏、六九、二〉) 形,金文作 ⿱ (毛公鼎〈三代、四、四六〉)、⿱ (頌
壺〈三代、十二、三十〉)、⿱ (伯矩鼎〈三代、三、二三〉) 諸形,正足與各
作 ⿱ ⿱ ⿱ 相較,古人穴居,⿰ ⿰ 正象其居所,足背穴,乃離家外出之
象,足向穴,乃自外臨至之象。金文中,各字並訓至,皆用其本義,後世借作
各別之義,而各至之各,乃叚格爲之,非各本有各別之義也。

　　例3,滰、涮、玄水,皆地名。逆字,楊樹達謂當讀爲溯(今字作泝),《說
文》十一上水部云:「溯,逆流而上曰溯洄。溯,向也,水欲下,違之而上也。
從水㡿聲。遡,溯或從辵朔。」此訓「溯河而上」之意。〔註54〕其說可從,蓋
溯字從屰聲,銘文假逆爲溯也。

　　例4,噩,國名。厌,爵稱。馭方,噩厌其名也。廣伐,大伐也,有擊殺
征伐之意。歷內,地名。

　　例5,大室者,始祖之廟也。《穀梁傳‧文公十三》:「周公曰大廟,伯禽
曰大室,群公曰宮。」彝銘之大廟、大室、大宗、大宮無別。稱大室者,又
見呂鼎〈三代、四、三二〉、刺鼎〈三代、四、三三〉、師奎父鼎〈三代、四、
三四〉、敔毀〈三代、八、四四〉、師訇鼎〈款識、十七〉等諸器銘,皆指京

〔註49〕參見高鴻縉《頌器考釋》,37頁,又《中國字例二篇》,297頁。

〔註50〕參見周名輝《古籀考》,下卷,7～8頁。

〔註51〕參見勞榦《古文字試釋》,載《集刊》四十本上分45～47頁。

〔註52〕參見屈萬里《書傭論學集》,182頁,〈詩三百篇成語零釋〉。

〔註53〕參見楊樹達《積微小學》,69～70頁,釋各。

〔註54〕參見楊樹達《積微餘說》,一卷,233頁,同毀跋。

師之大廟。至若豆閉𣪘〈三代、九、十八〉、免卣〈三代、十三、四二〉等器銘，則爲諸候或卿大夫之大廟。此器之大室，乃京師之大廟，爲舉行隆重賜命典禮之場所。

【參】介動作之所自

西周金文，連繫動作所自之處所介詞，僅「自」一字。其性質有三：一、介詞必在次賓語之前；二、次賓語不可省略；三、介賓結構之位置，可在述語之後（即 A 式），亦可在述語之前（即 B 式）。句式有二：

（1）A1 式：（主語）＋（副語）＋述語＋（賓語）＋介詞＋次賓語。

（2）B1 式：（主語）＋（副語）＋介詞＋次賓語＋（副語）＋述語＋（賓語）。

自

（一）解　字

〈藏、五十、二〉	（臣卿𣪘〈三代、六、四八〉）
〈前、二、四三、二〉	（宰甶𣪘〈三代、八、十九〉）
〈甲、二、四、十〉	（召卣〈三代、十三、四二〉）
〈戩、二、七〉	（姞氏𣪘〈三代、七、四八〉）
〈後、上、一八、八〉	（趞亥鼎〈三代、三、四四〉）
〈前、六、五八、一〉	（沈子𣪘〈三代、九、三八〉）

《廣韻》：疾二切　　　　　　　　古音：從紐，質部。

《說文》四上自部，「𦣹」，鼻也。象鼻形。凡自之屬，皆从自。𦣻，古文自。」又白部：「𦣹，此亦自字也。省自者，詞言之气，以鼻出，與口相助也。凡白之屬，皆从白。」按「自」「白」二字者，據形系聯，音讀相同，實爲一字，許君既以自白爲一字，而分爲二部者，以各部皆有所隸之字故也。卜辭中，自字作𦣹或𦣹可爲許書之證，然白部諸字，以古文考之，則多非从白，如魯字者，甲文作𤋮〈餘、十一、一〉 𤋮〈乙、七七八一〉、𤋮〈餘、十一、

二〉形，金文作 （魯姬鬲〈三代、五、二二〉）、（大克鼎〈三代、四、四十〉）、（善夨克鼎〈三代、四、二八〉）、（頌壺〈三代、十二、三十〉）諸形，字下均从 或从 ，智字亦然。夫許君生炎漢之季，所見古文，舍壁中書而外，固不能如今日之博，自不能無疏失矣。〔註55〕是白部諸字，皆可敀入自部，而白部可刪。〔註56〕至若「自」形，本「鼻」之初文，U象鼻形，中畫象鼻上脄理，本無定數也。後自字爲語詞所專，《廣雅・釋詁一》：「自，從也。」《詩・大雅・文王有聲》：「自西自東，自南自北，無思不服。」箋：「自，由也。」乃另造「鼻」字也。

（二）說　明

《詞詮》：「自，介詞，從也。」〔註57〕考典籍，「自」字作表動作所自之處所介詞，若《書・多士》：「昔朕來自奄。」又〈秦誓〉：「人之彥聖，其心好之，不啻如自其口出」等是也。

（三）用　法

甲、A1　式

1、王歸自諆田。（令鼎〈三代、四、二七〉）。

2、王令易自，達征自五齵貝。（小臣𤲅毀〈三代、九、十一〉）

3、白雄父來自鞁。（彔毀〈三代、八、三五〉）

4、王南征，伐角僪，唯還自征。（噩侯鼎〈三代、四、三二〉）

按：上舉諸例，「自」字作表動作所自之處所介詞，介賓結構在述語之後。

例1，歸，返回也。諆田，地名。

例2，「易」字說解紛歧，或以《說文》九下易部云：「易，蜥易、蝘蜓、守宮也。象形」。而言龍、易同物異名。〔註58〕或以德鼎（〈文物、一九五九、七〉）易字作 ，遂謂易乃「益」之簡化，益爲溢之初文，象杯中盛水滿出

〔註55〕參見羅振玉《增考》，中，24頁。

〔註56〕參見何大定〈說文解字部首刪正〉，載《中山大學語言歷史研究所周刊》，五冊，4187頁。

〔註57〕參楊樹達《詞詮》，六卷，360頁。

〔註58〕參見高田忠周《古籀篇》，98，31頁。

之形。〔註59〕殆皆以偏概全，未見其可也。至若勞榦所言，易爲錫之本字，乃一平淺之釜斜傾錫液。〔註60〕然觀古文易字，作 𝌆 （〈藏、二二、一〉）、𝌇 （丙申角〈三代、十六、一四七〉）形，悉不象釜狀，且豈有釜口與傾液方向相反之理耶？勞說亦無據。高鴻縉則以易爲晹之本字，爲乍晴乍陰之意，象倚日畫雲掩，及光線露出之形，動詞，甲文「易日」、「不其易日」等語，用易如晹，〔註61〕嚴一萍以易、易爲一字，即「晹」之初文，〔註62〕引申爲變易、交易，彝銘皆假爲賞錫之「錫」，如追毀：「天子多易追休。」（〈三代、九、六〉）噩侯鼎：「王親易駇方玉五穀。」（〈三代、四、三二〉）無量毀：「王易無量馬二二匹。」（〈三代、九、一〉）等等皆是。故後又造从日易聲之晹，而易之本義遂不見知矣。𠂤，即師之初文，師旅，軍隊也。逹，句首助詞。五麤貝，地名。

例3，甫，地名，亦見廏鼎：「師離父省導至于甫。」（〈三代、四、十三〉）舊釋作「舒」，謂甫國即荊舒之舒，亦即徐楚之徐，〔註63〕白川靜已辨其非，並從而謂字當釋作「甫」，即姜姓四國之一，呂國也，其地在今河南西南。〔註64〕唐蘭言甫即戎胡之「胡」，地殆今安徽阜陽。〔註65〕白、唐兩氏之說，未知其孰是，待考。

例4，角䚄，疑即淮夷之屬。唯，句首助詞，無義。征，作名詞解，指征伐之地。

乙、B1 式

1、遣自𡪁𠂤逑東。（小臣謎毀〈三代、九、十一〉）
　▲　△　△
2、自洀東至于渦。（同毀〈三代、九、十八〉）
　▲　△　△

按：上舉兩例，「自」字作表動作所自之處所介詞，介賓結構在述語之前。

〔註59〕參見郭鼎堂〈由周初四德器的考釋談到殷代已在進行文字的簡化〉，載《文史論集》345～346 頁。

〔註60〕參見勞榦〈古文字試釋〉，載《集刊》四十本上分 41～43 頁。

〔註61〕參見高鴻縉《中國字例》，二篇，258 頁。

〔註62〕參見嚴一萍〈釋 𝌇〉，載《中國文字》，四十冊，2～3 頁。

〔註63〕參見徐同柏《从古》，十五卷，20 頁周彔毀；其後，郭鼎堂《兩考》，59～60 頁廏鼎；吳其昌《麻朔》，五卷，5～7 頁廏鼎，皆承徐氏之說。

〔註64〕參見白川靜《金文通釋》，十七輯，180～181 頁，89廏鼎。

〔註65〕參見唐蘭〈陝西藍田縣出土甫叔鼎〉，載《文物》1976 年一期 94 頁。

例 1，遺，人名。麔，邑名。𠂤即師之初文，指人口密聚之處。「述」字，金文作 𧗸（大盂鼎〈三代、四、四二〉）、𧗸（小臣謎毀〈三代、九、十一〉）形，徐中舒〔註66〕容庚〔註67〕等釋爲「遂」，謂古文遂作 遀、𨖂，與此形近。吳大澂〔註68〕郭沫若〔註69〕朱芳圃〔註70〕等釋「述」，音近叚作「遂」，三字石經古文 𧗸，乃述之譌誤，兩者以後說爲長。朮與豕同音，古多通用《左傳·僖公三三年》云：「西乞術。」〈文公十二年經〉云：「秦伯使術來聘。」《公羊傳》皆作遂，《禮記·月令》：「審端徑術。」鄭注：「術，周禮作遂。」並其例證。從字義言之，《漢書·刑法志》：「園囿術路。」如淳曰：「術，大道也。」遂亦訓道，《春秋演孔圖》：「使開階立遂。」宋均注：「遂，道也，一作隧。」《國語·魯語》：「具舟除隧。」韋注：「隧，道也。」許君訓述爲循二下
辵部，謂順道而行，此引申之義也。述東，往東也。

例 2，滹，地名。滹字，从水从可从 𠀎（即古欠字），爲古「河」字，〔註71〕指黃河也。

【肆】介動作之方向

西周金文，連繫動作方向之處所介詞，僅「卿」一字，其性質有三：一、介詞位於次賓語之後；二、次賓語不可省略；三、介賓結構倒置，並在述語之後。句式僅一種，A3 式：（主語）＋（副語）＋述語＋（賓語）＋次賓語＋介詞。

卿

（一）解 字

𨴚（〈拾、六、八〉）	𨴚（宰峀毀〈三代、八、十九〉）
𨴚（〈前、四、二一、五〉）	𨴚（小子𩈔毀〈三代、七、四七〉）
𨴚（〈前、四、二二、三〉）	卿（效尊〈三代、十一、三七〉）

〔註66〕參見徐中舒〈遘敦考釋〉，載《集刊》三本二分 281 頁。

〔註67〕參見容庚《金文編》，二卷，遂字條。

〔註68〕參見吳大澂《愙齋》，四冊，16 頁盂鼎。

〔註69〕參見郭鼎堂《兩考》，23～24 頁小臣謎毀。

〔註70〕參見朱芳圃《釋叢》，131 頁。

〔註71〕參見強運開《古籀三補》，十一卷 1 頁。

　　　（〈乙、八、六、七五〉）　　　　　（伊毁〈三代、九、二十〉）

　　　（〈前、一、三六、一〉）　　　　　（伯康毁〈三代、八、四五〉）

　　　（〈前、四、二二、七〉）　　　　　（虢季子白盤〈三代、十七、十九〉）

　　《廣韻》：去京切。　　　　　　　古音：淨紐，陽。

　　《說文》九上卯部：「　，章也。六卿：天官冢宰，地官司徒，春官宗伯，夏官司馬，秋官司寇，冬官司空。從卯皀聲。」羅振玉謂此字，古文從　從　，或從　從　，皆象饗食時，賓主相嚮之狀，即饗字也。古公卿之卿，鄉黨之鄉，饗食之饗，實爲一字，後世析而爲三，許君遂以卿入　部，饗入皀部，卿入　部，而初形初誼，不可見矣。[註72] 說可從，據上出甲文之形體觀之，字中所從之　，即毁盛食物之象，兩旁所從　、　，乃兩人相嚮之狀，就整體察之，賓主相嚮饗食也，字當從　從皀，皀亦聲，會意兼聲字。後世以音近同，叚爲卿士、鄉黨字，遂又於字下增意符「食」，以還本字之原，因作「饗」字。金文形體與卜辭全同，中或從食者，誼亦無異也。許君釋義解形，均非初文製作之誼。至若羅氏謂古公卿之卿，鄉黨之鄉，饗食之饗，皆爲一字，其說至塙。首就聲韻言之：饗食字，初文（　）本從皀聲，而許書於「皀」下云：「又讀若香」^{五下皀部}明漢世以前，「皀」字本有「香」音，此無聲字多音之道，固不足稱異，而饗食字從之以爲聲，故其音亦作「香」也，《廣韻》許良切，古音歸陽。若夫卿士字，《白虎通》云：「卿之言嚮也」，《說文》本書又以音訓釋作「章也」^{九上卯部}，段注：「此以疊韻爲訓，古音在十部。」《廣韻》去京切，是饗卿二字，古音雖有深喉淺喉之異，古韻固本同部也。饗食字之於鄉黨字，本一字之分別文，其音自屬全同，固毋容費辭矣。次就字義言之：饗，饗食也，引申有相嚮之義。卿士者，人所歸嚮者也，故就饗食之引申義，叚爲卿士之稱。鄉黨者，人所就食之處也，故由饗食之引申義，叚爲鄉黨之稱。饗之於卿、鄉，皆本無其字，依聲託事之叚借正例，文字運用之常規也。更就字形言之：前出金文卿字之形，悉與卜辭饗食字無別，明是一體。故知饗、卿、鄉，初本一字也，第以後世卿鄉二字，各爲借義所專，而終古又未更造其本字，因據其借義，稍變其初文之形，以爲分別。

――――――――――――――

〔註72〕參見羅振玉《增考》，中，17頁上。

小篆整齊迹書，別爲三字，許君從之，分釋其義，字遂歧分爲三也。

（二）說　明

相向之向，經傳有作「卿」「嚮」字者，皆爲卿之假借也。《詞詮》：「鄉，方向介詞，對也。」〔註73〕鄉字，作連繫動作方向之處所介詞，此乃甲文至後代文言共同之現象，卜辭之例，若「☑戌其 **𠀎** 迲于西方東卿？☑東方西卿？」（〈粹、二五二〉）〔註74〕考典籍，則如《左傳・昭公四年傳》：「何鄉不濟。」又〈僖公三三年〉：「鄉師而哭。」等是。

（三）用　法

A3　式

1、井白內右利，立中廷北卿。（利鼎〈三代、四、二七〉）
2、**𤔲**季內右伊，立中廷北卿。（伊毁〈三代、九、二十〉）
3、井白內右師虎，即立中廷北卿。（師虎毁〈三代、九、二九〉）
4、穆公入右戱，立中廷北卿。（戱毁〈兩考、一五〇〉）
5、井白入右趩曹，立中廷北卿。（趩曹鼎一〈三代、四、二四〉）

按：上舉諸例，「卿」字作連繫動作方向之處所介詞，介賓結構在述語之後，且介賓結構倒置。例1至例5，文例全同，悉見於賞賜銘文。「右」者，佑之本字，《爾雅・釋詁》：「右，導也。」動詞，或以爲名詞，〔註75〕恐非。「內右」「入右」同義，言入廟門或入宮門導引受賞也。井白導人受賞，見於利鼎（〈三代、四、二七〉）、師虎毁〈三代、九、二九〉）、趩曹鼎一（〈三代、四、二四〉）、豆閉毁（〈三代、九、十八〉）、徒毁（〈續鑑甲編、十二、四四〉）等。廷字，《說文》二下及部訓朝中也。中廷有堂上堂下之分，《禮記・禮器》：「有以高爲貴者，天子之堂九尺，諸候七尺。」《漢書・賈誼傳》：「人主之尊，譬如堂，群臣如陛，罘庶

〔註73〕參見楊樹達《詞詮》，四卷，236～237頁。

〔註74〕按：**𠀎**，揞，經傳作宿，《儀禮・士冠禮》：「乃宿賓。」鄭注：「宿，進也。」進者導也。迲，從辵，爲杏之繁文，本辭爲姓氏，此卜是否導引杏氏於西方東向。《禮記・曲禮上》、《史記・淮陰候列傳》、又《緯候世家》並載：「客人自西階上，主人自東階上。」可資佐證。

〔註75〕參見齊思如〈周代賜命禮考〉，載《燕京學報》三二期204頁。

如地，故陛九級，上廉遠地，則堂高。」所謂堂高九尺，因堂下有陛，陛分九級，每級一尺，依《晏子春秋・內篇雜上》曰：「晏子曰：嬰聞兩楹之間，君臣有位焉。君子來遽，是以登階歷堂上趨，以及位也。」可知群臣上朝議事，必序立於堂上。又據《左傳・僖公九年》云：「王使宰孔賜齊候胙，齊候下拜登受。」杜注：「拜堂下，受胙於堂上。」又〈僖公二十三年〉傳：「公子降拜稽首。」可見凡冊封受賞，群臣必拜於陛下。觀究金文，記「拜頜首」之銘，皆未見「降拜」之文，乃因受賞者立於堂下中廷，位在陛下，無陛可降，故銘文之「中廷」，乃指宮廟堂下之中廷。「北卿」者，向于北，蓋君南向，所命北向也。

【伍】介動作之對象

西周金文，連繫動作對象之處所介詞，僅「于」一字。其性質有三：一、介詞必在次賓語之前；二、次賓語不可省略；三、介賓結構在述語之後。句式僅一種，A1 式：（主語）＋（副語）＋述語＋（賓語）＋介詞＋次賓語。

于

（一）解 字，參見 11 頁。

（二）說 明

《詞詮》：「於，介詞，表動作之對象。」〔註76〕按介詞「于」「於」二字用法全同，考《尚書》虛詞之「於」，皆作「于」。〔註77〕于字，作連繫動作對象

〔註76〕 參考楊樹達《詞詮》，九卷，571 頁。

〔註77〕 按：阮元《尚書注疏校勘記》，十三卷，2 頁，言：「『乃流言於國』，葛本『於』作『于』；下『於孺子』同。按語助之『於』，《尚書》皆作『于』，〈惟堯〉典『於變時雍』；此篇『壇於南方』及此兩句；〈酒誥〉『人無於水監，當於民監。』各本並作『於』。《薛氏古文訓》亦然。蓋傳寫舛錯，初無義例。葛本獨於此兩句仍作『于』，又葛本之誤也。」按考西周金文，關係詞「于」無作「於」者。東周金文，除齊器䌛鎛：「葉萬至於辥孫子，勿或渝改。」〈兩考、三一〇〉關係詞「於」一見外，餘皆作「于」。《今本尚書》如阮氏所言有六處「語助之於」。其實〈堯典〉「於變時雍」之「於」，當爲贊頌歎詞，與同篇：「於！鯀哉！」及〈皋陶謨〉：「於！予擊石拊石，百獸率舞。」同例。而〈金滕〉：「爲壇於南方」之「於」，茲從皮錫瑞《今文尚書考證》、孫星衍《尚書今古文注疏》作「于」，至若其餘四處，殆如阮氏所說，係傳寫舛錯，本當作「于」。

之處所介詞，典籍中，有《書‧大誥》：「予曷敢不于前寧人攸受休畢。」又〈呂刑〉：「于民之中，尚明聽之哉！」等是也。

（三）用　法

A1　式

1、不顯皇考宖公，穆穆克盟氒心，悊氒德，用辟于先王。（師望鼎〈三代、四、三五〉）

2、王祀于天室。降，天亡又王，衣于王不顯考文王。（大豐毀〈三代、九、十三〉）

3、令用弃展于皇王，令敢展皇王宕，用乍丁公寶毀。（令毀〈三代、九、二七〉）

4、令母狘，斯又內于師旅。（師旅鼎〈三代、四、三一〉）

5、乍冊矢令障图于王姜。（令毀〈三代、九、二七〉）

按：上舉諸例，「于」字作連繫動作對象之處所介詞，次賓結構，在述語之後。

例1，穆穆，恭慎敬肅之貌。盟，明也，「克盟氒心」者，即視於無形，聽於無聲之意。悊字，《說文》二上口部言為哲之重文，十下心部訓悊為敬，「悊氒德」者，言敬順其德也。辟猶仕也，與叔夷鐘：「是辟于齊候之所。」（〈兩考、二〇二〉）之「辟」，用法同。先王，指文王、武王等。

例2，祀，祭祀也。「天室」者，楊樹達以為此與《逸周書‧度邑解》：「定天保，依天室」之天室，《漢書‧律歷志》所引《書‧武成篇》云：「武王燎于周廟，翌日辛亥，祀于天位」之天位相同，解為衣祀舉行之處也。〔註78〕降，謂由天室下降也。天亡，人名，亡通無，《漢書‧古今人表》之「賓須亡」、「費亡極」，《左傳》並作無，姓考：「天，黃帝臣天老之後。」故此銘為天姓亡名也。〔註79〕又讀右，右通訓為助。「天亡又王」者，言王舉行祭祀典禮，天亡參與助祭也。衣祀，古祭名，卜辭云：「辛已卜，貞：王賓上甲，权至于多后，衣，亡尤。癸丑卜，貞：王賓自上甲，至于多后，衣，亡尤。」（〈前、二、二五〉）

〔註78〕參見楊樹達《積微》，六卷，162頁，大豐毀跋。

〔註79〕參見劉心源《奇觚》，四卷，12頁。

之衣，皆依祀也。衣假借爲殷，《書・康誥》：「文王殪戎殷。」而《中庸》作「壹戎衣。」鄭玄注：「衣讀如殷……齊人言殷聲如衣。」《呂氏春秋・慎大》：「親郼如夏。」高注：「郼讀如衣，今兗州人謂殷氏皆曰衣。」是其證也。殷祭，見於典籍，若《禮記・曾子問》：「除服而后殷祭。」鄭玄注《周禮・大宗伯》云：「率五年而再殷祭，一祫一禘」是也。

例 3，令，人名。葬讀敬。「厏」字从厂長聲，《說文》所無，殆是碭之古文，〔註80〕讀爲揚。寏字，以金文常例按之，當釋「休」義，謂賞賜也。

例 4，令，命令也。「敊」即播之古文，訓爲宣布也。斯，則也，假設關係詞。內即「內魯而外諸夏，內諸夏而外夷狄」之內，謂有私心也。

例 5，乍冊即作策，乃史職之古稱，其名已見於殷代卜辭，若：「王其寧小臣舌，重乍冊商☒，王弗每？」（〈前、四、二七、三〉）、「乍冊」（〈京津、七○三〉）白川靜謂此官之產生，乃由於殷有晉祀之禮，專人職司，此官職即作冊也。〔註81〕西周時仍有此名，惟略有差異，西周初期彝銘沿稱「乍冊」，如令毀（〈三代、九、二七〉）；中期則稱「乍冊內史」，如免盤（〈三代、十四、十二〉）、稱「乍冊尹」、如休盤（〈三代、十七、十八〉）。陳夢家謂名稱雖異，而其官職仍爲主持冊命之事。〔註82〕矢令，人名。「图」字，宋人概釋宜，〔註83〕羅振玉則釋俎，〔註84〕容庚言宜、俎爲一字。〔註85〕魯實先生則謂并有宜、俎二義，宜或爲祭名，若：「宜三牢」（〈鄴三、四六二六〉）、「丁卯，宜于義京☒人，卯十牛、中」（〈粹、四五〉）《爾雅・釋天》：「起大事，動大眾，必先有事于社，而後出謂之宜。」《禮記・王制》云：「天子將出，類乎上帝，宜乎社，造乎禰；諸候將出，宜乎社，造乎禰，禡於所征之地。」《詩・魯頌・閟宮》云：「是饗是宜」，宜本爲用牲之名，引申用爲祭名，或釋作「俎」，假爲「徂」，乙酉彝銘之「己酉，伐玲隓图于召」（《博古、八、十五》），句中「隓俎」者，讀如存俎，《爾雅・釋詁》云：「徂，存也。」隓俎于召者，謂省視于召。〔註86〕今從魯

〔註80〕按：《說文》九下石部：「碭，文石也。从石易聲」。

〔註81〕參見白川靜〈冊考〉，載《中國文字》，四十冊，34～35 頁，又 41～42 頁。

〔註82〕參見陳夢家《綜述》518 頁。

〔註83〕參見《博古圖》，八卷，15 頁己酉彝釋文：薛尚功《款織》，七卷，秦公鐘釋文。

〔註84〕參見羅振玉《增考》，中，38 頁。

〔註85〕參見容庚《金文編》，俎字，下。

〔註86〕參見魯實先先生《說文正補》77～79 頁，謂隓乃奠之繁文，奠存古音同爲昷攝，

說，「隨俎于王姜」者，即省視于王姜（武王之后，成王之母）也。

貳、時間介詞

【壹】介動作發生之時間

　　西周金文，介繫動作發生之時間介詞，僅「才」一字。〔註87〕 其性質有三：
一、介詞必在次賓語之前；二、次賓語不可省略；三、介賓結構之位置，以在
述語之前（B 式）爲常，間有在述語之後（A 式）者。句式有二：

　　（1）A1 式：（主語）＋（副語）＋述語＋（賓語）＋介詞＋次賓語。

　　（2）B2 式：介詞＋次賓語＋（主語）＋（副語）＋述語＋（賓語）。

　才（在）

　　（一）解　字，參見 14 頁。

　　（二）說　明

　　《詞詮》：「在，介詞，於也，介時間。」〔註88〕 考典籍，「在」字作介繫動
作發生之時間介詞者，若《書·洛誥》：「王命周公後，作冊逸誥，在十有二月。」
又君奭：「在今，予小子旦，非克有正。」等是其例。

　　（三）用　法

　　甲、A1　式

　　傋于四方，徝王大祀，祓于周，才二月既望。（保卣〈錄遺、二七六〉）

　　按：此例，「才」字介繫動作發生之時間次賓語，介賓結構在述語之後。

　　「傋」字，甲文作 𤕟（〈拾、六、十四〉）、𤕟（〈藏、四八、二〉）、
𤕟（〈前、一、二、六〉）、𤕟（〈前、二、三十、六〉）形，金文
作 𤕟（切卣〈錄遺、二七四〉，　𤕟（擔伯毀〈三代、六、五三〉、

故相通叚。

〔註87〕按：西周金文之記時法，多使用時間詞及以時間詞爲端語之主從結構，在句中作
　　　　副語或次賓語。凡時間詞前用「隹」、「雩若」、「雩」等，本論文茲從楊樹達詞詮之
　　　　說，歸諸字于第五章助詞編，作表強調、認定之語氣。

〔註88〕參見楊樹達《詞詮》六卷 379～380 頁。

（保卣〈錄遺、二七六〉）諸形，字或从辵，或从止，《說文》二下辵部云：「遘，遇也。从辵冓聲。」卜辭用爲祭名，如：「☑遘上甲豕五牛☑」（〈後上十八、二〉），「才正月，遘于妣丙彡日大乙奭，隹王二祀」（〈鄴、三、一、三二〉）等例是也。亦用爲遇，如：「☑其遘小風」（〈拾、七、九〉），「戊寅卜貞：今日王其田潼不遘大雨」（〈前、二、二八八〉）是也。此處「遘于四方」之遘，當訓遇也，指時間上之相遇。四方指四方諸國。逌，即迨字，會之古文佮說文五下會部，與此形近。「遘于四方迨王大祀」者，猶言相遇於四方諸國會王大祀之時，即時値四方會王大祀之年之義也。祓字，从礻友聲，與祐同，助也。主祀者爲王，四方諸候助王進行祀禮。周，殆指成周也。〔註 89〕

乙、B2　式

1、隹八月，辰才甲申，王令周公子明保尹三事四方。（令彝〈三代、六、五六〉）

2、隹公大保來伐反夷年，才十又一月庚申，公才盩𠂤。（旅鼎〈三代、四、十六〉）

3、隹王大龠于宗周祉饔莽京年，才五月既望辛酉，王令士上眔史寅殷于成周。（臣辰卣〈三代、十三、四四〉）

4、隹八月既望，辰才甲申，昧爽，三左三右、多君入服酉。（小盂鼎〈三代、四、四四〉）

5、才八月乙亥，辟井医光𠂠正吏，𪊲㝉麥匓。（麥彝〈兩考、四二〉）

按：上舉諸例，「才」字介繫動作發生之時間次賓語，介賓結構位在述語之前。

例 1，西周金文，「辰在」之辰，皆與歲時日夕相連，爲時間詞之用例，字殆假爲「䢅」，《說文》五下會部云：「䢅，日月合宿爲䢅。从會辰，辰亦聲。」觀金文用字之例，凡有「辰在」者，即無朔朏晦等語，可知辰乃指日月交會下

〔註 89〕按：此器保卣，民國 37 年出土於河南洛陽。陳夢家《斷代》（一）21 頁保卣，定爲武王時器；郭沫若，保卣銘釋文，載考古學報 1958 年一期 1 頁，定爲成王時器。據二說推之，周殆成周也。

之某種情況耳。明保，周公子。尹，治理也，《左傳・定公四年》：「周公相王室，以尹天下矣。」《水經・谷水注》：「光武都洛，舊以為尹，尹、正也。所以董正京畿，率先百辟也。」諸「尹」字，取「君臨」之意。三事即三有事、司事二字古通，盠方尊銘：「用嗣六㠯，王行參有嗣：嗣土，嗣馬、嗣工。」（《考古學報》1957、2）是知三事者，嗣土、嗣馬、嗣工也。三事與四方，內外對舉也。四方，指邦君諸候。

例2，「大保」之稱，僅見於周初時器，如大齋：「大揚皇天尹大保宣。」（〈三代・四・三三〉），大保毀：「王降征令于大保」（〈三代・八・四十〉），叔卣：「王姜史叔吏于大保」（〈遺錄・一六一〉），御正良爵：「令大保賞御正良貝」（〈三代・十六・四一〉）等是。郭沫若謂大保即召公君奭也。〔註90〕考《尚書・周書》，〈召誥〉、〈顧命〉二篇亦有「大保」之詞，〈召誥〉云：「惟太保先周公相宅」，注曰：「大保謂召公也。」此與銘文之稱謂全同，郭說殆可從也。

例3，「會」通「繪」，祭名。佶讀如造，《廣雅・釋言》：「造，詣也。」《說文》二下辵部訓為就也，此作「前往」解。饗，殆為「宴」之初文，饗祀之義。〔註91〕士、史、官稱。上、㪅，人名。眔，與也。「寤」為殷之繁文，此用為殷同或殷覜之殷，〔註92〕《周禮・大宗伯》：「殷見曰同。」注云：「殷見四方，四時分來，終歲則徧。」又〈秋官・大行人職〉：「時聘以結諸候之好，殷覜以除邦國之慝。」注云：「殷覜謂一服朝之歲也。慝猶惡也，一服朝之歲，五服諸候使卿以聘禮來覜天子，天子以禮見之，命以政禁之事，所以除其惡行。」說與金文所言殷之事近。故殷者，殆以特定之年次，或即大祭祀等之時，所舉行之大會同之禮也。

例4，昧爽，即卜文中所見之妹也，「辛酉卜，貞：今日不兩其雨，妹雨」（〈後上・三二・十〉），「乙丑卜，貞：今日雪，妹雪」（〈五・六六七〉），妹即昧之義，天將明之謂也。三左三・右，官名。〔註93〕多君，多邦之君也。服，

〔註90〕參見郭沫若《兩考》，27頁旅鼎。

〔註91〕參見白川靜《通釋》，七輯，342～343頁三十臣辰卣。

〔註92〕同註90，32頁臣辰盉。

〔註93〕按：郭沫若（同90，37頁小盂鼎）謂，三左三右當即曲禮之天官六大：大宰、大宗、大祝、大史、大士、大卜。陳夢家《斷代》（四）五七小盂鼎，則以〈顧命篇〉所見之左右兩班為三左三右，指率領邦君諸候之周室諸候也。

用也，此訓爲輔弼。酉即酒之初文，「入服酒」之語，此銘（小盂鼎〈三代、四、四四〉）凡三見，此即《國語・魯語》中諸侯于昧爽時入，君則於旦時視朝之事，視朝之前，參與者行修祓之禮也。

例5，辟，君也。「光爯正吏」者，謂榮寵其臣屬也。古人言正，猶今官長。「爾」字，除爾攸从鼎（〈三代、四、三五〉）、爾比盨（〈三代、十、四五〉）作人名解外，又見麥盉：「爾于麥查」（〈三代、十四、十一〉），麥尊：「用爾候逆迾」（〈兩考、四十〉），麥鼎：「井候征爾于麥」（〈錄遺、九一〉），諸家之說，聚訟紛紜。孫詒讓釋嗝，借鬲爲歷，取傳告、相導之義。〔註94〕郭沫若釋鬲，叚爲燕。〔註95〕吳闓生釋嗝，饗也。〔註96〕陳夢家釋嗝爲贊，作贊佐、贊助之贊。〔註97〕方濬並作亯，用也，从亯从自，讀若庸。〔註98〕白川靜則言字乃「瓚」之初文，「嗝」爲動詞，即祭祀時賓客之際所行之裸禮也。〔註99〕周法高以白氏鬲、爾無別爲非，而从其釋裸之說。〔註100〕今从白氏之說，爾，裸祭也。查字，即宮之繁文，从九聲，通厹，《淮南子・原道：》「禽獸有厹，人名有室」，又〈修務：〉「野彘有厹莒槎櫛虛連比，以象宮室。」从宮者，殆古人穴居，《禮記・禮運》云：「昔者先王未有宮室，冬則居營窟，夏則居橧巢。」鄭注：「寒則累土，暑則聚薪柴，居其上。」夫洞窟裡累土稱營，故《說文》七下宮部之營字，从宮从熒省聲，而查字或从呂，或以查取壅土之形。可見由營窟至宮室，反映於字形，即从查發展爲宮也。

【貳】介動作起始之時間

西周金文，連繫動作起始之時間介詞，僅「自」一字。其性質有三：一、介詞必在次賓語之前；二、次賓語不可省略；三、介賓結構之位置全在述語之前。句式僅一種，B2：介詞＋次賓語＋（主語）＋（副語）＋述語＋（賓語）。

〔註94〕參見孫詒讓《述林》，七，第 29 頁周麥鼎考。按：《說文》二上止部云：「歷，過也，傳也。从止秝聲。」《爾雅・釋詁》：「歷，相也。」

〔註95〕同 4，42 頁麥尊。

〔註96〕參見吳闓生《吉文》，一卷，31 頁麥鼎。

〔註97〕參見陳夢家《斷代》（三）158 頁。

〔註98〕參見方濬益《綴遺》十四卷 30 頁麥盉。

〔註99〕同 91，十一輯 611 頁 60 麥盉。

〔註100〕參見《金文詁林附錄》（三）1516 頁。

自

（一）解　字，參見 21 頁。

（二）說　明

《詞詮》：「自，介詞，從也，介時間。」〔註 101〕考典籍，「自」字作表動作起始之時間介詞，若《書・酒誥》：「自成湯咸至于帝乙。」又〈無逸〉：「自時厥後，立王先則逸。」等是，究甲骨文即有此種用法：「自今辛至于來辛又大雨」（〈粹、六九二〉）、「其又妣庚，重入自己夕 🔣 酒」（〈粹、三九三〉）等皆是也。

（三）用　法

B2　式

1、其自今日，孫孫子子毋敢望白休。（縣妃毀〈三代、六、五五〉）

2、繇！自乃且考又 🔣 于周邦。（彔伯惑毀〈三代、九、二七〉）

3、自今，余敢夒乃小大吏。（儦匜〈文物，一九七六、五〉）

按：上舉諸例，「自」字介繫動作起始之時間次賓語，介賓結構在述語之前。

例 1，其通期，表期望之語氣。望讀爲忘。休謂賞賜也

例 2，繇，歎詞，表贊頌語氣。「🔣」字，象兩手奉爵形。王國維釋爲勞，謂古之有勞者奉爵以勞之，故字以兩手奉爵。〔註 102〕說殆可從，此訓爲功勳也。

例 3，「夒」字，李學勤讀爲擾，〔註 103〕干涉、打擾也。吏事二字古通。小大吏，指一切事情而言。

參、憑藉介詞

西周金文，憑藉介詞有「用」、「㠯」二字。其性質有三：一、介詞可在次賓語之前，亦可在次賓語（限稱代詞「是」字）之後；二、次賓語可省略；三、介賓結構之位置，皆在述語之前。句式有三種：

〔註 101〕參見楊樹達《詞詮》，六卷，360～361 頁。

〔註 102〕參見王國維《觀堂》，2001 頁毛公鼎銘考釋。

〔註 103〕參見李學勤〈歧山董家村訓匜考釋〉，載《古文字研究》第一輯 1979 年 150 頁。

（1）B1 式：（主語）＋（副語）＋介詞＋次賓語＋（副語）＋述語＋（賓
　　語）

（2）C 式：（主語）＋次賓語＋介詞＋述語＋（賓語）。

（3）D 式：（主語）＋（副語）＋介詞＋（次賓語〈承上省略〉）＋述語＋
　　（賓語）

一、用

（一）解 字

（〈藏、一三〇、四〉）	（公史毀〈三代、六、四七〉）
（〈前、一、二一、四〉）	（宰峀毀〈三代、八、十九〉）
（〈後、下、二一、二〉）	（杞伯毀〈三代、七、四一〉）
（〈後、下、三八、八〉）	（江小仲鼎〈錄遺、七四〉）
（〈戩、六、十一〉）	（曾姬無邺壺〈三代、十二、二五〉）

《廣韻》：余頌切。　　　　　　　古音：餘紐，東部。

《說文》三下用部：「　，可施行也。从卜从中。衛宏說。凡用之屬，皆從用。　古文用。」按「用」字，揆諸古文，从卜从中之說，自不可信。高鴻縉謂　象中形。〔註104〕李純一據唐蘭、郭沫若等說，言字象斷竹，其橫劃乃表示竹節，豎劃示打通之意。〔註105〕余永梁則謂象器形，本誼當為盛物器也，引申為一切資用及行施誼。〔註106〕徐灝《說文段注箋》云，「用」即「鏞」之本字，古文　或作　，兩旁象欒銑，中象篆帶，上出象甬，短畫象旋蟲，絕肖鐘形。〔註107〕諸家之說，似以徐說最平實可從，蓋曾姬無邺壺作「甬」形者，正可為徐說佐證。卜辭恆言「其牢茲用」，是施用之說，乃其引申義也。

〔註104〕參見高鴻縉《中國字例》，二篇，316 頁。

〔註105〕參見李純一〈試釋用庸甬並試論鐘名之演變〉，載《考古》，1964 年，六期，310
　　　　～311 頁。按：李氏所引唐蘭，郭沫若之說，分見于唐蘭，古樂器小記，載《燕京
　　　　學報》十四期；郭沫若《兩考》237 頁鳳莕鐘。

〔註106〕參見余永梁《殷虛文字考》。

〔註107〕參見徐灝《說文解字注箋》。此據《說文解字詁林》三卷下用字條下所引迻錄。

（二）說 明

《經傳釋詞》曰：「用，詞之以也。《一切經音義》七引《倉頡篇》曰：『用，以也。』以、用一聲之轉，故義同。」〔註108〕《詞詮》亦云：「用，介詞，與『以』同。〔註109〕「用」字作憑藉介詞，已見於甲骨文，卜辭：「庚辰，貞，日又哉，其告于父丁用世九」（〈粹、五五〉）、「甲辰，貞：其大卯王自甲盟，用白狘九」（〈粹、七九〉）等是。考典籍，則有《書‧召誥》：「周公乃朝用書命庶殷。」《詩‧小雅‧天保》：「是用孝享」等等。

（三）用 法

甲、B1 式

1、用丝彝對令。（大保毀〈三代、八、四十〉）

2、用彝義寧厥顯考于井。（麥尊〈大系、二十〉）

3、昏用丝金乍朕文考弃白鼄牛鼎。（昏鼎〈三代、四、四五〉）

4、用丝三夫頡首。（昏鼎〈三代、四、四五〉）

按：上舉諸例，「用」字作憑藉介詞，介賓結構在述語之前。

例1，丝為茲字之初文，此也。彝，宗廟常器之總稱。

例2，「彝義」者，郭沫若讀為鴻羽。〔註110〕此銘上有「王射大彝，禽」之語，彝殆為禽名，疑即鴻也，《孟子‧梁惠王上》記齊宣王顧鴻雁麋鹿於雪宮，周天子之璧雍有鴻，固其然也。義，其羽也，《易‧漸》之上九：「鴻漸于陸，其羽可用為儀。」義古文儀。此銘蓋謂王與井候既射得大鴻，寶貴其羽而分之，井候用其羽，以歸寧其顯考也。寧，安其神也。井即邢候，周公子，周康王時封于邢，〔註111〕故「厥顯考」者，指周公也。〔註112〕

〔註108〕 參見王引之《經傳釋詞》，一卷，10頁。

〔註109〕 參見楊樹達《詞詮》，九卷，607頁。

〔註110〕 參見郭沫若《兩考》，41頁，麥尊。

〔註111〕 參見李學勤《殷代地理簡論》50頁。按：「井」，經典作「邢」，為周公子所封之國，《左傳‧僖公二四年》：「凡、蔣、邢、茅、胙、祭，周公之胤也。」又〈襄公十二年〉：「邢、凡、蔣、茅、胙、祭，臨於周公之廟。」而金文邢候毀銘云，井候作器以祭周公，知井乃周公之後，其所封地，殆即今河北邢台縣，參見徐中舒〈禹鼎的年代及其相關問題〉，載《考古學報》1959年三期55頁。

例3，金，銅也。「鼎」字，金文作 形（舀〈三代、四、四五〉），就字形觀之，其朔義蓋謂以匕扱取鼎中之肉，而載之於俎之形也。古者設鼎，皆匕俎從設，《儀禮》述之最詳，〈少牢饋食禮〉云：「雍人概鼎匕俎于雍爨。」〈士昏禮〉云：「鼎入，陳于阼階南，西面匕俎從設。」〈士虞禮〉云：「鼎入，設于西階前，東面匕俎從設。」〈特牲饋食禮〉云：「佐食舉牲鼎……贊者錯俎、加匕。」〈有司徹〉云：「陳鼎……雍府執二匕以從……司士合执二俎以從。」是知鼎字當是燕饗與祭享義。究之金文亦莫不然，小克鼎：「克其日用鼎，朕辟魯休」（〈三代、四、三十〉），剌鞁鼎：「作寶障，其用盟鼎」（〈三代、三、二七〉）曆鼎：「其用夙夕鼎享」（〈三代、三、四五〉）此三鼎字悉作燕饗解、至若索角省鼎：「索諆作有羔日辛鼎彝」（〈三代、十六、四六〉）、說兌毁一：「作皇且城公鼎毁」。（〈三代、九、三一〉）鼎則爲祭享義。古彝器不僅爲祭祀之用，亦用於燕饗賓客，其例甚多，俱見於銘文，如召仲壺：「召仲考父自作壺，用祀用饗」（〈三代、十二、十八〉），伯康毁：「伯康作寶毁，用饗倗友，用饋王父王母」（〈三代、八、四五〉）及曾伯陭壺：「用饗賓客，爲德無叚，用孝用享，用賜眉壽。」（〈三代、十二、二六〉）皆饗與享並列。又查《玉篇·鼎部》：「鼎，煮也，亦作鬻」，鬻字，《說文》三下䰜部訓煮也，段注：「鬻亦作䰞，亦作鼎。」《史記·封禪書》：「皆嘗亨鬺上帝鬼神。」師古注：「鬺，烹煮而祀也。」由以上《儀禮》、金文、字書證之。鼎字訓饗或享〔註113〕是也，訓奉〔註114〕、訓煮，〔註115〕則非矣。「鼎牛鼎」者，祭饗用之大鼎也。

例4，頡者，頭拜至地之禮，此訓「謝罪」也。

乙、Ｃ　式

王賜乘馬、▲是用△左王。（虢季子白盤〈三代、十九、十九〉）

按：此例，「用」字作憑藉介詞，「是」爲次賓語提前，稱代乘馬。「賜」字，從目從易，《說文》四上目部云：「賜，目疾視也，從目易聲。」金文

〔註112〕參見吳闓生《吉文》，四卷，6頁邢候尊。

〔註113〕參見馬薇廎〈彝銘中所加於器名上的形容詞〉，載《中國文字》四三冊6～7頁。

〔註114〕參見徐同柏《從古》，一卷，21頁周婦姑甗。

〔註115〕參見白川靜《通釋》，九輯，498頁四八雁公鼎，白氏謂「鼎」爲將之繁文，引《詩·周頌·我將》：「我將我享，維牛維羊」之例，釋鼎爲烹煮也。

則用爲賞賜之賜，如召尊：「白懋父賜▨白馬」（〈錄遺、二〇五〉），曾伯簋：「天賜之福」（〈三代、十、二六〉），曾伯陭壺：「用賜眉壽」（〈三代、十二、二大〉），即其例，「易」、「賜」皆爲易聲，音同而假借也。乘馬，車乘與馬匹也。左通佐，助也。

丙、D 式

1、易女▨▨一卣：朱旂二鈴，易女▲絲▲夆，用歲用政。（毛公鼎〈三代、四、二七〉）

2、曶用絲金乍▨文考旂白▲▨牛鼎，曶其萬年用祀。（曶鼎〈三代、四、四五〉）

3、明公易亢▨金牛，曰用▲褮。（令彝〈三代、六、五六〉）

4、王易赤▨、市、玄衣、黹屯、▲欒旂，曰用左右俗父。（庚季鼎〈三代、四、二四〉）

5、白汈其乍旅盨，▲用享▲用孝。（伯汈其盨〈錄遺、一八〇〉）

按：上舉諸例，「用」字作憑藉介詞，次賓語承上省略。

例1，「絲夆」郭沫若讀茲贈，[註116]指「易女」以下諸賞賜物言。「用歲用政」者，政讀爲征，征事也。歲字，吳闓生解爲祭歲，其云：「歲，祭歲也。〈洛誥〉有『烝祭歲』之文，《周書》作雒解『王既歸，乃歲，十二月崩鎬。』此可見祭歲爲古人大政，所謂『國之大事在祀與戎也』。」[註117]吳說頗得之，《墨子‧明鬼篇》引古語云：「吉日丁卯，用伐祀社方，歲于祖若考，以延年壽。」歲字正用爲動詞，用歲亦猶用祀（曶鼎〈三代、四、四五〉）、用褮（令彝〈三代、六、五六〉）、用享用孝（伯汈其盨〈錄遺、一八〇〉）也。

二、呂

（一）解 字

呂 （〈拾、一、十一〉）　　　　呂 （矢方彝〈三代、六、五八〉）

〔註116〕同 110，134 頁毛公鼎。

〔註117〕同 112，一卷 4 頁毛公鼎。

𠃌	（〈前、五、二七、一〉）	𠃌	（沈子毁〈三代、九、三八〉）
𠃌	（〈後、上、二五、七〉）	𠃌	（小臣邁毁〈三代、九、十一〉）
𠃌	（〈後、下、三四、三〉）	𠃌	（大鼎〈三代、四、三三〉）
𠃌	（〈後、下、三四、八〉）	𠃌	（散氏盤〈三代、十七、二十〉）

《廣韻》，羊已切。　　　　　　　古音：餘紐，之部。

《說文》十四下巳部，「㠯，用也。以反巳。賈侍中說，巳意巳實也。象形。」㠯之字形，說者甚多，高鴻縉從徐中舒說，謂字象耜形。〔註118〕田倩君言字象生物之胚胎，〔註119〕說與蔣禮鴻之「巳」、「㠯」（巳者胎之初文）相近。〔註120〕高田忠周則謂㠯乃「矣」之古文，象語氣盡而止之。〔註121〕張與仁謂象蛇形，〔註122〕蓋从《說文》从反巳，而巳為蛇之說。就字形論之，巳㠯形雖近，究非正反之關係。《說文》九上包部：「包，妊也。象人裏妊，巳在中，象子未成形也。」是知巳非蛇，而㠯則更非蛇矣。就上出甲金文觀之，高、徐二氏之說較佳，乙本耜字之象形文，象曲柄折頸宛口向內之形，其用如今日之挖鍬，所以發土也。自借用為虛字，乃加耒旁作耛，或加木旁作梠。秦漢以後，復叚「以」形為之，至今久而不返矣。

（二）說　明

《詞詮》：「以，介詞，用也。表動作所用之工具。」〔註123〕「以」字作憑藉介詞，已見於甲骨文，卜辭：「己丑卜，貞：曹㠯沚或伐敢，受又」（〈粹、一一六四〉）、「其㠯虎曹戍弜」（〈粹、一五五八〉）等是。考典籍，若《書・洛誥》：「乃命寧予以秬鬯二卣。」又〈顧命〉：「以二干戈、虎賁百人，逆子釗於南門之

〔註118〕參見高鴻縉《中國字例》，二篇，155～157 頁；徐中舒，耒耜考，載《集刊》二本一分 30～31 頁。

〔註119〕參見田倩君《中國文字叢釋》，144～157 頁釋以。

〔註120〕參見蔣禮鴻〈讀字肊記〉，載《說文月刊》三卷十二期 88 頁。

〔註121〕參見高思忠周《古籀篇》，六，第 11～12 頁。

〔註122〕參見張與仁〈㠯巳文字與彝器畫紋考釋〉，載《中國文字》，十九冊，2～3 頁，又6 頁。

〔註123〕參見楊樹達《詞詮》，七卷，469 頁。

外。」等是也。

（三）用 法

甲、B1 式

1、史兒至，昌王令曰：余令女事小大邦。（中甗〈兩考、十九〉）

2、王令毛公昌邦家君、土馭、域人伐東或痛戎。（班毀〈兩考、二十〉）

3、趞令曰：昌乃族從父征。（班毀〈兩考、二十〉）

4、白懋父昌殷八自征東尸。（小臣䧙毀〈三代、九、十一〉）

5、女昌我車宕伐㮂允于高陵。（不嬰毀〈三代、九、四七〉）

按：上舉諸例，「昌」字作憑藉介詞，介賓結構在述語之前。

例1，史，官稱。兒，人名。「昌公令曰」者，即轉述王所命令之事。女，汝也。事，職司，管理之意。小大邦，指京畿外之附庸國。

例2，「邦冢君」之稱，亦見於《尚書・牧誓》云：「我友邦冢君」。冢，大也。邦冢君，國君之尊稱，此指諸侯而言。土馭讀如徒御，徒猶今言步兵，馭古御字亻部《說文》二下，訓爲御車馬者之謂。古代車戰，甲士乘車爲御，步卒扶輿在後爲徒，衝鋒陷陣則「車馳卒奔」，故《詩・小雅・黍苗》：「我徒我御」及石鼓文皆以「徒御」並稱。東或痛戎，殆指越國。〔註124〕

例3，族，氏族軍也，古文作🔲（〈新、二一○三〉）、🔲（〈前、四、三二、一〉）、🔲（〈後下、四二、六〉）、🔲（〈菁、十一、七〉）、🔲（毛公鼎〈三代、四、四六〉）、🔲（師酉毀〈三代、九、二一〉）諸形，字皆从矢从㫃，矢所以殺敵，㫃所以標㫃，聚㫃矢於旗下，以會族意。故知族之本義，乃源於氏族社會之軍事組織，〔註125〕許書「矢鋒」之訓㫃部七上，乃鏃字假借而來，非朔誼也。

例4，「白懋父」又見宅毀（〈三代、六、五四〉）、🔲尊（〈錄遺、二○五〉）、師旅鼎（〈三代、四、三一〉）、衛毀（〈三代、六、三〉）諸器名。郭沫若、〔註126〕

〔註124〕參見楊樹達《積微》，四卷。123頁毛伯班毀。

〔註125〕參見丁山《甲骨文所見氏族及其制度》33～34頁。

〔註126〕參見郭沫若《金考》233頁。

吳其昌〔註127〕、周法高〔註128〕皆以爲即康伯髦、牟伯、王孫牟父、中旄父也。戀、牟、髦、旄乃聲之通轉。金文六𠂤之𠂤，皆作𠂤，不作師，其見諸他器銘則有禹鼎：「王迺命西六𠂤、殷八𠂤」（《錄遺・九九》）、盠尊：「王冊命尹易盠……用司六𠂤」（《文參・一九五四、七》）、淩貯毀：「王令東宮追㠯六𠂤之年」（〈兩考、一〇〇〉）南宮柳鼎：「王乎乍冊尹冊命柳司六𠂤」（《錄遺・九八》），此六𠂤、八𠂤皆爲周代之宿衛軍。初，成王之時，金文即有「殷八𠂤」之稱，〔註129〕乃武王滅殷後所編成之軍隊，以武王伐紂，紂王發兵七十萬，武王敗紂師於牧野，收其兵，𤔲駐牧野，用以鎮撫東夷者也。〔註130〕

　　例5，女，汝也。宕伐，擊殺征伐之義。嚴允即《詩・小雅・出車》云：「赫赫南仲，玁狁于襄」之玁狁，即北狄也。高陵，地名。

乙、C　式

　　𢾍伐厰狁于洛之陽，折首五百，執嶭五十，是㠯先行。（虢季子卣盤〈三代、十七、十九〉）

　　按：此例，「㠯」字作憑藉介詞，次賓語「是」提前。「𢾍伐厰狁」者，即《詩・小雅・六月》：「薄伐玁狁」，薄、迫同音假借，故𢾍伐、薄伐有擊殺征伐之義。「𢾍」字從干，干犯也，從專爲聲，猶博從專聲，此明古文逸文也。干戈皆兵之事，或「戟」爲「𢾍」之原文，「𢾍」爲異文，而戈支古多通用，又支手亦多通用，撲作數，又作戲，可證。然戟博或亦博戟之異文，段借爲迫，用薄亦同。〔註131〕折，謂斷者，《逸周書・克殷解》有「以黃鉞折縣諸大白。」孔注：「折，絕其首」。嶭字，吳大澂謂即「訊」字，象獲醜之形，執繫之，故從系，從言訊，

〔註127〕參見吳其昌《金文厤朔流證續補》340頁。

〔註128〕參見周法高，零釋44～49頁師旅鼎考釋。

〔註129〕按：此器（小臣遳毀〈三代、九、十一〉），郭沫若《周代金文圖錄及釋文》（三）23頁；陳夢家《斷代》（一）170頁；及容庚《通考上》第四章46頁；諸家概定爲成王時器。

〔註130〕參見葉達雄〈西周兵制的探討〉，載《台大歷史學系學報》六期11～15頁。

〔註131〕同121，十六第17頁。

故从口。〔註132〕其言至墻，譏字字形譌變最劇，▨（虢季子白盤〈三代、十七、十九〉）、▨（兮甲盤〈三代、十七、二十〉）、▨、▨（不娶毀〈三代、九、四八〉）、▨、▨（鵬毀〈三代、九、四〉）、▨（揚毀〈三代、九、二五〉）、▨（師袁毀〈三代、九、二八〉）、然存於兮甲盤之▨，則尚可推其造字之朔義，▨象繩（系）反縛戰俘雙手於背後之形，下作▨非女字，乃▨（止）之譌變，靾或作▨，執或从▨可證。譏字从口，蓋取審問之義，《漢書‧張湯傳》：「訊鞫論報」，注：「考問也」，又〈鄒陽傳〉：「卒以吏訊」，注：「鞫問也」。訊从卂聲，乃後起之形聲字，而譏爲初文。《詩‧小雅‧鹿鳴》：「執訊獲醜」，箋云：「訊，言也。」而金文屢言「折首執譏」〔註133〕譏爲訊之初文，殆無可疑。執訊者，謂執敵而訊之也。「是」次賓語，稱代折首五百，執譏五十等戰獲品。

丙、D　式

1、䪧吏乎友弘昌告于白懋父。（師旅鼎〈三代、四、三一〉）

2、王令眚史南昌即虢旅。（爾修从鼎〈三代、四、三五〉）

按，上舉諸例，「昌」字作憑藉介詞，次賓語承上省略。

例1，䪧、弘，人名。吏通使，命令也。

例2，「眚史」者，楊樹達謂眚者罪也，其史司罪過之事，故曰眚史。〔註134〕南，眚史之名。即，即事，服役也。

肆、受事介詞

西周金文，受事介詞僅「于」一字。其性質有三：一、介詞必在次賓語之前；二、次賓語不可省略；三、介賓結構之位置，全在述語之後，句式僅一種，A1式：（主語）＋（副語）＋述語＋（賓語）＋介詞＋次賓語。

〔註132〕參見吳大澂《愙齋》十六冊，11頁，虢季子白盤；又《古籀補》11頁。

〔註133〕按：「折首執訊」一詞，見兮甲盤（〈三代、十七、二十〉），不娶毀（〈三代、九、四八〉）、師袁毀（〈三代、九、二八〉）等銘。

〔註134〕同124，一卷28頁醜攷从鼎跋。

于（亐）

（一）解　字，參見11～12頁。

（二）說　明

《詞詮》：「于，介詞，表動作（給予或告訴）之對象。」〔註135〕于字作受事介詞，考典籍，如《書・呂刑》：「方告無辜于上。」《詩・大雅・蕩》：「告成于王」等是。

（三）用　法

A1　式

1、公告氒事于王。（班毀〈兩考，二十〉）

2、王降征令亐大保。（大保毀〈三代、八、四十〉）

3、格白受良馬乘于倗生。（格伯毀〈三代、八、五〉）

4、子白獻戒于王。（虢季子白盤〈三代、十七、十九〉）

5、天子休于麥辟医。（麥尊〈兩考、四十〉）

按：上舉諸例，「于」字作受事介詞，介賓結構在述語之後，例5省略賓語。

例2，降謂自上而下。征令，征討之命令也。「大保」者，又見叔毀：「王姜史叔吏于大保」（《錄遺・一六一》）、大鬻：「大揚皇天尹大保室」（《兩考・三三》）、師旅鼎：「隹公大保來伐反尸年」（〈三代、四、十六〉），梱毀銘：「大保易厥臣梱金」（〈三代、八、四十〉）及大保爵：「令大保于  御正良貝」（《三代・十六・四一》），凡此悉為周初時器。〔註136〕郭沫若謂大保為召公君奭，〔註137〕白川靜則言西周大保為召公之家號。〔註138〕觀《尚書・周書・召誥》、〈顧命〉二篇，大保即召公也，〈召誥〉云：「惟大保先周公相宅。」注云：「大保，謂召公也。」〈顧命〉云：「乃同召大保奭……大保率西方諸侯。」彝銘所載，與經傳稱謂脗合，故「大保」蓋即召公奭也。

例3，受字讀授，授與也。古文授受本屬同字，字象兩手相受授形，後世

〔註135〕參見楊樹達《詞詮》九卷571頁。

〔註136〕按：師旅鼎、作冊大鬻郭沫若兩考26、27頁定為成王時器。

〔註137〕參見郭沫若《兩考》27頁作冊大鬻。

〔註138〕參見白川靜《通釋》，二輯，87頁。

以授予，接受，意見有別，遂復如意符手作「授」，以當授予之義，而「受」字乃獨專接受一義，字因分化爲二耳。乘，單位詞，《左傳·隱公元年》：「具卒乘」，注：「車曰乘。」又〈僖公二十三年〉：「有馬二十乘」，注：「四馬爲乘。」良馬乘者，指良馬四匹也。俐生，人名。

例 4，獻，進貢也。「戠」字從戈從爪，疑即古馘字，《說文》十二上耳部：「聝，軍斷耳也。《春秋傳》曰：『以爲俘聝』。從耳或聲。馘，聝或從首。」按「戠」、「馘」、「聝」三字聲符同，止形符有耳首爪之別耳，且彝銘敔毀云：「長榍載首百，執訊四十……告禽戠百訊四十」（〈三代、八、四四〉），「戠百」即上所言之「首百」，是知戠訓「首級」也。

例 5，休，賞賜也。賓語省略。用法亦見於縣妃毀：「白屖父休于縣妃」（〈三代、六、五五〉），季受尊：「 ＊＊ 休于世季受」（〈三代、十一、三二〉），相侯毀：「相侯休于厥臣」（〈三代、八、二八〉）及耳尊：「侯休于耳」（〈錄遺、二〇六〉）等等銘文。

伍、交與介詞 〔註 139〕

西周金文，交與介詞有「及」、「眔」、「㠯」、「從」等四字。其性質有三：一、介詞必在次賓語之前；二、次賓語不可省略；三、介賓結構之位置，全在述語之前。句式僅有一種，B1 式：（主語）＋（副語）＋介詞＋次賓語＋述語＋（賓語）。

一、及（彶）

（一）解 字

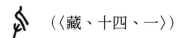　（〈藏、十四、一〉）　　　　　（保卣〈錄遺、二七六〉）

〔註139〕按：交與介詞訓「與」，主語與次賓語有主從關係；與並列連詞之訓「與」，兩者有別。蓋連詞僅用以連接句中之兩個文法成分，其不受副語修飾，若〈論語·述而〉：「唯我與爾有是夫！」句中「與爲並列連詞，「我」、「爾」構成複主語，不可省略。介詞則不然，介賓結構可于句中作謂語之修飾成分，否定句之介詞更爲明顯，若〈孟子·離妻下〉：「諸君子皆與驩言，孟子獨不與驩言，是簡驩也。」句中上「與」字受範圍副語「皆」之修飾，下「與」字否定副詞「不」之修飾，且主語可承上省略。

（〈藏、一一六、四〉）	（王孫鐘〈三代、一、六三〉）
（〈戩、十六、二〉）	（旨鼎〈三代、四、四五〉）
（〈後下、二二、七〉）	（不娶毀〈三代、九、四七〉）
（〈前、八、七、三〉）	（格伯毀〈三代、八、五〉）

《廣韻》：其立切。　　　　　古音：羣紐，緝部。

《說文》三下又部：「月，逮也。从又从人。乁，古文及秦刻石及如此。弓，亦古文及。𨽻，亦古文及。」按及字，契文金文之字形，與小篆全同，許書古文乁弓二形，當爲壁中古文，而「秦刻石及如此」六字，或以爲殆非許語也。〔註140〕觀上出古文，字从又而人屬其後，追及前人也。郭沫若推闡之，謂及同逮，即逮捕之義，此乃本義，後假爲「暨」、「與」、「之」，而本義遂失。〔註141〕說殆可從。至若「彶」字，本「及」之繁文，然至許慎《說文解字》時，「及」三下又部，「彶」二下彳部訓急行也 已分用矣。

（二）說　明

《經傳釋詞》：「及，與也。」〔註142〕「及」作交與介詞，考典籍，若《詩・豳風・七月》：「女心傷悲，殆及公子同歸。」《書・金縢》：「管叔及其群弟乃流言於國。」等是也。

（三）用　法

B1 式

女及戎大臺戲。（不娶毀〈三代、九、四七〉）

按：此例，「及」作交與介詞，介賓結構位在述語之前。「臺戲」者，臺即「𣂼」之初文，《說文》三下支部訓𣂼爲怒也詆也。戲即《詩・小雅・六月》：「薄伐玁狁」之薄，以專爲聲，而廹薄同音假借，故臺戲者，有擊殺征伐之義也。戎，異族名。

〔註140〕參見鈕樹玉《說文校錄》。此據《說文解字詁林》三卷下及字條下所引《迻錄》又部1030頁。

〔註141〕參見郭沫若〈保卣銘釋文〉，載《文史論集》320頁。

〔註142〕參見王引之《經傳釋詞》，五卷，47頁。

二、眔

（一）解　字

（〈藏、六九、四〉）	（井侯毁〈三代、六、五四〉）
（〈後上、二〇、一〇〉）	（令鼎〈三代、四、二七〉）
（〈拾、九、八〉）	（戲鐘〈三代、一、十七〉）
（〈前、四、三七、五〉）	（揚毁〈三代、九、二五〉）
（〈前、四、四七、五〉）	（師辰鼎〈兩考、一一八〉）
（〈菁、一〇、一八〉）	（翏生盨〈三代、十、四四〉）

《廣韻》：他計切。　　　　　　　　古音：透紐，脂部。

《說文》四上目部：「眔，目相及也。从目从隶省。」按眔字，朱芳圃引郭沫若之說，謂字當係「涕」之古字，象目垂涕之形，而眔㒸二字又係一字之譌變。〔註143〕其說是也。蓋即字形觀之，其上為目，其下點滴，乃涕淚之形；即字義察之，誼重在涕，从目，明著意符，以定其義也；即字音究之，眔涕古音同屬緝二十七，故知眔實涕之初文，合體象形。而涕字乃後出之形聲別構。觀上出甲金文字，字皆酷肖其形，許君未察，遂以為眔下从隶省。按之許書隶字 ³下隶部，从又尾省，而此云从隶省，殆以眔下即从尾之省體也，考之古文尾字从 ㇓，竝不作 水，故知許君解字形之非是。至若釋義謂「目相及也」，乃以字上从目，而下从隶，本書又訓隶為「及」，故有此誤解，許君於眔字，釋義解形兩失之矣。〔註144〕

（二）說　明

眔及二字，古音同在緝二十七部，故得通假。《詞詮》：「暨，介詞，及也。」〔註145〕眔字作交與介詞之例，乃金文語言特色之一，考《尚書》、《詩經》、《易經》，乃至後世典籍，皆無此種用法。〔註146〕

〔註143〕參見朱芳圃《甲骨學文字編補遺》7頁。

〔註144〕參見謝師一民《說文解字箋正》83～84頁。

〔註145〕參見楊樹達《詞詮》，四卷，178頁。

〔註146〕按：眔字，甲文多作名詞並列結構之連詞，若：「霙眔上甲」《粹·三》：「母己眔

（三）用　法（B1式）

1、啟對揚王休，用乍厥文考障毀，啟眔厥子子孫孫永寶。（啟毀〈三代、八、五一〉）

2、走敢拜頴首，對揚王休，用自乍寶障毀，走其眔厥子子孫孫萬年永寶用。（走毀〈兩考、七九〉）

3、虘乍寶鐘，用追孝于己白，用享大宗，用濼好賓，虘眔蔡姬永寶。（虘鐘〈三代、一、十七〉）

4、我不能不眔縣白萬年保。（縣妃毀〈三代、六、五五〉）

按：上舉諸例，文例相同，悉爲銘末祈匃語，「眔」字作交與介詞，主語可承上省略，介賓結構在述語之前。

三、㠯（以）

（一）解　字，參見 38 頁。

（二）說　明

《詞詮》：「以，介詞，與也」〔註147〕以字作交與介詞，考典籍若《書・多方》：「今至于爾辟，弗克以爾多方享天之命。」《左傳・襄公二十九年》：「樂氏其以宋升降乎！」等是也。

（三）用　法（B1式）

1、女其㠯成周師氏戍于甶白。（彔致卣〈三代、十三、四三〉）

2、虢仲㠯王南征，伐南淮尸。（虢仲盨〈三代、十、三七〉）

3、虢對揚王休，用自乍寶彝，萬年㠯厥孫子寶用。（鮮毀〈三代、八、四九〉）

4、王易命鹿，用乍寶彝，命其永㠯多友毀飤。（命毀〈三代、八、三一〉）

按：上舉諸例，「㠯」字作交與介詞，介賓結構在述語之前，主語可承上省略。

子癸」《粹・三四》等等，至若典籍則多假「暨」爲之。

〔註147〕參見楊樹達《詞詮》，七卷，473 頁。

例 1，女，汝也。其通期，表期望語氣，成周師氏，指掌洛邑軍事之官。戍，防守。甛自，地名。

例 2，虢仲，人名。伐，征討也，古代戎狄，華夏出師均言「伐」，自春秋嚴華戎之分，以禮樂征伐自天子出，則外入之寇多書「侵」，自中國出師，以討不庭，乃書「伐」。

例 4，易讀錫，賞賜也。命，作器者。「毀飤」者，《說文》五下食部云：「飤，糧也。从人食。」彝銘飤同食，鄷孝子鼎（〈三代、三、三六〉）器銘作「飤」，而蓋銘作「食」，是其明證。毀飤，謂食用毀也。

四、从（從）

（一）解　字

<table>
<tr><td>竹（〈藏、六○、一〉）</td><td>从鼎〈三代、三、二八〉</td></tr>
<tr><td>（〈藏、一○九、二〉）</td><td>宰椃角〈三代、十六、四八〉</td></tr>
<tr><td>（〈戩、三八、一〉）</td><td>任民毀〈三代、六、三一〉</td></tr>
<tr><td>（〈續、四、四四、三〉）</td><td>過白毀〈三代、六、四七〉</td></tr>
<tr><td>（〈後下、二五、九〉）</td><td>齊鎛〈三代、一、六六〉</td></tr>
<tr><td>（〈新、一三七二〉）</td><td>散民盤〈三代、十七、二十〉</td></tr>
</table>

《廣韻》：疾容切。　　　　古音：從紐，東部。

《說文》八上从部：「𠕋，相聽也。从二人。凡从之屬，皆从从。」又：「𨑭，隨行也。从辵从，从亦聲。」按上出甲金文字前三體，皆象一人前行，一人隨從之狀，隨行之意也。會意。字或增意符「止」，或增意符「彳」，此古文累增之通例，於義無異。卜辭有用其本誼者，如：「己巳卜，爭貞：从伐土方」（〈粹、一一○三〉）、「己卯卜，爭貞：王乍邑，帝若我从之唐」（〈乙、五七○〉）等等；有用其引申義者，如：「之日，王往于田，从東允雙豕三，十月」（〈甲、一一、二二、一一〉）、「貞：王其往出，从西，告于且丁」（〈佚、五五八〉）、「貞：乎田从南」（〈綜、二一、二〉）、「王往省从北」（〈乙、四九三二〉）等是，从東

从西从南从北者，自東自西自南自北也。彝銘竝存「从」、「從」二體，小篆又沿金文之體，二文竝行於世。許君撰書，因悉錄存，分別釋以習用之意，形義由之而異，判然若二字矣。探其初始，「从」、「從」形既爲一體之增繁，誼又相因，音亦相同，固知二字實一字之古今文也。「隨行」之釋，乃其朔誼，而「相聽」之訓，引申之意也。

（二）說　明

《詞詮》：「從，介詞，隨也」。〔註148〕從字作交與介詞，考典籍，若《史記・晉世家》：「狐突之子毛及偃從重耳在秦。」《漢書・儒林傳》：「梁項生用田何受易。」等是也。

（三）用　法

B1　式

1、𣂪从王伐荆，孚，用乍餴毁。（徙毁〈三代、七、二一〉）

2、稽從師雄父戌于古自。（稽卣〈兩考、七、二一〉）

3、師旅眔僕不從王征于方。（師旅鼎〈三代、四、三一〉）

4、史免乍旅匜，從王征行，用盛稻梁。（史免卣〈三代、十、十九〉）

5、員从史旗伐會，員先內邑。（員卣〈兩考、二八〉

按：上舉諸例，「从」（從）字作交與介詞，介賓結構在述語之前。

例1，𣂪，人名。荆，即楚也，彝銘有「荆楚」並稱者，若犾駿毁銘：「犾駿從王南征，伐楚荆」（〈兩考、五三〉）。《史記・吳世家》云：「太伯之犇荆蠻，自號句吳。」索隱曰：「荆者，楚之舊號，以州而言之曰荆。蠻者閩也，南夷之名。」《穀梁傳・莊公十四》、〈廿八年〉：「荆者楚也。」故知荆，荆楚，荆蠻，所指是一。

例3，師，官名。于方，殆即卜辭所屢見之盂方，地在今河南睢縣附近。〔註149〕

例4，史，官名。見於彝銘者，以受王命行冊命禮者爲主，與《尚書・

〔註148〕參見楊樹達《詞詮》六卷427頁。

〔註149〕參見郭沫若《兩考》26頁師旅鼎所引。按：說詳〈卜辭通纂考釋〉127頁。

・49・

周書‧顧命》:「太史秉書,由賓階隮,御王冊命。」之太史,職守相同。「旅器」金文習見,依其功用,大抵可分四類:(一)祭器;(二)用器;(三)媵女之器;(四)行旅之器;而此四類皆用於飲食,正合《廣雅‧釋詁》:「旅,養也」之義,蓋事死如事生,故奉養生人之器稱旅,奉養祖先,藏於宗廟之器,亦稱旅也。匝,器名,從匚古聲,金文作 (鑄子簠〈三代、十、十三〉)、(鄁公簠〈三代、十、二一〉)形,阮元謂即簠字。〔註 150〕《說文》五上竹部:「簠,黍圜器也。從竹皿,甫聲。医,古文簠,從匚夫。」夫甫古三字,古音在魚部,可通用假借。

例 5,員、旗,人名。會,地名,讀爲鄶,《國語‧鄭語》:「妘姓,鄔、鄶、路、偪、陽。」注云:「陸終第四子曰求言,爲妘姓,封於鄶,今新鄭也。鄔,路、偪、陽,其後別封也。」平王東遷,爲鄭所滅,《左傳‧僖公三十三年》:「鄭葬公子瑕于城之下。」杜注云:「古鄶國,左滎陽密縣東北。」故知銘文「會」地,殆在今河南密縣東北,與新鄭接壤處。〔註 151〕內邑,入邑也。

陸、施動介詞〔註 152〕

西周金文,施動介詞僅有「于」一字。其性質有三:一、必出現於被動句中;二、介詞必在次賓語之前,次賓語不可省略;三、介賓結構位於述語之後。句式有二:

(1)A1 式:主語+(副語)+述語+(賓語)+介詞+次賓語。

(2)A2 式:主語+述語+介詞+次賓語+賓語。

于

(一)解 字,參見 11 頁。

(二)說 明

〔註 150〕參見阮元《積古》七卷 2 頁鄁君簠。

〔註 151〕同 149,28 頁員匝。

〔註 152〕按,施動次賓語,即表被動文中之原主動者。漢語語言之被動句式,乃採由敍事句變換成表態句之形式——將敍事句中之賓語或次賓語提前,作表態句主語;敍事句之述語轉換成表態句之被動詞表語。

《詞詮》：「于，介詞，表被動文中之原主動作者。」〔註153〕于字作施動介詞，考典籍，若《書・君奭》：「迪見冒聞于上帝。」《詩・邶風・柏舟》：「憂心悄悄，慍于群小。」等是也。

（三）用　法

甲、A1　式

1、厚趠又奔于濕公，趠用乍氒文考父辛寶障齋。（厚趠齋〈三代、四、十六〉）

2、不顯皇考叀叔，穆穆秉元明德，御于天子，叀屯亡啟。（虢叔旅鐘〈三代、一、五七〉）

3、中乎歸生鳳䚓王，𫝹䚓寶彝。（中齋二〈兩考、十七〉）

4、庆乍冊麥易金于辟庆，麥䚓，用乍寶障彝。（麥尊〈兩考、四十〉）

5、乃沈子敓克蔑，見獻于公。（沈子毁〈三代、九、三八〉）

按：上舉諸例，「于」字作施動介詞，介賓結構在述語之後。例 1、2、5 省略賓語。古漢語語言表達中，述語之主動、被動，須由語言情況，或語意判定，形式上無記號可言。西周金文之被動句式，可總括爲「于字式」與「見字式」兩類。楊樹達謂「見字式」之被動句，金文中絕未見，〔註154〕本文例 5 之「見獻于公」，正可修正楊說。

例 1，厚趠，作器者，姓厚名趠。趠即歸字，饋遺也，《廣雅・釋詁》：「歸，遺也。」「厚趠又趠于濕公」者，謂濕公饋贈（賞賜物）于厚趠也。文考，美稱其父。齋，方鼎之稱。

例 2，穆穆，言其恭愼敬肅之貌。「御于天子」者，謂爲天子所重用也。《楚辭・涉江》云：「腥臊並御」，王注云：「御，用也。」《荀子・大略》云：「天子御珽，諸侯御荼，大夫服笏」，楊注云：「御，服皆器用之名，尊者謂之御，卑者謂之服。」是知御有用之義也。〔註155〕「叀屯亡啟」者，又見師

〔註153〕參見楊樹達《詞詮》九卷 575 頁。

〔註154〕參楊樹達《積微》六卷 174 頁匽侯旨鼎跋。

〔註155〕同 154，一卷 21 頁頌鼎跋。

望鼎（〈三代、四、三五〉）汈其鐘（〈錄遺、三〉）、大克鼎（〈三代、四、四十〉）諸器。容庚釋爲「渾沌亡疆」。〔註156〕郭沫若言「鼻屯亡敃」乃稱頌祖考之辭，井人鐘作「貴屯用魯」（〈三代、一、二四〉），是「鼻」即「貴」字也。鼻屯乃疊韻聯綿字，當即渾沌之古語，故「貴屯亡敃」猶言「渾沌无悶」，謂渾厚敦篤，無憂無慮也。〔註157〕按鼻當从手从貝，非从毛，乃得之古文，得與德通，《禮記·樂記》云：「德者，得也。」〈鄉飲酒義〉：「德也者，得於身也。」屯，純之初文。得屯即禮記孔子閒居之「純德」也。敃，《說文》三下口部訓爲疆也。借爲㦽，《爾雅·釋詁》：「㦽，亂也。」鼻屯亡敃，蓋謂道德之純美，無所悖亂也。

　　例3，乎即呼之初文。歸，饋贈也。生鳳之鳳，諸刻詭變甚劇，唯本銘 ，尙存其形。按此與卜辭風字之作 （〈通纂、四〇九片〉）者同，乃从奇鳥形，凡聲，即鳳字也。〔註158〕「中乎歸生鳳丂王」者，謂王呼饋中以生鳳也。埶字，从木从土从丮，以手持木種之地也，即樹蓺之蓺，《廣雅·釋詁》三：「蓺，治也。」埶于寶彝，言治於寶彝也。

　　例4，夨，周爵之一。〔註159〕乍冊，官名。「夨乍冊麥易金于辟夨」者，謂夨之作冊麥被賜金于我井侯也。敭即揚字，从丮猶从手，表揄揚之義，从日，表顯揚光明，从丂，示巧意，因稱揚必以巧詞。《禮記·祭統》云：「夫鼎有銘，顯揚先祖，所以崇孝也。」故「揚」字，其義爲報答顯揚也。

　　例5，此銘「見字式」表被動句，爲今日所可知之最早用例。乃，汝也。沈子之沈，殆即《春秋·文公三年》，「伐沈」之沈，杜注云：「汝南平輿縣北有沈亭。」《漢書·地理志》汝南郡平輿下，注引應劭說：「故沈子國，今沈亭是也。」沈本姬姓之國，爲魯之附庸。〔註160〕子，男子之敬稱，敄讀昧，

〔註156〕參見《金詁》二卷 1007 頁引。

〔註157〕參郭沫若《兩考》81 頁師望鼎。

〔註158〕同 6，18 頁中霝二。

〔註159〕按：儒家五等爵發展之來龍去脈，列表如左：殷爵三等（侯、伯、子）→周爵三等→（侯、伯、男）→孟子所聞者（侯、伯、子、男）→周禮（上公、侯伯、子男一關鍵）→儒家五等爵（公、侯、伯、子、男）。

〔註160〕同 6，47 頁沈子毁。

有早年之義。〔註161〕克蔑，征服蔑地。「見猷于公」者，謂魯公滿意沈子之勇武。猷字，又見毛公鼎：「皇天弘猷氒德」（〈三代、四、四六〉）、叔夷鐘：「余弘猷乃心」（〈兩考、二〇二〉）及《書‧洛誥》，「萬年猷于乃德。」猶今人言滿足也。

　　乙、A2　式

　　余蠱▲于君氏大章，報寢氏帛束、璜。（召伯虎毀一〈兩考、一四二〉）

　　按：此例，「于」字作施動介詞，介賓結構在述語之後，「大章」為賓語，蠱即蟪字，讀為惠，《廣雅‧釋言》：「惠，賜也。」章今从玉作璋，璋有大小中之分，天子巡守出行山川，依其形制，而分別用以祭祀。〔註162〕「余惠于君氏大璋」者，言君氏賞賜余大璋也。報，答謝。

第三節　統　計

壹、金周金文，「介賓主從結構」之位置，計有以下七式

（一）A1 式：（主語）＋（副語）＋述語＋（賓語）＋介詞＋次賓語。

（二）A2 式：（主語）＋（副語）＋述語＋介詞＋次賓語＋賓語。

（三）A3 式：（主語）＋（副語）＋述語＋（賓語）＋次賓語＋介詞。

（四）B1 式：主語＋（副語）＋介詞＋次賓語＋（副語）＋述語＋（賓語）。

（五）B2 式：介詞＋次賓語＋（主語）＋（副語）＋述語＋（賓語）。

（六）C 式：（主語）＋次賓語〈用稱代詞「是」〉＋介詞＋述語＋（賓語）。

（七）D 式：（主語）＋（副語）＋介詞＋述語＋（賓語）。〈次賓語必承上省略〉。

貳、西周金文，各類介賓主從結構所屬之句式如下

　　（註：凡加「ˇ」於格中者，即表有用於此位者，下同。）

〔註161〕參見王夢旦《全選》181 頁，《斷代》（三）五六大盂鼎。

〔註162〕參見黃然偉《賞賜》186 頁。

介賓主從結構 \ 句式		A1	A2	A3	B1	B2	C	D	備　　註
處所介賓結構	表動作所在	˅			˅				
	表動作達到	˅							
	表動作所自	˅			˅				
	表動作所向			˅					A3 式僅見於介動作所向之次賓語
	表動作對象	˅							
時間介賓結構	表動作時間	˅				˅			
	表動作起始					˅			
憑藉介賓結構					˅	˅	˅	˅	
受事介賓結構		˅							
交與介賓結構					˅	˅			
施動介賓結構		˅	˅						
總計		7	1	1	4	4	1	1	A1 式使用最普遍

一、處所介賓結構，句式有：A1、A3，B1 等三種。介賓結構之位置，可在述語之前或後。

二、時間介賓結構，句式有：A1、B2 等兩種。介賓結構之位置，可在述語之前或後。

三、憑藉介賓結構，句式有：B1、B2、C、D 等四種。介賓結構之位置，可在述語之前或後。

四、受事介賓結構，句式僅有：A1 一式。介賓結構之位置，皆在述語之後。

五、交與介賓結構，句式有：B1、B2 等兩種。介賓結構之位置，皆在述語之前。

六、施動介賓結構，句式有：A1、A2 等兩種。介賓結構之位置，皆在述語之後。

其中，A3 式僅見於表動作方向之處所介賓結構，C、D 兩式皆僅見於憑藉介賓結構，A2 式則僅見於施動介賓結構。A1 式使用最普遍。

參、西周金文，各類介賓結構之配合使用情形，如下表

次賓語 ＼ 介詞	于	㠯	才	自	用	及	眔	從	卿	省略介詞
處所	∨		∨	∨					∨	∨
時間			∨	∨						∨
憑藉		∨			∨					∨
受事	∨									∨
交與		∨				∨	∨	∨		∨
施動	∨									
省略次賓語		∨			∨					
介賓倒置		∨			∨				∨	
介賓連用	∨				∨					
備註	1. 省略次賓語僅見於憑藉介賓結構。 2. 介賓連用，僅見於受事介詞「于」，憑藉介詞「用」。									

由上表可知：

一、處所介詞，有：于、才、自、卿等四字。介詞可省略。

二、時間介詞，有：才、自等二字。介詞可省略。

三、憑藉介詞：有：㠯、用等二字。介詞可省略。次可承上文省略次賓語。次賓語為稱代詞「是」字，介賓結構倒置。憑藉介詞「用」，可介賓結構連用，然「㠯」字連用之現象，僅見於東周時之器銘。

四、受事介詞，僅有于字。介詞可省略。介賓結構可連用。

五、交與介詞，有：㠯、及、眔、從等四字。介詞可省略。其中介詞「從」多見於征伐例。

六、施動介詞，僅有于字。介詞不可省略。

介詞之作用，決定於述語及所介繫之次賓語。就文法之原則而言，作用相同之介詞，在句中應可互換使用。西周金文之介詞，以「于」字用法最多，可介繫三類次賓語，「用」、「及」、「眔」、「從」、「卿」字，皆僅介繫一類次賓語。憑藉介詞「用」字，使用之句法最繁複。

肆、西周金文各類介詞使用頻率表

介詞＼銘文			器 號	合 計
處所介詞〔1〕	介所在	于	12、20、27、28、29、39、44（2）、45、46、50、53（2）、54、56、70、74（2）、77（7）、78、81（3）、89（2）、95（3）、98（2）、103（2）、109、110、111（2）、129、130、132、139、146、155、165、167、169、181、183、187（3）、189、191、196、199、221（2）、224（3）、232、233、234（2）、239、255（2）、256、261、262、271、274、277、281（7）、289、290（2）、291	90（34.86%）
		才	2、6（2）、7、10、18、21、23、24、25、30、34、35、42（2）、44、49、54、65、82、93、103、108、109、115、116、129、174（2）、175、176、199（2）、210（2）、220、221、222、224（2）、227、234、250、252、256、260、276、296、302	49（17.19%）
	介所達	于	9、12、26、42、45、46、49、52、58、59、70、74（2）、95、126、136、139、140、144、146、147、151、152（2）、171（3）、173、176、181、182、186、215（2）、223、239、257、258、260、265、286（4）、289	46（16.14%）
	介所自	自	12、35、42、46、67、73、95、115（2）、117、133、142、186、292、298	15（5.26%）
	介所向	卿	43、55、58、71、76、77、101、111、144、147、161、171、177、193、232、287、288	17（5.76%）
	介對象	于	7、18（2）、36、42（2）、44（2）、59、62、63、65（3）、67、77（4）、81（2）、88、89、91、93、94、95、99、103、109（4）、113、121、123、125（2）、135、150、166、174、187、195、207、208（2）、214、222、224（3）、231（2）、234、249（3）、256（2）、257、274、294、295、296、301	68（23.68%）
時間介詞〔2〕	介所在	才	19、24、43、53、62、65、86、95、111、132、135、146、168、186、223、233、234、249、255、258、286	21（87.5%）
	介所自	自	132、135、293	3（12.5%）

受事介詞	于	28、32、71、77、80、87、91、95、104、109、139、148、170（4）、188、207、223、253	20
交與介詞〔3〕	㠯	22、33、114、122、205、262	6（24%）
	及	81、187	2（8%）
	眔	4、7、108、132、138、156	6（24%）
	从	40、44、118、119、120、125、187、204、251、261、277	11（44%）
憑藉介詞	㠯	43、44、80、92、115、125（2）、187、290、293（2）	11（34.37%）
	用	47（2）、61、62、63、65、95（2）、104、116、121、137、153、206（2）、207（2）、224、232、290、301（4）	21（65.63%）
施動介詞	于	6、39、77、123、169	6

〔1〕處所介詞有：才、于、自卿四個共出現 285 次。其中「于」字出現最多，有 204 個。

〔2〕時間介詞有才、自二個，共出現 24 次。其中「才」字使用率最高佔 87.5%。

〔3〕交與助詞有：㠯、及、眔、从四個，共出現 25 次，其中以「从」字使用率最高，佔 44%。

〔4〕憑藉介詞有㠯、用二個，共出現 32 次。其中「用」字使用率最高，佔 65.63%。

由上表所統計

一、處所介詞，「于」字使用率最高，佔 74.68%，其次為「才」字，17.19%，使用最少為「卿」字，佔 5.76%，「自」字，佔 5.26%。

二、時間介詞，「才」字使用率最高，佔 87.5%。

三、受事介詞，計使用 20 次。

四、交與介詞，「从」字使用率最高，佔 44%，其次為「㠯」、「眔」字，各佔 24%，「及」字使用最少。

五、憑藉介詞，「用」字使用率最高，佔 65.63%。

六、施動介詞，計使用 6 次。

第三章　連詞探究

第一節　通　說

　　連詞（Conjunction）者，用以連接句中二文法成分，加強句子本身之結構。連詞不能單獨運用，且於其所連接之成分，僅俱連接之作用，毫無修飾或補充之關係。其位置，可在各文法成分內，若並列結構、主從結構與組合式造句結構之中，作連接之用；亦可在文法成分間，作述語、副語與賓語等文法成分之連接，而以前者爲常例。

第二節　釋　例

壹、文法成分內之連詞

【壹】並列連詞〔註1〕

子、名　詞〔註2〕

〔註1〕按：並列結構，若由成分之詞性分析，有名詞、方位詞，數詞、動詞、形容詞五類；若由成分之結構觀之，有單詞或複詞並列，主從結構並列；若由並列之形試探究，又有加連詞、不加連詞兩類。

〔註2〕按：所謂名詞，包括單詞、複詞、並列結構、主从結構、組合式造句結構、造句結構。在句中被用爲主語、賓語、次賓語、謂語、主從結構加語及端語。

西周金文，名詞並列結構之連詞，有「及」、「又」、「眔」、「雪」、「昌」、「于」與「隹」等七字。其性質有三：一、連詞位於兩個或兩個以上之名詞間，使名詞以並列方式相連接。二、多數名詞相連時，連詞可交替或重複使用。三、連接之方式有二：

（一）M1 式：名詞＋（名詞…）＋連詞＋名詞＋（名詞…）

（二）M2 式：名詞＋（名詞……）＋連詞＋名詞＋（名詞）＋連詞＋名詞＋（名詞……）。

一、及（彶）

（一）**解　字**，參見 44 頁。

（二）**說　明**

《詞詮》：「及，等立連詞，與也。」〔註3〕及字作名詞並列結構之連詞者，考典籍，若《史記・盧綰傳》：「呂后，婦人，專欲以事誅異姓者及大功臣。」又〈佞幸傳〉：「李延年，中山人也，父母及身兄弟及女，皆故倡也。」等是。

《馬氏文通》曰：「凡記事之文，概以『及』字爲連，故《左傳》，《史》、《漢》輒用之，而論事之文，概用『與』字。」〔註4〕周法高釋之云：「《左傳》、《國語》用『及』，不用『與』；《論語》、《孟子》、《莊子》用『與』，不用『及』，所以馬氏有此言。」〔註5〕按甲骨文用「及」字之例，僅：「雀及子哉徒基方。」（〈乙、五五八二〉）一見，其用待考〔註6〕。然就金文資料觀之，馬氏之說不得確證。夫彝銘，「及」字作連詞之用者數見，而「與（舉）」字則僅見於春秋後之輪鎛銘：「邑二百又九十又九邑舉惎之民都啚。」（〈兩考、二〇九〉）據此推知，「與」當係較晚出之連詞也。

（三）**用　法**

M1　式

1、延卑口昌昏酉彶羊、絲三守，用致絲人。（曶鼎〈三代、四、四五〉）

〔註3〕參見楊樹達《詞詮》八卷 399 頁。

〔註4〕參見馬氏文通校注本三卷 146 頁。

〔註5〕參見周法高《中國古代語法（造句編）》上 115 頁。

〔註6〕參見陳夢家《綜述》121～122 頁。

2、王令保及殷東國五侯，延兄六品。（保卣〈錄遺、二七六〉、保尊〈錄遺二〇四〉）

3、格白還，殹妊彶仉人從。（格伯毀〈三代、八、五〉）

按：上舉諸例，「及」（彶）字作名詞並列結構之連詞。

例 1，卑讀爲俾，使也。酉即酒之初文。「守」字，經傳多从金作鋝，《說文》四下受部訓守爲五指持，金文作 ，既爲量名，形似五指持權狀，疑當時定率爲一整數，漢末已失傳，故注家以彼時之量器折合爲十一銖又二十五分銖之十三之鋝《說文》十四上金部，此一類也。再者，東萊稱鋝爲六兩大半兩，適與時行之環相合〔註7〕，此又一類也。致，招致，丝即茲初文。

例2，保，官爵之稱〔註8〕，與下「殷東國之五厌」對辭。黃盛璋謂五侯即《漢書・地理志・齊地下》：「殷末，有薄姑氏，皆爲諸侯，國此地。至周成王時，薄姑氏與四國共作亂，成王滅之，以封師尙父，是爲太公。」薄姑爲五國之一，餘四國者，據《逸周書・作雒篇》：「周公立，相天子，三叔及殷東徐、奄及熊、盈以叛。」此殷東正與本銘之殷東國合，是記上述之殷東地望無誤，薄姑加徐、奄、熊、盈，數適爲五〔註9〕。黃說可從。延即經傳誕字，助詞。「兄」者，郭沫若讀爲荒，亡也〔註10〕。然段兄爲荒，考之經傳及吉金文字，皆無其例。金文之兄字，多用其本義爲父兄字，如刺卣：「刺乍兄日辛尊彝」（〈三代、十三、三十〉）、曾子仲宣鼎：「用離其者父者兄」（〈兩考、十八七〉）、鶹鎛：「保虘兄弟，用求孝命彌生」（〈兩考、二〇九〉）等是。或於兄旁加聲符「坒」、作兒，若沇兒鐘：「以嘉樂嘉賓，及我父兒庶士」（〈三代、一、五三〉）王孫鐘：「用樂嘉賓父兒」（〈三代、一、六三〉）等是。凡言「者兄」、「兄弟」、「父兄」、「父兒」，皆是其本義。至若兄假借爲「兒」字者，其形作 ，與兄字微異，如南宮中鼎，「王令太史兒懷土」（〈吉文、一、九〉）、中鼎：「令兒里女壞土，乍乃

〔註7〕參見阮元《周禮注疏・校勘記「冶氏」下》。按：環瑗乃一聲之轉，《說文》十四上金部：「鍰，鋝也。」

〔註8〕參見平心〈保卣銘略釋〉，載《中華文化論叢》四輯 32 頁。謂：保當是太保之副貳或屬官，猶保與大保，史與太史，保卣之保未必即召康公太保奭也。

〔註9〕參見黃盛璋〈保卣銘的時代與史實〉，載《考古學報》1957 年十七期 51～58 頁。

〔註10〕參見郭沫若〈保卣銘釋文〉，載《考古學報》1958 年一期 1 頁。

采」（〈吉文、一、九〉）、矢令毀：「公尹白丁父兄于戍。」（〈吉文、三、五〉）此器之兄字亦當叚爲「貺」，賞賜之謂也 〔註11〕。六品，指臣隸言，《說文》二下品部訓品爲眾庶，引申以爲品物之稱，《廣雅・釋詁》：「品，式也。」穆公鼎：「易玉五品，馬四匹。」（〈錄遺、九七〉）銘中品與匹並對舉，知爲品類物數之辭。此云「貺六品」，與《左傳・定公四年》分魯以「殷民六族」者合 〔註12〕。

例3，格伯，作器者。殷妊、仇人，皆人名也。

二、又（有）

（一）解 字

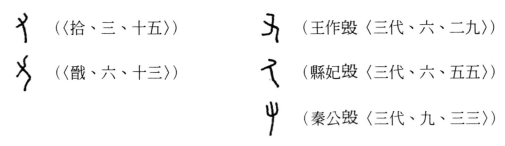

《廣韻》：于救切。　　　　　古音：匣紐，之部。

《說文》三下又部：「⼵，手也。象形。三指者，手之列，多略不過三也。凡又之屬，皆从又。」觀上出甲金文，字皆象右手之形，古文正反每無別，惟⼵象右手，⼶象左手，則劃分甚明，蓋左右二字形義較然甚明，不可亂也 〔註13〕。羅振玉謂卜辭左右之右，福祐之祐，有亡之有，皆同字 〔註14〕，其說是。然此當以左右之右爲本義，象形，餘爲借意，借義與字形無關也。

（二）說 明

又、有二字，同音假借。《詞詮》：「有，連詞，讀去聲，與『又』同。」

〔註11〕 參見陳夢家《斷代（一）》21頁保卣。

〔註12〕 同註11。

〔註13〕 除少數例外，如卜辭：「☒⼶有𤔲若」〈乙、六、八七九〉、「貞：王⼶侑三羌于且乙不⼶有𤔲若」〈乙、六八七九〉、「壬子卜，爭貞：我其☐☐☐弗⼶有𤔲若」〈乙、七三〇、七〉、「⼶有禍」〈甲編、三八四〉、「☒賓貞：牢⼶又一牛」（〈甲編、二〇一二〉），此四片以「⼶」爲「⼵」者，或係一時筆誤，抑故爲立異也，其義均爲「侑」、「又」與「有」也。

〔註14〕 參見羅振玉《增考》中17頁下。

〔註15〕「又」作名詞並列結構之連詞，若卜辭：「犬又豚」（〈粹、五九二〉）、「牢又一牛」（〈粹、二四四〉）等是。此種用法僅上古數見。大抵「又」字，專用於數詞整數與零數間之連接。

（三）用　法

1、王蔑庚嬴曆，易貝十朋又丹一枡。（庚嬴卣〈三代、十三、四五〉）

2、（東宮）廼或即舀用田二又臣一夫。（舀鼎〈三代、四、四五〉）

3、函皇父乍琱娟盤盉障器殷鼎，自豕鼎降十，又殷八，兩鑰，兩鐘（函皇父殷蓋〈三代、八、四十〉）

按：上舉諸例，「又」字作名詞並列結構之連詞。

例 1，「蔑曆」一詞，爲彝銘之習語，金文所見近四十例〔註16〕。考其內容則有記事、軍事、冊命、祭祀、饗禮及其他諸端。其使用之時代，可上溯至殷（僅鬲卣一器〈三代、十三、四二〉，下逮西周中葉。然以經典文獻不足徵，遂致本義幽晦難曉。有清以來，考釋者各異其說，聚訟紛紜〔註17〕。蔑或作穳，曆或

〔註15〕參見楊樹達《詞詮》七卷 516 頁。

〔註16〕按：金文「蔑曆」之文例，若鬲卣（〈三代、十三、四二〉）、乃子克鼎（〈錄遺、八八〉）、敔殷（〈三代、八、四四〉）、敔殷（〈三代嘯堂、五五〉）、敔殷（〈三代、八、五一〉）、庚嬴鼎（〈西清、三、三九〉）、庚嬴卣（〈三代、十三、四五〉）、段殷（〈三代、八、五四〉）、大殷（〈三代、八、四四〉）、免卣（〈三代、十三、四三〉）、彔或戝（〈三代、十五、四三〉）、遇甗（〈三代、五、十二〉）、顯鼎（〈三代、四、十五〉）、競殷（〈三代、八、三六〉）、尹姞鬲（〈錄遺、九七〉）、汈其鐘（〈錄遺、三〉）、冉殷（〈三代、六、四八〉）、寓鼎（〈三代、三、五一〉）、公姞鬲（〈劫揀、二四〇〇〉）、嗣鼎（〈三代、三、四七〉）、縣殷（〈招本〉）、長田盉（〈錄遺、二九三〉）、小臣邎殷（〈三代、九、十一〉）、嬴氏鼎（〈拓本〉）、臤尊（〈三代、十一、三六〉）、稽卣（〈嘯堂、三八〉）、競卣（〈三代、十三、四四〉）、師遽方彝（〈三代、十一、三七〉）、弖尊（〈三代、十一、三五〉）、趠尊（〈三代、十一、三八〉）、師艅殷（〈三代、九、十九〉）、屯鼎（〈三代、一三、二七〉）、保卣（〈錄遺、二七六〉）、肆殷（〈三代、八、四九〉）、師望鼎（〈三代、四、三五〉）、免盤（〈三代、十四、十二〉）、師觀鼎（〈文物、一九七五、八〉）、牆盤（〈文物、一九七八、三〉）等是。

〔註17〕按：各家釋「蔑曆」提要：

（1）阮元：蔑曆皆勉力之義，即爾雅所謂蠠沒，後轉爲密功，又轉爲黽勉。〈積古、五卷、三員臤尊〉。

作厤、曆、匐、曆等字形。按蔑曆之用有三，二字可分用，可合用，亦有僅用「蔑」者，常見之用法爲「某蔑某曆」，或「某蔑曆」。魯實先先生謂蔑有勉力之義，曆爲謙之假借，其云「某蔑某曆」，謂某人嘉勉某人能敬事也；云「蔑曆」者，謂勉於敬事也〔註18〕，後者當爲被動式。朋字，表貝數之量詞也，五貝一系，二系一朋〔註19〕。枡，金文作 𣲗 形，自翁叔均釋櫑，讀爲橐〔註20〕，學者宗之〔註21〕。然字明從干，與象倒人之屰異，郭沫若疑當釋爲「枡」，乃丹枡之初文，丹以枡計，猶車以輛計而稱車輛〔註22〕。郭釋枡是也，而以枡即矸即矸則非，

（2）徐同柏：蔑曆猶云揚歷，蓋懋德懋功之意。《从古》，十二卷，7 頁周再彝。

（3）孫詒讓：蔑，勞也。曆即歷之藉字，歷，行也。凡云某蔑曆者某勞于行也。云王蔑某曆者，猶言王勞某之行也。《拾遺》，中，十四，𢼸尊。

（4）郭沫若：蔑曆二字蓋含軍事性，蔑若穧，當讀爲免，曆讀爲面甲之面，免𠧢猶言解甲，引申之爲免除征役（《金考》、336 頁小臣𧻚毀考釋）。又曆爲壓之古文，假爲厭，蔑曆者，即不厭或無斁。蔑某曆者，不某厭也。蔑曆于某者，不見厭于某也。《考古學報》，1958、1。

（5）戴君仁：曆，過也。蔑，無有。蔑曆猶言無過也。（《輔仁學誌》，九，二蔑曆解）。

（6）聞一多：蔑蠛一字，曆蛉同音。蠛蛉，以血釁人之謂。《聞一多全集》二冊古典新義楃堂雜識・蔑曆。

（7）岑仲勉：明試（切韻 miwengsi）乃蔑曆之音轉，與古伊蘭文之 marzdi（ka）音近，此乃周族之獎賞制度。《中山大學學報》，1956 年四期，《兩周文史論叢》206 頁，以漢語拼音文字聯系到周金銘的熟語。

（8）于省吾：蔑係勉勵之意，曆即歷，謂經歷試驗之意。又讀「蔑歷」爲「屬翼」，勉勵輔佐也。《東北大學人文科學學報》，1956、2，釋蔑曆。

（9）徐中舒：蔑歷即閱歷，簡閱其所經歷之功伐。《考古學報》，1978 年、2，西周墻盤銘文箋釋。

（10）唐蘭：蔑讀伐，曆讀歷。蔑曆，伐其經歷也；蔑某曆，爲伐某之經歷也。《文物》，1976、5，36～42 頁，蔑曆新解。

以上諸說，衡諸彝銘，知蔑曆者，蓋含「有功」、「嘉許」與「自勉」之義。

〔註18〕參見王讚源《周金文釋例》127 頁。

〔註19〕參見王國維《觀堂》，三卷，162～163 頁說玨朋。

〔註20〕參見吳云《兩罍》，六卷，4～5 頁庚罷卣，方濬益《綴遺》，十二卷，27 頁庚嬴卣所引。

〔註21〕同註 20，又見高田忠周，古籀篇八十四第 42 頁。

〔註22〕參見郭沫若《兩考》43 頁庚嬴卣。

丹矸乃丹砂也，矸砂並从石，因其爲礦物故也。陳夢家疑當爲簞笥之簞〔註23〕，《左傳》哀公二十年，吳王因趙孟之使，與之一簞珠，與此相類，說殆可從。

　　例2，東宮，稱太子也。《詩・衛風・碩人》：「東宮之妹。」毛傳：「東宮，齊太子也。」《禮記・內則》：「由命士以上，父子皆異宮。」《儀禮・喪服傳》：「子不私其父則不成爲子，故有東宮，有西宮，有南宮，有北宮，異居而同財。」清胡培翬《燕寢考》云：「太子是長子，故處于東宮。」〔註24〕唐蘭謂此銘東宮即共王〔註25〕，銘文追溯以往，穆王未死，故稱共王爲東宮。或，讀有，又也。「即」者，今言付與，散氏盤：「用矢戲散邑，廼即散用田」（〈三代、十七、二十〉）之即字，用法與銘同，今書傳即字無授與之訓，知古義之失傳者多矣。古代一田之數，《國語・魯語》下云：「季康子欲以田賦。」注：「田，一井也。」「井」爲單位，據典通食貨田制上云：「周文王在岐山……故建司馬法，六尺爲步，步百爲畝，畝百爲夫，夫三爲屋，屋三爲井。」則一井合九百畝，亦即一田之數爲九百畝〔註26〕。「臣」者，役人、囚俘之屬，《禮記・少儀》：「乃問犬名，牛則執紖，馬則執靮，皆右之，臣則左之。」注：「（臣）異於象物，謂囚俘。」《書・牧誓》：「牛馬其風，臣妾逋逃。」傳：「役人賤者，男曰臣。」是臣於經傳中有囚俘，賤者之義。「夫」獨一之單位，與「家」對稱。

　　例3，國皇父，作器者，蓋即《詩・小雅・十月》：「皇父卿士」之皇父。「琱娟」者，琱从玉，同周，娟即娟〔註27〕，周娟猶言周姜，皇父納女於王，爲作媵器，故稱其女爲琱娟〔註28〕。盤盂隟器殷鼎，記器之類，其例鮮見。云「降」

〔註23〕參見王夢旦《金選》173 頁《斷代》（三）庚嬴卣。

〔註24〕參見胡培翬《燕寢考》，卷上，12 頁，《百部叢書集成》，藝文印書館。

〔註25〕參見唐蘭〈西周銅器斷代的康宮問題〉，載考古學報二九冊 1962 年一期 45 頁。

〔註26〕按：秭者，《儀禮・聘禮儀》：「四秉曰筥，十筥曰稯，十稯曰秅，四百秉爲一秅。」鄭注：「此秉謂刈禾盈手之秉也，若今萊易之間，刈稻聚把有名爲筥者。」《說文》訓五稷爲秭七上禾部，二秭爲秅七上禾部，故禾十秭當有二千秉。參見譚戒甫〈西周𠭯器銘文綜合研究〉，載《中華文史論叢》三輯 85～86 頁。

〔註27〕按：娟即娟，《說文》十二下女部云：「妘，祝融之後姓也。從女云聲，娟，籀文妘從員。」鼎，貝古多相混，若具字，本從貝從収，馭卣作 𠭥（〈三代、十三、三六〉）𠭯鼎作 𤔮（〈三代、四、四五〉），即其明證，故知娟、娟、妘爲一字。

〔註28〕同註19，二三，《玉谿生詩年譜會箋》序注。

者，非盡正鼎，亦兼陪鼎、鉶鼎也。《周禮・秋官・掌客》：「鼎簋十有二」，鄭注：「鼎，牲器也；簋，黍稷器也。鼎十有二者，飪一牢，正鼎九、陪鼎三，皆設于西階前。簋十有二者，堂上八，西夾，東夾各二。合言鼎簋者，牲與黍稷俱食之主也。」蓋鼎毀之配備，為象徵貴族等級，身份高低之主要禮器，一用以載牲肉，一用以盛黍稷。禮書或云天子諸侯牛鼎、大夫羊鼎、士豕鼎，魚鼎而已 [註29]。琱琱既嫁於王室，何作豕鼎而已？是禮書之不足徵也。鐳同罍，鐈同壺，其質為金（銅），故从金，二者悉酒器名。

三、眔

（一）解　字，參見 46 頁。

（二）說　明

眔暨二字，古音同緝二十七部，故得通假也。《詞詮》：「暨，等立連詞，與也，及也。」[註30] 眔字作名詞並列結構之連詞，見於卜辭，如：「戊午卜在潢，貞：王其皇大眔，叀騽眔騽亡 ⃗⃗」（〈前、二、五、七〉）、「告于妣己眔妣庚」（〈乙、三二九七〉）等是，此乃上古特殊之語言現象，而經典則多假「暨」字為之，若《書・梓材》：「以厥庶民暨厥臣達大家。」又〈堯典〉：「禹拜稽首，讓於稷契暨皋陶也。」等等是也。

（三）用　法（有 M1、M2 式）

甲、M1　式

1、王射，有嗣眔師氏、小子卿射。（令鼎〈三代、四、二七〉）

2、王歸自諆田，王馭溓中僕，令眔奮先馬走。（令鼎〈三代、四、二七〉）

3、王令士上眔史寅殷于成周。（臣辰卣〈三代、十三、四四〉）

4、王乎史戊冊令吳嗣旃眔叔金。（吳方彝〈三代、六、五六〉）

5、渣嗣土逘眔啚乍乎考障彝。⃗⃗ 。（康侯毀〈錄遺、一五七〉）

6、饑！令女嗣成周里人眔者医、大亞。（饑毀〈三代、九、四〉）

〔註29〕參見王闓生《古文》三卷 37 頁面皇父敦。

〔註30〕參見楊樹達《詞詮》四卷 178 頁。

7、歔叔眾信姬其易壽考，多宗永令。（歔叔鼎〈文物、1976、1〉）

按：上舉諸例，「眾」字作名詞並列結構之連詞，此種用法最多。

例 1，有嗣，經傳作有司，官名。師氏，掌兵之官也。「小子」之稱，西周金文屢見，爲官名，其職不賤，靜毀云：「王令靜嗣射學宮，小子眾般眾小臣眾尸僕學射」（〈三代、六、五五〉）、𢉖鼎云：「𢉖吏呇小子 𧰲 曰限訟于井叔」（〈三代、四、四五〉），據𢉖壺（〈三代、十二、二九〉），𢉖爲成周八𠂤之冢嗣土，陳夢家以爲即司土之長〔註31〕， 𧰲 爲𢉖屬下之小子，受𢉖之重託與限訴訟于井叔，小子非低微之官職甚明，然于東周彝銘與文獻所見者，小子則爲青年人及童子之稱〔註32〕。卿，吳闓生讀爲迼，即古文會也〔註33〕，會合之義，知其射非一人。

例 2，諆田，地名。「王馭」者、官名，《周禮‧夏官》記大馭掌馭王路以祀及犯軷，王馭蓋即大馭〔註34〕。溓中、令、奮，皆人名也。𠑊與僕同，猶《論語‧子路篇》：「子適衛，冉有僕。」之僕，御車也。「先馬走」者，《荀子‧正論篇》：「諸侯持輪，挾輿先馬。」楊注云：「先馬，導馬也。」此銘記王射、歸，王馭溓中爲王御車，令與奮二人爲王車之先導。

例 3，士，官名，《詩‧周頌‧清廟》云：「濟濟多士，秉文之德。」疏謂士爲「朝廷之臣」，士爲高官位尊之朝臣也〔註35〕。上、寅，人名。史，官名，見於西周彝銘者，以受王命，行冊命禮者爲主。「寏」字，經典作殷，郭沫若釋爲殷同或殷覜之殷〔註36〕，是。《周禮‧春官‧大宗伯》：「殷見曰同。」注：「殷，猶眾也。」《廣雅‧釋詁》：「殷，眾也。」蓋《周禮》之〈春官大宗伯〉，秋官大行人等職，會合各國諸侯見王，稱「殷見」、「殷同」，各國之卿聘王，稱「殷覜」〔註37〕。成周，指洛邑也。

〔註31〕參見陳夢家《斷代》（二）73 頁。

〔註32〕參見屈萬里《尚書釋義》84 頁，及同書 213 頁引朱傳。

〔註33〕參見吳闓生《古文》一卷 14 頁藉田鼎。

〔註34〕參見楊樹達《積微》一卷 17 頁令鼎跋。

〔註35〕參見黃然偉《賞賜》147～148 頁。

〔註36〕參見郭沫若《兩考》32 頁匡辰盉。

〔註37〕參見蔣大沂〈保卣銘考釋〉，載《中華文史論叢》五輯 95～97 頁。

例 4，乎即評，召也。史，官名。戊、吳，皆人名也。冊令或作策命，乃古代任命官吏之方式，《周禮·春官·內史》云：「凡命諸侯及孤卿大夫，則策命之。」是知冊命為國家正式授命之行政制度。嗣通司，職司也。「旆」字，孫詒讓云：「當即所謂大白之旗。《周官·巾車》：『建大白以即戎。』注：『大白，殷之旗，猶周大赤。』《周書·克殷篇》：『武王乃手大白臣麾諸侯。』孔鼂注：『大白，旗白。』『旗色白，故字為旆，以六書之義求之，當為从㫃白，白亦聲。』」〔註38〕，叔金段為素錦，《爾雅·釋天》旌旂「素錦綢杠」與「旆」相因，故連類而及也〔註39〕。

例 5，濬，地名。「嗣土」者，商周官名，掌理田地，兼管山林、園囿、畜牧之職，即後世「司徒」之官〔註40〕。「遝」為人名，當係古疑字〔註41〕，周法高謂即邯季載〔註42〕，遝所作器有：𝌡 濬爵有三（〈三代、十五、三七〉）、濬伯遝尊（〈尊古、一、三五〉）、濬伯遝卣（〈尊古、二、十四〉）、遝盤（〈錄遺、四九〇〉）、遝鼎（〈三代、三、八〉）、濬白遝鼎（〈錄遺、六七〉）等等，同出河南濬縣辛村〔註43〕。「啚」即鄙，康侯封之字，古人名字相應，古「封」、「邦」一字，「圖」、「鄙」一字，《說文》六下邑部：「邦，國也。」《廣雅·釋詁》四：「鄙，國也」《周禮·天官·大宰》：「布治于邦國都鄙。」邦國都鄙義類相近，故康侯封得字「啚」〔註44〕。遝，啚為兄弟〔註45〕。「𝌡」字象二目之形，魯實生先生言即「𤬚」之初文，為方名或氏族之稱，地當今濰水，河南遂平縣也〔註46〕。

例 6，𪊨，作器者。「成周里人」與「諸侯大亞」並稱，里似為一定之行政

〔註38〕 參見孫詒讓《拾遺》中卷 18 頁。

〔註39〕 同註 36，75 頁吳彝。

〔註40〕 參見郭沫若《金考》63 頁周宮質疑。

〔註41〕 參見郭沫若《卜辭通纂考釋》第 380 片下。

〔註42〕 參見周法高《零釋》7～12 頁。按：周法高言「濬」从水从木从甘，當是从水畚聲。畚為某，梅、柟又同，而濬，邯古音相通。

〔註43〕 參見容庚《通考》42 頁。

〔註44〕 同註 31，27 頁。按：王國維《觀堂》十八卷 914 頁〈匈奴相邦印跋〉：「相封即相邦，古邦封二字，形聲並相近」。

〔註45〕 同註 42，另又參見張光遠〈西周康侯簋考釋〉，載《故宮季刊》十四卷三期 74 頁。

〔註46〕 參見魯實先生生《殷契新詮》之六第 58～61 頁。

區之稱。者戻即諸侯，泛指大小百官。亞，官名，殷代以來所舊有，卜辭云：「己未卜貞，翌庚申告亞」（〈佚、三四〇〉）、「戊☒，貞多亞」（〈藏、二五一〉），此銘言「大亞」，知亞職有大小，猶群右之有大右與小右也〔註47〕。

例7，其通期，表期望語氣。壽、考，皆長生長壽之義。永令，頌禱之辭，《爾雅·釋詁》：「令，善也。」永令，祈能長受天佑也。

乙、M2　式

1、明公朝至丂成周，徣令舍三事令。眔卿事寮，眔者尹，眔里君，眔百工；眔者戻，戻、甸、男，舍四方令。（令彝〈三代、六、五六〉）

2、王令靜嗣射學宮，小子眔服眔小臣眔夷僕，學射。（靜毀〈三代、六、五五〉）

3、王才周，令免乍嗣土，嗣奠還歕眔吳眔牧。（免簋〈三代、六、五二〉）

4、王乎乍冊尹冊令師晨疋師俗嗣□人，隹小臣、善夫、守□、宮犬、眔奠人、善夫、守宮友。（師晨鼎〈兩考、一一五〉）

5、奧闌从复㝵小宮呂闌从田，其邑彶眔句商兒眔龖戈。（闌以盨〈三代、十、四五〉）

按：上舉諸例，「眔」字作名詞並列結構之連詞，連詞重複或交替使用。

例1，朝至，東至也。舍令，古人恆語，發令之謂也〔註48〕。「三事」者，猶言三種官吏，而泛指百官，即《書·立政》：「立政任人，準、夫、牧，作三事。」之準、夫、牧也，其於立政「三事」之下，分舉細目，概括內外服無遺。其在本銘，於「舍三事令」下，亦列舉卿事寮、諸尹、里君、百工、諸侯，雖詳略各殊，而內含則一〔註49〕。此節文字，說者句讀不一，吳闓生以眔諸侯、侯、甸、男，屬上讀，謂侯田男皆三事令所及也〔註50〕。羅振玉則以之屬下舍四方令讀，謂舍三事令於內服諸侯，舍四方令於外服君長〔註51〕。按《書·酒

〔註47〕同註36，119頁，饢毀

〔註48〕同註33，二卷14頁明公彝。

〔註49〕同註36，6～7頁令彝。

〔註50〕同註48。

〔註51〕參見羅振玉《貞松》續，四卷49頁下。

誥》云:「越在外服,侯甸男衛邦伯;越在外服,百僚庶尹惟亞惟服宗工越百姓里居。」羅氏蓋據此爲說,其說可從。本文當云:「舍四方令,罘諸厌、侯、甸、男」。而文倒言之,致文字錯綜,不相配稱也。

例 2,靜,作器者。嗣通司,職司也。小子、服、小臣、夷僕,皆官名,得與靜習射在學宮,悉非微賤之官職可知也。服即《尚書·酒誥》:「惟亞惟服」之服。

例 3,彝銘單稱「周」者,釋者有三說,或謂周即成周〔註52〕,或謂周皆王城〔註53〕,或謂金文例,凡單稱宗周,即簡以一周字概之,凡以宗周成周對稱,則以宗周爲鎬,以成周爲雒〔註54〕。免,作器者。「嗣土」者,蓋與周禮地官司徒所屬之職相當。本銘「嗣奠還蔽罘吳罘牧」,與同毀云:「嗣易林吳牧,自淲東至于洌,垂逆至于玄水」(《三代、九、十七》)同例,奠還繫地,與「自淲東至于洌」云云相當。郭沫若謂蔽假爲林,還蔽即咸林,司鄭咸林者,即司徒之屬之職,《周禮·林衡職》云:「掌巡林鹿之禁令而平其守,以時計林麓而賞罰之,若斬木林,則受法於山虞而掌其政令。」蓋即此類爲言也〔註55〕。吳讀爲虞,即上文所言「山虞」,職掌山林之政令,仲冬斬陽木,仲夏斬陰木也〔註56〕。牧者,司徒之屬又有牧人,掌政六畜而阜蕃其物,以共祭祀之牲牷,蓋森林所在尤宜於牧畜,而《周禮》夏官之屬有牧師,其職云:「凡田事,贊焚萊。」此又與山虞職大田獵萊山田相聯屬者也。細核此銘意,免以司徒兼領咸林虞牧之職,與《周禮》林衡山虞牧人三職隸屬,互相證合。

例 4,乍冊,官名。冊令,朝廷正式命令之行政制度。「疋某人嗣某事」之例,彝銘屢見,疋字,金文作 𠯢(免毀《三代、九、十二》)、𠯢(師兌毀《三代、九、三十》)形,吳式芬等人釋爲足〔註57〕,于省吾等則釋爲正〔註58〕,以

〔註52〕同註31,(三)六、西周金文中的都邑。

〔註53〕參見吳其昌〈矢彝考釋〉,載《燕京學報》九期 1682～1684 頁。

〔註54〕同註36,90 頁免簋。

〔註55〕同註54。

〔註56〕同註54。

〔註57〕參見吳式芬《攗古》三之一卷 10 頁;郭沫若《兩考》115 頁師晨鼎;吳闓先《吉文》三卷 15 頁下。

〔註58〕參見于省吾《雙選》下二卷 90 頁下;劉體智《小校八卷》58 頁。

字形論，釋足正誠近似矣，然欲求諸意言之表，則訓足成、踵續義〔註59〕，最為得之。隹，與也，下連接官名。西周金文所見之「善夫」，乃為王宣達命令之王臣，其職守為司「獻人」（膳夫山鼎〈文物、1965、7〉），出納王之政令（大克鼎〈三代、四、四十〉、大鼎〈大鼎、四、三二〉）者，而位處師之下（師晨鼎〈兩考、一一五〉）。文獻中之「膳夫」，與膳饈有關者，當為後起之官名。

　　例5，奥即畀，《說文》五上丌部：「畀，相付與之。約在閣上也，從丌田聲。」此訓賜予也。复讀為復，償還也。其邑，明所賞田所在之邑也。彶、句商兒、雔弐，邑名。

四、雩

（一）解　字

（〈前、五、三九、六〉）　　 （小盂鼎〈三代、四、四四〉）

（〈後、下、十三、九〉）　　 （散氏盤〈三代、十七、二十〉）

（〈掇、三八五〉）　　 （作冊魗卣〈錄遺、二七八〉）

（〈粹、八四五〉

《廣韻》：羽俱切。　　　　　　古音：匣紐，魚部。

《說文》十一下雨考：「雩，夏祭樂于赤帝，以祈甘雨也。從雨于聲。，或從羽。雩，羽舞也。」契文或作「霖」，從雨從無，無亦聲，郭沫若謂即雩〔註60〕。其說可從。無即古文舞，以其為求雨之祭，故加形符雨作「霖」，二字當為一字也。考典籍，無（舞）與雩之關係極為密切，《爾雅・釋訓》：「舞，號雩也。」郭注：「雩之祭，舞者吁嗟而請雨。」《釋文》引孫炎云：「雩之祭有號有舞。」《周禮・舞師》：「教皇舞，帥而舞旱暵之事。」鄭注引鄭司農云：「皇舞，蒙羽舞，書或為雩。」此足見霖字從舞之意，亦可知雩之用舞，殷代已然〔註61〕。

〔註59〕　參見白川靜〈西周彝器斷代小記〉，載《集刊》三六本153頁。

〔註60〕　參見郭沫禪《粹考》112～113頁。

〔註61〕　按：周因於殷禮，而有損益，雩禮自不例外。甲骨文中雩禮多見，其字或作「無」、或作「霖」、或作「靈」，而皆為祈雨之祭，如：「王無，允雨？」（〈人、三〇八五〉）、

從雨，取其爲求雨之祭也；從于，取其聲，「無」、「于」古音同在十三魚部。至若《說文》或體「𩂣」從羽，會意也。

（二）說　明

雩字，經典譌作粵，王國維云：「雩，古文奧字，雩之譌爲粵，猶霸之譌爲𩂣矣。」〔註62〕《經傳釋詞》：「『爰』、『于』、『粵』，一聲之轉，故三字皆可訓爲『於』，亦可訓爲『與』。」〔註63〕楊樹達《詞詮》，「于，等列連詞，與也。」〔註64〕按雩字作名詞並列結構之連詞，乃西周金文之特殊現象，後世典籍多以「粵」、「越」、「于」等同音字爲之。

（三）用　法

甲、M1　式

1、隹殷耗厥田雩殷正百辟率肄于酉，古喪師。（大盂鼎〈三代、四、四二〉）

2、肄皇天亡昊，臨保我㽙周雩三方。（師詢殷〈兩考、一三九〉）

3、余其用各我宗子雩百生。（善鼎〈三代、四、三六〉）

按：上舉諸例，「雩」字作名詞並列結構之連詞。

例1，「厥田」之田，通甸，乃子男小國之稱，即《書‧酒誥》「侯甸」字，〈酒誥〉言先王時，御事之臣不敢自暇，外服之侯甸男衛邦伯，內服之百僚、庶尹、亞服、宗工、百姓、里君，皆罔敢湎于酒，及紂時之諸臣則不然。此銘言肄酒喪師，自指紂時爲言。而云「殷逷厥甸」乃指外服之臣嗜酒，云「殷正百辟」則是內服之臣嗜酒也。古即故，因果關係詞。

例2，肄，句首助詞，興發語氣。昊讀爲斁〔註65〕，《詩‧大雅‧思齊》：「古之人無斁。」又〈周頌‧振鷺〉：「在此無斁。」《釋文》皆云：「斁，厭也。」皇天無斁，言上天不厭周德也。「我㽙周」與「三方」對舉，周指周朝，三方泛

「王其乎戍霤，盂又雨？」（〈粹、一三八五〉）、「方霝，桒年，又大雨？」（〈甲、八八五〉）等是。

〔註62〕參見王國維《觀堂》2004頁毛公鼎銘考釋。

〔註63〕參見王引之《經傳釋詞》二卷16頁。

〔註64〕參見楊樹達《詞詮》九卷578頁。

〔註65〕參見郭沫若《兩考》56頁靜殷；董作賓《毛公鼎考年註釋》18頁；高鴻縉《毛公鼎集釋》79頁。

指天下國家也。

例 3，其通期，表期望語氣。各即格，來也，謂用此鼎招來宗子與百生而享宴之也。宗子，殆指嫡長子或大宗子爲言。「百生」者，百姓也，兮甲盤：「諸庆百生」（〈三代、十七、二十〉），百姓謂百官也。《詩・小雅・天保》：「群黎百姓。」傳云：「百姓，百官族姓也。」《易・繫辭下傳》：「百官以治」，「百姓與能」。《國語・楚語》下云：「民之徹官百，王公之子弟之質能言能聽徹其官者而物賜之姓，以監其官，是爲百姓。」據此知百生即百官也。此銘「百生」與「宗子」對舉，知其今語謂庶民，古義則不然矣。

乙、M2 式

令女龏嗣公族雩參有嗣、小子、師氏、虎臣雩朕褻事。（毛公鼎〈三代、四、二七〉）

按：此例，「雩」字作名詞並列結構之連詞，雩字重覆使用。

龏嗣，兼官之意。「褻事」者，褺士之假借，《說文》七上日部：「褺，日狎習相嫚也。从日，執聲。」《詩・小雅・雨無正》云：「褺御，侍御也。」《國語・楚語》云：「居寢有褺御之箴。」韋注云：「褺，近也。」文云褻事，猶〈小雅〉、〈楚語〉之言褺御，爲近身侍御之稱。

五、㠯（以）

（一）解　字，參見 38 頁。

（二）說　明

《詞詮》：「以，等立連詞，與也。」〔註66〕以字作名詞並列結構之連詞，考典籍，若：《詩・大雅・皇矣》：「不大聲以色，不長夏以革。」《禮記・郊特牲》：「賓入大門而奏肆夏，示易以敬也。」等是也。

（三）用　法

M1 式

1、王乎善夫騱㠯大乇友入攼。（大鼎〈三代、四、三三〉）

2、隹十又五年三月既霸丁亥，王才䦼侲宮，大㠯乇友守。（大鼎〈三代、

〔註66〕參見楊樹達《詞詮》七卷 473 頁。

四、三三〉〉

3、雁公乍寶隣彝，曰：奄昌乃弟用夙夕鼎享。（雁公鼎〈三代、三、三六〉〉

4、今余隹令女二人，太眔矢，爽左右于乃寮昌乃友事。（令彝〈三代、六、五六〉〉

5、隹正月初言庚戌，衛昌邦君屬告于井白。（裘衛鼎一〈文物、1976、5〉〉

按：上舉諸例，「昌」字作名詞並列結構之連詞。

例1，乎即評，召也。善夫，為王傳達命令之王臣。大，作器者。玫，地名。

例2，「奄」字，金文作 ，（雁公鼎〈三代、三、三六〉〉，徐同柏以字從大从申，即古文奄字〔註67〕，自吳式芬以下〔註68〕，多採其說。柯昌濟解作雁公之名〔註69〕。乃弟，殆指雁公之族人。

例3，爽，句首助詞，無義。寮，指卿事寮大史寮也。事通吏，指大史友內史友也。

例4，衛，屬，皆人名。冡君，諸侯也。

六、于

（一）解　字，參見11頁。

（二）說　明

《詞詮》：「于，等列連詞，與也。」〔註70〕于字作名詞並列結構之連詞，見於卜辭：「高妣己、妣庚于毓妣己」（〈粹、三九七〉）。考典籍，若《書·康誥》：「告汝德之說于罰之行。」《漢書·翟義傳》：「大告道諸侯王三公、列侯于汝卿大夫、元士、御事。」等是也。

（三）用　法

M1　式

〔註67〕參見徐同柏《从古》八卷6頁周應公鼎。

〔註68〕參見吳式芬《攈古》二之二卷25頁應公鼎。吳大澂《古籀補》57頁。吳闓生《吉文》一卷36頁應公鼎。高田忠周《古籀篇》39第10頁。

〔註69〕參見柯昌濟《韡華》乙上23頁應公鼎。

〔註70〕參見楊樹達《詞詮》九卷578頁。

1、歔拜頴首，敢對氒王剙姜休，用乍寶鼎障鼎，其用夙夜亯孝于厥文且
　乙公于文母日戊。（歔鼎一〈文物、一九七六、六〉）

2、王曰：父厝！巳，曰，彶絲卿事寮、大史寮于父即尹。（毛公鼎〈三代、
　四、二七〉）

按：上舉二例：「于」字作名詞並列結構之連詞，此種用法，止二見

例 1，休，賞賜也。鼎，訓饗、享也〔註71〕。障字即尊之繁文，从自，取
崇高貴重之義。其通期，句首助詞，表期望語氣。亯即享，享孝爲同義複詞，
皆指祭祀而言，《尚書·盤庚》：「茲予大享于先王。」《呂覽·季冬紀》：「以供
皇天上帝社稷之享。」《周禮·春官·大司樂》：「以祭以享以祀。」《禮記·祭
義》：「死則敬享。」注：「享猶祭也。」乙公、文母，先祖之名。

七、隹（唯）

（一）解　字

字形	出處	字形	出處
𢀖	〈藏、二一〉	𢀖	頌鼎〈三代、四、三九〉
𢀖	〈藏、六、三〉	𢀖	不嬰毀〈三代、九、四七〉
𢀖	〈前、二、十五、五〉	𢀖	散氏盤〈三代、十七、二十〉
𢀖	〈前、四、九、四〉	𢀖	趞毀〈三代、四、三三〉
𢀖	〈前、五、二五、一〉	𢀖	旅鼎〈三代、四、十六〉
𢀖	〈後上、十六、十一〉	𢀖	虢季子白盤〈三代、十七、十九〉
𢀖	〈甲、二、二九、九〉	𢀖	麥尊〈錄遺、九一〉

《廣韻》：以追切。　　　　　　古音：餘紐，微部。

《說文》四上隹部：「隹，鳥之短尾總名也。象形。凡隹之屬，皆从隹。」

〔註71〕參見馬薇廎，〈彝銘中所加於器名上的形容詞〉，載《中國文字》四三冊5～7頁。

佳字，據上出甲金文體觀之。目喙羽足，無不完備，皆直象佳鳥之粗跡。羅振玉曰：「卜辭中佳與鳥不分，故佳字多作鳥形。許書佳部諸字，亦多籀文从鳥。蓋佳鳥古本一字，筆畫有繁簡耳。」〔註72〕其說甚是。蓋立文之初，以鳥姿各異，各即其形，圖其粗迹，取象不同，致形體不一，是以佳鳥各沿其體以成文，後遂歧分為二，實則皆鳥之粗象也。觀《說文》鳥部：「鷦」、「鴞」、「鷯」等字，皆云「或从佳」，佳部《說文》四上：「雞」、「雕」、「雌」等字，皆云「籀文从鳥」，益可知佳鳥實指一物也。許書據一物之殊體，強分「佳」為短尾，「鳥」為長尾。若然，則長尾之雄與雞，何以正篆从佳，短尾之鶴與鷺，何以正篆从鳥耶？是其未達處？〔註73〕

（二）說　明

佳惟唯雖，古同音通用。《詞詮》云：「維，連詞，與也。」〔註74〕考典籍，「佳」字〔註75〕，作名詞並列結構之連詞，若《書・酒誥》：「又惟殷之廸諸臣惟工，乃湎于酒。」《詩・大雅・靈台》：「虡業維樅，賁鼓惟鏞。」等是。

（三）用　法

M2　式

王乎乍冊尹令師晨疋師俗嗣口人佳小臣、善夫、守宮、官犬、眔奠人、善夫、守宮友。（師晨鼎〈兩考、一一五〉）

按：此例，「佳」字作名詞並列結構之連詞，連詞交替使用。「疋某某嗣」者，乃彝銘習語，謂繼續輔助某人從事某事也。乎即評，召也。乍冊尹，官名。

丑、形容詞〔註76〕

西周金文，形容詞並列結構之連詞，僅「又」一字。其性質有二：一、連詞在兩形容詞之間，使形容詞以順接（M1式）之方式並列；二、連接之方式，

〔註72〕參見羅振玉《增考》31頁。

〔註73〕參見高鴻縉《中國字例》二篇53頁。

〔註74〕參見楊樹達《詞詮》八卷561頁。

〔註75〕按：虛詞「佳」，西周金文作「佳」、「唯」，《尚書》作「惟」，《詩經》作「維」。

〔註76〕按：所謂形容詞者，包括單詞、複詞與並列結構。在句中被用為副語：謂語及主從結構之加詞。

僅一種，M1 式：形容詞＋順接連詞＋形容詞。

又

（一）解　字，參見 62 頁。

（二）說　明

又有二字，同音通用。《詞詮》：「有，連詞，讀去聲，與『又』同。」〔註77〕典籍中，未見又字作形容詞並列結構之連詞，西周金文亦僅一見。

（三）用　法

M1　式

弘唯乃智，余非臺又昏。（毛公鼎〈三代、四、二七〉）

按：此例，「又」字作形容詞並列結構之連詞。弘唯，即《書・大誥》：「洪惟我幼沖人，嗣無疆大歷服。」之洪惟，句首助詞，以興發語氣。「臺昏」者，吳大澂讀臺為郭廓，讀昏為昏，言余非好大而喜功也〔註78〕。孫詒讓釋臺為高，讀昏為《書・盤庚》「不昏作勞」之昏，訓為勉，言余非以有勤勞而高人也〔註79〕。劉心源亦讀臺為廓，讀昏為昏，謂我非夸張及昏昧也〔註80〕。王靜安讀為庸又昏〔註81〕。按臺字，《說文》五下臺部：「臺，度也，民所度居也。从回象城臺之重，兩亭相對也。或但从口。」又十三下土部：「墉，城垣也，从土庸聲。臺，古文墉。」就字形言之：墉之古文作臺，與度居之臺，其形全同，自屬一字無疑，而墉字則必為後起之形聲字，故知臺墉二字，實一體之分化也。就字音言之：臺，古博切；墉，餘封切，臺之於墉，後世音切雖異，然據墉字古文而言，固知臺原有餘封切之音讀也。段注墉字云：「五篇曰：臺，度也，民所度居也。字音古博切。此云古文墉者，蓋古讀如庸，秦以後讀如郭。」^{十三下土部}_{古文墉下} 復考召伯虎毀一：「僕臺土

〔註77〕參見楊樹達《詞詮》七卷 515 頁。

〔註78〕參見吳大澂《愙齋》四冊 2 頁毛公鼎。

〔註79〕參見孫詒讓《拾遺》26 頁毛公鼎。

〔註80〕參見劉心源《奇觚》一卷 41 頁毛公鼎。

〔註81〕參見王國維《觀堂》2005～2006 頁毛公鼎銘考釋。

田。」（〈兩考、一四二〉）孫詒讓謂即《詩・魯頌・閟宮》：「土田附
庸」，假臺爲墉，知臺之古音可讀如庸 [註 82]，是則臺墉音讀同也。
自字義言之：臺之訓爲民所度居也，墉之訓爲城垣也，二字之義相因。
準上所徵，臺墉古本一字，可確信無疑矣。許書據後世字體，承通叚
之義，各釋其誼，因歧分之也。故知以上諸說，王國維之說，最爲得
之。「余非臺又瞀」者，言余非平庸而昏昧也。

寅、數　詞

西周金文，數詞並列結構之連詞，僅「又」一字。其性質有二：一、連詞
位於兩個或兩個以上之數詞間，使數詞以並列方式相連接；二、凡整數與餘數
之間，多加連詞 [註83]。連接之方式有二：

（1）M1 式：整數＋連詞＋零數。

（2）M2 式：整數＋連詞＋整數＋連詞＋零數。

又（有）

（一）解　字，參見 62 頁。

（二）說　明

《詞詮》云：「有，連詞。讀去聲，與『又』同，專用於整數與餘數之間。」
[註84] 漢語記數法，凡百位與十位，十位與個位之間，大抵以「又」字連接，
若卜辭：「十又五」（〈粹、七五〉）、「三百又卅八」（〈通、二四〉）。《書・堯典》：
「朞三百有六旬有六日。」《詩・魯頌・閟宮》：「萬有千歲。」等是。

郭沫若曰：「殷周人記數法之大凡，就中可剔發出二大原則：一、十之位數
合書，千百亦如是；雖間有一二例析書者，乃是例外，蓋古人亦不能保無筆誤
也；二、不足十之數析書，且或加『又』以繫之，此則決無例外。」[註85] 按

[註82] 參見孫詒讓《名原》下 4 頁。

[註83] 按：西周金文，有少數整、零數之間，不加「又」連接者，如小盂鼎銘：「隻馘四
千八百囗十二馘。孚人萬三千八十一人⋯⋯孚牛三百五十五牛，羊廿八羊⋯⋯孚馘
二百卅七馘⋯⋯孚馬百四匹。」（〈三代、四、四四〉）等六個例外。

[註84] 參見楊樹達《詞詮》七卷 515 頁。

[註85] 參見郭沫若《金考》59 頁。

合書（即合文）之記數法，金文上承甲文〔註86〕，亦有「合文」之數字。

	十與十之合文爲二十。	（小克鼎〈三代、四、三十〉）
	十與十與十之合文爲三十。	（毛公鼎〈三代、四、四六〉）
	十與十與十與十之合文爲四十。	（㫚鼎〈三代、四、四五〉）
	五與十之合文爲五十。	（大盂鼎〈三代、四、四二〉）
	八與十之合文爲八十。	（大盂鼎〈三代、四、四二〉）
	五與百之合文爲五百。	（虢季子白盤〈三代、十七、十九〉）
	六與百之合文爲六百。	（大盂鼎〈三代、四、四二〉）
	人與三之合文爲三千。	（小盂鼎〈三代、四、四四〉）

此皆較特別之記數法，諸字除廿，卅二字見《說文》外（卌，《廣韻》引《說文》有此字〔註87〕，林部字說文六上林部說解亦引之〔註88〕，今本奪佚），其它後世均不用，不足十之數析書，且或加又以繫之，後世沿用，幾無例外，惟「又」或作「有」。

（三）用　法

甲、M1　式

1、隹公大保來伐反尸年，才十又一月庚申。（旅鼎〈三代、四、十六〉）

2、隹十又三月辛卯，王才序。（趞卣〈三代、十一、三四〉）

3、隹王十又三年六月初吉戊戌，王才康宮新宮。（望毁〈兩考、八十〉）

4、易尸𤔲王臣十又三白，人鬲千又五十夫。（大盂鼎〈三代、四、四二〉）

5、乍旅盨，丝盨友十又二。（虢仲盨〈三代、十、三七〉）

〔註86〕參見陳夢家《綜述》106頁。

〔註87〕參見韓耀隆〈金文稱代詞用法之研究〉（三），載《中國文字》二二冊4頁（總2700頁）所引。

〔註88〕按：《說文》六上林部：「，豐也。，或說規模字。从大卌、卌，數之積也。林者，木之多也。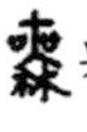與庶同意《商書》曰：『庶卌䌛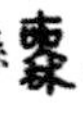』」。

按：上舉諸例，「又」字作數詞並列結構之連詞。例1、2、3表序數，例4、5表基數。一般而言，古代語言之習慣，數詞並列結構之整、零數之間，往往加「又」連接。然則亦有少數於千百之後加連詞，若例4，與宜侯矢毁（〈錄遺、一六七〉）等，五見。

例2，「十月三月」者，閏月也。古者閏月置于歲終，故有閏之年有十三月，卜辭已習見〔註89〕，若：「帝其及今十三月令申齊。」（〈乙、三二八二〉）。自殷商以至春秋，均沿襲閏月置於歲終之制，故《左傳・文公元年》云：「於是閏三月非禮也，先王之正時也，歸餘於終」。

例3，「康宮」者，唐蘭謂乃康王之廟，而昭穆以下，則各爲宮附于康宮也〔註90〕。郭沫若駁之曰：「康王、昭王，均係生號，非可預于生時自定當爲康宮之昭穆，而號昭穆，如何殷有『華宮』，剌鼎有『王各般宮』，趞曹鼎之一言：『王才周般宮』，其二言：『王才周新宮』，師遽毁云：『王才周客新宮』，望毁云：『王才周康宮新宮』，則華、般、新等無王可附麗也。」〔註91〕所駁者是，凡金文言般、新、康、邵，皆美飾之詞，非專指某王而言也。

例4，易讀爲錫，賞賜也。王臣、人鬲，皆僕隸之稱，故有千數百之多〔註92〕。白讀伯，量詞。

例5，友字从又，讀爲有。

乙、M2　式

1、人鬲自馭至于庶人六百又五十又九夫。（大盂鼎〈三代、四、四二〉）

2、易宜庶人六百又□又六夫。（宜侯矢毁〈錄遺、一六七〉）

按：此二例，「又」字數詞並列結構之連詞，連詞重複使用，此種用法，罕見。

例1，鬲，僕隸也。馭即御之古文說文二下イ部。馭與庶人，皆在入鬲之中。

〔註89〕按：十三月，閏月之例，卜辭可考者，若：佚存四七片、一五六片、三二○片，前編一、四五、六片。參見王讚源《周金文釋例》109頁。

〔註90〕參見唐蘭〈西周銅器斷代中的康宮問題〉，載《考古學報》1962年一期17～27頁。

〔註91〕參見郭沫若《兩考》7～8頁令彝。

〔註92〕參見吳闓生《吉生》一卷6頁盂鼎。

【貳】主從連詞〔註93〕

西周金文，主從結構中加語與端語之連詞，有「之」、「其」、「旉」三字，其性質有二：一、連詞皆置於加語與端語之間；二、連接之方式，M式：加語＋連詞＋端語。

一、之

（一）解　字

出 （〈藏、五、四〉）	止 （治兒鐘〈三代、一、五三〉）
出 （〈藏、一六八、三〉）	止 （邾公華鐘〈三代、一、六二〉）
出 （〈前、一、五三、一〉）	止 （齊鎛〈三代一、六六〉）
出 （〈後上、一九、一〇〉）	止 （齊厌盤〈三代、十七、十六〉）
出 （〈甲、一、二七、一七〉）	止 （毛公鼎〈三代、、四、二七〉）
止 （〈戩、四、五、五〉）	止 （申鼎〈三代、四、十五〉）

《廣韻》：止而切。　　　　　　　　古音，章紐，之部。

《說文》六下之部，「屮，出也。象艸過屮，枝莖益大，有所之。一者，地也。凡之之屬，皆从之。」按之字，羅振玉謂卜辭从止从一，人所之也，《爾雅·釋詁》：「之，往也。」當爲「之」字之初誼〔註94〕。其說是也。字从屮，足也；一，地之通象也；足在地上，足形向前，往之之象也。指事。甲骨卜辭：「己亥卜，吉貞：屮眔之，十二月」（〈後下、三三、八〉）、「乙酉卜，爭貞：从之」（〈錄、六二七〉）等，皆用其本誼。又與日月連用、作之日、之月者，如：「貞，今日壬申其雨，之日，允雨」（〈乙、三四、一四〉）、「丁卯卜，貞：今月雨，之月，允雨」（〈續、四、一七、八〉）等，皆假之爲是，謂是日、是月也。經傳承用之，有取其本誼者，如《詩·召南·何彼穠矣》：「王姬之

〔註93〕按：今所見西周金文之資料，主從結構由加語與端語之關係，可分形容性、領屬性、同一性三類。同一性主從結構，未見加連詞之例，形容性、領屬性主從結構之間，可加連詞，亦可不加。

〔註94〕參見羅振玉《增考》中63頁下。

車」，箋：「之，往也。」有用其引申義者，如《詩‧鄘風‧柏舟》：「之死矢靡它。」箋：「之，至也。」亦有用其假借義者，如《詩‧周風‧桃夭》：「之子于歸。」箋：「之子，是子也。」金文形體與甲文近同，僅變 🔲 爲 🔲，而小篆又沿金文形體而譌變，字遂作 🔲。許君不見初文之形，不悉字上从足，故有象 🔲 之誤釋也。

（二）說　明

《詞詮》：「之，連詞，與口語『的』字相當。」〔註95〕西周金文之主從連詞，以「之」字最普遍，約佔全部使用之百分之四十四，可用以連接形容性、領屬性之加語與端語。其使用之例，考典籍，若《書‧益稷》，「光天之下，至于海隅蒼生。」《詩‧周南‧關雎》：「關關雎鳩，在河之洲。」等是也。

（三）用　法

M　式

1、唯天下休于麥辟侯之年。（麥尊〈兩考、四十〉）

2、王令東宮追以六𣪘之年。（啓、貯𣪘〈兩考、一〇〇〉）

3、叔从師雝父戍于𦭣之年。（叔觶〈三代、十一、三六〉）

4、王用弗諲聖人之後，多蔑曆易休。（師望鼎〈三代、四、一二五〉）

5、不顯子白，壯武于戎工，經緒三方，博伐𤞤狁于洛之陽。（虢季子白盤〈三代、一、七、十九〉）

6、王子刺公之宗婦鄙嫛，爲宗彝𩰫彝。（宗婦鼎〈兩考、一五六〉）

按：上舉諸例，「之」字作主從連詞。例1、2、3爲形容性加語，例4、5、6爲領屬性加語。

　　例1、2、3爲以事記年之例，連詞可省略。「休」字，賞賜也，縣妃𣪘：「白屖父休于縣妃」（〈三代、六、五五〉），季受尊：「🔲休于世季受」（〈三代、十一、三三〉），相侯𣪘：「相矢休于厥臣」（〈三代、八、二八〉）耳尊：「侯休于耳」（〈錄遺、二〇六〉）休並釋爲賜予之義，然經傳未見此訓，蓋假爲「好」字也，《左傳‧昭公二十七年》云：「楚子享公于新臺，好以大屈。」猶言賂以大屈也。

〔註95〕參見楊樹達《詞詮》五卷247頁。

《周禮・天官・內饔》云：「凡王之好賜肉脩，則饔人共之。」好賜連文，好亦賜也。《說文》一下辱部：「薅，披田艸也，从蓐好省聲。薅，籀文薅省。茠，薅或从休，詩曰：『既茠荼蓼』」，此休與好古同音之證也〔註96〕。

例 4，䚻字，讀爲忘。聖人猶言聞人，與後世所謂至聖之人有別〔註 97〕。後，指後代子孫。

例 5，胄字，郭沫若釋爲壯也〔註 98〕。䌫字當讀爲蒦，《說文》四上萑部云：「蒦，規蒦，商也。从又持萑，一曰視遽皃。一曰蒦，度也。」經䌫四方者，經謂經營，䌫謂規度，猶《詩・大雅・江漢》：「經營四方」也。厰𤞷，即玁狁，北狄也。「洛之陽」者，山南水北謂之陽，此指洛水之北也。

例 6，凡彝銘作「剌」，經傳作「烈」，若召伯虎毀二：「作朕剌祖召公嘗毀」（〈三代、九、二一〉），《尚書・周書・世俘》：「王烈祖自太王、太伯、王季……」，又秦公毀：「剌剌趄趄」（〈三代、九、三三〉），《爾雅・釋訓》：「桓桓，烈烈，威也。」凡此皆从「剌」爲「烈」，取其光顯誼。宗婦，天子之妻也，《禮記・昏義》：「天子九嬪，二十七世婦，八十一御妻。」宗，主也。鄁嫛，宗婦之名。郭沫若謂鄁當爲蜀中之一小國，與周室通婚姻，嫛，其國姓〔註 99〕。宗彝鬻彝，皆宗廟之常器，宗彝爲盛酒之器，鬻彝則爲烹飪、溫酒、盛食之器〔註 100〕

二、其

（一）解　字

 （〈藏、二一、八、二〉）　　 （買王卣〈三代、十三、二〉）

 （〈前、二、五、三〉）　　 （周㝷鼎〈三代、四、十〉）

 （〈前、六、三四、七〉）　　 （𠭯鼎〈三代、四、十三〉）

 （〈戩、九、十六〉）　　 （己医毀〈三代、七、二七〉）

《廣韻》：居之切。　　古音：見紐，之部。

〔註 96〕參見楊樹達《積微》三卷 83 頁小臣毀跋。

〔註 97〕參見郭沫若《兩考》61 頁臤觶。

〔註 98〕同註 97，104 頁虢季子白盤。

〔註 99〕同註 97，156 頁宗婦鼎。

〔註 100〕參見王夢旦《金選》151～152 頁斷代（三）40鼂毀。

《說文》五上竹部：「⌘，簸也。从竹廿，象形，下其兀也。凡箕之屬，皆从箕。廿，古文箕省。⌘亦古文箕。⌘，亦古文箕。⌘，籀文箕。⌘，籀文箕。」按許書古文箕字，與甲金文字合，羅振玉曰：「其字，初但作廿，後增兀，於是改象形爲會意，後又加竹作箕，則更繁複矣。許君錄後起之箕字，而附廿⌘諸形於箕下者，以當時通用之字爲主也。〔註101〕廿原象編竹之形，後加兀爲聲符作⌘，上爲舌，下及左右爲郭，其交叉者，以郭含舌，舌乃固耳，亦象其編織之文理也〔註102〕。高鴻縉謂其字，又借爲語詞或稱代詞，乃加竹爲意符，作箕以別之，故廿、其、箕，實古今字〔註103〕。甲骨文已借用其爲語詞，若卜辭：「貞：其自帝甲又征」（〈粹、二五九〉）、「夕其雨，允雨」（〈粹、七七二〉）等，則由來遠矣。蓋「其」字未借爲語詞之先，其爲簸箕之義，既借之後，始加竹作「箕」也。

（二）說　明

《經傳釋詞》：「其，猶之也」〔註104〕。《詞詮》云：「其，陪從連詞，用同『之』。」〔註105〕又：「之，連詞，與口語『的』字相當。」〔註106〕西周金文，主從連詞「其」字，僅見於領屬性之加語與端語間。考典籍，「其」字作主從連詞者，若《書・康誥》。「朕其弟小子封！」《左傳・莊公十三年》：「非此其身，其在異國乎？」等是也。

（三）用　法

M　式

1、我弗具付龢从其且射。（龢攸比鼎〈三代、四、三五〉）

2、复友龢从其田，其邑复馘、言二邑。（龢从盨〈三代、十、四五〉）

〔註101〕參見羅振玉《增考》中47頁。

〔註102〕參見商承祚《古考》40～41頁。按：張日昇謂，从兀，兀所以薦高，如許書《說文》作形符亦甚妥當，似不必視之爲聲符，說可從。張氏之說，見《詁林》五冊2841頁其字。

〔註103〕參見高鴻縉《中國字例》二篇138～139頁。

〔註104〕參見王引之《經傳釋詞》五卷58～61頁。

〔註105〕參見楊樹達《詞詮》四卷217頁。

〔註106〕同註105，五卷247頁。

3、瑂生拜拜朕宗君其休。（召伯虎毀二〈三代、九、二一〉）

4、淮尸舊我員晦人，毋敢不出其員其責，其進人其貯，毋敢不即㮣即柰。
（兮甲盤〈三代、十七、二十〉）

按：上舉諸例，「其」字作領屬性加語與端語間之連詞。

例1，付，交付也。且讀爲租，《說文》七上禾部訓租爲田賦也。「射」字，楊樹達謂當讀爲謝，訓錢財也〔註107〕。說殆可從，蓋謝本酬謝之義，《漢書·陳湯傳》曰：「湯爲訟罪，得踰多月，許謝錢二百萬。」謂許酬謝以錢二百萬也。以財爲謝，因即稱財爲謝，《史記·日者傳》曰：「夫卜者矯言鬼神以盡人財，厚求拜謝以私於己。」又曰：「今夫卜筮者利大而謝小。」謝皆謂錢財也。夫稱財爲謝，猶今人言報酬，徵之銘文，知此語其來久矣。

例2，复即復之初文，又也，承上事言之也。友讀賄〔註108〕，《左傳·文公十二年》云：「厚賄之。」杜注：「賄，贈送也。」其邑云云，謂所贈田地之所在也。

例3，「拜顙」者，即奉揚也。休，賞賜也。

例4，「員」字从白从貝，即帛字。「晦」字，《說文》以爲田晦字十三下田部，或作畮，此與銘義不合。以義求之，當讀爲貿，《說文》六下貝部：「貿，易財也。从貝卯聲。」晦字古音在之二十四部，貿在幽二十一部，二部音近，可通用也。「淮夷舊我員晦人」者，謂淮夷本爲以帛與周相貿易之人也。「毋敢不出其帛其責」之責，王國維云：「讀爲委積之積，蓋命甲徵成周及東諸侯之委積，正爲六月大舉計也。」〔註109〕第一其字，稱代淮夷也，第二其字，義同「之」，謂毋敢不出其帛之積也。「㮣」字，从自从束，師所止也〔註110〕。後假「次」字爲之，《左傳·莊公三年》：「凡師，一宿爲舍，再宿爲信，過信曰次。」因而師止之處亦曰次，《漢書·吳王濞傳》云：「治次舍湏大王。」是也。「柰」字，孫詒讓釋爲「市」字〔註111〕。「即㮣即柰」者，言取其貯積，付於王之軍次，

〔註107〕參見楊樹達《積微》一卷28～29頁鬲攸从鼎跋。

〔註108〕參見郭沫若《兩考》125頁鮮从鹽。

〔註109〕參見王國維《觀堂別集補遺》二卷1208～1209頁兮甲盤跋。

〔註110〕同註101，13頁。

〔註111〕參見孫詒讓《餘論》三卷36頁兮甲盤；又名原下17頁。

付與市場也。此語爲徵收委積者言之，蓋淮夷出其帛矣，恐徵收者既不付於軍次，又不付之市場，私賣之以自利，故戒之也。

三、氒（厥）

（一）解　字

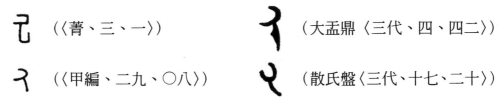

己 （〈菁、三、一〉）	〔圖〕 （大盂鼎〈三代、四、四二〉）
〔圖〕 （〈甲編、二九、〇八〉）	〔圖〕 （散氏盤〈三代、十七、二十〉）

《廣韻》：居月切。　　　　　　　古音：見紐，月部。

《說文》十二下氏部「氒，木本。从氏大於末。讀若厥。」按氒字，甲金文並作〔圖〕形，不从氏，許氏說解當有誤脫。吳大澂沿宋人之誤，釋〔圖〕爲乃[註112]，劉心源正之[註113]，而仍未得〔圖〕之初恉。高田忠周以爲氒爲木本，而字與「久」通[註114]。然久字不从人，且久古音在之部，氒字古音在月二部，難于通叚，其說固非。容庚謂氒爲「櫱」之古文[註115]，強運開從之[註116]。林義光則沿許說，以字象木始生根形[註117]。要之，皆本許書之意，而於字形加以說解耳。就上出甲金文觀之，是皆未得氒字之本義。郭沫若以爲氒爲爲矢栝字之初文，《說文》六上木部：「栝，隓也。从木昏聲。一曰矢栝檃弦處。」栝从昏聲，昏 二上 口部又从氒省聲，故栝氒同音，氒即矢栝檃弦處之栝，證諸古器物 〔圖〕、〔圖〕 形[註118]，又與古文氒字合，是知郭說確乎不可易也。

（二）說　明

夫《尚書》「厥」字，敦煌本隸古定尚書皆作「氒」，蓋厥氒同音，故漢人寫經以「厥」代「氒」，嗣後用厥字者多，而氒字則少見矣。《詞詮》云：「厥，

[註112] 參見吳大澂《愙齋》一冊 21 頁邾公劍鐘。
[註113] 參見劉心源《奇觚》一卷 23～24 頁勁父鼎。
[註114] 參見高田忠周《古籀篇》36 第 9 頁。
[註115] 參見容庚《金文編》十二卷 24 頁 1598 氒字。
[註116] 參見強運開《古籀》三補十二卷 8 頁。
[註117] 參見林義光《文源》。
[註118] 參見郭沫若《金文餘釋之餘》28～34 頁釋氒氏。

連詞，與『之』同。」〔註119〕西周金文，主從連詞「冬」字，僅見於領屬性之加語與端語間，考典籍，「冬」字作主從連詞者，若《書・無逸》：「自時厥後▲，立王生則逸。」又：「自時厥後▲，亦罔或克壽。」等是，然此種用法少見。

（三）用　法

Ｍ　式

1、乍冊令敢剔明公尹冬▲宮，用乍父丁寶隩彝。（令彝〈三代、六、五六〉）

2、對剔天子冬▲休，用乍敯文考重仲障寶毀。（同毀〈三代、九、十八〉）

3、章冬▲![圖]夫呂斝从田，其邑旃厶![圖]。（斝从盨〈三代、十、四五〉）

4、![圖]冬▲小宮呂斝从田，其邑彶罘句商兒罘雦戈。（斝从盨〈三代、十、四五〉）

5、鞞皇帝亡䛐，臨保我冬▲周霪三方。（師詢毀〈兩考、一三九〉）

按：上舉諸例，「冬」字作領屬性加語與端語間之連詞。

例1，「![圖]」字，諸家解說紛紜，方濬益〔註120〕、孫詒讓〔註121〕，皆釋爲「室」，言象廟中中央太室之形。郭沫若則以「休」字釋之，其云：「字當是休之異文。休字金文作休，从禾从人，言人於稻草上休息也。許書重文作麻，復从广从广與此从宀同意。此之臣，蓋象卧榻，又對揚王休，乃古人恆語，此言揚皇王室，例正相合。」〔註122〕又疑爲「宁」字，假爲「醻」也〔註123〕。唐蘭言墉之本字![圖]，其口形周垣，其四方作![圖]形者，象其垣上之墉，所謂四墉是也。![圖]蓋由![圖]而變，則![圖]及宦字，當爲从宀臺聲，讀若庸，庸者，功也，勞也，引申有賞賜之義〔註124〕。吳其昌則以![圖]即古代四合院落之平剖面形，![圖]形即

〔註119〕參見楊樹達《詞詮》四卷211頁。

〔註120〕參見方濬益《綴遺》三卷14頁宰儺室父丁鼎。

〔註121〕參見孫詒讓《餘論》一卷3頁父丁鼎。

〔註122〕參見孫沫若〈令彝令毀與其它諸器物之綜合研究〉，載《殷周青銅器銘文研究》53頁。

〔註123〕參見郭沫若《長安張家坡西周銅器群》2頁盂簋。

〔註124〕參見唐蘭〈作冊令尊及作冊令彝銘考釋〉，載《國學季刊》四卷一期27～29頁。

家居室之形，🏠則加一屋之記號，室所以庇蔭人，與休爲人息止義同〔註125〕。說與郭說略同。馬叙倫進而謂🔷爲亞形，即古代居室結構之形，⌂本室之初文，象穴形，以家在室中，故從⌂爲🏠，此次初文也〔註126〕。吳闓生則以宜字象窗牖形，當爲光寵之意〔註127〕。諸家憑其形構推臆忖度，終不免得其一偏。今試歸納彝銘「宜」字之例，如左：

（1）大鼎銘：「大揚皇天尹大保宜。」（〈三代、四、三三〉）

（2）矢令彝：「乍冊令敢揚明公尹乎宜。」（〈三代、六、五六〉）

（3）令毁銘：「令敢揚皇王宜。」（〈三代、九、二七〉）

是知，以金文常例言，「宜」義同「休」，故郭說近是。

例3，例4，「章乎🔲夫」、「🔲乎小宮」之乎，郭沫若訓爲連詞「之」〔註128〕，楊樹達釋章爲賞也，乎字作稱代詞〔註129〕。然細審此銘，殆是章、🔲二人於同日以邑里與斟從交換，故郭說較是也。「🔲夫」、「小宮」，官職名。「🔲」字，動詞，原文作🔲，乃釣句之象形文，當即「釣」之古字，《廣雅·釋器》：「釣，鉤也。」《莊子·外物篇》：「任公子爲大鉤長緇。」《釋文》云：「鉤，本亦作釣。」東方朔〈七諫〉：「以直鍼而爲釣。」即謂以直針而爲鉤。釣者取也，交易也〔註130〕。

例5，🔲，句首助詞，無義。「罺」字，讀爲斁〔註131〕，無斁猶無厭也。《爾雅·釋詁》，「射，厭也。」釋文射本作斁，《詩·周頌·清廟》：「無射于人斯。」釋文：「射，厭也。」《禮記·大傳》注作：「無斁于人斯。」《詩·國風·周南·葛覃》：「服之無斁。」傳：「斁，厭也。」等可證。「皇帝亡罺」者，與毛公鼎：「皇天亡斁」（〈三代、四、四六〉）語例全同，知古言皇帝即皇天也，此句乃祈

〔註125〕參見馬叙倫〈矢令彝〉，載《國學季刊》1934年四卷一期15～20頁所引。

〔註126〕參見馬叙倫《讀金器刻詞》76頁父丁鼎；又同14。

〔註127〕參見吳闓生《吉文》一卷12頁公束鼎。

〔註128〕參見郭沫若《兩考》124頁斟从盨。

〔註129〕參見楊樹達《積微餘說》二卷272頁斟从盨跋。

〔註130〕同註128，125頁斟从盨。

〔註131〕按：罺字，諸家皆讀爲斁，參見吳大澂《字說》22頁斁字說；孫詒讓《拾遺》26頁毛公鼎；董作賓《毛公鼎考年註釋》18頁；高鴻縉《毛公鼎集釋》79頁。

勾語，謂皇天不厭周德，長保佑之也。

貳、文法成分間之連詞 〔註 132〕

　　西周金文，文法成分間之連詞，有「用」、「自」、「㠯」三字，皆用於連接賓語。其性質有三：一、在非雙賓語句中（即下列 A1 式），連詞必在賓語之前，使與述語連接。此連詞通常可省略；二、在雙賓語句中，受事次賓語無介詞，則賓語前必加連詞，此連詞與賓語，在述語之後（A2 式）；三、句式有二種：

　　（1）A1 式：（主語）＋述語＋連詞＋賓語。

　　（2）A2 式：（主語）＋述語＋受事次賓語＋連詞＋賓語。

一、用

（一）解　字，參見 35 頁。

（二）說　明

《古書虛字集釋》云：「用猶于也，於也。……儀禮特牲饋食禮：『藉用萑。』，鄭注曰：『古文用爲于』，故用可訓於。」〔註 133〕 考典籍，「用」字連接賓語者，若《書‧洪範》：「次四曰：協用五紀。」又〈多方〉：「天惟式教我用休。」等是也。

（三）用　法

A2　式

1、（東宮）迺或即曶用田二。（曶鼎〈三代、四、四五〉）

2、用矢𤔲散邑，迺即散用田。（散氏盤〈三代、十七、二十〉）

按：此二例，「用」字連接賓語，連詞與賓語在述語之後。

例 2，𤔲字讀爲業，經營也〔註 134〕，此銘謂因矢人營業于散邑，故給散氏

〔註 132〕按：一般文法書之連詞，僅限於文法成分內之連接，至若文法成分間，述語、賓語、副語之連詞，多略而未談，或視爲介詞，致使介詞定義混淆不清，本文概視其連接之功能，歸諸「連詞篇」。

〔註 133〕參見裴學海《古書虛字集釋》二卷 91 頁。

〔註 134〕參見郭沫若《兩考》130 頁矢人盤。

田，以報之。

二、自

（一）解　字，參見 21 頁。

（二）說　明

「自」字連接賓語者，考典籍，若《書‧洛誥》：「惠篤敘，無有遘自疾。」是也。然此種用法極少見，西周金文亦僅一見。

（三）用　法

A1　式

念自先王先公，廼敉克衣，告剌成工。（沈子毀〈兩考、四六〉）

按：此例，「自」字作賓語之連詞。念，追思、懷念也。「先王先公」者，周之武王、成王謂之先王，魯之周公、魯公謂之先公。廼，典籍作「乃」，《古書虛字集釋》云：「乃，猶其也。指事之詞也。」〔註135〕乃字作稱代詞之例，如書君奭：「公曰：『前人敷乃心。』」詩小雅大田：「既備乃事。」等是，此處稱代「先王先公」也。敉讀爲敉〔註136〕。《說文》三下攴部：「敉，撫也。从攴米聲。《周書》曰：『亦未克敉公功。』讀若弭。」弭、敉、敉三字。古音同屬沒八部。「衣」者，殷也，《書‧康誥》：「殪戎殷。」《禮記‧中庸》作「壹戎衣」，鄭注：「衣讀如殷……齊人言殷聲如衣。」「廼敉克衣」者，指先王先公先後討伐殷紂王，平定武庚及管蔡也。剌讀爲列，《廣雅‧釋詁》：「列，布也。」告列成工，言布告成功也。

三、吕（以）

（一）解　字，參見 38 頁。

（二）說　明

「吕」字連接賓語者，古書常見，用與「用」同〔註137〕。若《書‧微子》：

〔註135〕參見裴學海《古書虛字集釋》六卷 491 頁。

〔註136〕參見郭沫若《兩考》46 頁沈子毀。

〔註137〕按：賓語之連詞，必在賓語之前，此乃其特性。然雙賓語句子中，賓語連詞可在

「今殷民乃攘竊神祇之犧牷牲，用以容，將食無災。」《詩・衛風・木瓜》：「投我以木瓜。」等是也。

（三）用　法

A2　式

余獻婦氏吕壺。(召伯虎毁一〔註138〕〈兩考、一四二〉)

按：此例，「吕」字作賓語之連詞。

第三節　統　計

壹、西周金文，連詞連接之句式有五：

（一）M 式：加語＋連詞＋端語。

（二）M1 式：名（形、數）詞＋連詞＋名（形、數）詞。

（三）M2 式：名（數……）詞＋連詞＋名（數……）＋連詞＋名（數……）詞。

（四）A1 式：（主語）＋述語＋連詞＋賓語。

（五）A2 式：（主語）＋述語＋受事次賓語＋連詞＋賓語。

貳、西周金文，各類連詞所屬之句式如下表

文法成分 \ 句式			M	M1	M2	A1	A2	備　註
文法成分內	並列結構	名　詞		∨	∨			
		形容詞		∨				
		數　詞		∨	∨			
	主從結構		∨					
	造句結構							「主語+之+謂語」之句式，西周金文未見。

述語前，又可省略賓語前，則僅「以」字有此作用。

〔註138〕按：此句句讀從于省吾，雙選上三卷16頁之說。郭鼎堂《兩考》142頁，則以「瑂生又吏豐來合事余獻」一句、「婦氏吕壺告」爲一句，説稍嫌累贅。

文法成分間	連接賓語			v	v	
合　計		1	3	2	1	1	M1 式使用最普遍

由表中所示：

一、文法成分內：

（一）並列結構之連詞，所屬句式有：M1、M2 二式；

（二）主從結構之連詞，所屬句式僅 M 式一種。

二、文法成分間，賓語之連詞，所屬句式有：A1、A2 二式。

三、五種句式中，M1 式使用最普遍，可用於名詞、形容詞、數詞並列結構之間之連接。

四、M2 式之連詞，可重複或交替使用。

五、西周金文，未見方位詞並列結構之連詞，與造句結構「主語＋之＋謂語」之句式。

參、西周金文連詞使用情形如下

文法成分 ＼ 句式			又	㠯	及	眔	雩	于	隹	之	氒	其	用	自
文法成分內	並列結構	名　詞	v	v	v	v	v	v	v					
		形容詞	v											
		數　詞	v											
	主從結構									v	v	v		
	造句結構												v	v
文法成分間	連接賓語													
合　計			3	2	1	1	1	1	1	1	1	1	1	1

由表中所示，西周金文之連詞，計有：又、㠯、及、眔、雩、于、隹、之、氒、其、用、自等九個，「又」字用法最多，「㠯」字次之。

肆、西周金文各類連詞使用頻率表

介　詞 ＼ 銘　文			器　　　號	合　計
文法成分內之連詞	名詞並列連詞〔1〕	又	65、142、258	3
		㠯	33、79（2）、80、87、95、115、129、154、199、224、262	13
		及	65、149（2）、217、249	5
		眔	22（2）、46（3）、47、60、65、81（2）、85、87（5）、88（3）、95（6）、101、113、124、127、129（3）、162（4）、163、168、186、203、210（2）、232、255、274、294（2）	47
		雩	42、64、81（2）、181	5
		于	81、90	2
		隹	60	1
	形詞	又	81	1
	數詞	又	1、9、19、28、38、42（5）、43、48、56、57、73、78、79、80、100、111（5）、114、121（2）、122、139、151、154、156、170、177、180、199、210（2）、215、242、243、250、292、298	45
	主從結構〔2〕	之	39、63、75、78、127、139、210、224、233、277、290	11
		㕥	95、171、210（2）、294（2）	6
		其	80、189、210、289（3）	6
文法成分間連詞	賓語之連詞〔3〕	用	10、65、286、290	4
		自	123	1
		㠯	188	1

〔1〕名詞並列連詞，共出現 76 次，其中以「眔」字使用率最高。

〔2〕主從結構之連詞，共出現 23 次，其中「之」字使用率最高。

〔3〕賓語之連詞，以「用」字最常見。

由上表所統計：

一、名詞並列連詞，以「眔」字使用率最高，其次為「㠯」字，佔 17.11%。

二、形容詞並列連詞，僅毛公鼎一見，以省略連詞為常。

三、主從結構之連詞,「之」字使用率最高,可用以連接領屬性、形容詞之
　　加語與端語,「叀」「其」僅用於連接領屬性之加語與端語。

四、賓語之連詞,「用」字較常見。

第四章　複句關係詞探究

第一節　通　說

　　複句（Composite Sentence）者，乃由兩個或兩個以上之單句併合而成。包含于複句中之單句，因受上下文義之影響，或因加入其它之語法成分，若連詞之類，使其于複句結構中喪失部分獨立性，此種不完全獨立之單句，謂之「分句」（Clause）。分句間，彼此不作對方之文法成分，而以聯合、加合、平行、補充、對待、轉折、交替、排除、比較、時間、因果、目的、假設、條件、推論、擒縱、襯托、逼進等關係結合〔註1〕。

　　劃分單句複句之標準，說者紛紛〔註2〕，要皆以組成複句，須有特定之條件，

〔註 1〕參見許世瑛先生《中國文法講話》191 頁。

〔註 2〕按：劃分單句複句之標準，說者紛紜，其犖犖大端者，有以下諸說：

標準 ＼ 說者		黎錦熙	王了一	呂淑湘	周法高	語法小組	張志公
結　構	（a）	✓					
	（b）	✓	✓	✓	✓	✓	✓
意義之關聯		✓	✓	✓	✓	✓	
語音之停頓			✓ ✓	✓	✓	✓ ✓	
連詞之使用		✓	✓	✓	✓	✓	✓
其他關連詞語				✓	✓		
謂語之多少、繁簡		✓					

其一，分句與分句必有意義上之關聯；其二，分句與分句必有結構上之關係，而連接分句之語詞（記號）〔註3〕，最常見者爲連詞，或亦用起連接作用之副詞〔註4〕，或連詞與副詞配合使用。本文則概視其連接之作用，而以連詞探究之。

　　複句之類別，本可就其所使用之連詞之情況而劃分，然複句關係詞往往可省略，而一種虛詞又可分見於數類，故將複句之性質加以個別之探討，較諸單方面注重虛詞，其效用更爲切實合理。茲簡述複句之類別如下：

　　一、聯合關係複句，分句間最平常、簡單之關係，即爲聯合關係。

　　二、平行關係複句，分句間結構形成一致，意義相關。

　　三、對待關係複句，分句間字句相對，意義亦互相對立。

　　四、轉折關係複句，分句間上下句意背戾衝突，彼此對立，多半因甲事在心中引起一種預期，而乙事出乎預料，故由甲事至乙事，其間有一轉折，非一貫也。

　　五、加合關係複句，即分句間聯合關係之加強。

　　六、補充關係複句，即分句間上下句意互相補充。

其中，「∨」表應用此標準，「∨∨」爲特別重視之意。結構一欄分二項，（a）主張分句須主謂俱全，（B）主張分句可省略主語。上説參見：

（1）黎錦熙《新著國語文法》250～305頁。

（2）王了一《中國語法理論》上111～117頁。

（3）呂叔湘《中國文法要略》90頁。

（4）周法高《中國古代語法告句編》（上）198頁。

（5）郭中平〈單句複句的劃界問題〉，載《中國語文》1957年4月總五八期。

（6）張志高《漢語語法常識》256頁。

〔註3〕按：周法高《中國古代語法造句編（上）》227頁，謂條件子句之記號，包括：

（1）純聯詞：若、如、苟、乃、而。

（2）動詞轉來：借、假、使、令、設、爲。

（3）副詞轉來：即、誠、果、猶、適、償、乃。

（4）語末助詞：者、焉。

（5）其它：其、厥、之、詎（非）、自（非）、唯（無）、今。

〔註4〕按：趙元任《中國話的文法》387頁；有所謂「副詞性的連接詞」，基本上，連詞用于連接句子，副語用于修飾句中之成分，然若「乃」、「遂」之類詞，僅用於副語而有關連作用，功能與連詞同，亦稱「關連副詞」。

七、因果關係複句，分句間描述兩件事情，一先一後發生，除極其偶然之情況外，一般上下句皆存著原因、後果之關係。

八、交替關係複句，分句間以「數者居其一」之關係，組成複句，最普遍之關係爲「或」。

九、比較關係複句，分句間以比較事物之類同、高下、利害、得失等關係，構成複句。

十、時間關係複句，分句間上分句說明下分句之動作行爲之發生時間，爲一種以時間爲背景之修飾方式。一般于上分句用表時間之副語或連詞，亦有用表時間之句子形式者。

十一、假設關係複句，上分句提出假設，有假設關係詞，下分句說明假設之後果。

十二、條件關係複句，上分句所提乃一具體之條件，下分句爲據上分句之條件，所推出之後果。

十三、目的關係複句，分句間上分句之事，純爲下分句所代表之事而做。

十四、推論關係複句，分句間上分句爲前提，下分句爲結論。前提小句必有關係詞「既」或「既然」。

十五、襯托關係複句，分句間上分句爲襯托，關係詞用「不唯」、「非唯」等；而下分句爲照應，關係詞使用「連……也……」、「即……亦……」等。

十六、憑藉關係複句，分句間上分句爲下分句所藉以完成之手段或方式。

第二節　釋　例

壹、時間關係詞

【壹】第一小句關係詞

西周金文時間關係複句第一小句關係詞，僅見「既」字。其性質有二：一、置於複句之上分句，使與下分句構成時間關係複句；二、句式屬 F1 式：（時間副語）＋（主語）＋關係詞＋述語＋（賓語）＋第二小句。

（F 即上分句（First）之省；s 即第二分句（Second）之省，下同）

既

（一）解　字

（〈藏、一六一、一〉）　　　 （矢方彝〈三代、六、五六〉）

（〈藏、一七八、四〉）　　　 （舀鼎〈三代、四、四五〉）

（〈前、七、一八、一〉）　　 （鄭虢仲殷〈三代、八、十五〉）

（〈前、七、二四、二〉）　　 （師袁殷〈三代、九、三五〉）

（〈戩、二、二〇〉）　　　　 （禹鼎〈錄遺、九九〉）

（〈戩、三三、一六〉）　　　 （大鼎〈三代、四、三三〉）

《廣韻》：居豙切。　　　　　　古音：見紐，物部。

《說文》四下皀部：「，小食也。从皀旡聲。《論語》曰：『不使勝食既。』」既字，小篆形體與甲金文字體悉無異也，字象人就殷飽食反顧之狀，言食既也。从皀（殷），係盛黍稷之器也；从旡，迴首他顧，示飽足也。合二文之誼，以會食既之意，字當作从皀从旡，旡亦聲，會意兼聲字。許君小食之訓，非其正解[註5]。既之本義爲食既，引申因有「已」意，卜辭云：「既伐大戉」（〈前、七、二四、一〉）、「丁丑卜、翌、戊寅既雨」（〈乙、五二七八〉），皆用其引申義。經傳亦承用之，如《廣雅・釋詁》：「既，已也。」《書・堯典》：「九族既睦。」鄭注：「既，已也」；「已」訓爲事畢，如《公羊・宣公元年》傳，「既而曰。」注：「既，事畢。」《論語・憲問》：「既而曰。」皇疏：「既而，猶既畢也。」又訓爲盡，如《書・舜典》：「既月。」傳：「既，盡也。」《莊子・應帝王》：「既其文，未既其實。」釋文：「既，盡也。」又訓爲終，如韓愈〈進學解〉：「言未既，有笑於列者。」《經傳衍釋》：「既猶終也。」[註6] 諸義皆爲食既，食畢一義之引申也。

（二）說　明

「既」於句中多作時間副語，表旋嗣之義，一事發生未久，復有一事時用

〔註 5〕參見謝師一民《說文解字箋正》136 頁。

〔註 6〕參見吳昌瑩《經詞衍釋補遺》122 頁。

之，除作修飾之用外，亦兼有承上啓下之功能，即所謂「關連副詞」〔註7〕，本文就其關連之作用而言，仍歸諸關係詞一類。考典籍，「既」字作時間關係詞者，如《書·君奭》：「成湯既受命；時則有若伊尹，格于皇天。」《詩·衛風·氓》：「既見復關；載笑載言。」用法與西周金文同。

（三）用 法

F1 式

1、昔余既令女；今余隹䌛霥乃令，令女更且考𤔲左右虎臣。（師克盨〈文物、一九六二、六〉）

2、昔先王既令女乍𤔲士；今余唯或毀改令女辟百寮。（牧殷〈兩考、七五〉）

3、昔余既令女出內朕令；今余隹䌛霥乃令，易女叔市、參同、萛恩。（大克鼎〈三代、四、四十〉）

4、先王既令女𤔲王宥，女某不又昏，毋敢不善；今余隹或𤔲令女，易女攸勒。（諫殷〈三代、九、二十〉）

5、昔先王既令女乍邑，𤔲五邑祝；今余隹䌛霥乃令，易女赤市、同靈、黃、綟旐，用事。（鄦殷〈兩考、一五四〉）

按：上舉諸例，「既」字作時間關係詞，除例4外，皆有「昔……今」時間副語對文，使上下分句更富時間先後之含意。

例1，女、汝也。隹，句中語首助詞，無義。「䌛霥」二字，金文恆見，䌛讀為繩，繼也；霥字，從楊樹達之說，讀為庚（賡）〔註8〕，䌛霥乃令，謂繼續遵循先前之命令。更，繼承也。𤔲字，金文屢見，𤔲（毛公鼎〈三代、四、四六〉）、𤔲（番生殷〈三代、九、三七〉）、𤔲（師克殷〈三代、九、三十〉）、𤔲（大克鼎〈三代、四、四十〉）、𤔲（伊殷〈三代、九、三十〉）、𤔲（㝅鼎

〔註7〕 按：基本上，複句關係詞用以連接分句，副語用於修飾句中之成分，然若「乃」、「遂」之類詞，用作修飾而含關連作用者，趙元任《中國話的文法》387頁，稱之為「副詞性的連接詞」。凡屬於時間、範圍、程度、語氣等範疇之副詞，常帶關連作用。

〔註8〕 參見楊樹達《積微》三卷91頁師憖殷跋。

〈三代、九、三七〉），傳訛舛互，不可辨識，諸家之說紛紜〔註9〕。惟高鴻縉釋「兼」，謂字象人手持二相同之物，并聲〔註10〕；郭沫若釋「攝」之初文，象井上有機構，一人在井旁操作之形，取其引持作用則爲攝，由動詞化爲名詞，又有兼官之義〔註11〕。二家之說，郭說最爲切合。「𤔲嗣」金文每連用，除本𣪘外，其它略可考集如次：

（1）師艅𣪘銘：「冊令師艅𤔲嗣口人。」（〈三代、九、十五〉）

（2）毛公鼎銘：「令女𤔲嗣公族雩參有嗣、小子、師氏、虎臣雩朕褺事。」（〈三代、四、四六〉）

（3）番生𣪘銘：「王令𤔲嗣公族，卿事、大史寮。」（〈三代、九、三七〉）

（4）師兌𣪘銘：「令女𤔲嗣走馬。」（〈三代、九、三十〉）

（5）𡩡鼎銘：「遣仲令𡩡𤔲嗣鄭田。」（〈三代、四、二一〉）

（6）微繺鼎銘：「王令微繺𤔲嗣九服。」（〈兩考、三三〉）

（7）師𣪘銘：「令女……𤔲嗣我西偏東偏僕駁、百工、牧、臣妾。」（〈兩考、一一四〉）

亦有不與嗣字連用者，若：

（1）走𣪘銘：「令走𤔲疋口。」（〈兩考、六一〉）

（2）蔡𣪘銘：「令女眔白𤔲疋對各，此嗣王家外內。」（〈兩考、一○二〉）

（3）鄴𣪘銘：「先王既令女乍邑，𤔲五邑祝。」（〈兩考、一五四〉）

（4）伊𣪘銘：「冊令伊𤔲官嗣康宮王臣妾百工。」（〈兩考、一二五〉）

（5）叔夷鐘：「余令女戚左卿，爲大史，𤔲令于外內之事。」（〈兩考、二○二〉）

（6）大克鼎：「易女井遞𤔲人𤔲。」（〈三代、四、四十〉）

〔註 9〕按：「𤔲」字考釋，諸家之說紛紛，吳大澂，《愙齋》四冊 8 頁毛公鼎，釋爲「駿」；劉心源《奇觚》二卷 48 頁毛公鼎、孫詒讓《述林》七卷 17 頁克鼎釋文，解作「併」；吳寶煒《毛公鼎文正註》15 頁，釋爲「恭」；丁佛言《古籀補補九卷》4 頁，作「鞏」。

〔註10〕參見高鴻縉《毛公鼎集釋》92～93 頁。

〔註11〕參見郭沫若〈盠器銘考釋若干解釋盠尊〉，載《文史論集》317～318 頁。

諸銘「觏嗣」或「觏」，以「兼」、「攝」（兼官）釋之，各例可通，故郭、高兩說，可竝存之。「左右虎臣」者，斯維至謂殆即王之侍衛〔註 12〕。王祥據師酉毀：「王乎史醫冊令師酉，嗣乃且啻官邑人、虎臣。」（〈三代、九、二一〉），詢毀：「今余令女啻官嗣邑人，先虎臣，後庸、西門尸、秦尸、京夷、彙夷。」（〈文物、一九六〇、二〉）謂虎臣由夷族構成，爲保護王之衛官、衛士，略等於後世之「宿衛」，而文獻中之虎臣、爪士、爪牙之士、虎賁、旅賁等，皆從金文「虎臣」一詞衍化而來〔註 13〕。

例 2，嗣士，官名，殆即《周禮》「士師」之官屬。或，有也。「毀改」者，劉心源讀爲敦促〔註 14〕。辟，輔佐也。百寮，指百官。

例 3，內，用爲納，「出內聯令」者，遵循吾所命令之事也。叔市、參同、萆恩，皆賞賜物。「市」蔽膝也，《說文》七下市部云：「市，韠也。上古衣蔽前而已，市以象之。天子朱市、諸侯赤市、卿大夫蔥衡。从巾象連帶之形。韍，篆文市，从韋从犮，俗作紱。」按市字，古稱謂極多〔註 15〕，郭沫若考釋謂：「市頗如今之圍腰，用以蔽膝，古人所用之禮服。」〔註 16〕西周所錫之市，計有：赤市、朱市、8 市、載市、叔市等等，市上之字，著其色也。叔市，即素色之蔽膝。「參」假爲摻，即今衫字。「冋」字，《說文》冂 五下冂部之古文作冋，彝銘之「冂」，蓋即「冋黃」之冋之異體，或聲類相似之字。吳式芬以爲冋乃「綱」之省〔註 17〕。唐蘭謂冋即「苘麻」之苘，金文「冋黃」乃苘麻織成之「衡」，繫佩玉之帶也〔註 18〕。據此，知「參冋」，衫苘也，爲苘麻織成之衣。「蔥」即蔥字，此訓青綠色。茜字，假爲衷，茜蔥，指青綠色之衷衣〔註 19〕。

〔註 12〕參見斯維至〈兩周金文所見職官考〉，載《中國文化研究彙刊》七卷 10 頁。

〔註 13〕參見王祥〈說虎臣與庸〉，載《考古》1960 年五期。

〔註 14〕參見吳閶生《吉文》三卷 11 頁引。

〔註 15〕按：「市」之異名，有韠（《禮記・玉藻》）、韍（《禮記・玉藻》）、芾（《詩・國風・侯人》）、袚（《方言》卷四）、紼（《白虎通・紼冕》）、茀（《易・乾・鑿度》）、褘（《方言》卷四）、袡（《方言》卷四）、襜（《釋名・釋衣服》）等是。

〔註 16〕參見郭沫若〈輔師毀考釋〉，載《考古學報》1958 年二期。文史論集 330～331 頁。

〔註 17〕參見吳式芬《攈古》三之一卷 63 頁趩尊。

〔註 18〕參見唐蘭〈毛公鼎朱韍蔥衡玉环玉瑹新解〉，載《光明日報》1961 年 5 月 9 日。

〔註 19〕參見郭沫若《兩考》122 頁大克鼎。

例 4，王宥，官職名，宥叚爲囿，《周禮·地官》之屬，有囿人，掌囿游之獸禁，牧百獸。「女某不又昏」者，郭沫若讀爲汝靡鄙又昏〔註20〕，吳闓生釋汝靡不有勞〔註21〕。按二君皆讀某爲靡，否定詞，是也。金文通以母爲毋，本銘「某」字亦當讀母，《說文》三上言部謀字，或作𧪢，又或作譽，此「某」與「母」同音之證。銘文於此句不言母而言某者，以下文「母敢不善」已有母字，變文以避複也。「昏」爲聞之初文，讀爲聞，《說文》十二上耳部聞字，或作䎽，可證也。女某不又昏，即汝無不有聞也。「或」字，讀爲又，《經傳釋詞》云：「或猶有也。」〔註22〕「嗣」假借爲嗣，繼嗣之意。「攸勒」者，即鋚勒也，《說文》十四上金部：「鋚，鐵也。一曰轡首銅也。从金攸聲。」又三下革部：「勒，馬頭落銜也。从革力聲。」攸勒，爲用以絡馬首之具，从皮革爲之，上飾以銅或貝。

例 5，「五邑祝」者，與師兌𣪘「五邑走馬」（〈兩考、一五四〉）文例同，五邑其義不詳，然「祝」殆可知爲官職之稱，《說文》一上示部，「祝，祭主贊詞者。从示从儿口。」《周禮·春官》有「大祝」之職，掌六祝之辭以祈福祥。本銘之「祝」官，或即爲太祝也。赤市，赤色之蔽膝。同，即茼麻之茼，此作茼色解。羃字，當即縷之異，《說文》十三上糸部：「縷，帛文皃。詩曰：『縷兮斐兮，成是貝錦。』从糸妻聲。」今《詩·小雅·巷伯》作「萋」，假借字也，毛傳云：「萋菲，文章相錯也。貝錦，錦文也。」鄭箋云：「錦文者，餘蚳之員文也。」《爾雅·釋魚》：「餘蚳，黃白文；餘泉，白黃文。」黃字，衡也，衣帶也〔註23〕。「同羃黃」者，謂茼色而有文之衣帶也。西周之冊命、賞賜中，多有「鑾旂」之賜，或單稱「旂」或「鑾」者。鑾，經傳多作鑾，鑾即鈴。古之旂有鈴，故《爾雅·釋天》曰：「有鈴有旂。」旂之繫鈴，其作用見於《說文》七上㫃部：「旂，旗有眾鈴，㠯令眾也。」毛公鼎有「朱旂二鈴」之辭（《三代、四、四六》），以鈴爲單位，足見旂與鈴之關係。

【貳】第二小句關係詞

西周金文，時間關係複句第二小句關係詞，有「廼」、「乃」、「爰」、「遁」

〔註20〕同註19，117頁諫𣪘。

〔註21〕同註14，三卷19頁諫敦。

〔註22〕參見王引之《經傳釋詞》三卷35頁。

〔註23〕同註18。

四字。其性質有二：一、置於複句之第二小句，使與上一小句構成時間關係複句；二、使用此類關係詞之句子，句式有三種：

（1）S1式：第一小句＋（主語）＋關係詞＋述語＋（賓語）。

（2）S2式：第一小句＋關係詞＋主語＋述語＋（賓語）。

（3）S3式：第一小句＋關係詞＋述語＋（賓語）。〈主語必承上省略〉

一、廼

（一）解　字

⊞（〈前、八、十二、六〉）　　　　　（毛公鼎〈三代、四、二七〉）

（〈甲編、四〇四〉）　　　　　（矢言彝〈三代、六、五六〉）

（〈甲編、一五〇五〉）　　　　　（大盂鼎〈三代、四、二二〉）

（〈京四、一四二〉）

《廣韻》：奴亥切。　　　　　　　　古音：泥紐，之部。

《說文》五上乃部：「廼，驚聲也。从乃省，西聲。籀文廼，不省。或曰廼，往也，讀若仍。廼，古文廼。」廼字，高田忠周謂字應从㔾西聲，乃字古文作𠃌，象乳房之形，與乚形無涉〔註24〕。按：廼字，篆體所从之乚，就上舉甲金文字形觀之，實則為古文象器座形之「㇄」，所謂變，非乃省，更非从㔾。王國維言「㇄」為皿之省〔註25〕，說殆可從。蓋鹽鹵常盛於皿中，故作與無別，若以廼所从之「㇄」按之，其為器之薦，亦不遠矣。至若朱芳圃所謂，「廼」即「薑」之初文，蟲也〔註26〕。高鴻縉疑為「鹵」之異文〔註27〕。二說並非，廼之字形，與匏瓠實不類，而其中四點之字，如鹵作，小點以示器實而已，不必即為鹵也〔註28〕。諸家釋形，雖各本其說，然諸說皆

〔註24〕參見高田忠周《古籀篇》六十四第35頁。

〔註25〕參見高鴻縉《中國字例》二篇108頁引。

〔註26〕參見朱芳圃《釋叢》167頁。

〔註27〕參見高鴻縉《散盤集釋》10頁。

〔註28〕參見《金文詁林》五卷2958頁，張日昇按語。

可證：「廼」、「乃」二字之本義，實邈不相涉。徒以同假借爲語辭，後世遂有仍爲一字者矣。許君雖知其非一字，然已失其朔義，僅知其假借爲語詞之用相同，遂收入一部，而次亦相屬也。

（二）說 明

廼、乃二字，同音假借。皮錫瑞云：「今文『乃』，亦作『廼』，見《漢書・律曆志》。《漢書》引經，皆作『廼』。」〔註29〕後世經籍，多以「乃」代「廼」，廼字遂少見。《古書虛字集釋》：「乃，猶於是也，字或作廼。」〔註30〕廼字，作時間關係複句第二小句關係詞者，卜辭已見，若：「貞曰：氏來，廼往于臺」（〈前、四、三五、六〉）、「莫于日中、廼往。」（〈粹、六八、二〉）等是也。考典籍，如《詩・大雅・縣》：「廼慰廼止，廼左廼右，廼疆廼理，廼宣廼畝。」等是。夫上古虛字用字不定〔註31〕，諸家以爲「乃」於金文借用爲「汝」，「廼」則用爲「於是」，二字絕不相混〔註32〕，非是也。

（三）用 法

甲、S1 式

1、我孫克又井斁；歌父廼是子。（沈子毁〈三代、九、三八〉）

2、嗣吏㝅友弘曰告于白懋父，才莽；白懋父廼罰得鬲古三百守。（師旅鼎〈三代、四、三一〉）

3、王臺伐其至，戲伐㝅都；及 🐘 廼遣間來逆卲王。（宗周鐘〈三代、一、六五〉）

4、王令眚史南曰即虢旅；虢旅廼吏攸衛牧誓。（爾攸从鼎〈三代、四、三五〉）

〔註29〕參見皮錫瑞《今文尚書考證》（上）一卷 10 頁，「乃命義和」條下。

〔註30〕參見裴學海《古書虛字集釋》六卷 476 頁。

〔註31〕按：關係詞「廼」，《詩經》只見〈大雅・縣〉、〈公劉〉二篇，〈縣〉篇且同用「廼」、「乃」爲時間關係詞。《尚書》皆作「乃」，未見「廼」。西周金文多用「廼」，「乃」僅見於霝侯鼎（〈三代、四、四二〉）。

〔註32〕參見商承祚《古考》44 頁；高鴻縉《散盤集釋》10 頁；容庚《金文編》五卷 12 頁。諸家皆謂「廼」訓於是，「乃」訓汝也。

5、䎃自彌宋匄匜，弗克伐噩；䎃武公廼遣禹率公戎車百乘，斯駁二百，徒千。（禹鼎〈錄遺、九九〉）

按：上舉諸例，「廼」字作時間關係詞，置於第二分句，使與上文構成時間關係複句。

例 1，「井」字，《說文》五下井部謂井本象井上構韓形，借爲型，效法也。「斅」字，《說文》三下教部：「斅，覺悟也。从教冂，冂，尚矇也。臼聲。學，篆文斅省。」此訓學習也。《禮記‧學記》曰：「學，然後知不足，知不足，然後能自反。」「歕」字，金文作 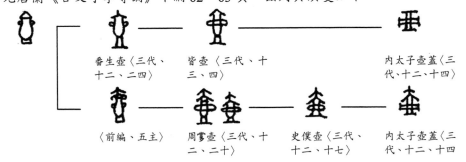形，字從亞從欠，亞即壹之省，故孫詒讓釋爲「懿」〔註33〕，即《說文》十下壹部：「懿，嫥久而美也。从壹从恣省聲。」唐蘭更進而推之，謂內太子白壺（〈三代、十二、十四〉）之壺字，蓋作 ，器作 ，以證懿字本從壺從欠，作歕。〔註34〕按唐說是也，《說文》、段注：「（懿）當作从心从欠，壹亦聲。」均不可據。懿字初文，從壺從欠，本爲會意字，欠象人之張口形，壺以貯酒。是歕字本義，象人張口就飲於壺側，而歕美之義自見〔註35〕。自小篆謁壺爲壹，許愼以爲從恣省聲，段玉裁改爲壹亦聲，易會意爲形聲，殊誤。「歕父」者，指懿王也〔註36〕。子，動詞，愛顧也，《禮記‧中庸》：「子庶民。」《史記》：「則易直子諒之心。」諸子字，義皆同。

〔註33〕參見孫詒讓《餘論》二卷30～31頁單伯鐘。

〔註34〕參見唐蘭《古文字學導論》下編62～63頁。茲列其演變如下：

番生壺〈三代、十二、二四〉　皆壺〈三代、十三、四〉　　　　　　　　內太子壺蓋〈三代、十二、十四〉

〈前編、五主〉　周匔壺〈三代、十二、二十〉　史僕壺〈三代、十二、十七〉　內太子壺蓋〈三代、十二、十四〉

故「 」釋作「歕」、「 」釋作「歕」，其過程如下：

壺—歕—歕　　金文

壹—歕—懿　　小篆

〔註35〕參見于省吾《雙劍誃古文雜釋》8頁釋懿。

〔註36〕參見郭沫若《兩考》46頁沈子毁。

例2，告，訴訟也。𡼐，地名，周文王所建之都邑，即《詩·大雅·文王》有聲：「文王受命，有此武功，既伐于崇，作邑于豐。」之豐。𡼐从方聲，古音在陽十五，豐在東十八，旁轉相通，故稱豐爲𡼐之異名，地在今陝西鄠縣東方〔註37〕。「得叀古」三字義不明，吳闓生讀得爲貝，謂叀古爲貨貝之名〔註38〕，近之。寽，即典籍鋝字，單位名。

例3，「臺伐」者，臺讀爲詩魯頌閟宮：「敦商之旅。」之敦〔註39〕，凡从臺者，今隸皆作享，與亯之隸無別。敦，鄭箋訓治也，則从攴之「敦」爲本字，金文作臺，同音假借也。臺伐其至，言隨王所至，治而伐之也。戠即撲字，撲伐，擊殺征伐也。𣄦，子之古文，及爲服之初文。服子，徐中舒云：「及、濮古同在幫並母，疑及子即〈牧誓〉：『徵、盧、彭、濮人。』之濮。」〔註40〕子，男子美稱。閒，間諜。「逆卲王」者，迎接昭王也。

例4，𦧆者，罪也，其史司罪過之事，故曰𦧆史。南，其人之名也。即蓋今語交付之義。

例5，肆，句首助詞，無義。𠂤，師之初文，師旅也。「镾」字，《集韻》通作「彌」，《說文》九下長部云：「镾，久長也。从長爾聲。」《爾雅·釋言》云：「彌，終也。」是彌義爲長爲終。「宍」、「怵」同，《說文》十下心部云：「怵，恐也。从心尤聲。」《廣雅·釋詁》二：「怵，懼也。」是「宍」義爲恐懼。「匌」字从勹从各，或釋爲「匎」字，《說文》九上勹部云：「匎，帀也。从勹合，合亦聲。」唯此銘从各，不从合。「𠂤彌宍匌怚」者，言怚懼之甚，故弗能伐毆也。戎車，兵車之謂。斯駁、徒，士卒也。

乙、S3 式

1、明公易亢師鬯金小牛曰用禰，易令鬯金小牛曰用禰；▲迺令曰：今我隹令女二人亢眔矢，奭左右于乃寮曰乃友事。（令彝〈三代·六·五六〉）

2、乙亥，王蔑畢公；▲迺易史臨貝十朋。（史臨彝〈三代·六·五○〉）

〔註37〕參見王讚源《周金文釋例》142頁。

〔註38〕參見吳闓生《吉文》一卷30頁師旅鼎。

〔註39〕參見孫詒讓《拾遺》中6頁宗周鐘；又餘論三卷38頁不𡼐敦蓋。

〔註40〕參見徐中舒〈殷周之際史蹟之探討〉，此據《金文詁林》三卷367頁及字條下，張日昇按語迻錄。

3、用矢𠑇散邑；廼即散用田。(散氏盤〈三代、十七、二十〉)

按：上舉諸例，「廼」字作時間關係詞，置於第二分句，使與上文構成時間關係複句。主語承上文而省略。

例1，鬯，《說文》五下鬯部訓曰𧰲釀鬱艸，芬芳攸服以降神也。銘文中稱金者，有金(叔尊〈三代、十一、三六〉)、吉金(陳財毀〈三代、八、四六〉)、良金(邻王鼎〈三代、四、九〉)、赤金(曶鼎〈三代、四、四五〉)等等，其義皆爲銅。「禩字」，馬敍倫言乃祓之雙聲轉注字，祭名[註41]。唐蘭從之，謂禩蓋即卜辭之褒祭也[註42]。或爲動詞，義爲祭祀求福，有祈求義。「用禩」者，用(鬯金小牛)來行祓惡求福之祭禮。

例2，賣字，從貝從商，今經典作賞，賞賜也。易讀錫，亦賞賜之義。

例3，𠑇，段爲業，經營也。即，給予。「即散用田」者，用言以報散氏，文例與曶鼎「用即曶田」(〈三代、四、四五〉)同。

二、乃

(一)解　字

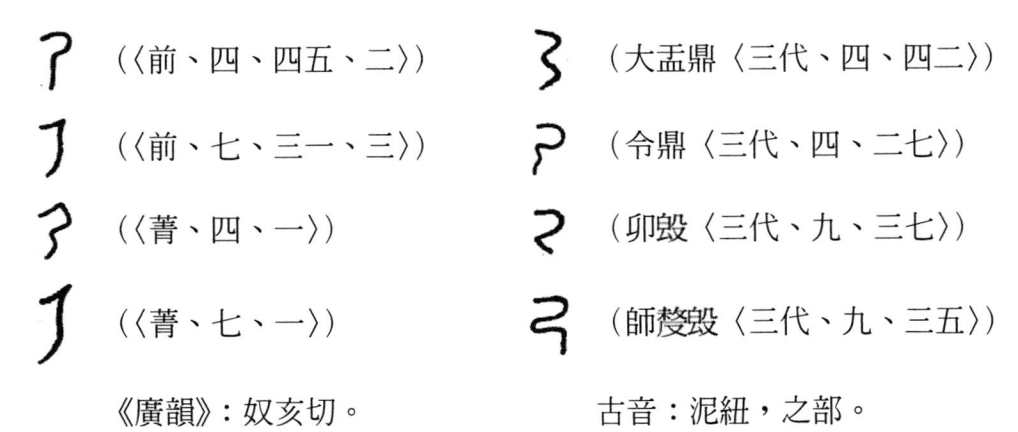

ㄋ (〈前、四、四五、二〉)	乃 (大盂鼎〈三代、四、四二〉)
乃 (〈前、七、三一、三〉)	乃 (令鼎〈三代、四、二七〉)
乃 (〈菁、四、一〉)	乃 (卯毀〈三代、九、三七〉)
乃 (〈菁、七、一〉)	乃 (師㝨毀〈三代、九、三五〉)

《廣韻》：奴亥切。　　　　　　　古音：泥紐，之部。

《說文》五上乃部：「乃，曳詞之難也。象气之出難。凡乃之屬，皆从乃。弓，古文乃。弜，籀文乃。」上出古文字形，郭沫若謂即「奶」之初文，象人側立乳房突出之形[註43]，朱芳圃言爲「繩」之初文，象形[註44]。兩說並

〔註41〕參見馬敍倫〈令矢彝〉，載《國學季刊》四卷一期18頁。

〔註42〕參見唐蘭〈作冊令尊及作冊令彝銘考釋〉，載《國學季刊》一期26頁。

〔註43〕參見郭沫若《金考》311～312頁亘卣釋文。

懸測之詞，未可信從。胡小石曰：「卜辭言乃有二類：一爲曳詞；二爲爾汝字。」
〔註45〕其說是。蓋乃字，本象气出之難，故託以寄困難之意，狀詞，後借用爲
稱代詞（爾、汝），關係詞（於是），遂通假難鳥之難四上鳥部，以代之，久而
成習，人鮮能知其朔矣〔註46〕。

（二）說　明

乃、廼二字，同音通用，西周金文多用「廼」字。《古書虛字集釋》云：「乃，
猶於是也。字或作廼。」〔註47〕「乃」字，作時間關係詞者，已見於甲骨文，
卜辭云：「翌日庚其乘；乃震。」（〈粹、八四五〉）考典籍，若《詩‧小雅‧斯
干》：「下莞上簟，乃安斯寢，乃寢乃興，乃占我夢。」〈大雅‧緜〉：「乃召司空，
乃召司徒，俾立家室。」等是也。

（三）用　法

甲、S1　式

噩医駿方內豊于王；乃僤之。（噩医鼎〈三代、四、三二〉）

按：此例，「乃」字作時間關係詞，置於第二分句，使與上文構成時間關
　　係複句。「噩」爲國名，說文所無，《史記‧楚世家》：「熊咢」，索隱
　　曰：「咢亦作噩」，〈十二諸侯年表〉作「鄂」，是典籍皆从邑作鄂也。
　　医乃爵稱，駿方其名也。「內豊」者，進納饗醴也。金文「豐」、「豊」
　　一字，華山碑豐字作豐，桐柏廟碑禮字禮〔註48〕，乃豐豊無二之遺迹。
　　蓋豆實豐美，所以事神，以言事神之事，則爲「禮」$_{示部}^{一上}$，以言事神
　　之器，則爲「豊」$_{豊部}^{五上}$，以言犧牲玉帛之腆美，則爲「豐」$_{豐部}^{五上}$，其始
　　實爲一字也。豊又借爲醴字，若卜辭：「癸未卜，貞：縮豊，由有酒
　　用，十二月」（〈後、下、八、二〉），仲嬰父作醴鬲（〈三代、五、三
　　五〉），「醴」作「豊」，皆其證也。「乃僤之者」，王國維釋之，謂：「僤
　　字雖不可識，然毛公鼎有瓚圭與秬鬯相將，蓋即鬯圭矣。然則鼎所云

〔註44〕參見朱芳圃《釋叢》80～81頁乃。

〔註45〕參見胡光煒《甲骨文例》22頁言乃例。

〔註46〕參見高鴻縉《中國字例》二篇199頁。

〔註47〕參見裴學海《古書虛字集釋》六卷476頁。

〔註48〕參見瞿潤緡〈說壴〉，載《中山大學研究院文科研究所輯刊》二冊231頁。

王乃釁之者，謂王裸馭方也。馭方啻王者，謂馭方酢王也。《周禮‧大行人候伯之禮》：『王禮一裸而酢。』即此事也。」〔註49〕王說至確，蓋「釁」即「瓚」之繁文，庚嬴鼎：「易瓚鞞」（〈兩考、四三〉）、史獸鼎：「尹賞史獸釁，錫方鼎一，爵一」（〈善齋、二、七九〉），又見萬諆尊：「其則此儞，用窑室人。」（〈集古、續、中、九〉）由其形象占之，殆爲古「瓚」字初文〔註50〕。《周禮‧典瑞》：「裸圭有瓚，以肆上帝，以裸賓客。」鄭司農云：「於圭頭爲器，可以挹鬯裸祭，謂之瓚，故詩曰：『邲彼玉瓚，黃流在中』，國語謂之鬯圭。」鄭玄云：「漢禮，瓚槃大五升，口徑八寸，下有槃，口徑一尺。」此說注釋「瓚」，於義爲長，然諸家經說多異，又苦無實物爲證，未敢必信耳。「乃儞之」者，謂王於是以裸賞之禮與之。

乙、S2 式

王休厧；乃射。（噩厌鼎〈三代、四、三二〉）

按：此例，「乃」字作時間關係詞，置於第二分句，使與上文構成時間關係複句，第二分句之主語，承上省略。容庚《金文編》云：「乃，汝之也」〔註51〕，「廼，於是也。經典多叚乃爲之，金文絕不相混。」〔註52〕本文二例，正可修正容說。「厧」字，即宴字，《說文》七上宀部：「宴，安也。从宀晏聲。」按此爲宴饗正字。晏，《說文》十二下女部亦訓安也，故「宴」字形聲而會意也。字林作「宴」，从晏聲爲變文。經傳或借「燕」爲之，而後字亦作「醼」、「讌」。《易‧象上傳》：「君子以飲食宴樂。」鄭注：「宴，享宴也。」此銘「王休厧」者，謂王賞賜宴饗也。「乃射」者，即王先宴，然後舉行射禮。

〔註49〕 參見王國維《觀堂別集》一卷 1130 頁釋宥。

〔註50〕 參見郭沫若《兩考》44 頁庚嬴鼎。按：羅振玉《憲齋》四冊 5 頁，謂「🖼」爲勞字，象手持爵形，有功勞者持爵以勞之也。楊樹達《積微》212 頁史獸鼎跋從之，其誤皆緣未能諦審字形所致。

〔註51〕 參見容庚《金文編》五卷 11 頁 0601 乃。

〔註52〕 同註 51，12 頁 0602 廼。按：「乃」字，作時間關係詞者，金文僅見於噩侯鼎（〈三代、四、三二〉），及東周之新郪虎符（〈兩考、二五一〉），餘皆作「廼」。

三、爰

（一）解　字

爰 （〈後下、三〇、一六〉）　　　　（虢季子白盤〈三代、十七、十九〉）

爰 （〈甲編、二七五四〉）

爰 （〈甲編、三九一五〉）　　　　（散氏盤〈三代、十七、二十〉）

爰 （〈乙、八七三〇〉）

爰 （〈凡、二六、一〉）

爰 （〈摭續、二七〇〉）

《廣韻》：雨元切。　　　　　　　　古音：匣紐，元部。

《說文》四下𠬪部：「爰，引也。从𠬪从于。籀文以爲車轅字。」按上出甲文字，諸形正象相援引之狀，羅振玉釋作「爰」，是也，唯羅氏引《說文解字》「瑗」下說解：「人君上除陛以相引」（一上玉部），謂此从屮，象臣手在前，君手在後，｜者，象瑗之形〔註53〕。說則失之拘泥。蓋字从上下兩手，象相援引之形，从｜𠂆者，表援引之動象，字誼已明，指事，固不必定限爲君臣相引之形也。卜辭：「辛□卜，乎爰帚多。」（〈乙、八七三〇〉）即用其本義。而「戊戌卜，賓貞：其爰東室」（〈乙、四六九〉），「庚辰卜，爭貞：爰南單。」（〈乙、三七八九〉）等等，已引申爲援救義也。徐灝《說文段注箋》謂「爰」「援」古今字〔註54〕是也。殆以「爰」字假爲語詞，乃復增意符「手」而作「援」，以還其字之原，此固古今字體演變之常例也。金文字體，變形已劇，小篆則譌變援引之象爲「于」，義幾難明。許君復據小篆之譌形解說，釋形遂失之遠矣。

（二）說　明

《經傳釋詞》：「爰，即于時也。于時，即於是也。或訓爲于，或訓爲曰，或

〔註53〕參見羅振玉《增考》中 41 頁。

〔註54〕參見徐灝《說文段注箋》，此據《說文解字詁林》四卷 566 頁，四下爰字條下所
　　　　引迻錄。

訓爲於是，其義一也。」〔註55〕爰猶乃也，考典籍，「爰」字作時間關係詞者，若《書・無逸》：「其在祖甲，不義惟王，舊爲小人，作其即位；爰知小人之依。」又〈呂刑〉：「惟作五虐之刑曰法，殺戮無辜；爰始淫爲劓、刵、椓、黥。」等是〔註56〕。

（三）用　法

S3　式

王各周廟宣廚；爰卿。（虢季子白盤〈三代、十七、十九〉）

按：此例，「爰」字作時間關係詞，置於第二分句，使與上文構成時間關係複句。第二分句之主語，承上省略。「各」字本象足抵區域之形〔註57〕，足向穴，乃自外臨至之象。各，格也，至也。「周廟」者，始祖之廟，《穀梁傳・文公十三年》：「周公曰大廟，伯禽曰大室，群公曰宮。」彝銘之大廟、大室、大宗、大宮、周廟無別，皆爲舉行重賜命典禮之場所〔註58〕。「宣廚」者，舊解爲宣王之榭〔註59〕。孫詒讓已辨其非，謂「宣榭」乃自取美名，不必如《公羊解詁》宣王之廟之榭〔註60〕。說甚是。按《說文》七上宀部云：「宣，天子宣室也。从宀亘聲」是以「宣」名宮室，固其本義，「廚」即榭之本字，从广从射，射亦聲〔註61〕。《爾雅・釋宮》：「室有東西廂曰廟，無東西廂有室曰寢，無室曰榭。」又：「闍謂之台，有木者謂之榭。」《禮記・月令》正義引李巡注：「但有大殿無室名曰榭。」

〔註55〕參見王引之《經傳釋詞》二卷 15 頁。

〔註56〕按：楊樹達《詞詮》九卷 59 頁：「爰，語首助詞，無義。」戴師璉璋，《詩經虛詞釋例》，載《淡江學報》1973 年十一期 73 頁，以《詩・大雅・皇矣》：「爰究爰度」句，不適用作「於是」解，而从《詞詮》說，解爲助詞。然本文就西周金文之例，仍視爰爲關係詞。

〔註57〕參見楊樹達《積微居小學述林》69～70 頁釋各。

〔註58〕參見黃然偉《賞賜》85～87 頁。

〔註59〕參見薛尚功《款識》十四卷 150 頁郙敦三，謂「宣榭，蓋宣王之廟也。榭，射堂之制也。其文作 ⿰，古射字，執弓矢以射之象。因名其室曰射，音謝。後从木，其堂無室以便射事，故凡無室者，謂之榭，《爾雅》云宣王之廟制如榭，故謂之宣榭。」

〔註60〕參見孫詒讓《述林》七卷 21～22 頁周虢季子白盤拓本跋。

〔註61〕參見高田忠周《古籀篇》73 第 2 頁。

《尚書・太誓正義》引孫炎注：「榭，但有堂也。」郭璞注亦云：「榭即今堂埻也。」可知「榭」之性質，乃有楹無壁舉行射禮之處〔註62〕。而「周廟宣榭」者，即宗廟行射禮之處也。「卿」字，甲文作 〈拾、六、八〉、〈前、四、二一、五〉形，金文作 （宰峀毀〈三代、八、十九〉）、（小子𪉖毀〈三代、七、四七〉）諸形，字中所從之 ，即毀之初文，盛食之象，兩旁所從，乃兩人相嚮之狀，就整體察之，賓主相嚮饗食也，此爲饗食之本字，後世以音近同，叚爲卿士、鄉黨字，遂又於字下增意符「食」，以還本字之原，因作「饗」字。《說文》五下食部云：「饗，鄉人飲酒也。从鄉从食，鄉亦聲。」此作「饗食」解。

四、㕙（卣）

（一）解　字

（〈戩、二五、十〉）	（大盂鼎〈三代、四、四二〉）
（〈摭續、六〇〉）	（毛公鼎〈三代、四、二七〉）
（〈新、四、二、三五〉）	（臣辰卣〈三代、十三、四四〉）
（〈乙、一〇五〉）	（吳方彝〈三代、六、五六〉）
（〈前、六、四一、五〉）	（虢叔旅鐘〈三代、一、五七〉）

《廣韻》：以周切。　　　　　　　古音：餘紐，幽部。

《說文》五上乃部：「，气行皃。从乃卣聲，讀若攸。」按《說文》有迥字，而無卣字。王筠究之，謂「卣」即「卤」字之形變，卤讀若調，乃部之迥從卤，而讀攸，《廣韻》迥或作逎，是其比也〔註63〕。其說卤之於卣，乃隸變之故，說甚善也。今就上出甲金文字觀之，字實象盛酒器，有提梁，象形，字下所加皿）（爲皿之省）〔註64〕，乃器下座，爲意符耳，故可證卤卣

〔註62〕 參見唐蘭〈西周銅器斷代中的康宮問題〉，載《考古學報》1962 年二九冊一期 23～24 頁。

〔註63〕 參見王筠《說文釋例》。此據《說文解字詁林》六卷 302 頁七上卤字條下所引迻錄。

〔註64〕 參見王國維《觀堂集林》六卷 7 頁釋由上。

迶本一字，而繁簡異也。且夫銘文屢言賮廼幾，若臣辰卣：「眚百生豚，眔賮貞廼貝」（〈三代、十三、四四〉）、大盂鼎：「易女廼一卣」（〈三代、四、四二〉）等等，與《尚書・洛誥》：「秬廼二卣。」《詩・小雅・江漢》：「秬廼一卣。」文例正同，卣廼皆單位名，是知卣爲名物之象形無疑。《爾雅・釋器》所云：「卣，中尊也。」乃其本義。而許書訓气行貌_{迶字}（五上乃部），及草木實垂卤卤然_{卤字}（七上卤部），言形況之義者，則爲後世之假借也。

（二）說　明

迶攸二字，同音通用，《書・禹貢》：「九卅攸同，四隩既宅。」皮錫瑞考證云：「一作『九州迶同，四奧既宅。』」〔註65〕攸猶乃也〔註66〕。考典籍，時間關係詞「迶」，多以「攸」字代之，其例若《書・洪範》：「帝乃震怒，不畀洪範九疇；彝倫攸斁。」《詩・魯頌・泮水》：「既作泮宮；淮夷攸服。」等是也。

（三）用　法

S2 式

旅敢啟帥井皇考威義，🝮御于天子；廼天子多易旅休。（虢叔旅鐘〈三代、一、五七〉）

> 按：此例，「廼」字作時間關係詞，置於第二分句，使與上文構成時間關係複句，用與乃字同。西周金文，此種用法，止一見。啟讀爲肇，語中助詞，無義。「帥井」之辭，彝銘屢見，若叔向𣪘：「肇帥井先文且。」（〈三代、九、十三〉）番生𣪘：「番生不敢弗帥井皇且考不杯元德。」（〈三代、九、三七〉）師望鼎，「望肇帥井皇考。」（〈三代、四、三五〉）單伯編鐘：「余小子肇帥井㦰皇且考憼德。」（〈三代、一、十六〉）彔伯𣪘：「子子孫孫其帥井受絲休。」（〈三代、九、二七〉）師虎𣪘：「隹帥井先王令。」（〈三代、九、二九〉）等等。金文帥字作「🝴」，龍宇純謂帥字从巾在門右，會意，經傳借爲衛或達，有將帥或帥導之義〔註67〕。井借爲型。「帥井皇考威義」者，謂以皇考爲表率法式之

〔註65〕參見皮錫瑞《今文尚書考證》（上）三卷33頁，「九州攸同」條下。

〔註66〕參見屈萬里《尚書釋義》61頁。

〔註67〕參見龍宇純〈說帥〉，載《集刊》三十本下冊597～602頁。

對象，效法先祖之德行威儀也。御，用也，《楚辭‧涉江》云：「腥臊
並御。」王注云：「御，用也。」《荀子‧大略》云：「天子御珽，諸
侯御荼，大夫服笏。」楊注云：「御」服皆器用之名，尊者謂之御。
卑者謂之服。」知御有用義〔註68〕。「御于天子」者，爲天子所任用
也。休，賞賜物也，古人名動不殊，賜人以物謂之休，因而所賜之物
亦謂之休，故多錫旅休者，多與旅以賞賜之物也。

貳、因果關係詞

【壹】原因小句關係詞

西周金文，因果關係複句中，原因小句之關係詞，有「用」、「隹」等二字。
其性質有二：一、全置於複句之第一小句，使與後果小句構成因果關係複句；
二、使用此類關係詞之句子，句式有二：

（1）F1式：（主語）＋關係詞＋述語＋（賓語）＋後果小句。

（2）F2式：副語（亦）＋關係詞＋主語＋述語＋（賓語）＋後果小句。

一、用

（一）解　字，參見35頁。

（二）說　明

《經傳釋詞》：「用，詞之以也。《一切經音義》七引《倉頡篇》曰：『用，
以也。』以、用一聲之轉，故義同。」〔註69〕用猶由也，因也。考典籍，「用」
字作因果關係複句之原因小句關係詞者，若《史記‧李廣傳》：「廣用善射；虜
多爲郎騎常侍。」等是。此種用法罕見。

（三）用　法

甲、F1　式

王曰：盂！若芍乃正，勿灋朕令。盂用對王休；用乍且南公寶鼎。（大盂
鼎〈三代、四、四二〉）

按：此例，第一小句之「用」字，作原因關係詞，第二小句之「用」字，
　　則爲後果關係詞。「芍」字，金文作 ⅌（大盂鼎〈三代、四、四二〉）、
　　Ⅎ（大保毁〈三代、八、四十〉）形，字象人跪坐而屈身之形，爲恭敬
　　之容貌。乃，汝也，爾也。正讀政也。「若芍乃正」者，謂克敬汝之政
　　事。「灋」即法字，《說文》十上爲廌部：「灋，荆也。平之如水，从
　　水，廌所以觸不直者，去之从廌去。法，今文省。佥，古文。」檢視
　　金文，「灋」字之用例，則有：

（1）勿灋朕令：大盂鼎（〈三代、四、四二〉）、師酉毁（〈三代、九、
　　　二二〉）、大克鼎（〈三代、四、三十〉）、師嫠毁（〈三代、九、三
　　　五〉）、伯晨鼎（〈三代、四、三六〉）

（2）灋保先生：大盂鼎（〈三代、四、四二〉）

（3）灋友里君：史頌毁（〈三代、九、七〉）、史頌毁（〈三代、四、二
　　　六〉）

諸例「灋」字，皆讀爲廢，然義有別。「勿灋朕令」者，言勿忽怠吾所
命令。「灋保先生」者，謂夾輔先王。「灋友」當作朋友解也 〔註70〕。

乙、Ｆ2　式

▲
用天降大喪于下或，亦唯噩厌駿方率南淮尸東尸，廣伐南或東或，至于歷
內；王廼令西六自、殷八自曰：「剌伐噩厌駿方，勿遺壽幼。」（禹鼎〈錄
遺、九九〉）

按：此例，「用」、亦「唯」二字作原因小句關係詞，置於第一分句，使與下
　　文構成因果關係複句。喪，亡也。「下國」之稱，金文又見於秦公鐘銘：
　　「竈又下國」（〈兩考、二五〇〉），典籍則有《書‧泰誓》：「流毒下國」，
　　《國語‧吳語》：「天若不知其辜，則何以使下國勝」，下國或用以指諸
　　侯國，或用以自稱。此則與上「天」對稱，用指稱己國。噩爲國名，厌
　　乃爵稱，駿方其名也。「廣伐」者，博伐，宕伐也，又見不娶毁銘：「厰
　　允廣伐西俞〈三代、九、四八〉，《廣雅‧釋詁》一：「廣，大也。」《書‧
　　大禹謨》云：「帝德廣運」，傳云：「廣謂所覆者大」，是廣伐者，擊殺征

〔註70〕 參見加藤常賢《漢字之起源》765～767 頁。

伐也。𠂤，師之初文，西六𠂤、殷八𠂤皆爲周代之宿衛軍〔註 71〕。「𢧵伐」者，𢧵讀如裂，裂伐猶剪伐也〔註 72〕。「勿遺壽幼」者，言其𢧵伐欲絕，老幼勿有遺留。

二、隹（唯）

（一）解　字，參見 75 頁。

（二）說　明

《經傳釋詞》：「惟，猶以也。」〔註73〕考典籍，「惟」字作因果關係複句之原因小句關係詞者，若《書·立政》：「文王惟克厥宅心；乃克立茲常事，司牧人。」又〈君奭〉：「亦惟純佑秉德，迪知天威；乃惟時昭文王。」等是也。

（三）用　法

F2　式

用天降大喪于下或，亦唯噩医駿方率南淮尸東尸，廣伐南或東或，至于歷內；王廼令西六𠂤、殷八𠂤曰：「𢧵伐噩医駿方，勿遺壽幼。」（禹鼎〈錄遺、九九〉）

按：此例，亦「唯」、「用」二字作原因小句關係詞，置於第一分句，使與下文構成因果關係複句。

【貳】後果小句關係詞

西周金文，因果關係複句中，後果小句之關係詞，有「古」、「用」、「則」等三字。其性質有二：一、全置於複句之第二小句，使與上文構成因果關係複句；二、使用此類關係詞之句子，句式有三種：

（1）S1式：第一小句＋（主語）＋關係詞＋述語＋（賓語）。

（2）S2式：第一小句＋關係詞＋主語＋述語＋（賓語）。

（3）S3式：第一小句＋關係詞＋述語＋（賓語）。〈主語必承上一小句而省略〉。

〔註71〕參見葉達雄〈西周兵制的探討〉，載《台大歷史學系學報》六期 11～15 頁。

〔註72〕參見徐中舒〈禹鼎的年代及其相關問題〉，載《考古學報》1959 年三期 54 頁。

〔註73〕參見王引之《經傳釋詞》三卷 31 頁。

一、古（故）

（一）解　字

田（〈藏、八九、一〉）　　　　　　古（大盂鼎〈三代、四、四二〉）

田（〈前、一、四四、五〉）

《廣韻》：公戶切。　　　　　　　古音：見紐，魚部。

《說文》三上古部：「古古，故也。从十口，識前者也。凡古之屬，皆从古。𠖎，古文古。」段注云：「識前言者，口也。至於十，則展轉因襲，是爲自古在昔矣。」《詩・邶風・綠衣》：「我思古人」，毛傳：「古，故也。」故字，《說文》三下支部訓使爲之也。按：故者，凡事之所以然，而所以然者皆備於古，故曰古，故也。上出古文字，正从十口，口，人言也，十則展轉因襲，許說是。

（二）說　明

《詞詮》云：「故，承遞連詞。因果相承時用之。與今語『所以』同。」〔註74〕按「故」字，殆由「緣故」之義引申而來。考典籍，「故」字作後果小句關係詞者，若《書・君奭》：「惟茲惟德稱，用乂厥辟；故一人有事于四方，若卜筮，罔不是孚。」《論語・先進》：「求也退，故進之；由也兼人，故退之。」等是。

（三）用　法

甲、S2　式

歔！酉無敢酖，有髮聾祀，無敢釀；古天異臨子，灋保先王，□右三方。（大盂鼎〈三代、四、四二〉）

按：此例，「古」字作後果小句關係詞。歔，歎詞。酉即酒之初文。「酖」字从酉从舌从火，烈酒之意也。「髮」字，吳式芬〔註75〕、徐同柏〔註76〕、方濬益〔註77〕、吳闓生〔註78〕等，釋字象燕形，讀如燕飲之燕。按字上

〔註74〕參見楊樹達《詞詮》三卷133頁。

〔註75〕參見吳式芬《攈古》三之三卷35頁盂鼎。

〔註76〕參見徐同柏《以古》十六卷36頁周盂鼎。

〔註77〕參見方濬益《綴遺》三卷26頁盂鼎。

從「此」甚明，下從癶，與簋同意，或竟是簋字之譌，郭沫若謂字當為從簋此聲，讀為柴[註79]，郭說可從。「豑」字，《說文》五上豆部云：「豑，豆屬。從豆卷聲。金文從米從豆，實米於豆，從屮進之，與「登」五上豆部同意，容庚謂說文譌米為采[註80]，說至精審。經典以「烝」、「蒸」為豑，音同通叚[註81]。《爾雅·釋天》：「冬祭曰蒸。」又〈釋詁〉：「烝，祭也。」《春秋繁露·四祭》：「冬曰烝，烝者以十月進初稻。」是知本銘之「爨豑祀」，皆祭祀之名。異，翼之省，輔助保佑也。臨，說文八上臥部訓監也，《爾雅·釋詁》：「臨，視也。」《詩·大雅·大明》：「上帝臨女，無貳爾心。」又〈皇矣〉：「皇矣上帝，臨下有赫。」《論語·為政篇》：「臨之以莊，則敬。」皇疏謂以高視下也，此訓「皇天在上監視子民。」「灋」即法字十上廌部，薛尚功謂法有時而廢，灋字於古通作廢，猶治亂謂之亂也[註82]。《爾雅·釋詁》：「廢，大也。」故「灋保」者，大保，夾輔也，與大克鼎銘：「肆克龏保厥辟龏王」（〈三代、四、四十〉）、叔向毀：「奠保我邦我家」（〈三代、九、十三〉）、毛公鼎銘：「臨保我有周。」（〈三代、四、四六〉）等語例同。

乙、S3 式

1、彝昧天令；古亡。（班毀〈兩考、二十〉）

2、隹殷耗厥田曆殷正百辟率肆于酉；古喪皀。（大盂鼎〈三代、四、四二〉）

3、首德不克夒；古亡承于先王。（師詢毀〈兩考、一三九〉）

按：上舉諸例，「古」字作後果小句關係詞。主語承上省略。

例1，彝，常也。昧通昧，不明之義，《淮南子·原道》：「神非其所宜而行之，則昧。」「彝昧天令」者，謂時時未能遵循上天之旨意。

例2，此銘言肆酒喪師，自指紂時為言，云「殷邊侯甸」，指外服之臣嗜酒；

〔註78〕參見吳闓生《古文》一卷5頁盂鼎。

〔註79〕參見郭沫若《兩考》33頁大盂鼎。

〔註80〕參見容庚《金文編》五卷17頁0623豑。

〔註81〕參見《金文詁林》五卷3085～3086頁。

〔註82〕參見薛尚功《款識》十四卷147頁尨敦。

云「殷正百辟」，是謂內服之臣嗜酒也。

例3，首謂元首，首德，君德也。「妻」字从聿从又，規之古文也〔註83〕。考彝銘「畫」字，作█（吳方彝〈三代、六、五六〉），█（宅毁〈三代、六、五四〉）、█（毛公鼎〈三代、四、四六〉）諸形，字从妻从周，周即圓周，蓋謂規以畫圓。規者，規矩，有法度也。

二、用

（一）**解　字**，參見 35 頁。

（二）**說　明**

《古書虛字集釋》：「『用』訓『乃』，猶『以』訓『乃』也。」〔註84〕義與「因而」同。「用」字作後果小句關係詞者，若《書・甘誓》：「有扈氏威侮五行，怠棄三正；天用勦絕其命。」《詩・大雅・江漢》：「肇敏戎公；用錫爾祉。」等是也。

（三）**用　法**

甲、S1　式

1、今余弗組；余用乍朕後男龏障毁。（師袁毁〈三代、九、二八〉）

2、隹丁公報：令用奠展于皇王。（令毁〈三代、九、二七〉）

3、厚趠又償于濕公；趠用乍氒文考父辛寶障齋。（厚趠齋〈三代、四、十六〉）

4、鄔拜頡首，敢對飄天子休令；鄔用乍朕皇考龏白障毁。（鄔毁〈兩考、一五四〉）

5、伊拜手頡首，對飄天子休；伊用乍朕不顯文且皇考遅叔寶齋彝。（伊毁〈三代、九、二十〉）

按：上舉諸例，「用」字作後果小句關係詞，置於第二分句，使與上文構成

因果關係複句。

例 1，「弗叚組」者，謂解甲而不用也。組字，《說文》十三上系部訓緺屬也，《書·禹貢》：「厥篚玄纁璣組。」《禮記·少儀》：「甲不組縢。」此訓甲衣也。「後男」者，孫詒讓謂男者舉其，後男稱其祖父也〔註85〕。于省吾言朕後男猶言我後人，作器者自謂作器以備臘祭，對其先人言，故自稱朕後男〔註86〕。郭沫若則謂後男猶令殷言婦子後人〔註87〕。柯昌濟謂後男當是師袁之子，此金文為子姓作器之一例〔註88〕。諸家之說，柯說近之。「後男」之後，當讀《公羊傳·成公十五年》「為人後者為之子也」之後，後男或云後子，皆謂長子也。《墨子·節葬下篇》云：「君死，喪之三年；父母子，喪之三年，妻與後子死者，五此字有誤皆喪之三年。」又〈非儒篇〉亦云：「喪父母三年，妻後子三年。」《儀禮·喪服》云：「父為長子斬衰三年。」知《墨子》所謂後子即長子也，此一證也。《荀子·正論篇》云：「聖不在後子而在三公，則天下如歸」，楊注云：「後子，嗣子，謂丹朱商均也」，此二證也。《戰國·策秦策》五云：「梁君伐楚勝齊，制越韓之兵，驅十二諸侯以朝天子於孟津。後子死，身布冠而拘於秦」，按後子謂太子申，後子死即後《孟子·梁惠王篇》所謂「東敗於齊，長子死焉」者也，此三證也。《墨子》、《荀子》、《戰國策》稱後子，銘文稱後男者，男亦子也。古喪服為長子三年，師袁特為後男制器，此皆可窺見古人特重長子之禮俗也。鼴，讀為臘，臘祭也〔註89〕，或說鼴為後男之名，說亦通〔註90〕。

例 2，「丁公文報」者，報，報祭也，揚皇王之休，以祭于其某考丁公也，文報猶云顯祀明祀〔註91〕。「唯丁公報」者，因啟迪後人，使咸以丁公之祀為重。「弅字」，郭沫若疑即「敬」之別構，从茍（古文慎）省，井聲〔註92〕。「辰」字厂長聲，殆是碭之古文，讀為揚。

〔註85〕參見孫詒讓《拾遺》下卷 13 頁師袁殷。

〔註86〕參見于省吾《雙選》三卷 15 頁師袁殷。

〔註87〕參見郭沫若《兩考》147 頁師袁殷。

〔註88〕參見柯昌濟《韡華丙篇》32 頁師袁殷。

〔註89〕同註 85。

〔註90〕參見楊樹達《積微餘說》一卷 226～227 頁師袁殷再跋。

〔註91〕參見吳闓生《吉文》三卷 10 頁師袁殷。

〔註92〕參見郭沫若《青研》79 頁令彝令殷與其它諸器物之綜合研究。

例 3，「償」讀爲饋，从人从貝嘗聲，嘗乃自之繁文。于，施動介詞，表示被動。

乙、S3 式

1、令敢展皇王室；用乍丁公寶殷。（令殷〈三代、九、二七〉）

2、龢乳公休；用乍父乙寶障彝。（作冊龢卣〈三代、十三、三九〉）

3、趞對王休；用乍姞寶彝。（趞尊〈兩考、十五〉）

4、守宮對乳周師釐；用乍且乙尊。（守宮尊〈兩考、九二〉）

5、虛用對王休；用乍且南公寶鼎。（大盂鼎〈三代、四、四二〉）

按：上舉諸例，「用」字作後果小句關係詞，置於第二分句，使與上文構成
　　因果關係複句。

例 1，展，讀爲揚。室，以金文常例按之，義與「休」同，賞賜也。

例 2，釐義與休同，《詩・大雅・江漢》：「釐爾圭瓚」，傳曰：「釐，賜也」。

三、則

（一）解　字

![篆1]　（爾攸以鼎〈三代、四、三五〉）

![篆2]　（兮甲盤〈三代、十七、二十〉）

![篆3]　（臽鼎〈三代、四、四五〉）

![篆4]　（彔駒尊〈考古學報、1957、2〉）

![篆5]　（散氏盤〈三代、十七、二十〉）

《廣韻》：子德切。　　　　　　　古音：精紐，職部。

《說文》四下刀部：「則，等畫物也。从刀从貝，貝，古之物貨也。則，古文則。則，亦古文則。則，籀文則从鼎。」按「等」，齊簡也，畫界也。「等畫物」者，謂定其差等而畫界之，使貴賤不淆也。《漢書・食貨志》云：「大貝四寸八分以上，二枚爲一朋，直二百一十六；壯貝三寸六分以上，二枚爲一朋，直五十；么貝二寸四分以上，二枚爲一朋，直三十；小貝寸二分以上，二

枚爲一朋，直十；不盈寸二分，漏度不得爲朋率，枚直錢三。是爲貝貨五品。」此《說文》「貝，古之物貨」之說所本也，貝有大小。即有貴賤之等，故則从貝，但其等必分之而後顯，故以刀，刀所以分之也。則字，引申之而有法則之義，《玉篇》：「則，法也」，《爾雅・釋詁》：「則，常也」，疏謂「常，禮法也」，《周禮・天官》；「冢宰以八則治都鄙。」鄭注：「則，法也。」是則可爲法之假借也。

（二）說　明

《詞詮》云：「則，承接連詞，表因果之關係，則字从上之文爲原因，从下之文爲結果。」〔註93〕考典籍，「則」字作後果小句關係詞者，若《左傳・昭公二十年》：「水儒弱，民狎而翫之；則多死焉。」《禮記・大學》：「是故財聚；則民散。財散，則民聚。」等是也。

（三）用　法

甲、S1　式

王倗下不其；則萬年保我萬宗。（盠駒尊〈考古學報、1957、2〉）

按：此例，「則」字作後果小句關係詞，置於第二分句，使與上文構成因果關係複句。「倗」字，說文八上人部訓輔也，彝銘中，倗朋分用不混，朋爲朋貝之朋，倗爲倗友之倗，人之相交相從相連結，如貝之串系，故爲倗，从人从朋，朋亦聲。古籍从朋代倗，而倗友之專字遂廢矣。不通丕。《說文》一上一部云：「丕，大也。从一不聲。」其即基之初文，基業也。宗字从示从宀，示象神主，宀象宗廟，宗即藏主之地也。

乙、S2　式

不顯文武受令；則乃且奠周邦。（詢毁〈文物、1960、2〉

按：此例，「則」字作後果小句關係詞，置於第二分句，使與上文構成因果關係複句。「文武」者，指文王、武王。受令，受天之命令。乃，汝也，爾也。且即祖之初文。

丙、S3　式

1、佳珷王既克大邑商；則廷告玗天。（𣪕尊〈文物、1976、1〉）

2、朕文考甲公文母曰庚弋休；則尚安永宕乃子𢦏心。（𢦏鼎二〈文物、1976、

〔註93〕參見楊樹達《詞詮》六卷368頁。

6〉〉

按：上舉二例，「則」字作後果小句關係詞，置於第二分句，使與上文構成
　　因果關係複句。

例 1，「廷告」之廷，疑當讀爲筳，〈離騷〉：「索瓊茅以筳篿兮。」筳專乃
折竹卜之意〔註94〕。

例 2，甲公，文考之名。日庚，文母之名。朿即叔淑，善也。休字，本息
止之意，引申爲嘉美、賞賜、福祿也。尙讀爲常。

參、目的關係詞

西周金文，目的關係詞，僅「用」一字。其性質有二：一、全置於第二分
句，使與上文構成目的關係複句；二、使用此類關係詞之句子，句式有二種：

（1）S1式：第一小句＋（主語）＋關係詞＋述語＋（賓語）。

（2）S2式：第一小句＋關係詞＋述語＋（賓語）。〈主語必承上一小句而
　　　　　省略。〉

用

（一）解　字，參見 35 頁。

（二）說　明

《經傳釋詞》云：「用，詞之爲也」〔註 95〕。考典籍，「用」字作目的關係
複句之關係詞者，若《詩‧大雅‧抑》：「修爾車馬，弓矢戎兵，用戒戎作，用
遏蠻方」等等。

（三）用　法

甲、S1　式

1、今余隹䌛熹乃令，易女赤市、同嬰、黃、䜌旂；用事。（鄶毁〈兩考、
　　一五四〉）

2、易女玄衣、黹屯、赤市、朱黃、䜌旂、攸勒；用事。（頌鼎〈三代、四、

〔註94〕參見唐蘭〈盠尊銘文解釋〉，載《文物》1976 年一期 63 頁。

〔註95〕參見王引之《經傳釋詞》一卷 10 頁。

三九〉）

3、王乎作令用史冊令利曰：易女赤❻、市、縊旂；▲用事。（利鼎〈三代、
　　四、二七〉）

4、易女赤市、冋黃、麗般；▲敬夙夕，用事。（師旋毀一《考古學報》1961、
　　2〉）

5、易乃且南公旂；▲用歂。（大盂鼎〈三代、四、四二〉）

按：上舉諸例，「用」字作目的關係詞，置於第二分句，使與上文構成目的
　　關係複句。此種用法，多見於賞賜銘文

　　例2，「玄衣」者，黑而有赤色之命服，西周金文冊命賞賜，多有官服衣飾
之賜，此類之賞賜物，經傳謂之「命服」，朱熹《詩集傳》謂「天子所命之服」
是也。「黹」字，象形，屈萬里謂象兩「己」相背，或「己」形相互鉤連之形，
銅器花紋中之雲紋雷紋即此象形，爲半青半黑色，或半黑半白色之紋飾〔註96〕。
屯即純字，《廣雅・釋詁》二云：「純，綠也。」《儀禮・士冠禮》：「青鉤繶純。」
《周禮・春官司・几筵》：「設莞筵紛純。」注皆曰：「純，緣也。」故純即邊緣，
玄衣黹純即玄色衣服而用黹形花紋飾其邊緣〔註97〕。「市」字，《說文》七下市
部訓韠也，即古人所用之禮服蔽膝。「黃」衡，係佩玉之帶也〔註98〕。」朱黃，
朱色之衣帶。「攸勒」即攸鑾，爲用从絡馬首之具，从皮革爲之，上飾从銅或貝。
周王冊命其臣屬，多賜以物，以爲行事施政之標誌，故曰「用事」。

　　例5，旂，《說文》七上㫃部訓旗有衆鈴以令象也。此王所賜之旂，乃受冊
命者（盂）之祖旂。「歂」字，諸家釋爲「狩」，循行也。「用歂」者，（此旂）
乃爲隨王循行之標誌。

乙、S3 式

1、作冊令敢揚明公尹毕匄，用乍父丁寶隣彝。敢追明公賞于父丁；用光▲
　　父丁。（令彝〈三代、九、二七〉）

2、🔲保毀；用典格白田。▲

〔註96〕參見屈萬里《書傭論學集》342～348頁釋黹屯。

〔註97〕參見黃然偉《賞賜》170頁。

〔註98〕參見唐蘭〈毛公鼎朱韍蔥珩玉環玉瑹新解〉，載《光明日報》1961年5月9日。

按：此二例，「用」字作目的關係詞，置於第二分句，使與上文構成目的關係複句。第二分句之主語，承上文而省略。

例1，敢，敬辭「㝬」字，義與「休」同，言賞賜也。追者，上遡已往也。「賚」从商从貝，讀爲賞，有嘉美之義。

例2，鑄字，金文作 （大保鼎〈三代、二、三二〉）、 （芮公壺〈三代、十二、九〉）、 （守毀〈三代、八、四〉）諸形，字象手鑄器形，下象鑪火，中點爲金，以火銷金曰鑄。保毀，即寶毀。典，常也，典常有今言確定之意。或謂典當讀爲奠，奠者定也，記田之地界于寶毀，故爲定也〔註99〕。或曰典字以冊，有冊書之義，猶記錄也〔註100〕。說亦通。

肆、條件關係詞

西周金文，條件關係詞，有「斯」、「則」等二字。其性質有二：一、置於複句之第二分句（即後果小句），使與上文構成條件關係複句；二、使用此類關係詞之句子，句式有二種：

（1）S1式：第一小句＋（主語）＋關係詞＋述語＋（賓語）

（2）S3式：第一小句＋關係詞＋述語＋（賓語）＋〈主語必承上一小句而省略〉

一、斯

（一）解　字

（余義鐘〈三代、一、五十〉）

《廣韻》：息移切。　　　　　　　古音：心紐，十六部。

《說文》十四上斤部：「，析也。从斤其聲。《詩》曰：『斧以斯之』。」按斯字，非从其聲，「斯」古音屬十六部，「其」屬十一部，可證。林義光謂斯

〔註99〕參見楊樹達《積微》一卷 27 頁格伯毀跋。

〔註100〕參見郭沫若《兩考》82 頁格伯毀。

字，从斤从其，會意，其，箕也，竹爲之，从斤斧从治箕〔註101〕。其說是。

（二）說　明

《詞詮》：「斯，承接連詞，則也，乃也。」〔註102〕考典籍，「斯」字作條件關係詞者，若《論語・述而篇》：「我欲仁；斯仁至矣。」《左傳・成公七年》：「知懼如是；斯不亡矣。」等是也。

（三）用　法

S3　式

令母敊：斯又內于師旅。（師旅鼎〈三代、四、三一〉）

> 按：此例，「斯」字作條件關係詞，置於第二分句，使與上文構成條件關係複句。第二分句之主語，承上省略。母讀爲毋。「敊」殆古文播，《說文》十二上手部：「播，穜也。从手番聲。一曰布也。𢿃，古文播。」此敊省田耳，義如書泰誓：「播棄犁老。」《國語・吳語》：「今王播棄黎老。」注：「播，放也。」令毋敊，謂命令不宣布也。內即「內魯而外諸夏，內諸夏而外夷狄」之內，言有私心也。

二、則

（一）解　字，參見121頁。

（二）說　明

《古書虛字集釋》：「則，猶輒也。承上起下之詞也」〔註103〕，與今語「就」、「那末」同，考典籍，「則」字作條件關係詞者，若《詩・邶風・匏有苦葉》：「深則厲，淺則揭。」《左傳・隱公八年》：「官有世功；則有官族。」等即是。

（三）用　法

甲、S1　式

1、公宕其參；女則宕其貳。（召伯虎毀一〈兩考、一四二〉）

2、我既付散氏濕田，余又爽緐，爰千罰千；西宮襄、武父則誓。（散氏盤

〔註101〕參見林義光《文源》。

〔註102〕參見楊樹達《詞詮》六卷431頁。

〔註103〕參見裴學海《古書虛字集釋》八卷589頁。

〈三代、十七、二十〉）

3、淮尸舊我員晦人……敢不用令；則則井屢伐。（兮甲盤〈三代、十七、
　二十〉）

4、其隹我者医百生，氒貯毋敢不即戬，毋敢或入縊安貯；則亦井。（兮甲
　盤〈三代、十七、二十〉）

5、王令眚史南己即虢旅，廼使攸衛牧誓曰，我弗具付融以其且射，分田邑，
　則殊；攸衛牧則誓。（爾攸从鼎〈三代、四、三五〉）

按：上舉諸例，「則」字作條件關係詞，置於第二分句，使與上文構成條件
　關係複句。

例1，「宕」字，即宕也，說文七下宀部訓宕爲過也。此例文義，諸家之說，
頗有異嗣。孫詒讓云：「宕，過也。公參汝貳，公貳汝一……貳參等即其田之分
率也。」〔註104〕郭沫若則謂，止公之放蕩有三分，召伯有二分；止公之放蕩有二
分，召伯則有其半〔註105〕。白川靜則以爲宕乃由「宕伐」之義引申，而有「開拓」
之義，至於貳參之說，亦與孫氏同〔註106〕。諸家之說雖異，然「其參」、「其貳」
之其字，皆爲表分數之方法，則無異也。「其參」爲一主從結構，謂其中之參。

例2，「余又爽縊」者，謂余若爽約也。「氒千罰千」者，即隱瞞多少，罰
多少之義。誓，立誓，《周禮・秋官・司盟》云：「有獄訟者，則使之盟詛。」
此其事也。

例3，「淮尸舊我員晦人」者，員即帛字，晦讀貿，此句言淮夷本爲以帛與
周相貿易之人也。用令，服從命令，金文通用井爲刑法字。屢伐連言，屢亦伐
也。即井屢伐，所以徵淮夷也。

例4，「者医百生」者，百官也，者讀爲諸，生讀爲姓。即謂交付。戬，古
文市〔註107〕，即市，謂付與市場，或，有也。「縊」字，翁同書讀爲闌〔註108〕。
《說文》十二上門部：「闌，妄入宮掖也。」从門縊聲，讀若闌。」按史傳多

〔註104〕參見孫詒讓《餘論》三卷2頁召伯虎殷。
〔註105〕參見郭沫若《兩考》143頁召伯虎殷。
〔註106〕參見白川靜《甲骨金文學論叢四集》12～14頁琱生殷銘文考釋。
〔註107〕參見孫詒讓《名原》下17頁；又餘論三卷36頁兮田盤。
〔註108〕參見吳式芬《攈古》三之二卷70頁兮田盤所引。

作「闌」，繇者亂也，凡不當而入謂之闌也，不必專指宮掖，其字從門，門非宮掖所獨有也，許書蓋據史、漢、諸傳恆有「闌入掖廷」之文，故爲此訓耳。此「入繇」者，蓋謂闌入市場也。「宎」字，殆爲宄之繁文，《說文》七上宀部云：「宄，姦也，外爲盜，內爲宄。從宀九聲。讀若軌。」許君既以姦訓宄，又以盜與宄對言，知宄字有攘竊之義，《書・微子》：「草竊姦宄。」又〈康誥〉：「寇攘姦宄。」皆有盜取之謂，金文宎，字形從宀從又從九，以手取屋下之物，說文作宄，則失手取之義。貯，貯積之物，井通刑，刑罰也。

　　例 5，眚者，罪也，其史司罪過之事，故曰眚史。南，其人之名也。即蓋今語交付之義。且讀祖。「射」當讀爲謝，謂錢財也。殊，分斷也。誓，立誓盟詛。

乙、S3 式

東宮廼曰：賞曶禾十秭，遺十秭，爲二十秭。□來歲弗賞；則付卅秭。（曶鼎〈三代、四、四五〉）

按：此例，「則」字作條件關係詞，置於第二分句，使與上文構成條件關係複句。主語承上一小句而省略。賞今償字，歸還也。「秭」字，《儀禮・聘禮》：「四秉曰筥，十筥曰稯，十稯曰秅，四百秉爲一秅。」鄭玄注：「秉者把也，謂刈禾盈一把也。」《說文》七上禾部云：「秭，五稯爲秭，一曰數億至萬曰秭。」故秭者，半秅也，當二百秉。遺即遺，《詩・邶風・北風》云：「王事一埤遺我。」毛傳云：「遺，加也。」《左傳・成公十二年》云：「無亦唯是一束以相如遺。」如遺連文，遺亦加也。償還十秭，加十秭爲廿秭也。

伍、假設關係詞 〔註109〕

【壹】第一小句關係詞

　　西周金文，假設關係複句之第一小句關係詞，有「乃」、「曰」、「又」等三

〔註109〕按：假設關係與條件關係，或併成一類，合稱「條件關係」。蓋假設亦是條件，僅其未成事實耳。二者就其分別而言，設若第一小句加表「假設」之關係詞，義猶「若」也，即爲假設小句，其與下文乃構成假設關係複句；第一小句未加表「假設」之關係詞，其與下文有條件關係存在者，猶第一小句爲條件小句，與下文構成條件關係複句。

字。其性質有二：一、全置於複句之第一小句，使與下一小句構成假設關係複句；二、使用此類關係詞之句子，句式有二種：

（1）F1式：（主語）＋關係詞＋述語＋（賓語）＋第二小句。

（2）F2式：關係詞＋主語＋述語＋（賓語）＋第二小句。

一、乃

（一）解　字，參見107頁。

（二）說　明

《經傳釋詞》曰：「乃猶若也。」〔註110〕考典籍，「乃」字作假設關係詞者，若《書・洛誥》：「汝乃是不蘉；乃時惟不永哉。」《詩・小雅・斯干》：「乃生男子，載寢之牀，載衣之裳，載弄之璋。」等即是。

（三）用　法

F1　式

1、令眔奮！乃克至；余其舍女臣卅家。（令鼎〈三代、四、二七〉）

2、我乃至于淮；小大邦亡敢不□具逆王令。（䚄父盨蓋〈文物、1976、5〉）

3、求乃人，乃弗得；女匡罰大。（舀鼎〈三代、四、四五〉）

按：上舉諸例，「乃」字作假設關係詞，義與「若」同。

例1，令、奮，人名。「乃克至」者，謂能至。其，助詞，表將然、必然語氣。「舍女臣卅家」者，給予汝以臣三十家，蓋以此激勵之也。臣僕之賜，盛於西周，流及東周〔註111〕。《禮記・少儀》云：「乃問犬名，牛則執紖，馬則執靮，皆右之。臣則左之。」注：「（臣）異於眔物，謂囚俘。」故與牛馬廁。《書・牧誓》云：「牛馬其風，臣妾逋逃。」傳：「役人賤者，男曰臣。」是臣者，囚俘役僕之賤者也。家者，單位名詞，與「臣」單複對舉，蓋指二或二人以上之親屬成員也〔註112〕。

〔註110〕參見王引之《經傳釋詞》六卷66頁。

〔註111〕參見黃然偉《賞賜》191～195頁。

〔註112〕按：劉克甫（M. V. Kryukov），西周金文家之辨義，載《考古》1962年九期499～501頁，以爲西周春秋時之家爲族，而非個別家庭，至春秋後期始有家庭之義。

例2，淮，指江淮之間。小大邦，指各附屬小國。逆，迎也。

例3，「求乃人」者，謂捉捕此等人。匡，人名。女，汝也，爾也。罰大，罰滋大也。

二、乓（厥）

（一）解　字，參見86頁。

（二）說　明

乓、厥二字，同音通用〔註113〕。《古書虛字集釋》云：「厥猶若也。」〔註114〕。考典籍，「厥」字作假設關係詞者，若《書・召誥》：「王厥有成命治民，今休。」《史記・三王世家》：「厥有僭不臧，乃凶于而國，害于爾躬。」等即是。

（三）用　法

F1　式

1、乓非先告弟；毋敢庆又入告。（蔡毀〈兩考、一〇二〉）

2、嗣百工，出入姜氏令，乓又見；又即令。（蔡毀〈兩考、一〇二〉）

3、乓非先告父厝；父厝舍令，毋又敢忎專令于外。（毛公鼎〈三代、四、二七〉）

4、乓非正令，廼敢庆嫐人；則隹輔天降喪。（盠盨〈兩考、一五四〉）

按：上舉諸例：「乓」，字作假設關係詞，義猶「若」也，置於第一分句，使與下文構成假設關係複句。

例1，弟，人名。「庆」字，郭沫若讀爲汰，言忎縱也〔註115〕。

例2，嗣通司，職司、管理也。出入，謂謹慎遵循。即令，服從命令也。

例3，「舍令」者，謂開啓祝冊而傳命。「專令」，以此宣告四方也。專讀縛，布也。忎讀若蠢，亂也〔註116〕銘意謂若布命不先告于父厝，則父厝不發命，不

〔註113〕按：《說文》十二下氏部謂「乓」讀若「厥」，二字同音通用，漢人寫經以「厥」代「乓」，故《尚書》厥字，敦煌本隸古定《尚書》皆作乓。

〔註114〕參見裴學海《古書虛字集釋》五卷358頁。

〔註115〕參見郭沫若《兩考》103頁蔡毀。

〔註116〕參見王國維《觀堂》2010頁毛公鼎銘考釋。

得亂布命于外也。

例 4，庚亦庚字，夫、大二字，古每無別。「嗙」釋作訊〔註117〕，此「庚訊人」猶蔡毀：「庚止從獄」（〈兩考、一○二〉），庚讀欽，腳鉗也。欽訊人，即拘訊人之義。降，由上而下。喪，亡也。

三、又（有）

（一）解 字，參見 62 頁。

（二）說 明

又、有二字，古同音通用。《古書虛字集釋》云：「有猶如也，一爲如或之義。」〔註118〕有字猶今語「設如」也。考典籍，「有」字作假設關係詞者，若《禮記・檀弓篇》：「有直情而徑行者，戎狄之道也。」《史記・孟嘗君傳》：「有用齊；秦必輕君。」等即是。

（三）用 法

甲、F1 式

余又爽䜌；峟千罰千。（散氏盤〈三代、十七、二十〉）

按：此例，「又」字作假設關係詞，置於第一小句，使與下文構成假設關係複句。「䜌」字，讀若變〔註119〕，爽變即失約也。「峟」殆隱之初文。「峟千罰千」者，謂隱瞞多少罰多少也。

乙、F2 式

又司事包；廼多亂。（牧毀〈兩考、七五〉）

按：此例，「又」字作假設關係詞，訓「倘若」。司事，司士也，殆即《周禮》之士師〔註120〕。《詩・周頌・清廟》：「濟濟多士，秉文之德。」疏謂士爲「朝廷之臣」，彝銘之司事，亦王臣也。「包」字，于省吾注云：

〔註117〕參見吳式芬《攗古》三之二卷 47 頁號季子白盤；方濬益《綴遺》七卷 19 頁號季子白盤；吳大澂《古籀補》11 頁，諸家皆釋「嗙」爲「訊」。

〔註118〕參見裴學海《古書虛字集釋》二卷 154 頁。

〔註119〕參見郭沫若《兩考》129 頁矢人盤。

〔註120〕同註 119，76 頁牧毀。

「文選魏都賦注引李克書，言語辨聰而不度於義者，謂之包言。」[註121] 吳闓生謂「包」、「浮」同字，包者浮言也[註122]。要之，皆以「司事包」者，乃王臣言行不檢之義也。

【貳】第二小句關係詞

西周金文，假設關係複句之第二小句關係詞，有「則」、「迺」等二字。其性質有二：一、全置於複句之第二小句，使與上一小句構成假設關係複句；二、使用此類關係詞之句子，句式有兩種：

（1）S1式：第一小句＋（主語）＋關係詞＋述語＋（賓語）。

（2）S2式：第一小句＋關係詞＋主語＋述語＋（賓語）。

一、則

（一）解　字，參見121頁。

（二）說　明

《古書虛字集釋》：「則猶輒也，承上起下之詞也。」[註123] 與今語「那末」同。考典籍，「則」字作假設關係複句第二小句關係詞者，若《書‧多方》：「爾乃惟逸，大遠王命；則惟爾多方探天之威。」又〈無逸〉：「厥或告之曰：『小人怨汝詈汝。』則皇自敬德。」等即是。

（三）用　法

S2　式

彔非正令，迺敢庆嗽人；則隹輔天降喪。（盠盨〈兩考、一五四〉）

按：此例，「則」字作假設關係複句第二小句關係詞。「彔」猶若也。參假設關係複句第一小句關係詞，二、彔。

二、迺

（一）解　字，參見103頁。

〔註121〕參見于省吾《雙選》上三卷9頁牧𣪘。

〔註122〕參見吳闓生《吉文》三卷11頁牧敦。

〔註123〕參見裴學海《古書虛字集釋》八卷589頁。

（二）說　明

迺、乃二字，同音通用。《古書虛字集釋》：「乃猶則也。」〔註 124〕與今語「就」、「那末」義同。考典籍，「迺」字作假設關係複句第二小句關係詞者，若《書・盤庚》：「迺有不吉不迪，顛越不恭，暫遇姦宄；我迺劓殄滅之。」又〈無逸〉：「此厥不聽；人迺訓之。」等即是也〔註 125〕。

（三）用　法

S1　式

又司事包；迺多亂。（牧毀〈兩考、七五〉）

按：此例，「迺」字作假設關係複句第二小句關係詞。「又」猶若也。參見假設關係複句第一小句關係詞，三、又。

陸、憑藉關係詞

西周金文，憑藉關係複句關係詞，有「用」、「㠯」等二字，其性質有二：一、全置於複句之第二小句，使與上一小句構成憑藉關係複句；二、使用此類關係詞之句子，句式有兩種：

（1）S1 式：第一小句＋（主語）＋關係詞＋述語＋（賓語）。

（2）S3 式：第一小句＋關係詞＋述語＋（賓語）。〈主語必承上一小句而省略〉

一、用

（一）解　字，參見 35 頁。

（二）說　明

「用」猶以也〔註 126〕考典籍，「用」字作憑藉關係複句關係詞者，若《書・酒誥》：「肇牽車牛遠服賈；用孝養厥父母。」又〈君奭〉：「惟茲惟德行；用乂厥辟。」等即是。

〔註 124〕參見裴學海《古書虛字集釋》六卷 480 頁。

〔註 125〕按：皮錫瑞《今文尚書考證》（上）一卷 10 頁，謂：「今文乃，亦作迺。見漢書律歷志。漢書引經皆作迺」。

〔註 126〕參見裴學海《古書虛字集釋》二卷 90 頁。

（三）用　法

甲、S1　式

1、王易金百守；禽用乍寶彝。（禽毀〈三代、六、五十〉）

2、呂行瞏，守貝；乓用乍寶障彝。（呂行壺〈兩考、二五〉）

3、寽守貝；寽用乍饔公寶障鼎。（寽鼎〈三代、四、十八〉）

4、公易旅貝十朋：旅用乍父障彝。（旅鼎〈三代、四、十六〉）

5、白克敢對剔天右王白友，用乍躲穆考後中障壺；克用匄眉壽無彊。（伯克壺〈兩考、一一〇〉）

按：上舉諸例，「用」字作憑藉關係詞。

例 1，金，指銅。通考西周彝器及春秋以前之典籍，無稱銅之例，彝銘有銅字，首見於楚王酓忑鼎銘：「楚王酓忑戰獲兵銅」（〈三代、四、十七〉），酓忑即《史記・楚世家》楚幽王熊悍，此鼎為戰國末期之器〔註127〕，戰國時之典籍有銅字者，如《管子・山權》數篇、〈地數篇〉，《墨子・備高臨篇》、〈雜守篇〉，《韓非子・十過篇》，《文子・上禮篇》，《戰國策・趙策》等等。是知「銅」字始於戰國，並非古名，春秋前之彝器俱稱之為金、良金、赤金或吉金。守即鋝，單位名稱。

例 2，「瞏」字，即霥鼎「戠」（〈兩考、二十〉）之繁文，當是石「捷」字，《魏三字石經》春秋殘石「鄭伯捷」，捷字古文作戠，從木與此銘從艸同義〔註128〕。捷，戰勝也，《詩・小雅・采薇》云：「一月三捷。」毛傳云：「捷，勝也。」《左傳・莊公八年》：「捷，吾以女為夫人。」杜注：「捷，克也。」克亦勝也。「守」字，金文作 （過伯毀〈三代、六、四七〉）、（貞毀〈三代、七、二一〉）、（舀鼎〈三代、四、四五〉）形，象兩手取物，孳乳為俘，《說文》八上人部訓軍所獲也。「守貝」者，謂獲取貝物也。

例 4，易讀錫，賞賜也。綜觀彝銘賜貝之記載，可歸四類焉：（1）僅稱錫貝而不記數量者，若㚸卣銘：「皋白易貝于姜用」（〈三代、十五、三六〉）等即是；（2）以朋計數者，若剌鼎銘：「王易剌貝卅朋」（〈三代、四、二三〉）即是

〔註127〕參見郭沫若《兩考》20頁霥鼎。

〔註128〕同127，110頁伯克壺。

也；（3）以具、鋝，枚計數者，若䮂卣銘：「王易䮂八貝一具。」（〈三代、十三、三六〉）、寶卣銘：「錫貝卅爰」（〈傳古、十、二三〉）、小子䚅毁銘：「乙未卿事易小子䚅貝二百」（〈三代、七、四七〉）等等；（4）有記貝之產地者，若䑈尊銘：「王易小臣䑈夒貝」（〈三代、十一、三四〉）等等。是知殷周視貝爲寶，故以貝爲賞賜之物。

　　例5，「天右王白友」者，右讀爲祐，友乃叚爲休，謂天之祐與王伯之休〔註129〕。「匃」與祈同意，《說文》亡部 十二下 訓求也。匃經典作介，吳式芬云：「匃即經典『以介眉壽』『以介景福』之介，匃介一聲之轉。」〔註130〕按介匃古同在月二部，故得相通，《詩・小雅・甫田》云：「以祈甘雨，以我介我稷黍。」祈介對文；《左傳・僖公七年》：「求介于大國，以弱其國。」求介連言；介訓求匃之匃，亦於義爲長，吳說殆可從，考金文用「匃」之例，若：

（1）頌鼎銘：「頌敢對揚天子不顯魯休，用作朕皇考龏叔皇母龏姒寶尊彝，用追孝旂匃康𤔤屯右，通彔永令。」（〈三代、四、三九〉）

（2）蔡姞毁：「蔡姞作皇兄尹叔尊鷺彝，尹叔用妥多福于皇考德尹惠姬，用旂匃眉壽綽綰，永令彌乆生，霝多。」（〈三代、六、五三〉）

（3）大師盧豆：「大師盧作羞尊豆，用邵洛朕文祖考，用膚多福，用匃永令。」（〈三代、十、四七〉）

（4）師遽毁：「用乍文且它公寶尊彝，用匃萬年亡彊。」（〈三代、八、五三〉）

（5）克鐘銘：「用乍朕祖考伯寶劘鐘，用匃屯叚永令。」（〈三代、一、二一〉）

　　此以「祈匃」「用匃」云云，置於爲祖先作器語句下，即匃福於其祖先之意也〔註131〕。

乙、S3　式

〔註129〕參見吳式芬《攈古》三之三卷1頁頌鼎。

〔註130〕參見徐中舒〈金文嘏辭釋例〉，載《集刊》六本一分5～7頁。

〔註131〕按：宋人書于「𣄰」合形者，皆釋爲「旅」「車」，此誤相沿甚久，方濬益、郭沫若等始定爲「旅」之繁文，諸家之說，見註132、133、134、135、136、137。

1、員孚金；用乍旅彝。（員卣〈三代、十三、三七〉）

2、令敢展皇王室，用乍丁公寶毀；用降史于皇宗；用卿王逆迣；用嘼寮人。（令毀〈三代、九、二七〉）

3、乍盂；用从井戻征事；用旌徟夙夕。（令毀〈三代、九、二七〉）

4、乍絲毀；用龢卿己公；用絡多公。（沈子毀〈三代、九、三八〉）

5、虘乍寶鐘；用追孝于己白；用享大宗；用濼好賓。（虘鐘〈三斂、一、一七〉）

按：上舉諸例，「用」字作憑藉關係詞。

例1，「旅彝」者，《說文》七上放部云：「旅，軍之五百人。从放从从，从，俱也。㫃，古文旅，古文以爲魯衛之魯。」按字金文作 ![img] （曾大保盆〈三代、十八、十三〉）、![img] （鬲攸比鼎〈三代、四、三五〉）、![img] （仲叔尊〈攈古、二之一、七〉）、![img] （曾伯簠〈三代、十、二六〉）諸形，或从車作轝，或从辵作遽。本義當爲軍旅，軍必有旃，故字从放，軍必集眔而成，故字从从，从者眔也。甲骨文旅字，皆作 ![img] （〈藏、九、十、一〉）、![img] （〈後、上、五、八〉）形，其後有車戰，故字又从車作轝〔註132〕。又軍旅之事必从行，故又从辵。旅爲軍旅，故有陳義，行軍之際必有盟誓祭祀，引申之而有祭義。旅器，彝銘習見，其性質自來說者紛紛，宋人謂旅取其眔也，故旅彝者明非一器〔註133〕。阮元謂凡言旅者，皆臚列之義〔註134〕。劉心源〔註135〕、方濬益〔註136〕等釋旅爲祭，郭沫若從之，謂「此旅當解爲《周禮・大宗伯》『國有大故，則旅上帝及四望』之旅，舊說旅爲祈禱天地山川，實則祀人鬼亦可稱旅。〔註137〕李學勤則謂旅彝爲可移動

〔註132〕參見《博古圖》十卷 37 頁周東司徒卣，又十卷 24 頁商冀父辛卣。廣川書跋周伯漁父甗。薛尚功。《款識》十六卷 169 頁伯溫父甗。

〔註133〕參見阮元《積古》一卷 34 頁各父癸卣。

〔註134〕參見劉心源《奇觚》一卷 18～19 頁墓伯鼎。

〔註135〕參見方濬益《綴遺》三卷 16 頁旅鼎。

〔註136〕同註 127，188～189 頁滕侯穌毀。

〔註137〕參見李學勤〈釋旅彝〉，載《中華文史論業》1979 年二期 105 頁。

之器〔註138〕。諸家之說，各得其一端，皆未盡善。今依器之類別，凡於器名之上，冠稱旅或肇者共十五類，分別如下：

（1）旅鼎：如羴鼎〈三代、三、七〉、犀白魚父鼎〈三代、三、三七〉等。

（2）旅盨：如中白盨〈三代、十、二七〉、改盨〈三代、十、三五〉等。

（3）旅甗：如白貞甗〈三代、五、五〉、子邦父甗〈三代、五、九〉等。

（4）旅毁：如叔噩父毁〈三代、七、十九〉。

（5）旅匿：如商丘叔簠〈三代、十、十二〉、召叔山父簠〈三代、十、二二〉等。

（6）旅鬲：如無妊鬲〈三代、五、十九〉等。

（7）旅盂：如虢叔盂〈三代、十、四〉、白公父盂〈綴遺、二八、一〉等。

（8）旅匜：如甫人父匜〈三代、十七、二九〉、未男父匜〈綴遺、十四、十三〉等。

（9）旅壺：如員壺〈三代、十二、四〉、白氒生壺〈三代、十二、十一〉等。

（10）旅盉：如飾子盉〈三代、十四、十〉等。

（11）旅盤：如曾仲盤〈攗古、二之一、五九〉等。

（12）旅盆：如曾大保盆〈善齋、八、五九〉等。

（13）旅鑵：如仲乍旅鑵〈三代、十八、十九〉等〔註139〕。

（14）旅彝：於卣、尊、爵、觶等器，皆以此為名。如井季夐卣〈三代、十三、十、九〉、乍旅尊〈三代、十一、十二〉、祖辛爵〈三代、十六、三七〉、刁觶〈三代、十四、五二〉等。

（15）旅鐘：內公鐘〈西清、三六、六〉等。

　　以上所舉十五類器名，除第十五類為僞器外，餘各類皆與飲食有關，反之，與飲食無涉之他類銅器，則絕無用旅為名者，是知凡飲食之器皆可冠以旅字。查《廣雅・釋詁一》：「旅，養也。」吾國自古即事死如生，故奉養生人之器稱旅，奉養祖先之器，藏於宗廟之器，亦可稱之為旅〔註140〕。通考經傳，旅字無

〔註138〕按：仲乍旅鑵〈三代、十八、十九〉，此器僅存蓋，羅振玉以其蓋象觶，斷為飲器，鑵。《玉篇》作鑵，《說文》無鑵字。

〔註139〕參見王讚源《周金文釋例》135～136頁。

〔註140〕同註127。

養義，旅訓爲養，僅見於金文。於此足證《廣雅》乃唯一保存古義之用書，亦可見金文于疏解字義之價值也。

例 2，辰讀爲揚。宜與休同義，言賞賜也。「障」字當讀爲《儀禮·士冠禮》：「側尊一甒醴」之尊，鄭注云：「側猶特也，置酒曰尊。」又〈士冠禮〉：「醮用酒，尊于房戶之間。」又〈鄉飲酒禮〉：「尊兩壺于房戶閒。」又〈少牢饋食禮〉：「司宮尊兩甒于房戶之間。」諸尊字皆作動詞解。史事吏三字古通。「障史」者，謂置酒敬事也。皇宗，即大宗，皇王之祖廟。卿讀爲饗。「逪」字，从辵从舟，即造字，《說文》二下辵部：「造，就也，从辵告聲。譚長說：『造、上士也』。䠧，古文造从舟。」金文作 𦩀（滕矦煮戈〈三代、十九、三九〉）、𨖻（郜造鼎〈三代、三、二四〉）、𨖃（申鼎〈三代、四、十五〉）、𨖕（高密戈〈三代、十九、三五〉）、錯（曹公子戈〈拓本〉）、䩜（不易戈〈三代、十九、五二〉）諸形，字或从舟，或从辵，或从戈，或从金，或从貝，是作舟（盤）造戈也，从貝从金，乃以貨財金屬成之者，並皆會意，取其製成、造就之意。「卿王逆造」者，謂宴饗皇王，祈皇王光臨享用也。逆，迎也，謂受其請；造，就也，謂從其請也。「𢊕」即匓之古文，《說文》九上勹部訓匓爲飽也，引申有滿足之意。寮人，同寮朋友也。

例 3，征事，從事征伐。「旅徔」當即奔走，旅即奔之異文無疑，古文奔字作 𠭥（大盂鼎〈三代、四、四二〉），象人奔軼絕塵之狀，止即趾之初文，足跡也，此从㫃从止，意亦相應，蓋旌旗之類所以進士眾者，故从㫃也。「奔走」爲彝銘習語，見於大盂鼎〈三代、四、四二〉，井矦毁〈三代、六、五四〉、效卣〈三代、十三、四六〉等器銘，考典籍，則若《書·多士》：「予惟四方罔攸賓，亦惟爾多士攸服奔走，臣我多遜。」又〈多方〉：「今爾奔走臣我，監五祀。」又〈君奭〉：「王人罔不秉德，明恤小臣，屛矦甸，矧咸奔走。」等即是，諸篇皆言大臣供事廟堂之上，此銘義同。

例 4，絲殷，茲毁也。「酨」字，《說文》三下丮部：「酨，設飪也。从丮食，才聲，讀若載。」謂供薦而祀之事也。酨卿，祀饗也。「己」公與「多」對稱，己公猶言我公。彝銘通例，凡生人言饗，死人言享言格。「徦多公」即招致先王享用祭祀之犧牲酒食也。

例 5，追者，上遡已往，以追所自出也。《禮記·祭統》：「祭者，所以追養

繼孝。」故以犧牲酒食奉祭先人稱「追孝」，或省「孝」「享」字，《尚書‧盤庚》：「茲予大享于先王」，《呂覽‧季多紀》：「以供皇天上帝社稷之享。」《周禮‧春官‧大司樂》：「以祭以享以祀。」《禮記‧祭義》：「死則敬享。」注：「享猶祭也。」蓋祭祀必奉獻玉帛、犧牲、庶羞百品，故祭祀亦稱享。大宗，始祖廟也。濼讀爲樂，娛樂也。「用樂嘉賓」乃鐘銘習語，若齊鎛氏鐘：「用樂嘉賓」（〈三代、一、四二〉），王孫鐘：「用樂嘉賓父兄」（〈三代、一、六三〉），郘公釛鐘：「用樂我嘉方」（〈三代、一、十九〉），許子鐘：「用樂嘉賓大夫」（〈兩考、一七八〉）等等，此銘謂鑄此鐘追孝於先祖，並用之娛樂美客。

二、㠯（以）

（一）**解　字**，參見 38 頁。

（二）**說　明**

《經傳釋詞》：「㠯或作以……以，語詞之用也。」〔註141〕以猶用也。考典籍，「以」字作憑藉關係複句關係詞者，若《書‧大誥》：「民獻有十夫，予翼；以于敉寧武圖功。」《左傳‧桓公五年》：「鄭子元請爲左拒；以當蔡人、衛人。」等即是。

（三）**用　法**

S1　式

王子刺公之宗婦郘譥爲宗彝鼎彝：永寶用，㠯降大福，保辥郘國。（宗婦鼎〈兩考、一五六〉）

按：此例，「㠯」字作憑藉關係詞，用例較憑藉關係詞「用」字少見。彝銘「刺」字，經傳作「烈」，《爾雅‧釋訓》：「桓桓烈烈，威也。」烈字，取光顯之誼。「宗婦」者，天子之妻也。爲，作。「宗彝鼎彝」者，皆宗廟之常器，其性質歸納如下〔註142〕：

宗彝：盛酒器之卣、尊、方彝、壺

鼎彝：（1）烹飪器之鼎、鬲、甗。

〔註141〕參見王引之《經傳釋詞》一卷 3 頁。

〔註142〕參見王夢旦《金選》151～152 頁斷代（三）40 鼄毀。

（2）溫酒器之角、盉。

（3）盛食器之毁、盨、簋

　　降者，自上而下之謂。周人祀祖配天，宗周鐘：「先王其嚴才上」（〈三代、
一、六五〉），猶鐘：「先王其嚴才帝左右」（〈三代、一、十一〉），故得云降。
福者一切幸福之總名，《禮記・祭統》云：「福者備也，備者百順之名也，無所
不順者之謂備。」故祝嘏之辭，稱福必置於並列諸仿語之首或末，以示總挈，
總束之意〔註143〕。鄦，國名。「辪」字，王國維疑即古「乂」字，斁字，《說文》
九上辟部訓爲治也，《書・康誥》：「保乂王家。」又〈多士〉、〈君奭〉並云：「保
乂有殷。」諸乂字，皆訓輔相之義〔註144〕。古人保傅連言，傅之爲言輔也，保
傅二字義近，知保亦有輔義，故《禮記・文王世子》云：「保也者，慎其身以輔
翼之，而歸諸道也。」是其證也。「保辪鄦國」者，言輔翼正治鄦國也。

柒、加合關係詞

　　西周金文，加合關係複句關係詞，有「復」、「亦」、「又」、「眔」、「隹」、「于」、
「雩」等七字。其性質有二：一、全置於複句之第二小句，使與上文構成加合
關係複句；二、使用此類關係詞之句子，式句有三種

　　（1）S1式：第一小句＋（主語）＋關係詞＋述語＋（賓語）。

　　（2）S2式：第一小句＋關係詞＋主語＋述語＋（賓語）。

　　（3）S3式：第一小句＋關係詞＋述語＋（賓語）。〈主語必承上一小句而
　　　　　　　省略〉

一、復（复）

（一）解　字

　（〈藏、一四五、一〉）　　　　　（鬲以盨〈三代、十、四五〉）

　（〈前、七、三、一〉）　　　　　（鬲以盨〈三代、十、四五〉）

〔註143〕參見徐中舒〈金文嘏辭釋例〉，載《集刊》六本一分27頁。

〔註144〕參見王國維《王觀堂先生全集》1995～2001頁毛公鼎銘考釋。

（〈後、下、三二、六〉）　　　（復公子毀〈三代、八、九〉）

（小臣邋毀〈三代、九、十一〉）

（散氏盤〈三代、十七、二十〉）

《廣韻》：扶富切。　　　　　　　　古音：並紐，覺部。

《說文》二下彳部：「，往來也。从彳复聲。」又五下夊部：「，行故道也，从夊畐省聲。」按復复本當爲一字，复从夊，已見行意，更从彳若辵，乃後之增繁。金文从，高鴻縉謂古壺字〔註145〕，張日昇疑乃象二皿若豆相合之形，豆實从甲豆傾覆至乙豆，亦可從乙豆傾覆至甲豆，故有往來反覆之意〔註146〕。謝師一民言乃城亯（、）之省體〔註147〕。考諸字形，似以謝師所言爲是。蓋「复」从夊从亯，夊表其行宜，自亯城至此，往而復來之意。會意。許君釋義是，析字形謂「从畐省聲」，則非也。「复」之於「復」，自徐灝說文段注箋〔註148〕、孔廣居說文疑疑〔註149〕等發爲一字之論，羅振玉即釋前出諸甲骨文爲「復」字〔註150〕，而葉玉森更言之，以鬲从甗復作、，可證「复」、「復」古殆一字〔註151〕。諸家之說是也。复字，行故道也，所以表往來之意，以字體未顯往來之誼，後世因更增意符「彳」，以足其意，字遂作「復」矣。

（二）說　明

《詞詮》：「復，副詞，又也，更也，再也」〔註152〕考典籍，「復」字作加合關係複句關係詞者，若《史記·酷吏傳》：「遷爲中尉；其治復放河內。」又

〔註145〕參見高鴻縉《散盤集釋》15頁。

〔註146〕參見《金文詁林》二卷993～994頁。

〔註147〕參見謝師一民《說文解字箋正》162頁。

〔註148〕參見徐灝《說文段注箋》。此據《說文解字詁林》五下323頁复字條下所引迻錄。

〔註149〕同註148。

〔註150〕參見羅振玉《增考》中64頁。

〔註151〕參見葉玉森《前釋》五卷16頁。

〔註152〕參見楊樹達《詞詮》一卷49頁。

〈季布傳〉:「孝文時，人有言其賢者，孝文召，欲以爲御史大夫；復有言其勇，使酒難退。」等即是。

（三）用　法

S3　式

1、自瀗涉以南，至于大沽，一奉以陟，二奉至于邊柳；復涉瀗，涉雩。散氏盤〈三代、十七、二十〉

2、王令敔追御于上洛、烬谷，至于伊、班，長榜葴首百，執噝皿，褱孚人三百，啚于燮白之所，于烬衣諱；復付氒君。(敔毀〈兩考、一〇九〉)

3、章氒羃夫邑稀从田，其邑旃㳄𦌾；复友稀从其田，其邑复晢言二邑。(鬲以盨〈三代、十、四五〉)

按：上舉諸例，「复」(復) 字作加合關係詞。

例 1，瀗、大沽、陟、邊柳、地名。涉，渡也。奉字，金文作 ，阮元釋作「表」，識也，爲井田間分界之木〔註 153〕，吳大澂從之〔註 154〕。然審字形  與  稍近，而 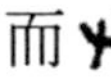 明  字，與衣下作  迥殊，故字應隸作奉，讀爲封疆之封〔註 155〕，起土爲界也。

例 2，「追御」者，追逐抵禦也。班者，還師也，《逸周書・克毀解》:「禱之于軍，乃班。」與此同例。「長榜葴首百」者，葴當讀爲載，其字从艸𢦏聲，𢦏古哉字。榜即榜字，用爲枋，首旗柄也。〈克毀解〉:「懸諸太白」、「懸諸小白」，即此意。啚，野宿也。「諱」字从言从聿，猶後世登錄之意，謂奪還被俘虜之人四百，暫寄于燮伯之所，在烬衣詳細登錄之後，再歸還其主人〔註 156〕。

例 3，章，人名。羃夫，殆爲官職。「邑」字，原文作 ，即釣之古文，引申爲取也，交易也〔註 157〕。「友」讀爲賄，《左傳・文公十二年》:「厚賄之。」

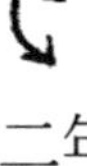

〔註 153〕參見阮元《積古八卷》7～8 頁。

〔註 154〕參見吳大澂《古籀補補遺》2 頁。

〔註 155〕參見楊樹達《積微》一卷 35 頁散氏盤三跋。

〔註 156〕參見郭沫若《兩考》109 頁敔毀。

〔註 157〕同註 156，125 頁鬲从盨。

杜注云:「賄,贈送也。」其邑云云,謂所賄田之所在也。

二、亦

(一)解　字

夾（〈藏、五、三〉）	夾（毛公鼎〈三代、四、二七〉）
夾（〈前、七、四三、二〉）	夾（召伯虎毀二〈三代、九、二一〉）
夾（〈菁、四、一〉）	夾（者沪鐘〈三代、一、三九〉）

《廣韻》:羊益切。　　　　　　　古音:餘紐,鐸部。

《說文》十下亦部:「夾,人之臂亦也。从大象兩亦之形。凡亦之屬,皆从亦。」按就上出甲金文字觀之,亦實即古腋字,从大(大即人),而以八指明其部位,正指其處,指事〔註158〕,許云象形失之。亦字,因爲重累之辭者,假借也,段注云:「人臂兩重,臂與身之間則謂之臂,亦臂與身有重疊之意,故引申爲重累之詞。」其說未免牽附矣,然亦之引申訓仍訓重,亦非無因。蓋亦有左右,左不可無右,右不可闕,左本有夾持之義,引申之訓仍訓重,此其理也〔註159〕。第以後人別製掖腋字,以亦爲語詞,而亦之本義奪矣。

(二)說　明

《詞詮》:「亦,副詞,又也。」〔註160〕考典籍:「亦」字作加合關係詞者,若《書·康誥》:「惟厥罪無在大;亦無在多。」《詩·小雅·采芑》:「其飛戾天;亦集爰止。」等即是。

(三)用　法

甲、S1式

不顯趄趄皇且穆公,克夾召先王,奠四方;肆武公亦弗叚望朕聖且考幽大叔懿叔,命禹仍朕且考政于井邦;肆禹亦弗敢忝朕,共朕辟之命。(禹鼎

〔註158〕參見高鴻縉《中國字例》三篇24頁。

〔註159〕參見吳楚〈釋亦〉,此據《說文解字詁林》八冊948頁十卷下亦字條下所引迻錄。

〔註160〕參見楊樹達《詞詮》七卷485頁。

〈錄遺、九九〉）

按：此例，「亦」字作加合關係詞，置於第二分句，使與上文構成加合關係複句。「趠趠」之詞，又見虢季子白盤：「趠趠子白」（〈三代、十七、十九〉），秦公毁：「剌剌趠趠」（〈三代、九、三三〉），者沪鐘：「愻學趠趠」（〈錄遺、五〉）等器銘，《詩‧魯頌‧泮水》：「桓桓于征」，傳：「桓桓，威武貌。」此趠趠乃美皇祖穆公威武之辭。「夾召」者，輔佑也，《蒼頡篇》云：「夾，輔也。」《周禮‧既夕禮注》：「在左右曰夾。」召當讀如紹或詔，《爾雅‧釋詁》云：「詔、相、亮、左右，相導也。」《史記》魯仲連傳集解引郭璞云：「紹介，相佑助者也。」雩，句首助詞，無義。「望」假借為「忘」。「叚」字本象兩手取石相付之形，孳乳為假、遐〔註161〕。「朕」字或以為乃「朕自」兩字分書，復訓「自」為始〔註162〕。郭沫若謂字假為「朕」〔註163〕，說殆可從。「仦」字，肖或俏之異文，法也，類也，似也〔註164〕。「井」經典作「邢」，為周公之子所封之國，《左傳‧僖公二十四年》云：「凡、蔣、邢、茅、胙、祭，周公之胤也。」其所封國即今河北邢台縣〔註165〕。「惷」乃憃之省，《說文》十下心部云：「憃，愚也。从心舂聲。」賜當借為「易」，即《詩‧大雅‧文王》：「駿命不易。」《書‧盤庚》：「今余告汝不易」之易。「惷易」者，愚蠢更易也。共朕辟之命，言奉行我君王之詔命也。

乙、S2 式

1、用天降大喪於下國；▲亦唯噩医駿方率南淮尸東尸，廣伐南或東或，至于歷內，王廼令西六𠂤殷八𠂤。（禹鼎〈錄遺、九九〉）

2、唯天眉集氒令；▲亦唯先正容辥氒辟，甹堇大命，雩皇天亡臭，臨保我有周。（毛公鼎〈三代、四、四六〉）

〔註161〕參見容庚《金文編》三卷25頁。

〔註162〕參見張筱衡〈召禹鼎考釋〉，載《人文雜誌》1958年一期。

〔註163〕參見郭沫若〈禹鼎跋〉，載《光明日報學術》第四十期（1951年7月7日）。

〔註164〕參見徐中舒〈禹鼎的年代及其相關問題〉，載《考古學報》1959年三期54頁。

〔註165〕同註164，55頁。

按：上諸二例，「亦」字作加合關係詞，置於第二分句，使與上文構成加合
　　關係複句。

例1，參見本章貳因果關係複句，原因小句關係詞，二、隹。

例2，「畕」讀爲將，爲未來或推定之語。「先正」指文、武王之臣。「咨辤
乎辟」者，謂襄乂輔佐先王也。臭讀爲斁，厭也。

三、又

（一）**解　字**，參見 62 頁。

（二）**說　明**

《詞詮》：「又，副詞，復也，更也。」〔註166〕考典籍，「又」字作加合關
係詞者，若《書・酒誥》：「群飲，汝勿佚，盡執拘以歸于周，予其殺；又惟殷
之迪諸臣、惟工，乃湎于酒。」《詩・小雅・正月》：「終其永懷；又窘陰雨。」
等是也。

（三）**用　法**

S2　式

載易女載市、素黃，縹腹；又今余曾乃令，易女玄衣，黹屯、赤市、朱黃、
戈彤沙琱胾、旂五。（輔師楚毀《考古學報》1958、2））

按：此例，「又」字作加合關係詞，置於第二分句，使與上文構成加合關係
　　複句。「載」者，昔也，與「今」對稱。易讀爲錫，賞賜也。「載市」
　　者，載从韋戈聲，戈从才聲，故載字殆爲紂或緇，《說文》十三上糸
　　部云：「緇，帛黑色也。从糸甾聲。」《玉篇》紂同緇，《禮記・檀弓》
　　釋文：「紂本作緇。」是知載市乃染有黑色之命服〔註167〕。「素黃」者，
　　黃即衡，繫市之帶〔註168〕，素著其色也。「縹腹」者，旂旗之謂，「腹」
　　殆旆字之繁文，大白之旗也〔註169〕。女、乃，汝也，爾也。曾讀爲增，
　　加也。「戈彤沙琱胾」者，言所賜之戈，其上有花紋之雕飾，且戈內之

〔註166〕參見楊樹達《詞詮》七卷 518 頁。

〔註167〕參見王夢旦《全選》276 頁斷代（六）七三趞曹鼎一。

〔註168〕參見唐蘭〈毛公鼎朱韍蔥衡玉環玉瑹新解〉，載《光明日報》1961 年 5 月 9 日。

〔註169〕參見孫詒讓《拾遺》中 18 頁吳彝。

末端繫以紅纓〔註170〕。

四、眔

（一）解　字，參見 46 頁。

（二）說　明

眔字，作加合關係複句關係詞，義猶「復」、「又」、「更」也，此乃金文特殊之語言現象，後世典籍未見。

（三）用　法

S3　式

1、小臣謎篾曆；▲眔易貝。（小臣邁毁〈三代、九、十一〉）

2、彗百生豚；▲眔賣卣鬯貝。（臣辰毁〈三代、十三、四四〉）

按：上舉二例，「眔」字作加合關係詞，置於第二分句，使與上文構成加合
　　關係複句。

例1，小臣謎，作器者名。「篾曆」者，篾有勉力之意，曆爲謙之假借，篾即勤勉敬事〔註171〕。「易貝」者，被賜貝也。

例2，「彗」字象器中盛雙玉之形，字又見辛鼎：「用彗乎剨多友」（〈錄遺、八九〉），殆爲「豐」之異文，讀爲禮，有宴饗之誼〔註172〕。百生即百姓，百官也。「彗百生豚」者，謂饗獻百官以豚。賣，从商从貝，讀爲賞，賞賜也。卣鬯，鬯一卣也。

五、隹

（一）解　字，參見 75 頁。

（二）說　明

《經傳釋詞》云：「惟猶與也，及也。」〔註173〕《古書虛字集釋》：「惟猶

〔註170〕參見郭沫若《青研》下 78 頁戈珊戚戟必彤沙說。

〔註171〕參見王讚源《周金文釋例》127 頁。

〔註172〕參見郭沫若《兩考》32 頁臣辰盉。

〔註173〕參見王引之《經傳釋詞》三卷 31 頁。

而也。」〔註174〕義與今語「而且」同。考典籍,「隹」(惟)字作加合關係詞者,若《書‧金縢》:「今天動威以彰周公之德;惟朕小子其新逆。」又〈多方〉:「惟我周王靈承于旅,克堪用德;惟典神天。」等即是。

(三)用　法

S3 式

休白冥琞郵楂白室,易君我;隹易壽。(縣妃毀〈三代、六、五五〉)

按:此例,「隹」字作加合關係詞,置於第二分句,使與上文構成加合關係複句。「琞」字象器中盛雙玉之形,即豊字,「豊郵」讀爲體恤。「冥」爲古「暊」字,假借爲厭惡之厭,訓滿足也〔註175〕。「君我」者,無其他文例,義難知曉,然因與易壽(祝嘏之辭)爲對文,殆爲懿德或懿釐之義,讀爲君儀〔註176〕。此文乃述縣妃對伯辟父之恩寵之答揚之辭也,銘文以關係詞「隹」相承接,故其意義當相近。于省吾以易君二字,我隹易壽,四字爲句〔註177〕,然文意何解則不知也。

六、于

(一)解　字,參見11頁。

(二)說　明

《經傳釋詞》:「于,猶越也,與也,連及之詞。《夏小正傳》曰:『越,于也』,《廣雅》曰:『越,與也』。」〔註178〕義與「又」同。考典籍,「于」字作加合關係詞者,若《書‧康誥》:「子弗祗服厥父事,大傷厥考心;于父不能字厥子,乃疾厥子;于弟弗念天顯,乃弗克恭厥兄。」等即是。

(三)用　法

S3 式

杜白乍寶盨,其用亯孝于皇申且考;于好倗友。(杜白盨〈三代、十、四

〔註174〕參見裴學海《古書虛字集釋》三卷194頁。

〔註175〕參見高鴻縉《毛公鼎集釋》79頁。

〔註176〕參見白川靜《通釋》十七輯173～174頁88縣妃毀。

〔註177〕參見于省吾《雙選》上二卷27頁楂改彝銘。

〔註178〕參見王引之《經傳釋詞》一卷14頁。

二〉〉

按：此例，「于」字作加合關係詞，置於第二分句，使與上文構成加合關係
　　複句。其，通期，表期望語氣。「㫃」即享，《禮記·祭義》：「死則敬
　　享。」注云：「享猶祭也。」享孝連文，悉指祭祀言，《周禮·春官·
　　大司樂》：「以祭以享以祀。」《禮記·祭統》：「祭者，所以追養繼孝。」
　　故以犧牲酒食稻粱敬獻先人稱之爲「享孝」。申慈乳爲神，祖也，大克
　　鼎銘：「顯孝于神」（〈三代、四、四十〉），謂顯揚祭祀于先祖，「皇神
　　祖考」者，乃亡祖父之敬稱，《禮記·曲禮》：「祭王父曰皇祖考」即是。
　　好字，讀爲孝，孝者享也、養也〔註179〕，動詞，與「㫃孝」同義。

七、雩

（一）解　字，參見71頁。

（二）說　明

雩字，經典及小篆皆譌作粵〔註180〕。《經傳釋詞》云：「『爰』、『于』、『粵』，
一聲之轉，故三字皆可訓爲『於』，亦可訓爲『與』。」〔註181〕義與「又」同。
粵越二字，同音通用，考典籍，「越」字作加合關係詞者，若《書·酒誥》：「我
民用大亂喪德，亦罔非酒惟行；越小大邦用喪，亦罔非酒惟辜。」又〈梓材〉：
「茲殷多先哲王在天；越厥後王後民，茲服厥命。」等即是。

（三）用　法（S3一式）

歸釜敢對揚天子不杯魯休，用乍朕皇考武㫃幾王障毀，用好宗廟，享夙夕，
好佣友；雩百者㜝遘。（㫃伯毀〈愙齋、十一、二三〉）

按：此例，「雩」字作加合關係詞，置於第二分句，使與上文構成加合關
　　係複句。「不杯」即不顯，光明偉大之意。歸釜，㫃伯其名也。「武㫃
　　幾王」以三字爲諡，猶衛之叡聖武公，齊之趄武靈公也。父諡曰㫃，
　　而㫃白以㫃爲族，《左傳·隱公八年》所謂爲諡因以爲族者，有如春
　　秋時宋之戴氏桓氏矣。「好宗廟」與「好佣友」，兩「好」字均當讀

〔註179〕參見郭沫若《兩考》148頁㫃伯毀。

〔註180〕參見王維國《王觀堂先生全集》2004頁毛公鼎銘考釋。

〔註181〕參見王引之《經傳釋詞》二卷16頁。

為孝，孝、好古音皆幽二十一部，故得通假。好宗廟猶言孝於先人耳。「<ruby>□</ruby>」字，自孫詒讓釋「婚」，謂字下半从女，上半从爵省，右旁从耳〔註182〕。後之學者如張之綱〔註183〕、朱芳圃〔註184〕等並皆從之。《說文》十二下女部：「婚，婦嫁也，禮，娶婦以昏時，婦人陰也，故曰婚。从女从昏，昏亦聲。□，籀文婚如此。」龍宇純正本清源，謂□即聞之本字，从耳□聲，□乃□之譌，□乃□之譌，止乃□之譌，已乃□之譌，而□亦□，之譌〔註185〕。其分析字形精細詳盡，言人所未言，當為不易之論，今從之定為「聞」之本字，郘王子鐘銘：「聞于四方」（〈錄遺、四〉），此用本字本義也，至若用作昏庸，毛公鼎銘：「余非庸又昏」（〈三代、四、四六〉）；作婚遘，克盨銘：「朋友婚遘」（〈三代、十、四四〉）；作車輄，彔伯毀銘：「金甬畫輄」（〈三代、九、二七〉）等等，並為假借也。

第三節　統　計

西周金文，複句關係詞計有：既、廼、乃、爰、卣、隹、用、則、斯、辵、又、復、古、亦、眔、己、于、雩等十八個。其位置，有以下五式：

（1）F1 式：（主語）＋關係詞＋述語＋（賓語）＋第二小句。

（2）F2 式：關係詞＋主語＋述語＋（賓語）＋第二小句。

（3）S1 式：第一小句＋（主語）＋關係詞＋述語＋（賓語）。

（4）S2 式：第一小句＋關係詞＋主語＋述語＋（賓語）。

（5）S3 式：第一小句＋關係詞＋述語＋（賓語）。〈主語必承上一小句而省略。〉

〔註182〕參見孫詒讓《拾遺》下 27 頁毛公鼎，又見名原下 1～2 頁。

〔註183〕參見張之綱《斠釋》5 頁。

〔註184〕參見朱芳圃《釋叢》70 頁。

〔註185〕參見龍宇純〈說婚〉，載《集刊》三十本下冊 605～612 頁。按：高鴻縉《毛公鼎集釋》83 頁，雖亦釋昏，然謂字从女□（古聞字）聲，从女之說，則未置疑也。

壹、各關複句關係詞所使用之句式，如下表所示：

（註：空格中「ˇ」記號，表有此種句式，其下之123，表F1、S1或F2、S2或S4等句式。）

關係詞	時間 F	時間 S	因果 F	因果 S	目的 S	條件 S	假設 F	假設 S	憑藉 S	加合 S	合計
既	ˇ1										1
廼		ˇ12					ˇ1				
乃		ˇ13				ˇ1					
爰		ˇ3									
迺		ˇ2									
隹			ˇ2								
用			ˇ12	ˇ13	ˇ13					ˇ13	3
則			ˇ23			ˇ13	ˇ12				3
斯						ˇ3					1
乎								ˇ1			1
又								ˇ12		ˇ2	2
復										ˇ3	1
古				ˇ23							1
㠯									ˇ1		1
亦										ˇ12	1
眔										ˇ3	1
于										ˇ3	1
雩										ˇ3	1

由上表可知：

一、關係詞「既」字，僅見於時間關係複句之第一小句。

二、關係詞「廼」字，用於時間關係複句之第二小句，及假設關係複句之第二小句。

三、關係詞「乃」「爰」「迺」，僅見於時間關係複句之第二小句。

四、關係詞「隹」字，可用於因果關係複句之第一小句，與加合關係詞。

五、關係詞「用」字，使用最普遍，可做因果、目的、憑藉複句之關係
　　詞。

六、關係詞「則」字，可做因果、條件、假設關係複句之關係詞。

七、關係詞「乑」字，僅見於時間關係複句之第一小句。

八、關係詞「又」，可作假設、加合複句之關係詞。

九、關係詞「復」「亦」「眔」「于」「雪」，僅見於加合複句。

十、關係詞「古故」，僅見於因果複句之第二小句。

十一、關係詞「吕」，僅見於憑藉複句。

貳、西周金文複句關係詞使用次數統計

銘文 介詞		器　　　　號	合　計
時間〔1〕	既	64、77、144、145、154、155、159、163、170、173、182、185、186、188、189、208、234、280、234、286、291、293（3）	22
	迺	44、65、74、80、81、87、88（2）、95、98、123、211、286、291、294	15
	乃	67（2）	2
	爰	290	1
	遹	6	1
因果〔2〕	隹	74、81	2
	用	6、8（2）、9、11、12、14、17、18、19、23、26、27、28、30、31、34、42（2）、45、49、50、52、53、54、55、56、58、59（2）、60、61、62、63、64、66、67、69、70、71（2）、74（2）、76、77、79、81、82、84、86（2）、87、88、89、91、95、99、100、101、102、107、109（2）、112、114、116、121、126、129、130、131、133、135、136、138、139、140、141、143、144、145、146、147、150、151、152（2）、153、154、155、156、157、158、159、160、161、162、163、164、166、167、168、169、170、171、172、173、174（3）、17、176、177（2）、178、179、180、181、182、183184、185、186、187、189、191、193、194、195、 96、199、200、203、207、208、211、212、213、222、224、231、232、233、238、239、240、242、243、244、245、246、250、252、254、	176

		256、257、258、259、260、261、262、264、273、276、277、278、279、284、285、287、289、291、294、295、296、297、298、299	
	則	91、180、233、234	4
	古故	42（2）、125、181	4
目的	用	42、49、58、64、66、77、95、144、147、149、151、152、161、164、166、172、173、176、177、180、182、183、186、192、194、200、239、240	
條件〔3〕	斯	44	1
	則	60、80、88、188、286、289（2）、293	8
假設〔4〕	乃	46、65、215	3
	秊	81、163（2）、211	4
	又	44、145、286（2）	4
	酒	145、211	2
	則	211	1
憑藉〔5〕	用	1、4（4）、7（3）、9、10、12、13（3）、14、18、20、21、22、23、24、25、29、32、35、40、43、55、56、59、64、65、66、68、70（2）、71、72（2）、78、85、86（2）、89（2）、93、94、102、106、109（3）、114、115、117、118、119、120、122、123（5）、128（2）、134、136、146（2）、150（2）、164、165、169（2）、181、187（2）、190（2）、195（2）、196、197、199、204、214、216（3）、219、220、221、224（2）、225、227（3）、234、236、239、240、241（2）、249、251、253、255、265、269、271（2）、273、276、281、282、290、293、301	124
	㠯	75	1
加合〔6〕	佳	132	1
	又	172	1
	復	91、139、210（3）、286	6
	亦	74（2）、81	3
	眔	115、255	2
	于	214	1
	雫	169	1

〔1〕時間關係詞共使用 41 次。其中「既」字出現率最高。

〔2〕因果關係詞共使用 186 次。其中「用」字使用率最。

〔3〕條件關係詞共使用 7 次。其中「則」字使用率最高。

〔4〕假設關係詞共使用 14 次。

〔5〕憑藉關係詞共使用 125 次。其用「用」字使用率最高。

〔6〕加合關係係詞共使用 15 次。其中「復」字使用率最高。

由上表之統計可知：

一、時間關係詞，「既」字使用率最高；其次爲「迺」字；「乃」「爰」「遹」字之時間複句皆少見。

二、因果關係詞，「用」字使用率最高。

三、條件關係詞，「則」字使用率最高。

四、憑藉關係詞，「用」字使用率最高，「吕」字憑藉關係詞僅一見。

五、加合關係詞，「復」字使用率最高；其次爲「亦」字；「眔」字再次之。至若「又」「隹」「于」「雪」用作加合關係詞之例，皆僅一見。

第五章　助詞探究

第一節　通　說

　　助詞（Particle）者，乃表示語言情態之一種語詞，爲附屬形式，附屬於句中，藉以助成語勢，而字詞本身不含任何實際之意義，故與文句之「理論」結構無重大之關係，然于口語之表情示態，全憑助詞之巧妙運用，始能襯托情態之貼切、豐美而細膩。清袁仁林《虛字說云》：「凡書文發語、語助等字，皆屬口吻。口吻者，神情聲氣也」。〔註1〕蓋助詞注重聲情之傳達，故舉凡用表驚訝、讚賞、慨歎、希冀、疑問、肯定等等之語詞，均爲助詞之範疇〔註2〕。

　　《文心雕龍・章句篇》云：「夫惟蓋故者，發端之首唱；之而於以者，乃箚句之舊體；乎哉矣也者，亦送末之常科；據事似閑，在用實切。巧者迴運，彌縫文體，將令數句之外，得一字之助矣。」此由修辭之觀點以言助詞於文章之妙用，亦說明助詞之不易爲也。自來學者於助詞之界說不一〔註3〕，《馬氏文通》側重後置之「傳信」與「傳疑」兩類〔註4〕。本文所論則包括舊說之「語助」、「辭」

〔註1〕參見袁仁林《虛字說》35頁，豐城熊氏校刊本。

〔註2〕參見許世瑛先生《中國文法講話》32頁。

〔註3〕按：王了一《中國語法理論》上冊318頁，謂助詞即副語之一種，從修飾作用言之，當稱助詞爲「語氣末品」或「語氣副詞」。

〔註4〕參見《馬氏文通校注本》九卷445～446頁。

及「聲」等等〔註5〕。西元 1922 年,陳承澤首創三分法,依助詞運用之位置,分句首、句中、句末助詞三類〔註6〕。統緒昭然,甚具卓見。許世瑛先生循其說,並增列獨立語氣詞一目(即本論文第六章歎詞)〔註7〕,助詞之劃分,遂底定矣。

助詞者,所以助成文章以保留口語之真跡者也。楊樹達曰:「古人文字質直,雖陳辭未盡,而亦肖古人當時對答之情狀而直述之……乃若古人言語之際,或以一時之情感,或以其人之特質,而語言蹇澀,訥訥然不能出諸口者,古人亦據其狀而直書之。」〔註8〕此可見古人文字,務欲逼真之心矣。西周金文,多記事文字,於當時口語實況之保留,必多且真,是故欲揣摩先秦口語,探索上古語法,其捨西周金文奚取乎?

第二節　釋　例

壹、句首助詞

西周金文,用為句首助詞者,有「率」、「征」、「䢼」、「肇」、「隹」、「叀」、「爽」、「其」、「曰」、「亦」、「雩」、「雩若」、「弘隹」、「眈」等十五字。其作用,所以興發語氣、表情意,或轉換語氣也。

一、率(達)

(一)解　字

（〈藏、十六、二〉）　　　（大盂鼎〈三代、四、四二〉）

（〈前、二、四二、六〉）　　（禹鼎〈錄遺、九九〉）

〔註 5〕按:句首助詞,古人稱「發語詞」,若《詩·大雅·生民》:「誕彌厥月,先生如達。」朱傳:「誕,發語詞。」即是也,或稱「發聲詞」,若《詩·國風·式微》:「式微式微,胡不歸。」箋云:「式,發聲也」。或稱「語端」者,若《玉篇》:「曰,語端也。」又有稱「引詞」者,若《集韻》:「爰,引詞也。」等等。

〔註 6〕參見陳承澤《國文法草創》,學藝出版社,1922 年初版。

〔註 7〕按:獨立之助詞,乃自由形式(Free forms),獨立於句外,與助詞附屬形式,二者文法意義有別,故本文專章論列之。

〔註 8〕參見楊樹達《古書疑義舉例續補》一卷 7 頁。

（小臣邍毁〈三代、九、十
一〉）

（師袁毁〈三代、九、二八〉）

（庚壺〈錄遺、二三二〉）

《廣韻》：所類切。　　　　　　古音：山紐，物部。

《說文》十三上率部：「率，捕鳥畢也。象絲罔上下其竿柄也。凡率之屬，皆从率。」又二下辵部：「達，先道也。从辵率聲。」率、達二字，吳大澂謂「達」由「衛」孳乳，亦「率」之譌變也〔註9〕。按今所見古文从行之字，多孳乳从辵，《說文》行部諸字重文，多从辵，而辵部諸字重文，从行，皆其明證也。陳鐵凡進而言之，謂：「漢末率字，殆有率衛達三體，經傳又通叚帥字，許氏著《說文》，乃分別部居，而各繫以異訓，顧氏著《玉篇》，又緣附爲帥之古文，輾轉譌傳，莫知其極，實則帥爲率之通叚，率爲達之本字。」〔註10〕其說是，蓋經傳率循等字，「率」爲本字，「達」、「衛」皆其後起字也。就上出甲金文觀之，率字實象絲網形，篆形其繁變耳，許慎說解，殆可從也。

（二）說　明

《經傳釋詞》曰：「率……家大人曰：『率，語助也。』《文選》江賦注引韓詩章句曰：『聿，辭也。』聿與率，聲近而義同。」〔註11〕考典籍，「率」字作句首助詞者，其例多有，若《書·君奭》：「率惟茲有陳，保乂有殷。」又〈湯誓〉：「夏王率遏眾力，率割夏邑，有眾率怠弗協。」皆是也。

（三）用　法

附於主語前，以興發語氣：

1、率曰乃友干吾王身，谷女弗曰乃辟圅于艱。（師詢毁〈兩考、一三九〉）

2、白懋父承王令易自，達征自五齵貝。（小臣邍毁〈三代、九、十一〉）

3、率襄不廷方亡不閈于文武耿光。（毛公鼎〈三代、四、二七〉）

4、達高父見南淮尸，乎取乎服。（鴈父盨蓋〈文物，1976、5〉）

〔註 9〕參見吳大澂《愙齋》四冊5頁毛公鼎。

〔註10〕參見陳鐵凡〈率與乳〉，載《中國文字》二六冊5頁。

〔註11〕參見王引之《經傳釋詞》九卷117頁。

按：上舉諸例，「率」（達）字用作與發語氣。

例1，「乃友」者，汝之朋友也。「干吾」讀爲敢敔，經典通作捍禦〔註12〕。辟，君也，《詩·大雅·文王有聲》：「皇天維辟。」乃辟，汝之君王也。「圅」字，王國維疑即召〔註13〕，按《逸周書·祭公解》：「我惟不以我辟險于難。」與此例同，且「圅」、「召」、「險」三字，古韻同在添三十部，韻同通用，故知圅之爲陷之假借無疑，王說是也。

例2，楊樹達謂「自達」二字當連讀，訓師旅之將帥也〔註14〕。郭沫若則自達字斷句，以駉羌鐘銘：「達征秦迮齊」（〈三代、一、三二〉）爲證，謂達用乃語詞，無義〔註15〕。今從郭說。

例3，「不廷方」者，即不來朝廷請命之國，猶《詩·大雅·韓奕》：「榦不庭方，以佐戎辟。」毛傳：「庭，直也。」又〈大雅·常武〉：「徐方來庭。」毛傳：「來王庭也。」之庭字，訓請命也。襄即懷之初文，來也，《爾雅·釋言》：「格、懷，來也。」閛字，前人釋「捍」〔註16〕、或「扞」〔註17〕、或「限」〔註18〕，郭沫若謂閛即「明」義〔註19〕，諸家大抵作動詞解。文武耿光，指文王武王之轟功偉業也。

例4，「見」讀爲覲，指謁見之事而言，亦見麥尊：「侯見于宗周」（〈兩考、四十〉），宗周鐘：「東夷南夷具見廿又六邦」（〈三代、一、六五〉），又作見事，若狊鼎：「狊見事於彭」（〈三代、四、二一〉），鄥侯鼎：「鄥侯初見事于宗周」（〈三代、三、五十〉）等等。「見」、「見事」皆朝覲之事也。南淮夷，指成周之南，江淮間之種族。取字，《說文》三下又部云：「取，捕取也。從又耳。《周禮》：『獲者取左耳』，司馬法曰：『載獻聝』，聝者，耳也。」字從又從耳，會捕取之意，考諸古文，契文作 𝌀 〈藏、一〇四、四〉、𝌀 〈拾、二、八〉、𝌀 〈甲、

〔註12〕參見吳大澂《字說》27頁干吾字說。

〔註13〕參見王國維《王觀堂先生全集》2013頁毛公鼎銘考釋。

〔註14〕參見楊樹達《積微》四卷122頁小臣謎毀跋。

〔註15〕參見郭沫若《兩考》23頁小臣謎毀。

〔註16〕同註12，8頁毛公鼎。

〔註17〕參見張之綱《斠釋》2頁。

〔註18〕參見于省吾《雙選》上二卷7頁毛公厝鼎。

〔註19〕同註15，136頁毛公鼎。

二、八、二〉形，金文作 ![字形] （趞毀〈三代、四、三三〉）、![字形] （格伯毀〈三代、九、十四〉）、![字形] （大鼎〈三代、四、三二〉）諸形，形構與說文同。服字，本象人奉盤服事之象，義爲服事，詩大雅蕩：「曾在是服。」傳：「服，服政事也。」此用其本義也。引申爲服事天子之邦國亦曰服，如《書·酒誥》：「惟亞惟服」即是，故楊樹達以古文服字，皆用爲職事之義〔註20〕。又以音同義近，用爲屈服之服，若《書·武成》：「而萬姓悅服」是。此處「乎取乎服」者，言高父征取南淮夷，而南淮夷优首稱臣也。

二、征

（一）解　字

![字形] （〈藏、三一、一〉）	![字形] （子父辛尊〈三代、十一、十九〉）
![字形] （〈藏、七六、三〉）	![字形] （丁未角〈三代、十六、四六〉）
![字形] （〈藏、八八、三〉）	![字形] （王孫鐘〈三代、一、六三〉）
![字形] （〈前、二、二〇、四〉）	![字形] （康侯毀〈錄遺、一五七〉）
《廣韻》：丑延切。	古音：透紐，元部。

《說文》二下延部：「![字形]，安步延延也。从廴从止。凡延之屬，皆从延。」按：就上出古文字形觀之，《說文》中與此形近者，凡三：一爲辵 下走部，字云：「乍行乍止也。从彳从止。凡辵之屬，皆从辵。讀若《春秋·公羊傳》曰：『辵階而走』。」另一爲徙之重文二下走部，字云：「迻也。从辵止聲。![字形]，徙或从彳。」又一爲延字二下延部，篆文作征。李孝定謂「延」、「徙」、「辵」古本一字，及後孳乳浸多，音各別，而義猶相因〔註21〕，說頗切當。蓋「征」與「辵」同義，辵从彳从止，彳小步也，小步而止，故爲乍行乍止。延，从廴从止，廴，長行也，長行而止，故爲安步延延也。長行對小步而言，非遠行之謂，即謂安步，行必有止〔註22〕。故論其本原，延徙辵實一字也。

〔註20〕參見楊樹達《積微小學》78～79頁釋服。

〔註21〕參見李孝定《甲骨文字集釋》二冊607頁。

〔註22〕參見宋育仁《說文解字部首箋正》。此據《說文解字詁林》三冊325頁二下征字條下所引迻錄。

（二）說　明

　　延字，卜辭多見，每用爲虛辭，郭沫若謂「延」即詩書中所常見之「誕」字〔註23〕，其說是也。卜辭用「延」之例，若：「辛卯卜，㱿貞：王往延魚，若？」（〈乙、六五七、一〉）又：「大乙事，其延大丁。」（〈粹、一六九〉）又：「不其亦延雨。」（〈乙、七九九八〉）等等即是，諸「延」字皆無義可說。蓋延誕二字，古音同部，可通用也。

　　《經傳釋詞》曰：「誕，發語詞也。《書·大誥》曰：『殷小腆，誕敢紀其敘。』又曰：『誕鄰胥伐于厥室。』〈君奭〉曰：『誕無我責。』〈多方〉曰：『湏暇之子孫，誕作民主。』……諸誕字，皆發語詞。」〔註24〕考典籍，「誕」字作句首助詞者，若《詩·大雅·皇矣》：「誕先登于岸。」《書·酒誥》：「誕惟厥縱淫泆于非彝，用燕喪威儀。」等是，皆置於句首，以興發語氣。

（三）用　法

置於句首，以興發語氣

1、王束伐商邑，延令康医啚于衛。（康侯毁〈錄遺、一五七〉）

2、延斌禤自蒿，咸。（德方鼎〈文物、1959、7〉）

3、延邦賓障其旅服，東卿。（小盂鼎〈三代、四、四四〉）

4、延王令貫盂□□□□□弓一，矢百。（小盂鼎〈三代、四、四四〉）

　　按：上舉諸例：「延」字作句首助詞，以興發語氣。

　　例1，「束」字，容庚〔註25〕，于省吾〔註26〕、葉慈〔註27〕、周法高〔註28〕悉釋爲「來」，蓋𣐙，與來字作𣏟（觡尊〈三代、十一、三四〉）、𣏟（旅鼎〈三代、四、十六〉）等，字形雖略異，然與束字作𣐙（束卣〈三代、十三、三十〉）形，亦不同，且夫「來伐」之語，彝銘數見，如旅鼎：「隹公大保來伐

〔註23〕參見郭沫若《萃考》103頁。

〔註24〕參見王引之《經傳釋詞》六卷72頁。

〔註25〕參見容庚《通考》337頁。

〔註26〕參見于省吾《尊古齋所見吉金圖·序》。

〔註27〕參見葉慈 W·Percevel Yetts：An Early Chou Bronze, The Burlington Magazine, April, 1937、London。

〔註28〕參見周法高《零釋》1頁康侯毁考釋。

反夷年」（〈三代、四、十六〉）、酈伯馭毀：「隹王伐來魚」（〈三代、八、五十〉）等等即是，故束字仍以釋爲「來」之異體爲是。「商邑」之稱，載籍多見，《書・酒誥》：「辜在商邑。」《史記・周本紀》：「登隴之阜，以望商邑。」皆指殷末紂王所都之朝歌也。嵒，康侯之字〔註29〕。

例2，斌，武王之專稱。禫，《說文》失收，从示从酉从艸，殆與祭祀有關。蒿，地名。咸，謂其事有成也。

例3，邦賓，指邦國之來客。障即尊字，从自，取崇高之義，引申爲尊敬。「旅服」即大服，猶言大位或高位，《爾雅・釋詁》：「旅，眔也。」有高大之義。服即《書・酒誥》：「惟亞惟服」之服，爲職事之稱。

三、肄

（一）解　字

𥼪（〈後上、五、十〉）	𥼪（毛公鼎〈三代、四、二七〉）
𥼪（〈後上、十、十二〉）	𥼪（毛公方鼎〈三代、四、十二〉）
𥼪（〈後下、六、七〉）	𥼪（大克鼎〈三代、四、三三〉）
𥼪（〈後下、二二、八〉）	𥼪（縣妃毀〈三代、六、五五〉）
𥼪（〈後上、三十、十四〉）	𥼪（肄毀〈三代、六、五二〉）
𥼪（〈甲編、五三七〉）	𥼪（封毀〈三代、八、四九〉）
𥼪（〈甲編、六、一三〉）	𥼪（大盂鼎〈三代、四、四二〉）

《廣韻》：羊至切。　　　　　　古音：餘紐，質部。

《說文》三下聿部：「𥼪，習也。从聿㣇聲。𥼪，籀文肄。𥼪，篆文肄。」

〔註29〕按：嵒同鄙，意爲王畿內之悉邑而封爲分封采地之邑，此作康侯之字。康侯之名，徵諸古籍，《史記・周本紀》：「衛康封布茲。」《書・康誥》：「嗚呼！小子封。」凡稱康侯之名者，均用封字。古人名字相應，由此可見。

按鐮字，契文作上出諸形，左非从馬，董作賓釋馭〔註30〕，非是。商承祚釋鐮〔註31〕，可從。而于省吾謂鐮肆延諸文通假，肆延音義相近〔註32〕，說尤審諦。金文前數文，除增巾字偏旁外，與契文全同，其本義亦當如于氏所說也。白川靜曰：「鐮訓作習也，籀文从隶之形，又篆文舉出肄字，正字為古文之形，經傳肄習之義用肄。」〔註33〕白氏之說是也，考《左傳‧文公四年》：「臣以爲肄業及之。」《禮記‧曲禮下》：「君命大夫與士肄。」注皆曰習也，《左傳》疏引《說文》以爲矛聲，《五經文字》亦舉从象之形，然甲金文左旁之字近于弟，故其它（矛矣象）殆為譌形，鐮字，从聿弟聲，弟乃表對弟以咒布防之之事，肄習之義，或與其事有關，是知弟似非純作聲符也。

（二）說　明

劉心源謂《說文》鐮字，經典譌作肆〔註34〕，屈萬里《尚書釋義》云：「肆，語詞。」〔註35〕考典籍，「肆」字作句首助詞者，若《書‧大誥》：「肆予沖人永思艱。」又〈多士〉：「肆爾多士，非我小國敢弋殷命。」等即是，皆置於句首，以興發語氣，用法與「惟」用。而「肆」、「惟」二字，古音同屬沒八部，可通用，是知助詞但取其聲，本無定字也。

（三）用　法

置於句首，以興發語氣

1、鐮武公亦弗叚望朕聖且考幽大叔懿叔。（禹鼎〈錄遺、九九〉）

2、鐮武公迺遣禹達公戎車百乘，斯駁二百，徒千。（禹鼎〈錄遺、九九〉）

3、鐮禹又成，敢對揚武公不顯耿光。（禹鼎〈錄遺、九九〉）

4、鐮克龏保氒辟龏王，諫辥王家，叀于萬民，亂遠能穀。大克鼎〈三代、四、四十〉

〔註30〕參見董作賓〈馭聲說〉，載《安陽發掘報告》第四期；又載《斷代集刊》外編 407 頁。

〔註31〕參見商承祚《佚存》39 頁。

〔註32〕參見于省吾《駢枝》48～50 頁釋叙聲。

〔註33〕參見白川靜《說文新義》三卷下 591～592 頁。

〔註34〕參見劉心源《奇觚》二卷 39 頁盂鼎。

〔註35〕參見屈萬里《尚書釋義》51 頁。

5、𣄴乍龢父大鷺鐘，用追孝侃前文人。（井編鐘〈三代、一、二四〉）

6、𣄴玟王受丝大令。（何尊〈三代、一、二四〉）

按：上舉諸例，「𣄴」字作句首助詞，以興發語氣。

例1，「叚」孳乳爲假、遐，訓爲至也。望假借爲忘。「朕」，郭沫若釋作「朕」〔註36〕。「幽大叔」乃禹之祖，「懿叔」爲禹之父也。

例2，遣，差遣，命令也。戎車，兵車之謂。「斯駿」獲在戎車服役者。駿即古文御，謂御車馬者。徒，步兵。古代車戰，甲士乘車爲御，步卒扶輿在後爲徒，衝鋒陷陣，則車馳卒奔，故《詩・小雅・黍苗》：「我徒我御」及石鼓文，皆以「徒御」並稱。

例4，上「龏」字讀恭，恭敬也。下「龏」字讀共，指共王。「諫辥」者，盡力輔助也，諫字，《說文》三上言部訓爲餔旋促也，《廣雅・釋言》：「諫，促也。」辥字，讀若艾，《爾雅・釋詁》：「艾，相。」「覬」字，王國維釋擾〔註37〕，孫詒讓釋擾〔註38〕，揚樹達釋幽〔註39〕，朱芳圃釋夒〔註40〕，強調開釋脜〔註41〕，眾說紛陳，然謂字叚作「柔」，則一也。「覬遠能𣌾」一詞，亦見番生毀銘〈三代、九、三七〉，義猶《書・顧命》：「柔遠能邇」，言其安遠而善近也。

例5，追者，上溯已往也，《周禮・春官司》：「四時之閒祀，追享朝享。」孫詒讓《正義》引任啓運云：「以追所自出，故曰追享。」彝銘概以「追孝」、「追考」、「追享孝」等等，謂祭祀先祖。「侃」字，鐘銘習見，兮仲鐘：「己伯用侃喜前文人」（〈三代、一、十二〉），叔夷鐘：「用喜侃皇考」（〈兩考、二○二〉）等，前器云侃喜，後器云喜侃，皆動詞，可互用。侃，樂也，《論語・鄉黨》：「侃侃如也。」《集解》引孔注：「侃侃，和樂也。」侃字時或从水，皆用於鐘銘，鼓鐘以祭前人時之語也。

〔註36〕參見郭沫若〈禹鼎跋〉，載《光明日報學術》第四十期。

〔註37〕參見王國維《王觀堂先生全集》2073～2074頁克鼎銘考釋。

〔註38〕參見孫詒讓《述林》七第14頁克鼎釋文。

〔註39〕參見楊樹達《積微》二卷64頁善夫克鼎三跋。

〔註40〕參見朱芳圃《釋業》61～62頁覬。

〔註41〕參見強運開《古籀三補》九卷1～2頁。

四、肇

（一）解　字

以字形言之，肈肇同字異體。

（〈藏、六三、四〉）	（毛公鼎〈三代、四、二七〉）
（〈甲、一、六、一二〉）	（叔向毀〈三代、九、一三〉）
（〈乙、七三〇四〉）	（服尊〈三代、三二、一〉）
（〈乙、八〇六九〉）	（鑄子鼎〈三代、十、十三〉）
（〈庫、四八四〉）	（禾毀〈三代、六、四七〉）

《廣韻》：治小切。　　　　　　　古音：定紐，宵部。

說文十二下戈部：「𢧜，上諱。」按肈肇同字異體，許君以字爲漢和帝之名，故避諱而不作解，大徐本僅云「上諱」二字，小徐本繫傳於上諱之下，多「擊也」二字。許君編書之例，上諱字如「秀」七上禾部，「莊」一下艸部，「炟」十上火部，皆不言其形聲故訓，小徐本「肈，擊也。从攴肈省聲」之解，或係後人據李舟《切韻》「擊也」之訓而增者也。丁山解甲文 旯 形云「字从戈从戶，當是肈之初文。肈在金文常見作 䎼、䎼、肈之言始也、謀也。……實則肈上所從之 旯，猶是甲骨文 旯 字正寫，象以戈破戶之形。使戶爲國門之象徵，則戉之本誼，應爲攻城以戰之朕兆。卜辭曰：『百人戉』，曰：『戉馬左右中人三百』，皆謂戰爭之先鋒。曰：『戉受』，蓋謂始受矣。」〔註42〕其說可從。字从戈从戶，从戈破戶，擊之意也。會意。金文更增聲符「聿」〔註43〕作肈，以合自然之語音也。小篆承其形，故與金文同體，至若「肇」之於「肈」，段注云：「按古有肈無肇，从戈之肈，漢碑或从攴，俗乃从攵作肇，而淺人以竄入許書攴部中。《玉

〔註42〕參見丁山《甲骨文所見氏族及其制度》126 頁

〔註43〕參見謝師一民《說文解字箋正》274 頁。按：聿，餘律切，古音歸屬定紐，沒八部。
　　　　肈，治小切，古音歸屬定紐，宵九部。二字古聲同而韻次旁轉，故謂肈以聿爲聲符也。

篇》曰：『肇，俗肇字。』《五經文字》戈部曰：『肇作肇，訛。』《廣韻》有肇無肇，伏侯作古今注時，斷無从攵之肇。李賢注《後漢書》，亦斷不至認肇肇爲二字。蓋伏侯作肈，與許作肇不同，和帝命名之義取始。肈者，始開也，引申爲凡始，故伏云『諱肈』，而易之之字作始。實則漢人肈字不行，祇用肇字訓始。如詩生民傳、夏小正傳可證。……李舟《切韻》云：『肇，擊也。』其字从戈肈聲，形音義皆合，直小切。許諱其字，故不爲之解。今經典肇字，俗譌从攵，不可不正。」〔註44〕其論至詳，今從段說，定「肇」「肇」爲同字。

（二）說　明

《尚書釋義》云：「肇，語詞。」〔註45〕考典籍，「肇」字作句首助詞者，《尚書·酒誥》：「肇牽車牛，遠服賈用，孝養厥父母。」是其例，肇字無義，僞孔傳釋肇爲始，殆受字形之影響，非也。知者，助詞初無定字，借音表字而已矣。

（三）用　法

置於句首，以興發語氣：

1、肇乍京公寶障彝。（耳尊〈錄遺、二〇六〉）

2、肇帥井先文且，共明德，秉威義。（叔向毁〈三代、九、十三〉）

按：上舉二例，「肇」字作句首助詞，以興發語氣。二例皆省略主語。

例1，京，地名，《詩·大雅·公劉》：「乃覯于京，京師之野。」又：「篤公劉，于京斯依。」則公劉所居本名京。至古公亶父見周原膴膴，築室於茲，更號曰周，故〈大雅·思齊〉云：「思媚周姜，京室之婦。」〈大雅·大明〉云：「摯仲氏任，自彼殷商，來嫁于周，曰嬪于京，纘女維莘。」悉爲「周」與「京」對言，故「京」乃「周」之故稱〔註46〕。公，敬稱。

例2，井字，借爲型，法式也。共字，象兩手奉物之形，《書·甘誓》云：「今予惟共行天之罰」，《孔傳》：「共，奉也。」此謂奉行也。秉，執持也。

〔註44〕參見段玉裁《說文解字注》十二篇下35～36頁肇字條下。

〔註45〕參見屈萬里《尚書釋義》85頁。

〔註46〕參見唐蘭〈作冊令尊及作冊令彝銘考釋〉，載《國學季刊》1934年四卷一期24頁。

五、隹（唯）

（一）解　字，參見 75 頁。

（二）說　明

隹惟唯維雖，古同音假借也。昔人于「隹」字之訓解，頗為紛歧，或以為助詞〔註 47〕，或以為介詞〔註 48〕，說者紛紛，而學者惑焉。幸天不私寶物，甲骨文字出土問也，隹字之用法，得以昭然明顯。今觀契文之用例，如：「癸丑卜，貞：今歲受禾，弘吉，在八月，隹王八祀」（〈粹、八九六〉），「隹其𡉚𡭔」（〈粹、一二六九〉）等等，「隹」字皆附於名詞單位前，作強調認定語氣，其為助詞，殆無疑議〔註 49〕。

《經傳釋詞》曰：「惟，發語詞也。」〔註 50〕段玉裁《說文》惟字注云：「按經傳多用為發語之詞，《毛傳》皆作維，《論語》皆作唯，《古文尚書》皆作惟，《今文尚書》皆作維。」〔註 51〕甲骨文則多作「隹」，是知隹為本字，而唯惟維雖等字，但取隹之聲氣而已。考典籍，「隹」字作句首助詞者，若《書・大誥》：「惟大艱人誕鄰胥伐于厥室。」《詩・小雅・鴻雁》：「維彼愚人，謂我宣驕。」等是其例，諸「隹」字置於句首，有強調主語之作用。

（三）用　法

甲、置於時間詞之前，表強調認定語氣

1、唯征月既望癸酉，王獸于昏斁。（員鼎〈三代、四、五〉）

2、隹公大保來伐來反尸年，才十又一月庚申，公才盩𩫖。（旅鼎〈三代、四、十六〉）

3、隹九月既死霸丁丑，乍冊矢令障𡧥于王姜。（令毁〈三代、九、二七〉）

4、隹八月既望，辰才甲申，眛爽……隹王廿又五祀。（小盂鼎〈三代、四、四四〉）

〔註 47〕參見楊樹達《詞詮》八卷 558 頁。

〔註 48〕參見管燮初《西周金文語法研究》183～184 頁。

〔註 49〕參見戴師璉璋〈殷周造句法初探〉，載《國文學報》八期 55 頁。

〔註 50〕參見王引之《經傳釋詞》三卷 30 頁。

〔註 51〕參見段玉裁《說文解字注》十篇下 30 頁惟字條下。

5、隹王元正月初吉丁亥，白龢父若曰：「師䢅！乃且考又 𤔲 于我家。（師袁毁〈兩考、一一四〉）

按：上舉諸例，「隹」（唯）字作句首助詞，置於時間詞前，表強調認定語氣，管燮初謂此類用法之唯字，占金文唯之百分之六十六點八，占甲骨文唯之百分之四十左右〔註52〕。

例 1，「正」（征）某月之說，陳夢家謂即周正某月之省〔註53〕。高鴻縉以「正某月」，所以別於同年所閏之月也，正者頂也，首也，頭也，正某月者，頭某月也〔註54〕。黃然偉則謂「正」有善義，正月猶《儀禮·士冠禮》：「始加祝曰令月吉日」之令月〔註55〕。觀金文之例，既稱「正某月」，又有稱「都正某月」者，若都公毁：「隹都正二月初吉乙丑。」（〈三代、八、四七〉）即是，故「正」乃周正，有別於「都正」，黃氏之說恐非。

例 3，彝銘記月相之名稱，凡四：初吉、既望、既生霸、既死霸。自俞樾撰「生霸死霸考」以來〔註56〕，考釋者多有〔註57〕。諸家之說，殆可分定點說與四分說兩類：「定點說」謂每一月相詞語乃指一月中固定之某一兩日，「四分說」則四分一月，以每一月相詞語代表一月中之一部分，約七、八天。其中以王國維之說為近是，其言云：「余覽古器物銘，而得古之所以名日者凡四……一日初吉，謂自一日至七八日也；二日既生霸，謂自八九日以降，至十四五日也；三日既望，謂十五六日以後，至二十二三日；四日既死霸，謂自二十三日以後，

〔註52〕參見管燮初〈甲骨文金文中「唯」字用法的分析〉，載《中國語文》1962 年 6 月號（總一一六期）。

〔註53〕參見陳夢家〈壽縣蔡侯墓銅器〉，載《考古學報》1956 年十二期 313 頁。

〔註54〕參見高鴻縉〈頌器考釋〉，載《師大學報》1959 年四期 37～91 頁。又抽印本。

〔註55〕參見黃然偉《賞賜》41～42 頁。

〔註56〕參見俞樾〈生霸死霸考〉，載《曲園襍纂》第十，春在堂全書。

〔註57〕按：全文月相之考釋，舉其犖犖大端者，有：王國維《觀堂》上一卷 19～26 頁生霸死霸考；趙曾儔〈月霸論〉，載《史學雜誌》二卷二期 14 頁；岑仲勉〈何謂生霸死霸〉，載《兩周文史論叢》134～135 頁；董作賓〈四分之一說辨正〉，載《華西協合大學中國文學研究集刊》1941 年 1～23 頁；盛冬鈴〈西周銅器銘文中的人名及其對斷代的意義〉，載《文史》1983 年十七輯 64 頁。

至于晦也。」〔註58〕

例4，西周銘文，紀年月日法之次序，大抵爲：年、月、月相、干支日四項，間或先序月數，次爲月相、干支日，而後祀數者，若本銘即是。紀年之文用有二，即「年」與「祀」，前者爲周代紀年所特有，後者則爲周人沿用殷習者也〔註59〕。

例5，「若曰」乃間接轉達之辭。彝銘屢見「王若曰」之文，非王而稱若曰者，僅此器銘，郭沫若謂伯龢父即共伯和〔註60〕，其說甚是。考《尚書》，非王而稱若曰者，祇微子與周公，微子稱若曰義不可知，「周公若曰」僅見於〈君奭〉、〈立政〉二篇，二篇皆周公攝政時書也。以彝銘證彝銘，又以《尚書》證彝銘，則伯龢父非共伯和莫屬也。楊樹達謂「王元年」者，乃攝王之元年，亦即《史記·十二諸侯年表》所稱之共和元年也〔註61〕。楊氏據事理言之，後徵諸曆法，說殆可從。

乙、附於主語前，以興發語氣

1、隹朕又慶，每揚王休丒隣 ﹝圖﹞。（大豐毀〈三代、九、十三〉）

2、唯王令明公遣三族，伐東或。（明公毀〈三代、六、四九〉）

3、隹王桒于宗周。（叔隋器〈斷代、三、圖一〉）

4、隹殷邊医旬雩殷正百辟率肆于酉。（大盂鼎〈三代、四、四二〉）

5、隹皇上帝百神保余小子。（宗周鐘〈三代、一、六五〉）

按：上舉諸例，「隹」字作句首助詞，附於主語前，以興發語氣。

例1，又讀爲有，「有慶」乃金文恆語，祝禱之詞，蓋自慶其受賜也。每，讀爲敏，《玉篇》：「敏，敬也。」「﹝圖﹞」者，殆「毀」文之省形〔註62〕。隣讀爲奠，祭也〔註63〕，凡金文言作某器，器名上一字多係表器之用，「隣」者，即祭祀所用之毀也〔註64〕。

〔註58〕參見王國維《觀堂》一卷19～26頁生霸死霸考。

〔註59〕同55，32頁。

〔註60〕參見郭沫若《兩考》114頁師寰毀。

〔註61〕參見楊樹達《積微金文餘說》二卷255頁師寰毀再跋。

〔註62〕參見陳介祺《簠齋》三卷1頁毛公鼎季敦。

〔註63〕參見金祥恆〈﹝圖﹞〉，載《中國文字》二三冊1～4頁。

〔註64〕參見馬薇廎〈彝銘中所加於器名上的形容字〉，載《中國文字》四三冊4頁。

例 3，「茅」字，乃說文「茇」之初文，金文用爲除災求福之祭名〔註65〕。宗周，鎬京也。

例 4，「殷傷厌甸」指外服之臣。「殷正百辟」指內服之臣。

例 5，皇，美辭也。上帝，上天也。保字，《書・康王之誥》曰：「保乂王家。」〈多士〉、〈君奭〉並云：「保乂有殷。」《詩・小雅・南山有臺》：「保艾爾後。」大克鼎銘：「保辥周邦。」（〈三代、四、四十〉）云「保乂」「保艾」「保辥」者，皆輔相之義也。古人保傅連言，傅之爲言輔也，保傅義近，知保亦有輔義，故《禮記・文王世子》云：「保也者，慎其身以輔翼之而歸諸道也。」是其證也。「小子」一詞，除作官名外，更用作謙辭，如秦公毁：「余雖小子，穆穆帥，秉明德」（〈三代、九、三三〉），叔向毁：「余小子司朕皇考」（〈三代、九、十三〉）等銘，例與此句同。小子前冠以余字，亦第一人稱代詞之謙稱也，然若小子前加汝字，如不嬰毁：「不嬰！女小子」（〈三代、九、四八〉）者，此則無謙意也。

六、重

（一）解　字

（〈藏、十二、一〉）	（重卣〈三代、十三、二四〉）
（〈拾、二、十二〉）	（無叀鼎〈三代、四、三四〉）
（〈戩、九、二〉）	（諫毁〈三代、九、二十〉）
（〈藏、一三八、三〉）	（同毁〈三代、九、十八〉）
（〈餘、四、一〉）	（師朢毁〈文物、1975、8〉）

《廣韻》：胡桂切。　　　　　　古音：匣紐，質部。

《說文》四下叀部：「叀，專小謹也。从幺者，屮，財見也，屮亦聲，凡

〔註65〕參見龍宇純〈甲骨文金文茅字及其相關問題〉，載《集刊》三四本412～432頁。

重之屬，皆从重。✦，古文重。✦，亦古文重。」重字，甲骨卜辭所見甚多，諸家說解紛歧不一。余永梁釋重同「劃」〔註66〕，王襄亦釋爲「重」，謂即《爾雅・釋天》庪懸之禮〔註67〕。孫詒讓釋「重」，解爲搏執之義，又疑爲「甫」字之變〔註68〕。羅振玉釋作「罃」〔註69〕。唐蘭釋 ✦ 爲「甫」、✦ 爲「重」，謂二字非一字〔註70〕。郭沫若釋作「重」，以爲乃「戲」之古文〔註71〕。諸賢所解，雖亦能言之成理，唯以徐灝釋爲「紡專」之說〔註72〕，最得其實。其器乃收絲之具，以瓦爲之者也。就 ✦ 形觀之，其上乃絲之端緒，中乃積絲，其下爲錘，或省其下錘作「✦」，形義均無有異。上出甲金文諸體，悉肖其形。許書釋義「專小謹」，可依收絲之意引申而得，尚能略存古誼，所列古文第一體，與甲金文體相近，而所列第二體，則形相懸遠矣。

（二）說 明

卜辭習見之宙（早期）或重字（晚期），無慮數百見，昔人訓解，說者紛紜〔註73〕，然均莫能貫通諸辭之意。惟陳夢家〔註74〕、楊樹達〔註75〕力排衆說，以爲重字，語詞也，最得旨要。今就甲骨文「重」字用例觀之，辭云：「其又小丁，▲重羊，重子，重妣庚，重小乙，重小丁」（〈粹、二八七〉），「弜，重豚，重犬，▲重犬又豚用，犬三豚三，重今日丁酉，于戊酉」（〈粹、五九二〉）等等，「重」字皆置於名詞單位前，與「隹」用法同，爲加強認定語氣之助詞無疑〔註76〕。

〔註66〕 參見余永梁〈殷虛文字續考〉，載《國學論叢》1928年一卷四號。

〔註67〕 參見王襄《簠考天象》3頁。

〔註68〕 參見孫詒讓《舉例》下17頁。

〔註69〕 參見羅振玉《增考》中38頁。

〔註70〕 參見唐蘭《天壤文釋》32～34頁。

〔註71〕 參見郭沫若《金考》226～227頁釋重。

〔註72〕 參見徐灝《說文段注箋》，此據《說文解字詁林》四冊535頁四下重字條下所引迻錄。

〔註73〕 參見本論文第五章助詞編五「隹」字。

〔註74〕 參見陳夢家《綜述》101頁。

〔註75〕 參見楊樹達《積微甲文說》61～62頁。

〔註76〕 按：甲文助詞「重」，參見韓耀隆〈甲骨卜辭中重隹用法探究〉，載《中國文字》1972年四三冊4697～4702頁。

以之讀卜辭諸辭，無不豁然貫通，意義允洽，他家之說亦可以無辨矣。

唐蘭曰：「宙或叀之得爲語詞者，叀古當讀如惠，故金文多以惠叀爲惠，而惠從叀聲，惠字古用爲語辭，《左傳・襄公二十六年》：『寺人惠牆伊戾。』服注：『叀伊，皆發聲。』其義當與『惟』字同，《書・洛誥》云：『予不惟若茲多誥。』〈多方〉：『予不惟多誥。』〈君奭〉云：『予不惠若茲多誥。』句例全同，不惠即不惟也。〔註77〕夫「叀」字，古音屬元三部，「隹」字屬微七，卜辭以音近，假作「惟」，金文以音同假爲「惠」也。

（三）用　法

置於句首，以興發語氣：

1、叀乙且逨匹乒辟。（史牆盤〈文物、1978、3〉）

2、叀王龏德谷天。（𤼈尊〈文物、1976、1〉）

3、叀余小子肇叕先王德。（師訇鼎〈文物、1975、8〉）

4、叀囗天令，女肇不茶。（彔伯或毀〈三代、九、二七〉）

按：上舉諸例，「叀」字作句首助詞，以興發語氣，與「隹」用法相同。

例1，「逨」字，金文作 𢓊 形，于省吾釋爲逨〔註78〕，裘錫圭釋爲逨〔註79〕。于說近之，蓋彝銘桼字，作 𣏾 （〈杜伯盨〈三代、十、四一〉），𣓉 （獻庆鼎〈三代、三、五十〉），𣓉 （彔伯毀〈三代、九、二七〉）、𣏾 （吳方彝〈三代、六、五六〉）諸形，字無从彳者。逨同來，从彳，示行動之義。匹，配也，偶也，《詩・大雅・文王有聲》：「作豐伊匹。」《毛傳》訓匹爲配；《禮記・三年問》云：「失喪其群匹。」鄭注訓匹爲偶。匹配、匹偶者，皆具輔相協助之義。辟，君也。

例 2，龏字，《說文》三上廾部訓爲愨也。與恭 ⁺下心部 字音義同，《論語・子路篇》：「居處恭，執事敬，與人忠。」恭即持事謹愼恭敬之意。谷讀爲裕，饒也，《詩・小雅・角弓》：「綽綽有裕。」《國語・魯語》：「而神求優裕於享者也。」又〈吳語〉：「裕其眾庶。」裕天者，謂祭享時優裕於天也。

〔註77〕參見唐蘭〈𤼈尊銘文解釋〉，載《文物》1976年一期63頁；又同註70。

〔註78〕參見于省吾〈牆盤銘文十二解〉，載《古文字研究》1981年五輯9頁。

〔註79〕參見裘錫圭《〈史牆盤解釋〉，載《文物》1978年三期26頁。

例3，余小子，謙稱也。肇，助詞，無異。「叔」即叔之異文〔註80〕，叔淑，善也，為稱美之辭。

例4，「叀冂」二字，或釋作惠宏〔註81〕，或釋作惠弘〔註82〕。楊樹達則以叀為虛詞，通惟〔註83〕，今從之。弘，亦助詞，董作賓曰：「弘，發語詞，從王國維說，王氏以弘與洪通，據《書·大誥》：『洪惟我幼沖之人。』〈多方〉：『洪惟圖天之命。』兩洪字皆發語詞。」〔註84〕語助詞但取其聲，本無定字，「叀弘」即惟洪，亦即《尚書》「洪惟」也。肇，助詞。茅，即墜之初文。不茅，不隕也。

七、爽

（一）解　字

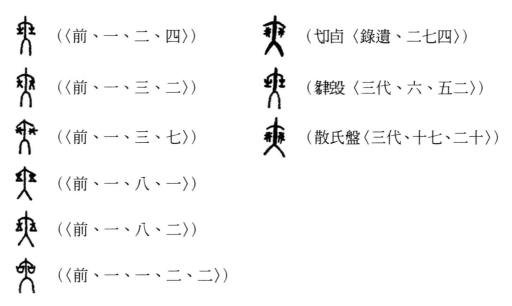

 （〈前、一、二、四〉）	（弋白〈錄遺、二七四〉）
 （〈前、一、三、二〉）	（𤔲殷〈三代、六、五二〉）
 （〈前、一、三、七〉）	（散氏盤〈三代、十七、二十〉）
 （〈前、一、八、一〉）	
 （〈前、一、八、二〉）	
 （〈前、一、一、二、二〉）	

《廣韻》：疎兩切。　　　　　　古音：山紐，陽部。

《說文》三下㸚部：「爽，明也。从㸚从大。𡙁，篆文爽也。」上出諸甲金文字之體，前賢釋義解形，至為紛歧，羅振玉據 爽 之體，釋作「赫」

〔註80〕參見劉心源《奇觚》二卷33頁克鼎。

〔註81〕參見吳大澂《愙齋》十一卷2頁泉伯戎敦。

〔註82〕參見郭沫若《兩考》62頁泉伯惑殷。

〔註83〕參見楊樹達《積微》一卷20頁泉伯惑殷再跋。

〔註84〕參見董作賓《毛公鼎考年註譯》21頁。

字〔註85〕。陳邦懷以羅氏說，釋爲「奭」，謂奭赫古同誼通叚〔註86〕。郭沫若釋爲「母」之別構，謂字象人形而特大其二乳〔註87〕。葉玉森釋爲「夾」，謂字象人兩腋夾物〔註88〕。陳夢家亦釋爲「奭」，並謂奭夾實本一字〔註89〕。唐蘭釋爲「夾」，謂象人懷挾二皿之形〔註90〕。于省吾釋爲「爽」，謂大象人形，左右從火，爽明之義也〔註91〕。按《說文》从爽字从㸚从大，不知从㸚，乃由火形所演變，故有光明義。諸家所解，雖亦能言之成理，然以于氏之說爲長。

（二）說　明

《經傳釋詞》云：「爽，發聲也。」〔註92〕考典籍，「爽」字作句首助詞者，若《書・康誥》：「封！爽惟民迪吉康。」又：「爽惟天其罰殛我，我其不怨。」爽字皆位於句首，楊樹達謂其作用即《爾雅》尚庶幾之尚，乃命令或希望之詞〔註93〕，說與古文語氣最協，至爲精審也。

（三）用　法

置於句首，表命令或希望語氣：

今我隹令女二人亢眔矢，爽奮右刊乃寮吕乃友事。（令彝〈三代、六、五六〉）

按：此例，「爽」字作句首助詞，表命令或希望語氣。亢、矢，人名。眔、吕，連詞，猶「與」也。此銘「爽」字，郭沫若謂當讀爲敏〔註94〕，平心釋爲「奭」，讀爲仇音，爲匹敵配偶之同義詞〔註95〕，周同釋作

〔註85〕參見羅振玉《增考》中 51 頁。

〔註86〕參見陳邦懷《殷虛書契考釋小箋》17～18 頁。

〔註87〕參見郭沫若《甲研》上冊 14 頁釋祖妣。

〔註88〕參見葉玉森《前釋》一卷 16～17 頁。

〔註89〕參見陳夢家《綜述》379 頁。

〔註90〕參見唐蘭《天壤文釋》36～39 頁。

〔註91〕參見于省吾《駢枝》41～42 頁釋爽。

〔註92〕參見王引之《經傳釋詞》九卷 116 頁。

〔註93〕參見楊樹達《積微》一卷 22 頁矢令彝跋。按：楊氏乃據《爾雅・釋言》：「庶幾，尚也。」爲說。

〔註94〕參見郭沫若《青研》23～25 頁戊辰彝考釋。

〔註95〕參見平心〈奭字略釋〉，載《中華文史論叢》1954 年一輯 136 頁。

「弼」，輔弼也〔註96〕，諸說揆諸字形文義，皆未能盡適也。　當讀爲左，《周禮・士師》：「以左右刑罰。」注：「左右，助也。」是左右即輔助之意。寮字，《爾雅・釋詁》：「寮，官也。」《左傳・文公七年》：「同官曰寮。」寮殆猶今言府署之類〔註97〕。

八、其

（一）解　字，參見83頁。

（二）說　明

《經傳釋詞》云：「其，其諸，皆擬議之詞也。其猶將也，猶尙也，猶若也，猶寧也。」〔註98〕許世瑛先生謂「其」可表命令、勸勉語氣〔註99〕。考典籍，「其」字作句首助詞者，若《書・浩誥》：「其爾典聽朕教。」又〈君奭〉：「其汝克敬以予監于殷喪大否。」等皆是。此種用法，甲骨文亦屢見，契文卜風雨田獵，每駢列兩種擬議之詞，刻於左右相對稱之地位：其一爲肯定之擬議，曰：「其雨」、「其遘大風」、「其獲」；其一爲否定之擬議，曰：「不其雨」、「不其遘大風」、「不其獲」〔註100〕，諸「其」字，猶豈也，其與豈一聲之轉〔註101〕，含擬議之義。

　金文每於銘文之末，綴一祈匄之辭，其辭即對其自身及子孫有所祝福之意。蓋古人以天或祖先皆具意志，能賞善罰惡，故頌禱之辭，多以「其」爲句首助詞，其猶期也，表測度、商量或命令、勸勉語氣，有省略主語之現象。且又因其爲肯定之擬議，故銘文中之「其」字，或省略之，如段毀銘：「孫孫子子萬年用莒祀」（〈三代、八、五四〉），叔姒毀銘：「孫孫永寶，用夙夜莒孝於宗室」（〈三代、八、三九〉），番生毀銘：「永寶」（〈三代、九、三七〉）等是其例。

〔註96〕參見周同〈令彝考釋中的幾個問題〉，載《歷史研究》1959年四期66頁。

〔註97〕參見斯維至〈兩周金文所見職官考〉，載《中國文化研究彙刊》七卷19～20頁。

〔註98〕參見王引之《經傳釋詞》五卷58～61頁。

〔註99〕參見許世瑛先生《古書虛字用法淺釋》10頁。

〔註100〕按，「不其」者，其不也，倒文。參見戴師璉璋，〈尚書句首句中句末語氣詞探究〉，載《淡江學報》1964年三期75頁。

〔註101〕參見裴學海《古書虛字集釋》五卷395頁。

（三）用　法

置於句首，表期望、勸勉語氣：

1、其百子千孫，其萬年無疆，其子子孫孫永寶用。（汈其鼎〈錄遺、九六〉）

2、其萬年無疆，孿子子孫孫永寶用𣅔。（微孿鼎〈兩考、一二五〉）

3、其萬年子子孫孫永寶用𣅔。（師𡢿毀〈三代、九、二八〉）

4、其子子孫孫萬年永寶用。（庚嬴卣〈三代、十三、四五〉）

5、其子子孫孫邁年寶用。（趞鼎〈三代、四、三三〉）

6、其子子孫孫永寶用。（靜卣〈三代、十四、四一〉）

7、其孫孫子子永寶。（遟毀〈三代、八、五二〉）

按：上舉諸例，皆彝銘恆語，「其」字作句首助詞，表期望，勸勉語氣。此類銘辭，不勝列舉，可省略主語，時間副語，例4至例7之句式，爲標準之省略現象。

九、曰

（一）解　字

$\boxminus$（〈藏、二、一〉）　　　　　$\boxminus$（毛公鼎〈三代、四、二七〉）

$\boxminus$（〈藏、一四五〉）　　　　　$\boxminus$（余義鐘〈三代、一、五十〉）

$\boxminus$（〈前、二、三三、二〉）　　$\boxminus$　$\boxminus$（大盂鼎〈三代、四、四二〉）

《廣韻》：王伐切。　　　　　古音：匣紐，月部。

《說文》五上曰部：「ᄇ，詞也。从口乙聲，亦象口气出也。凡曰之屬，皆从曰。」段注改「乙聲」以下八字，爲「乚象氣口出也」，較許說爲佳。惟契文作$\boxminus$，於口上著一短橫畫，似亦不能謂爲气上出。王筠《句讀》云：「此用屬形聲，亦兼指事也，乙在口上，舉牟華同法。」〔註102〕又《釋例》云：「段氏刪乙聲，是也；改乙爲乚，非也。」〔註103〕王氏謂此爲指事字，力排眾說，殊具卓識。口上一短橫畫，蓋謂詞之自口出也，然聲不可象，氣之形不必爲一。

〔註102〕參見王筠《說文句讀》。此據《說文解字詁林》四冊1219頁五上曰字條下所引迻錄。

〔註103〕參見王筠《說文釋例》。同1。

而以一表之者，假想之象也，虛象非實象，故字為指事而非象形。至若曲之作　乀，乃書者徒逞姿媚，非篆體本然也。

（二）說　明

《詞詮》云：「曰，語首助詞，無義。」〔註104〕考典籍，「曰」字作句首助詞者，若《書‧洪範》：「無反無側，王道正直。會其有極，歸其有極。曰，皇極之敷言，是彝是訓。」又〈文侯之命〉：「即我御事，罔或耆壽，俊在厥服，予則罔克。曰，惟祖惟父，其伊恤朕躬。」等是其例。《尚書‧釋義》云：「曰，更端之詞。」〔註105〕西周金文，句首助詞「曰」，僅三見，兩次用於呼告敘事句首，一次見於銘文之首，皆作興發語氣之用。

（三）用　法

甲、置於句首，以興發語氣

曰古文王初龢龤于政，上帝降懿德。（史牆盤〈文物、1978、3〉）

按：此例，「曰」字為全銘之首，作句首發語詞。文王即周文王，古本《竹書紀年》：「六年，周文王初禴于畢。」《唐書‧律志》作「紂六祀，周文王禴于畢。」銘文之「初龢于政」即指此而言。「龢龤」一語，與秦公鐘：「龢和胤士」（〈文物、1978、2〉），師詢殷：「綰龤雩政」（〈兩考、一三九〉）之「龢和」、「綰龤」意義相同，蓋或當時之習語。綰敏，皆鎣之省文〔註106〕，《說文》十二下弦部云：「鎣，乖戾也。从弦省，从盩，盩，了戾之也，讀若戾。」《詩‧大雅‧桑柔》：「民之未戾，職盜為寇。《傳》：「戾，定也。」戾之與和，反正同訓，猶亂訓治也，戾即安定之義。龤即和也。敏龤于政，美喻周文王協和萬邦也。

乙、用於呼告敘事句首，以興發語氣

1、王曰：父厝！已！曰伋茲卿事寮、大史寮于父即尹。（毛公鼎〈三代、四、二七〉）

2、王令善夫豕曰：趞麇！曰余既易大乃里。（大殷二〈三代、九、二五〉）

〔註104〕參見楊樹達《詞詮》九卷 569 頁。

〔註105〕參見屈萬里《尚書釋義》64 頁。

〔註106〕參見伍仕謙〈微氏家族銅器群年代初探〉，載《古文字研究》1981 年第五輯 109 頁。

按：上舉二例，「曰」字作句首助詞，以興發語氣。

例 1，已，歎詞。高鴻縉曰：「已曰，猶之已經任命，與下半句命汝兼司云云相叫應。」〔註107〕然依文例析之，上有「王曰」，中僅「父厝」人名，作呼嘆小句，下殆不必重複「曰」字。戴家祥謂：「曰，發語詞。《書・堯典》：『曰若稽古』，《文選》李善注引作『粵』，粵、曰聲同義通，《爾雅・釋詁》：『粵，曰也。』」〔註108〕其說甚是。句中「卿事」、「大史」皆官名。《爾雅・釋詁》：「寮，官也。」《左傳・文公七年》：「同官曰寮。」卿事寮，即眔卿士也。大史寮，眔太史也。

十、亦

（一）解　字，參見 143 頁。

（二）說　明

《經傳釋詞》曰：「亦，有不承上文，而但為語助者。」〔註109〕《詞詮》亦云：「亦，語首助詞，無義。」〔註110〕考典籍，「亦」字作句首助詞者，若《書・皋陶謨》：「都！亦行有九德；亦言其人有德。」《易・井象辭》：「亦未繘井。」等是其例。

（三）用　法

置於句首，以興發語氣：

1、亦其子子孫孫永寶。（效尊、效卣〈三代、十一、三七〉〈三代、十三、四六〉）

2、亦茲五夫，亦即卪乃誓，女亦既从諞从誓。（㽙匜〈文物、1976、5〉）

按：上舉二例，「亦」字作句首助詞，以興發語氣。

例 2，「亦茲五夫」者，此五夫也〔註111〕，其餘二「亦」字，訓只有、惟有。卪字，《說文》九上卪部訓瑞信，假借為節，節制也。誓，凡自表不食言之辭皆

〔註107〕參見高鴻縉《毛公鼎集釋》91 頁，單行本。

〔註108〕參見戴家祥〈墻盤銘文通釋〉，載《師大校刊》1978 年 62 頁。

〔註109〕參見王引之《經傳釋詞》三卷 39 頁。

〔註110〕參見楊樹達《詞詮》七卷 487 頁。

〔註111〕參見李學勤〈岐山董家村訓匜考釋〉，載《古文字研究》1979 年第一輯 152 頁。

曰誓。「譬」即辭之繁文。从辭从誓，意遵守誓言也。

十一、不

（一）解　字

不 （〈藏、三、二〉）　　　不 （毛公鼎〈三代、四、二七〉）

不 （〈菁、四、一〉）　　　不 （大盂鼎〈三代、四、四二〉）

不 （〈藏、二九、二〉）　　　不 （頌鼎〈三代、四、三九〉）

不 （〈拾、四、十三〉）　　　不 （大豐殷〈三代、九、十三〉）

《廣韻》：方久切。　　　　　　古音：幫紐，之部。

《說文》十二上不部：「不，鳥飛上翔不下來也。从一，一猶天也。象形。凡不之屬，皆从不。」不字，許君所解，前賢多有疑其非是者，以字形並不肖鳥飛上翔之象也。自鄭樵《六書略》發為新論，以為字象華蕚蒂之形〔註112〕，周伯琦承之，謂「不」乃鄂足也〔註113〕。後之賢者，多主其說，程瑤田並徵引經籍以為證，云：「〈小雅〉：『常棣之華，鄂不韡韡。』鄭箋云：『承華者曰鄂，不當作柎；柎，鄂足也。古聲不柎同。』不字義，人鮮知者，鄭氏以柎曉人，非謂柎誤為不而欲改其字也。《左傳》：『三周華不注』。《水經注》言華不注山，單椒秀澤，不連陵以自高，而說者以為山如華跗之著於水。又《爾雅‧釋山》曰：『山再成英，一成坯。』蓋亦以華狀之，坯即不。一成者，如華之有鄂足，華英在不上，故山再成者，如鄂不之承華英也。不字上象鄂足著於枝莖，三垂，象其承華之鄂蕤蕤也。」〔註114〕近世學者，復據甲骨文字以為證，王國維云：「帝者，蒂也；不者，柎也。古文或作不，不，但象花蕚全形。」〔註115〕郭沫若則謂：「其 ▽ 若 ▽，象子房，⊣ 象蕚，十 象花蕊之雄雌。……王國維謂不直是柎，較鄭玄更進一境。」〔註116〕不字，形義

〔註112〕參見鄭樵《六書略》，此據說文解字詁林十二上不字條下引迻錄。

〔註113〕參見周伯琦《說文字原》。引文同註112。

〔註114〕參見程瑤田《通藝錄》，引文同註112。

〔註115〕參見王國維《觀堂集林》六卷 10～11 頁釋天。

〔註116〕參見郭沫若《甲研》18～19 頁釋祖妣。

屬之於花，遂底於定。字象花蕚之全形，其上花蕚房也；左右分披下垂者，爲附於花上之細葉；其中直者，花之枝莖也。象形。金文及小篆猶未變，與初文之象無異。後世以自然語音之適合，假爲否定辭用，「不」字之初形朔誼，遂不復爲人知矣。

（二）說　明

《經傳釋詞》曰：「玉篇曰：『不，詞也。』經傳所用，或作丕，或作否，其實一也。」〔註 117〕按「不」「丕」「否」三字，古同音，可通假也。《詞詮》云：「不，語首助詞，無義。」〔註 118〕考典籍，「不」字作句首助詞者，若《書·酒誥》：「爾乃飲食醉飽，丕惟曰：爾克永觀省，作稽中德。」《詩·周頌·執競》：「不顯成康，上帝是皇。」等皆是。凡此皆古人屬詞之常例，後世解經者，但知丕之訓大，否之訓不，不之訓弗，而不知其又爲語詞，於是強爲注釋，致使經文多不可通矣〔註 119〕。夫三代語言，漢人猶難徧識，今之學者設非比物醜類以求之，必不能得也。

（三）用　法

置於句首，作強調語氣之用：

1、不顯王乍省，不𤔲王乍虞，不克三衣王𢓊。（大豐殷〈三代、九、十三〉）

2、不顯皇且考，穆穆異異，克哲氒德。（汋其鐘〈錄遺、三〉）

3、不顯皇考叀叔，穆穆秉元明德。（虢叔旅鐘〈三代、一、五七〉）

4、不顯趄趄皇且穆公，克夾召先王。（禹鼎〈錄遺、九九〉）

5、不顯皇且考，穆穆克哲氒德。（蕃生殷〈三代、九、三七〉）

按：上舉諸例，「不」字作助首助詞，作強調語氣之用。諸銘皆「不顯」連用，岑仲勉據梵文類推，以爲周語之「不顯」，與梵文 Mahan 爲同源，唯兩字合言，始成大意，非丕可獨訓大也〔註 120〕。是可知「不」爲強

〔註 117〕參見王引之《經傳釋詞》十卷 119 頁。

〔註 118〕參見楊樹達《詞詮》一卷 19 頁。

〔註 119〕按：《書·禹貢》：「三名既宅，三苗丕敘，厥既命殷庶，庶殷丕作，既誕否則侮厥父母。」皆先言既，而後言丕，丕爲承上之詞，顯然明白，而《史記·夏本紀》乃云：「三苗大敘。」訓「丕」爲大，遂使文義晦澀，學者終不得其解也。

〔註 120〕參見岑仲勉〈從漢語拼音文字聯系到周金銘的熟語〉，載《兩周文史論叢》198～

調語氣之助詞無疑也。

例 1，不顯王，指文王。省，視也。猶今言照顧。不𣏾王，謂武王也，與上文對稱，《說文》九下㣇部𣏾字，古文作𣏾，引〈虞書〉「𣏾類于上帝」，今書字作肆，則𣏾乃肆之古文也，《爾雅・釋言》云：「肆，力也。」《文選》〈東京賦〉薛注云：「肆，勤也。」賡字從庚從貝，讀爲庚，《詩・小雅・大東》曰：「西有長庚」，《毛傳》云：「庚，續也。」此言武王繼續文王之德業也。「不克三衣王祀」者，楊樹達謂此文祀字之義，當爲年歲也〔註121〕，其說可從。按《爾雅・釋天》：「夏曰歲，商曰祀，周曰年，唐虞曰載。」《左傳・宣公三年》曰：「桀有昏德，鼎遷於商，載祀六百」之祀字，即本銘祀之義也。不克，克也，能也。衣即殷，孫詒讓已言詳矣〔註122〕，說者殆無異議。三殷王祀，謂三倍於殷室稱王之年歲也。古人以三表多，三倍者，多倍也。

例 2，穆穆一詞，金文多見，典籍亦有之，《論語・八佾》：「天子穆穆。」《皇疏》及《爾雅・釋詁》並云：「穆穆，美也。」爲肅敬和美之義。異，翼也，翼之爲言敬也，《詩・大雅・常武》：「緜緜翼翼。」《廣雅・釋訓》云：「翼翼，敬也。」故「穆穆」爲同義複詞，俱言恭敬謹肅之貌。㤅，《說文》十下心部訓爲敬。克㤅氒德，言能敬順其德也。

例 4，趄讀爲桓，《詩・魯頌・泮水》：「桓桓于征。」傳：「桓桓，威武貌。」夾召，即夾紹，輔導佑助也。

十二、雩

（一）解　字，參見 71 頁。

（二）說　明

經傳「粵」字，金文所無。王國維曰：「雩，古文粵字，雩之譌爲粵，猶霸之譌爲 𩫚 矣。」〔註123〕按「𩫚」爲霸之古文 七上月部，其所從之雨，譌作 𩂣，正與粵同，王氏之說是也。《詞詮》云：「粵，語首助詞，無義。」〔註124〕而「粵」

---

199 頁。

〔註121〕參見楊樹達《積微餘說》二卷 259 頁大豐𣪘再跋。

〔註122〕參見孫詒讓《餘論》三卷 13 頁大豐𣪘。

〔註123〕參見王國維《王觀堂先生全集》2004 頁毛公鼎銘考釋。

〔註124〕參見楊樹達《詞詮》九卷 702 頁。

「越」二字同音通用〔註 125〕。考典籍，「粵」（越）字作句首助詞者，若《書・大誥》：「越天棐忱，爾時罔敢易法。」《史記・周本紀》：「粵詹雒伊，毋遠天室。」等即是。

（三）用　法

甲、附於時間詞前，作強調認定語氣之用。

1、雩四月既生霸甲午，王遣公大史。（作冊魅卣〈錄遺、二七八〉）

2、雩八月初吉庚寅，王呂吳𠂤、呂㽙、卿鱻、蓋𠂤、邦周射于大池。（靜毀〈三代、六、五五〉）

按：上舉二例，「雩」字作句首助詞，附於時間詞前，作強調認定語氣之用，此種用法僅二見，用與「唯」同。

乙、置於主語前，以興發語氣：

1、雩王才庛，厌易者𢿢臣二百家。（麥尊〈兩考、四十〉）

2、雩禹曰武公徒駇至于噩。（禹鼎〈錄遺、九九〉）

3、雩我其遹省先王受民受彊土。（大盂鼎〈三代、四、四二〉）

4、雩髟復歸，才牧𠂤。（小臣遟毀〈三代、九、十一〉）

5、雩武王既戈殷，敗史剌且𠁩來見武王。（史牆盤〈文物、1978〉）

按：上舉諸例，「雩」字作句首助詞，以興發語氣。

例 1，庛，地名。易讀為錫，賞賜也。「𢿢」字，《說文》三下攴部訓為擊踝，讀若踝也。踝，足踝也，《禮記・深衣》：「負繩及踝以應直。」《鄭注》：「踝，跟也。」《急就篇》：「蹄踝跟踵相近聚。」《顏注》：「足後曰跟，亦謂之踵。」𢿢臣，踝跣之臣也〔註 126〕。《書・牧誓》云：「牛馬其風，臣妾逋逃。」傳：「役人賤者，男曰臣。」臣，乃囚俘役僕之賤者，「𢿢臣二百家」者，蓋賜奴僕之數也。

例 2，徒，步兵。駇即御之古文，謂御車馬者。

────────────────

〔註 125〕參見皮錫瑞《今文尚書考證》（中）十七卷 483 頁，「越七月甲子」條下謂：「今文越作粵」。

〔註 126〕參見郭沫若《兩考》41 頁麥尊。

例 5，「𢦏」字，唐蘭謂讀為斬，伐也〔註127〕。李學勤引正始石經捷字古文作戠為證，釋𢦏為捷〔註128〕。按上二說，李說近之，《說文》十二下戈部：「𢦏，傷也，从戈才聲。」觀甲骨文征伐之例，「𢦏」字習見繁出，若：「乙卯卜，爭貞：召𢦏罿 ⬭ 王固曰，吉，𢦏」（〈乙、五三九五〉），「其乎戍，禦𢦠方于義 𣪊，𢦏𢦠方，不喪罘」（〈京都、二一四二〉），「貞：獲伐棘，其𢦏」（〈後上、一五、一五〉），「壬戌卜，伐𢼸，𢦏，口月」（〈京津、一三二五〉）等是，諸「𢦏」字訓傷〔註129〕，傷與敗義訂相因，《呂氏春秋・順民》：「內量吾國，不足以傷吳。」高注訓傷為敗。「武王既𢦏殷」者，謂武王已經擊敗殷人。

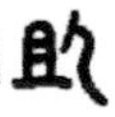

十三、雪 若

（一）解 字

雪字，參見 71 頁。

若字：

（〈藏、六、二〉）	（毛公鼎〈三代、四、二七〉）
（〈藏、六一、四〉）	（小盂鼎〈三代、四、四四〉）
（〈前、三、二七、四〉）	（師虎𣪘〈三代、九、二九〉）
（〈後上、一六、八〉）	（齊医鐘〈三代、一、六六〉）

《廣韻》：而灼切。　　　　　古音：日紐，鐸。

《說文》一下艸部，「�，擇菜也。从艸右，右，手也。一曰杜若香艸。」若字，羅振玉謂象人舉手而跽足，而象諾時巽順之狀，古諾與若為一字，故若字訓為順，古金文若字與此略同，擇菜之誼，非其朔矣〔註130〕，其說是也。蓋

〔註127〕參見唐蘭〈略論西周微史家族窖藏銅器群的重要意義〉，載《文物》1978 年三期 24 頁。

〔註128〕參見李學勤〈論文墻盤及其意義〉，載《考古學報》1978 年二期 154 頁。

〔註129〕參見于省吾〈牆盤銘文十二解〉，載《古文字研究》1981 年第五輯 8～9 頁。

〔註130〕參見羅振玉《增考》中 66 頁。

古初崇尚武力，敗者諾服強者，上出諸形，正象髮亂如蓬，雙手護首，跪踞於地，戰敗諾服、諾儺之狀，指事。卜辭：「丙子卜，爭貞：帝弗芔。」（〈藏、六一、四〉）又：「庚子卜，䢒貞：王芔。」（〈乙、二一二四〉）皆取其諾儺之本義。金文若字下增一「口」者，此文字演進孳乳之常例，蓋字初作芔（𦬶），後假爲語詞，因即字增意符「口」，作若（𦮙），以足其諾服諾儺之意。後世芔廢而若行，若又爲語詞之借義所專，因復增意符「言」字，作諾（𧭝），以還諾儺之原，字遂由指事變而爲形聲矣。《爾雅・釋言》：「諾、惠，順也。」乃取自本義之引申，而許書「擇茮」之解，殆由籀篆字形混亂，誤以芻（𦴳）字之義屬之芔（𦬶）字所致也〔註131〕，所析字形，亦據小篆形體而誤。

（二）說　明

「雩若」爲疊韻雙音節衍聲複詞，古音同魚十三部。粵乃雩之譌變〔註132〕，金文「雩」字，典籍作「粵」。《尚書・釋義》曰：「蔡氏集傳云：『曰、粵、越通。……曰若者，發語辭。』」〔註133〕按「曰」「粵」「越」三字同音，助詞但取其聲音相類，故字可通假。考典籍，「曰若」作句首助詞者，若《書・堯典》：「曰若稽古帝堯曰放勳。」又〈召誥〉：「越若來三月，惟丙午朏。」等是其例。

（三）用　法

附於時間詞前，作強調認定語氣之用：

1、雩若竭日乙酉，□三事□□入般酉。（小盂鼎〈三代、四、四四〉）

2、雩若二月，元厌見㓝宗周。（麥尊〈兩考、四十〉）

3、雩若竭日，才璧雄。（麥尊〈兩考、四十〉）

按：上舉諸例，「雩若」作句首助詞，附於時間詞之前，作強調認定語氣之
　　用，就本文所用之資料歸納，「雩若」連用之例，西周金文僅此三見。

例1，「蝎」即暍，乃羽日、昍日、翊日等字之繁文，卜辭同。甲骨文有𤽸字〈前、三、二八〉，及𣋌〈後上、四、四〉，羅振玉等人定爲「昱」〔註134〕，

〔註131〕參見唐蘭《天壤文釋》36 頁。

〔註132〕參見王國維《王觀堂先生全集》2004 頁毛公鼎銘考釋。

〔註133〕參見屈萬里《尚書釋義》4 頁。

〔註134〕參見羅振玉《增考》中 77 頁；王國維《戩考》27～28 頁；董作賓《殷曆譜》上

葉玉森等人則謂字象蟲翼上有網膜形,當是古象形「翼」字〔註135〕。諸家之說,皆不若唐蘭說解之明確,唐氏以字例考之,謂卜辭每云「昍日」,昍即羽之孳乳字也,古初,字少假借羽毛之羽以為羽日,形聲字興,因注於羽旁而為「昍」字矣。昍字之用未廣,或假借从立羽聲之「翊」以為之,其後更注日於翊旁作「翊」,小盂鼎之 𣃁 即是也。後世誤認翊从立聲,於是省翊為「昱」,說文所載是也〔註136〕,其說至碻。今自卜辭觀之,則羽翊昍三字,同作「翼日」用〔註137〕,惟同聲母始相叚借,故翊昍同从羽聲無疑,羽翊一聲之轉,則翊字正應从羽聲耳,說文訓翊為飛貌,許君以訓飛之故,誤以為从羽立聲。茲將由「羽」演變為「昱」,圖共如下:

	辭	小盂鼎	小篆	說文解字
羽 本象羽形 叚為羽日	昍 从日羽聲 昍日也	翊 从日翊聲 日翊日也	昱 从日翊省 聲昱日也	昱 七上日部 从日立聲
	翊 从立羽聲 叚為翊日			翊 七上羽部 从羽立聲

「翌日」者,本指舉行翌祭之日也。羽為舞名,《周禮・地官》:「舞師掌教兵舞,帥而舞山川之祭祀……教羽舞,帥而舞四方之祭祀。」注云:「羽,析白羽為之,形如帗也。」可知持羽以舞,古有其制,而所謂翌祭者,乃持羽而舞之祭也。殷代祭禮,有彡日與翌日,彡前翌後,故翌日後世假為明日也。〔註138〕

例3,「璧雝」即《詩・大雅・靈臺》:「於樂辟廱」之辟廱,《白虎通・辟雝》云:「辟者璧也,象璧圓,又以法天於雝,則像教化流行也。」又:「何以知有水也,詩曰:『息樂泮水,薄采其茡。』詩訓曰水圓如璧。」是可知「辟雝」之池作圓狀,象玉璧之形,乃池中之陸地之建築物也。「辟雝」之名,金文中僅此一見。

編三卷14頁祀與年。

〔註135〕參見葉玉森《前釋》一卷10頁;周名煇《古籀考》上卷9～10頁;高鴻縉《中國字例》二篇52頁。

〔註136〕參見唐蘭《殷虛文字記》10頁。

〔註137〕參見李孝定《集釋》七卷2203～2205頁。

〔註138〕參見唐蘭〈論周昭王時代的青銅器銘刻〉,載《古文字研究》1980年第二輯58～59頁。

十四、弘　唯

（一）解　字

隹字，參見 75 頁。

弘字：

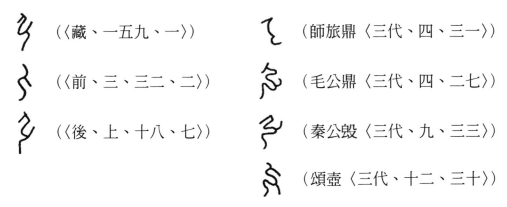

（〈藏、一五九、一〉）	（師旅鼎〈三代、四、三一〉）
（〈前、三、三二、二〉）	（毛公鼎〈三代、四、二七〉）
（〈後、上、十八、七〉）	（秦公毀〈三代、九、三三〉）
	（頌壺〈三代、十二、三十〉）

《廣韻》：胡肱切。　　　　　古音：匣紐，蒸部。

《說文》十二下弓部：「弘，弓聲也。從弓厶聲，厶，古文肱字。」按弘字，甲金文字之體，皆象弛弓有臂形，當爲「弩」之本字〔註139〕。弓背上加一邪劃「丿」，本象弓上之一附件，所以固定矢之位置，猶矢之有栝也，後世聲化，故許慎亦釋爲厶聲（古肱字）也。

（二）說　明

《經傳釋詞》曰：「洪，發聲也。」〔註140〕又曰：「凡書言洪惟、爽惟、丕惟、誕惟、迪惟、率惟，皆詞也。」〔註141〕西周金文，發語詞「洪惟」皆作「弘唯」，于省吾謂「弘」與「洪惟我幼沖人」之洪通〔註142〕，董作賓從之〔註143〕。考典籍，「洪惟」作句首助詞者，若《書·大誥》：「洪惟我幼沖人，嗣無疆，大歷服。」又：「洪惟天之命，弗永寅念于祀。」等皆是。

（三）用　法

〔註139〕參見徐中舒〈弋躬與弩之溯原及關於此類名物之考釋〉，載《集刊》1934 年四本四分 431 頁。

〔註140〕參見王引之《經傳釋詞》三卷 41 頁。

〔註141〕同註140，九卷 116 頁。

〔註142〕參見于省吾《雙選》上二卷 129 頁毛公厝鼎。

〔註143〕參見董作賓《毛公鼎考年註譯》。

置於句首，以興發語氣：

1、弘唯乃智，余非臺又瞀。（毛公鼎〈三代、四、二七〉）

2、弘其唯王智，廼唯是喪我或。（毛公鼎〈三代、四、二七〉）

按：上舉諸例，「弘唯」「弘其唯」作句首助詞。

例1，臺，諸家釋為墉，假借為庸〔註144〕。瞀讀為昏。「余非庸又昏」者，謂余非平庸昏昧也。

十五、畯（畯）

（一）解　字

畯　（〈前、四、二、八〉）　　　畯　（師嫠殷〈三代、九、十九〉）

畯　（〈後、下、四七〉）　　　畯　（頌鼎〈三代、四、三九〉）

畯　（〈珠、四五八〉）　　　畯　（頌殷〈三代、九、三八〉）

畯　（〈京、四、五、二〉）　　　畯　（大克鼎〈三代、四、三三〉）

《廣韻》：子峻切。　　　　　古音：精紐，文部。

《說文》十三下田部：「畯，農夫也。从田夋聲。」按畯字，契文及西周金文均从田从允，从夋之「畯」，僅東周秦公鐘〈文物1978、2〉一見。蓋允夋之異，實在足之有無，本一字也。高田忠周曰：「按田畯，農官也，亦稱農大夫，周語命農大夫，咸戒農用，畯之言俊也，達冊農者也，夫也者以知帥人者也，故亦曰農夫。蓋畯从夋聲，夋从允聲，故古文作畯，元當如此。」〔註145〕其是說也。白川靜言字从「允」，乃从厶及人，厶為耜，夋字蓋將耜擬人化者也，从允作畯，象涖于田而坐之形，亦田畯之象〔註146〕，就上出古文字形觀之，白氏之說未免牽強附會矣。

〔註144〕參見劉心源《奇觚》八卷12頁拍盤；孫詒讓《名原》下4頁；丁佛言《古籀補補》五卷9頁；高鴻縉《中國字例》二篇117頁。

〔註145〕參見高田忠周《古籀篇》二一第10頁。

〔註146〕參見白川靜《說文新義》十三卷2789～2790頁。

（二）說　明

《尚書釋義》曰：「俊，當與金文習用之畯字同義，語詞也。」〔註 147〕考典籍，「俊」字作助詞者，若〈文侯之命〉：「即我御事，罔或耆壽俊在厥服，予則罔克。」即是，此種用法後世罕見。

（三）用　法

置於句首，表強調認定語氣：

1、匍又四方，畯正氒民。（大盂鼎〈三代、四、四二〉）

2、天子其萬年無彊保辥周邦，畯尹四方。（大克鼎〈三代、四、三三〉）

3、用祈匄釁壽永令，畯臣天子，霝冬。（追毀〈三代、九、六〉）

按：上舉諸例，「畯」字作句首助詞，表強調認定語氣。前賢受《爾雅・釋詁》：「永、羕、引、延、融、駿、長也。」《詩・公頌・清廟》：「駿奔走在廟。」又〈小雅・雨無正〉：「不駿其德。」毛傳並云：「駿，長也。」之影響，釋駿（俊、畯）爲大也，長也〔註 148〕，今依上古書經之實例，正「畯」爲語助詞。

例1，「匍」字，亦見師克盨銘：「匍有四方」（〈文物 1959、3〉），史牆盤銘：「匍有上下」（〈文物、1978、3〉），秦公鐘銘：「匍有四方」（〈文物、1978、2〉）。「匍」假借爲「撫」〔註 149〕，古音甫無同魚十三，故得通用，《左傳・襄公十三年》：「撫有蠻夷。」《禮記・文王世子》：「君王其終撫諸。」鄭注：「撫，猶有也。」又即有也，「撫」與「有」義同，故二字連用，「匍又四方」者，謂王受天命有天下也。

例2，辥字，金文常見，皆作輔翼正治之意，毛公鼎云：「咎辥氒辟」（〈三代、四、四六〉），晉公盞：「保辥王國」（〈三代、十八、十三〉），郘娶盤：「保辥郘國」（〈三代、十七、十五〉）等等，諸「辥」字，學者概謂即經典中，「乂」「艾」之本字〔註 150〕，《爾雅・釋詁》：「乂，治也。」又：「艾，相也。」保辥

〔註 147〕參見屈萬里《尚書釋義》145 頁。

〔註 148〕參見吳式芬《攗古》三之三卷 35～36 頁盂鼎；徐同柏，《從古》六卷 33 頁周頌毀；孫詒讓《拾遺》上 21～22 頁晉姜鼎。

〔註 149〕參見楊樹達《積微》二卷 62 頁全盂鼎五跋。

〔註 150〕參見吳大澂《愙齋》四冊 5 頁毛公鼎；劉心源《奇觚》二卷 33 頁克鼎；柯昌濟《韡

者，相養輔助也。「周邦」與「四方」對稱，尹四方，謂治理四面之異族，即稱王天下也。

例3，「旂」即祈也，與「匄」爲同義複詞，用爲祈求之義。「釁壽」者，義同，「永壽」（趞亥鼎〈三代、三、四四〉）。釁乃沬之古文，《說文》十一上水部云：「沬，酒面也。从水未聲。頮，从𦥑水，从頁，古文沬。」沬从未聲，無所取義，故當以頮爲其本字。「須」乃頮之省體，釁蓋从釁省須省聲。《國語‧齊語》云：「管仲至齊，三釁三浴之。」韋昭注：「以香塗身曰釁。」釁本釁祭時，以血塗物，以申爲塗香膏也。然釁者，爲聯之假借也。《詩》、《禮》皆有「眉壽」之名〔註151〕。聯，眉古音同屬明紐、脂四部。頮，荒內切，古音屬曉紐、沒八部；是而釁、眉乃古韻旁轉相通，《說文》九下長部云：「聯，久長也。」又八上老部：「壽，久也。」是知「釁壽」者，與「永壽」「萬年」「無疆」等爲同義複詞，喻歷時久長也〔註152〕。「霝冬」者，令終也，善終也，《廣雅‧釋詁》云：「霝，令也。」金文有言「無冬」者，如周公毀銘：「克奔上下帝，無冬」（〈三代、六、五四〉），有言「永冬」者，如井仁妾鐘銘：「得屯用魯，永冬于吉」（〈三代、一、二四〉），有言「永亡冬」者，如麥尊銘：「盟孫孫子子其永亡冬。」（〈兩考、四十〉），終亦作「冬」，是其證。「霝冬」爲嘏辭，常置於所旂匄之最末，而與眉壽、永令諸辭並列。彝銘凡言霝冬者，皆爲西周之器〔註153〕。

貳、句中助詞

句中助詞，皆位於句中，或以順適語氣，或表情意。所謂「句」者，若再以主語、謂語、次賓語爲單位，而加以分析〔註154〕，則句中助詞可再分爲：句

華中》乙56頁克鼎。

〔註151〕按：眉壽者，老壽之稱，《詩‧豳風‧七月》：「爲此春酒，以介眉壽。傳云：「眉壽，毫眉也。」又《小雅‧南山有臺》：「樂只君子，遐不眉壽。」傳云：「眉壽，香眉也。」正義釋之曰：「老者必有毫毛秀出。」皆釋「眉」爲眉目之眉，非是也。

〔註152〕參見王讚源《周金文釋例》70～71頁。

〔註153〕參見徐中舒〈金文嘏辭釋例〉，載《集刊》1936年六本一分22～24頁。

〔註154〕按：本文所謂「主語」，指敘事句、表態句及判斷句之主語。「謂語」包括表態句、判斷句謂語，及敘事句述語或述語加賓語（含二者之副語）。「次賓語」指各類次賓語及關係詞。

中語首（指謂語之首）、句中語中（指主語、謂語、次賓語之中）、句中語末（指主語、提前謂語之末）三類。句中助詞，金文少用，此乃記事文體必然之現象，與時代地域無關。

【壹】句中語首助詞

西周金文，用爲句中語首助詞者，有「隹」、「征」、「肇」、「其」等四字，較句首助詞少。其作用，或以順適語氣，或表情意。

一、隹（唯）

（一）解　字，參見 75 頁。

（二）說　明

隹字，或作唯、惟、維、雖，同音假借也。《詞詮》云：「惟，句中助詞，無義」〔註155〕考典籍，「隹」字作句中語首助詞，若《書·大誥》：「予惟往求朕攸濟」《詩·豳風·鴟鴞》：「予維音嘵嘵。」等是其例。

（三）用　法

甲、置於謂語前，有強調謂語之作用。

1、今我隹即井𧈪于玟王正德。（大盂鼎〈三代、四、四二〉）

2、今余隹帥井先王令，令女更乃且考。（師虎毀〈三代、九、二九〉）

3、今我隹令女二人𠅙罘矢。（令彝〈三代、六、五六〉）

4、今余隹令女死嗣酆京。（卯毀〈三代、九、三七〉）

5、今余唯𦥑先王令，令女亟一方。（毛公鼎〈三代、四、二七〉）

6、今余唯肇𦥑先王令，令女左疋彔屎。（善鼎〈三代、四、三六〉）

按：上舉諸例，「隹」（唯）字作語首助詞，有強調謂語之作用。此類用法，
　　句式一致，皆爲「今余隹……」，未見例外者。例 3 至例 6 並爲命令句。

例 1，即，從事也。井𡥈乳爲刑，《爾雅·釋詁》：「刑，法也，常也。」刑猶效法也。「𧈪」字不可識，楊樹達謂「刑𧈪」蓋與「儀刑」義同〔註156〕。此

〔註155〕參見楊樹達《詞詮》八卷 558 頁。

〔註156〕參見楊樹達《積微》二卷 61 頁全盂鼎四跋。

銘云：即刑宣于玟王正德」，猶《詩·大雅·文王》：「儀刑文王。」〈周頌·我將〉：「儀式刑文王之典」也，謂以文王之正德爲儀刑而效法之也。

例2，「帥井」者，彝銘屢見，龍宇純謂金文之帥，从巾在門右，會意，經傳借爲衛或達，有將帥或帥導之義〔註157〕。帥井先王令，謂效法先王之德行，遵循先王之命令也。更，讀爲庚，繼續之義。

例4，嗣，職司之謂，與《說文》九上司部：「司，臣司事於外者。」義同。然於彝銘中，「司」「嗣」二字之用，分別甚明。凡「嗣」皆謂官治，故司馬、司土、司寇等，金文作「嗣」。至若「司」字均作「嗣」解，如毛公鼎云：「司余小子，弗彶」（〈三代、四、四六〉），宗周鐘云：「我隹司配皇天」（〈三代、一、六五〉），叔向毀云：「余小子司朕皇考」（〈三代、九、十三〉），是知《說文》「臣司事於外考」，當以訓「嗣」，後世省繁，直叚司爲之，然上古二字則用法大異。

例5，𩖅，隸作𥾍，孫詒讓考此文从系从東，疑即緟之異文〔註158〕，說殆可從。蓋金文鍾鐘字，𨬖（郘公華鐘〈三代、一、四九〉）、𨭉（兮仲鐘〈三代、一、十二〉）、𨭉（益公鐘〈三代、一、二〉），多从東从土，可以互證。《說文》十三上糸部：「緟，增益也。」增益之誼，正與彝銘𥾍字合。「𥾍先王令」者，謂遵循繼承先王之命令，以完成之也。「亟」爲極之初文，義猶專也。亟一方，謂專心致力於一邦國之治。

乙、置於謂語前，以順適語氣

余隹即朕小學，女勿毘余乃辟一人。（大盂鼎〈三代、四、四二〉）

按：此例，「隹」字作語首助詞，以順適語氣。「小學」者，與靜毀（〈三代、六、五五〉）所見之「學宮」同，蓋爲行禮之場所也。《周禮·大司樂》云：「凡有道者，有德者，使教焉。」此銘「即朕小學」，殆以盂爲有道之長者，命之教于學宮也。

二、延（征）

（一）解 字，參見159頁。

〔註157〕參見龍宇純〈説帥〉，載《集刊》1959年三十本下冊597～602頁。

〔註158〕參見孫詒讓《餘論》三卷11～12頁叔向毀。

（二）說　明

延字，即經傳「誕」。《經傳釋詞》曰：「誕，句中助詞也。」〔註159〕考典籍，「誕」字作語首助詞者，若《書・康王之誥》：「惟周文王誕受羌若，克恤西土。」又〈大誥〉：「肆朕誕以爾東征。」等是其例。

（三）用　法

置於謂語前、以順適語氣。

1、王征王師氏，王乎師，朕易師遽貝十朋。（師遽毀〈三代、八、五三〉）

2、井厌征囑于麥。（麥鼎〈錄遺、九一〉）

3、孟征告，咸。（小盂鼎〈三代、四、四四〉）

按：上舉者例，「征」字作句中語首助詞，以順適語氣。此種用法，西周金文僅三見。

例1，正，考成也。「師氏」之稱，亦見於彔致卣〈三代、十三、四二〉、奪鼎〈三代、四、十八〉，黃然偉謂爲掌兵之官也〔註160〕，白川靜言各師之長爲師氏〔註161〕，郭沫若則以師氏乃職司師戍之武人〔註162〕，楊寬云師乃師氏之省稱，爲統帥六自與八自之軍官〔註163〕。按「師」與「師氏」實有區別，師爲「師氏」之長，並官司多種職稱，如師瘨毀記王冊命師瘨「官嗣邑人師氏」（〈文物、1964、7〉），又師旂毀記師旂之職爲「官嗣豐，還，左右師氏」（〈考古，1961、1〉），是「師」位在「師氏」之上，爲師氏之長官。〔註164〕

例2，「囑」字，除爾攸比鼎〈三代、四、三五〉、爾比盨〈三代、十、四五〉作人名解外，又作動詞，見麥盉銘：「爾于麥睿」（〈三代、十四、十一〉），麥尊銘：「用爾侯逆造」（〈兩考、四十〉），麥彝：「爾丂麥睿……用爾井侯出入」（〈兩考、四二〉），諸家考釋，聚訟紛紜〔註165〕，唯白川靜之說，最得其真，

〔註159〕參見王引之《經傳釋詞》六卷73頁。

〔註160〕參見黃然偉《賞賜》140頁。

〔註161〕參見白川靜《通釋》十七輯204頁。

〔註162〕參見郭沫若《兩考》84頁師遽毀。

〔註163〕參見楊寬〈論西周金文中六自和八自和鄉遂制度的關係〉，載《考古》1964年六期250頁。

〔註164〕同註160，137～138頁。

〔註165〕按：「囑」字，諸家之說，有：孫詒讓《述林》第七卷29頁周麥鼎考，釋「囑」借

其謂字乃「瓚」之初文，即祼禮，爲祭祀時賓客之際所行之禮也。〔註166〕

三、肇（肈）

（一）解 字，參見164頁。

（二）說 明

《尚書釋義》曰：「肇，語詞。」〔註167〕考典籍，「肇」字作語首助詞者，若《書・文侯之命》：「汝肇刑文武，用會紹乃辟，追孝于前文人。」楊樹達謂肇字無義，僞孔傳、鄭注釋肇爲始，非也〔註168〕。

（三）用 法

甲、置於謂語前，有強調謂語之作用

1、今余肇令女率齊師、曩釐僰、及左右虎臣正淮尸。（師寰毀〈三代、九、二八〉）

2、望肇帥井皇考，虔夙夕，出內王令。（師望鼎〈三代、四、三五〉）

3、汎其肇帥井皇且考，秉明德，虔夙夕，辟天子。（汎其鐘〈錄遺三〉）

4、王肇遹眚文武，堇疆土。（宗周鐘〈三代、一、六五〉）

5、虘肇以趰征，攻戰無敵。（虘鼎〈兩考、二十〉）

6、不娶！女小子肇誨于戎工，易女弓一矢束。（不娶毀〈三代、九、四七〉）

按：上舉諸例，「肇」字作語首助詞，有強調謂語之作用。

乙、置於謂語前，以順適語氣：

1、白戔肇其乍西宮寶，隹用妥神襄，虩前文人，秉德共屯。（伯戔毀〈兩考、六四〉）

爲歷，取傳告、相導之義。劉心源《奇觚》二十卷6頁鄦比鼎，以「嗝」即鄦，過也。郭沫若《兩考》42頁夒尊，釋「鬲」假爲燕。吳闓生《吉文》一卷31頁夒鼎，釋「嗝」爲饗也。陳夢家《斷代》（三）158頁，釋「嗝」爲贊，作贊佐、贊助之贊。王國維《王觀堂先生全集》2037～2038頁散氏盤考，釋，釋作「鄦」也。

〔註166〕同註161，十一輯61頁六十夒盉。

〔註167〕參見屈萬里《尚書釋義》85頁。

〔註168〕參見楊樹達《積微小學》242頁肇爲語首詞證。

2、寧肇其乍乙考障殷，其用各百神，用妥多福。（寧毀〈錄遺、一五二〉）

按：上舉二例，「肇」字作語首助詞，以順適語氣：

例 1，「妥」爲古文綏字，訓爲安，《詩·國風·樛木》云：「福履綏之。」毛傳云：「綏，安也。」「唬」字，金文作 ，吳闓生釋从日从虎〔註169〕，劉體智言从甘从虎〔註170〕，于省吾從之，而讀爲虔〔註171〕，諸說於字形殊爲不類。楊樹達謂偏旁非日，非甘，乃口字之變〔註172〕，楊說是。唬字亦見善鼎〈三代、四、四六〉，作 形，可證字實从口从虎也。《說文》二上口部云：「唬，虎聲也。从口虎，讀若暠。」《玉篇》云：「呼交切」。字在此蓋假爲「效」，唬效古音同歸屬宵十九。「唬前文人」者，謂效法先人之德行也。「共屯」即恭純，內心恭敬敦厚之義。

例 2，各，格也，招來也。「用妥多福」之妥，當讀如士虞禮祝命佐食隋祭之「隋」〔註173〕，鄭注：「下祭曰隋，隋之言猶墮下也。……今文墮爲綏。」《周禮·特牲饋食禮》：「祝命挼祭。」鄭注：「墮與挼讀同。」是妥、挼、綏、隋四字同聲字，故得相通。墮有墮下之義，故妥者，降也〔註174〕。「用妥多福」者，祈求百神降賜多福也。

四、其

（一）解　字，參見83頁。

（二）說　明

《詞詮》云：「其，句中助詞，無義。」〔註175〕許世瑛先生謂「其」字，可表測度、商量語氣、疑問語氣及命令勸勉語氣等等〔註176〕，考典籍，「其」字作

〔註169〕參見吳闓生《吉文》三卷 29 頁白威敦。

〔註170〕參見劉體智《小校》八卷 32 頁伯威敦。

〔註171〕參見于省吾《雙選》三卷 12 頁伯威毀銘。

〔註172〕參見楊樹達《積微》七卷 189 頁伯威毀跋。

〔註173〕按：隋字，各本皆作「墮」，胡培翬《儀禮正義》依周禮改爲隋。

〔註174〕參見徐中舒〈金文嘏辭釋例〉，載《集刊》1936 年六本一分 11～12 頁。

〔註175〕參見楊樹達《詞詮》四卷 219 頁。

〔註176〕參見許世瑛先生《常用虛字用法淺釋》9 頁。

語首助詞者，若《書・微子》：「父師！少師！我其發出狂？」《詩・周頌・維天之命》：「文王之德之純，假以溢我，我其收之。」等是。西周金文，助詞「其」字，使用之銘文句式頗富變化，要之，「其」為句首或句中語首助詞之別，僅在主語之是否省略耳。

（三）用　法

甲、置於謂語前，表期望、勸勉語氣：

1、子子孫孫其萬年用。（靜毀〈三代、六、五五〉）

2、獣其萬年眈保四國。（宗周鐘〈三代、一、六五〉）

3、子子孫孫其永用之。（君父毀〈三代、八、四七〉）

4、牧其萬年壽考。（牧毀〈兩考、七五〉）

5、晨其萬年世子子孫孫其永寶用。（師晨鼎〈兩考、一一五〉）

按：上舉諸例，「其」字作語首助詞，表期望、勸勉語氣。多用於祈匄語句中，用與「期」義同。

乙、置於謂語前，以順適語氣：

1、余其用各我宗子雩百生。（善鼎〈三代、四、三六〉）

2、女其昌成周師氏戍氏于辪自。（彔致卣〈三代、十三、四三〉）

3、俞其覆曆日易魯休。（師俞毀〈三代、九、十九〉）

4、克其用朝夕享于皇且考。（克盨〈三代、十、四四〉）

按：上舉諸例，「其」字作語首助詞，以順適語氣。

　　例1，各，格也，至也〔註177〕。雩，與也。「宗子」者，稽之經傳，有三義可說：《詩・大雅・板》云：「宗子維城。」鄭箋：「宗子謂王之適子。」此一說也。《儀禮・士昏禮》云：「宗子無父，母命之。」鄭注：「宗子，適長子也。」此又一說也。《禮記・內則》云：「適子庶子祗事宗子宗婦。」鄭注：「宗，

〔註177〕按：金文「各」字，並訓至，說者有：勞幹〈古文字試釋〉，載《集刊》1968 年四十本上冊 45～47 頁；周名煇《古籀考》下卷 7～8 頁；楊樹達《積微餘說》201 頁自序；高鴻縉《中國字例》二篇 297 頁。後世借作各別之各，而各至之各乃假借為之，非各本有各別之義也。

大宗。」此第三說也。此銘「我宗子」，當以第二、三義釋之爲安矣。「百生」者，百姓也，今語謂庶民爲百姓，古義則不然。《國語・楚語》下云：「民之徹官百，王公之子弟之質能聽徹其官者，而物賜之姓，以監其官，是爲百姓。」《詩・小雅・天保》云：「群黎百姓，徧爲爾德。」毛傳：「百姓，百官族姓也」。此古經傳百姓之義可考者也。考諸彝銘，兮甲盤銘：「其隹我諸侯百生，毋貯毋不即市」（〈三代、十七、二十〉），史頌毁銘：「潤友里君百生帥欟盩于成周」（〈三代、九、七〉），此二文，百生與諸侯、里君連言，百生之非庶民如今語之義，又可知也。

　　例 2，「蔑曆」者，謂勤勉敬事也〔註178〕。「魯休」猶言嘉休，《史記・周本紀》：「魯天子之命。」即《書・序》之「旅天子之命」也，〈魯周公世家〉作「嘉天子之命」，魯嘉通用，魯本義蓋爲嘉，从魚入口，嘉美也。

　　丙、置於謂語前，表將然，必然語氣：

　　王曰：令眔奮，乃克至，余其舍女臣十家。（令鼎〈三代、四、二七〉）

　　按：此例，「其」字作語首助詞，表將然、必然語氣。此銘記王欲試二人之足力，乃謂之曰：「汝若能至，我當予汝以臣三十家。」蓋以此激勵之也。

【貳】句中語中助詞

　　西周金文，用爲句中語中助詞者，有「其」、「畯」、「不」「肇」、「叀」、「有隹」、「征」等七字。其作用，或以順適語氣，或表情意。

一、其

　　（一）**解　字**，參見 83 頁。

　　（二）**說　明**

　　《詞詮》云：「其，句中助詞、無義。」〔註179〕考典籍，「其」字作語中助詞者，若《書・康誥》：「汝乃其速由茲義率殺。」又〈多方〉：「我有周惟其大介賚爾。」等是其例。

〔註178〕參見王讚源《周金文釋例》127 頁。

〔註179〕參見楊樹達《詞詮》四卷 218 頁。

（三）用　法

置於語中，表期望、勸勉語氣：

1、白戔肇其乍西宮寶，隹用妥神襄，虩前文人，秉德共屯。（伯戔毀〈兩考、六四〉）

2、寧肇諆乍乙考障毀，其用各百神，用妥多福。（寧毀〈錄遺、一五二〉）

3、晨其萬年世子子孫孫其永寶用。（師晨鼎〈兩考、一一五〉）

按：上舉諸例，「其」（諆）作語中助詞，表期望、勸勉語氣，用與「期」義同，皆用於祈匄語句中。

例 2，「諆」字，此用猶「其」也。屖尊銘：「屖肆其乍父己寶障彝」（〈三代、十一、三〉），逐鼎銘：「逐戌諆乍廟叔寶障彝」（〈三代、三、十八〉），德毀銘：「德其肇乍殷」（〈窓齋、八、十六〉），甚鼎銘：「甚諆肇乍父丁障彝」（〈三代、三、二十〉），諸「諆」「其」皆表期望、勸勉語氣，而「諆作」「肇諆作」乃彝銘恆語，義如「其」也。肇亦為助詞。

二、眈（畯）

（一）解　字，參見 186 頁。

（二）說　明

《尚書釋義》曰：「俊，當與金文習用之『畯』字同義，語詞也。」[註180] 考典籍，「俊」字作語中助詞者，若《書・文侯之命》：「即我御事，罔或耆壽，俊在厥服。」是其例，此用法，典籍罕見。西周金文，「俊」字作「畯」或「眈」。

（三）用　法

置於語中，以順適語氣：

1、獸其萬年眈保四國。（宗周鐘〈三代、一、六五〉）

2、頌其萬年豐壽眈臣天子。（頌鼎〈三代、四、三九〉、頌毀〈三代、九、三八〉、頌壺〈三代、十二、三二〉）

3、天子其萬年豐壽黃耇眈在位。（師袁毀〈三代、九、十九〉）

〔註180〕參見屈萬里《尚書釋義》145 頁。

按：上舉諸例，「旽」字作句中助詞，用以順適語氣。皆用於祈匄語句中。

例3，「黃耉」者，壽老之稱，《論衡・無形篇》云：「人少則髮黑，老則髮白，白久則黃。人少則膚白，老則膚黑，黑久則黯，若有垢矣。髮黃而膚有垢，故《禮》曰：『黃耉無疆』。」論衡此語，兼釋黃髮之義，以此稱壽老，自甚切合。「萬年」「釁壽」「黃耉」為同義複詞，表時間長久，此作副語，修飾述語「在」。

三、不

（一）解　字，參見178頁。

（二）說　明

《詞詮》云：「不，語中助詞，無義。」〔註181〕不丕否三字，古同音通用。考典籍，「不」字作語中助詞者，若《書・堯典》：「瞽子，父頑，母嚚，象傲；克諧，以孝烝烝，乂不格姦。」又〈君奭〉：「其汝克敬德，明我俊民，在讓後人于丕時。」等是其例。西周金文「不」字作助詞者，殆多與「顯」字連言，作加強調認定語氣。

（三）用　法

置於語中，作強調語氣之用：

1、衣祀丏王不顯考文王。（大豐毀〈兩考、一〉）

2、用邵各不顯且考先王。（宗周鐘〈三代、一、六五〉）

3、汋其敢對天子不顯休揚。（汋其鐘〈錄遺、三〉）

4、奎父拜頴首，對揚天子不杯魯休。（師奎父鼎〈三代、四、三四〉）

5、善敢拜頴首，對剔天子不杯休。（善鼎〈三代、四、三六〉）

按：上舉諸例，「不」字作語中助詞，表強調語氣。

例2，「邵各」二字，亦見癲鐘甲：「邵各樂百神」（〈文物、1978、3〉），癲鐘丁：「用邵各喜侃樂前文人」（〈文物、1978、3〉）等銘，或作「邵零」，若秦公鐘銘：「邑邵零孝享」（〈兩考、二五〇〉），或作「邵洛」，若大師虘豆銘：「用

〔註181〕參見楊樹達《詞詮》一卷19頁。

邵洛朕文且考」（〈三代、十、四七〉）。「邵」即昭，同音通用，《左傳・文公十五年》：「以昭事神。」《國語・楚語下》：「以昭祀其先祖。」《詩・魯頌・泮水》：「昭假烈祖。」是知「昭」有祭祀之義。各、霝、洛三字，同音假借，各即格也，至也。「邵各」者，謂祭祀先祖，歡迎先祖光臨享用之義。

四、肇（肇）

（一）解　字，參見164頁。

（二）說　明

《尚書釋義》曰：「肇，語詞。」〔註182〕考典籍，未見「肇」字作語中助詞之例。西周金文，肇字或作「肇」。

（三）用　法

置於語中，以順適語氣：

1、王用事肇乃子致。（致鼎二〈文物、1976、6〉）

2、今余唯肇霝先王令。（善鼎〈三代、四、三六〉）

3、今余唯肇巠先王令。（毛公鼎〈三代、四、四六〉）

4、旅敢肇帥井皇考威義。（虢叔旅鐘〈三代、一、五七〉）

按：上舉諸例，「肇」字作語中助詞，以順適語氣。

例2，霝，即縺字之異文〔註183〕，訓爲繼續也。

例3，「巠」字，亦見晉姜鼎銘：「巠離明德」（〈兩考、二二九〉）、大克鼎銘：「巠念厥聖保祖師華父」（〈三代、四、四十〉）等銘，巠蓋讀爲經，《詩・小雅・小旻》：「匪大猶是經。」箋：「不循大道之常。」則經乃循常之義。「巠先王令」者，言遵循先王政令也。

例4，「帥井」一辭，彝銘屢見。帥字，金文從門從巾作🄴形，會意，經傳借爲衞或達，有將帥或帥導之義〔註184〕。井字，《說文》五下井部謂象井上構韓形，孳乳爲刑，《爾雅・釋詁》云：「刑，法也，常也。」《詩・大雅・思

〔註182〕參見屈萬里《尚書釋義》85頁。

〔註183〕參見龍宇純《說帥》，載集刊1959年三十本下冊597～602頁。

〔註184〕同註180。

齊》:「刑于寡妻,至于兄弟,以御於家邦。」刑猶效法也。「帥井皇考威義」者,謂以皇考爲表率法式之對象,言效法先祖之德行也。

五、叀

（一）解　字,參見 112 頁。

（二）說　明

叀,讀若攸^{說文五上}_{乃部}。《經傳釋詞》云:「攸,語助也。字亦作猷。」〔註185〕故助詞「叀」「攸」「猷」三字,古同音通用〔註186〕。考典籍,「攸」字作語中助詞者,若《書・無逸》:「乃非民攸訓,非天攸若。」又〈大誥〉:「予曷敢不于前寧人攸受休畢。」等是。西周金文,助詞「攸」「猷」,皆作「叀」。

（三）用　法

置於語中,以順適語氣:

隹苟德,亡叀違。(班毁〈兩考、二十〉)

> 按:此例,「叀」字作語中助詞,以順適語氣。此種用法,西周金文,止此一見。苟字、金文作𠤏,象人屈膝恭敬之形,劉心源謂爲苟省,亦即敬省〔註187〕。《說文》九上苟部:「敬,肅也。从攴苟。」苟敬雙聲,義亦互通,故經傳常連言之,如《儀禮・聘禮》云:「賓爲苟敬。」猶言亟敬,敬之至也,倒之則爲敬忌,如《書・康誥》:「惟文王之敬忌,乃裕民。」又〈顧命〉:「其能而亂四方,以敬忌天威。」敬忌即敬苟,猶言警戒也〔註188〕。「敬德」者,謂以先王之德爲敬戒也。

六、有　隹

（一）解　字

隹字,參見 75 頁。

有字:

〔註185〕參見王引之《經傳釋詞》一卷 8 頁。

〔註186〕按:叀攸猷三字,古音相同,屬定紐,三部。

〔註187〕參見劉心源《奇觚》三卷 33 頁太保毁。

〔註188〕參見朱芳圃《釋叢》69 頁「敬」。

（大盂鼎〈三代、四、四二〉）

（毛公鼎〈三代、四、四六〉）

（召伯毀〈三代、九、二一〉）

（免毀〈三代、九、十二〉）

《廣韻》：云久切。　　　　　　　　　　古音：匣紐，之部。

《說文》七上有部：「　，不宜有也。《春秋傳》曰：『日月有食之。』从月又聲。凡有之屬，皆从有。」按「有」字，許說頗澀難。就上出金文之體觀之，字从肉，不从月，故知許說非也。夫有無之「有」，與尋、獲、取諸字，義皆相類，是以造文之意，亦大同。「尋」字，甲文作　〈戩三六、九〉、　〈前三、二七、五〉形，金文作　（師望鼎〈三代、四、三五〉）、　（大克鼎〈三代、四、四十〉）形，字皆从又持貝，許君云从見者，誤也。「獲」字，甲文作　〈甲、二、十六、三〉、　〈戩、四三、十一〉形，金文作　（禹鼎〈錄遺、九九〉）、　（鼎〈三代、三、一〉）形，字从又持隹。「取」字，甲文作　〈藏、一〇四、四〉、　〈前、五、四六、六〉形，金文作　（番生毀〈三代、九、三七〉）、　（趞毀〈三代、四、三三〉）形，从又持耳，古文小篆無異形。以三字證有字，从手持肉，其爲有無之有甚明，許君殆誤　（古文肉）爲月，故其說不可從也。

（二）說　明

《經傳釋詞》云：「有，語助也。一字不成詞，則加『有』字以配之。」〔註189〕「有」字之加於名詞上者，如有夏、有殷、有罙、有方等，是爲詞頭，茲不以其爲助詞，暫不討論。至若助詞「有」，雖爲前接之附屬語，然因能主從結構，分句或句子結合，故不屬於某『詞』之一部分，與詞頭或詞尾屬於詞者，情況迥異，故語法學家視助詞爲詞，且自成一類，其道理即此。考典

〔註189〕參見王引之《經傳釋詞》三卷 35 頁。

籍，「有」字作語中助詞者，若《書・盤庚》：「曷不暨朕幼孫有比。」又〈立政〉：「亦越文王，武王，克知三有宅心，灼見三有俊心。」等是其例。西周金文，助詞「有」，皆與「隹」字連言，置於同一性主從結構中。

（三）用 法

置於語中，用以順適語氣：

1、女有隹小子！余令女死我家。（師袁毀〈兩考、一一四〉）

2、爾有隹小子亡戠。（𦉢尊〈文物、1976、2〉）

按：上舉二例，「有隹」作語中助詞，置於同一性主從結構中，用以順適語氣。此種用法，亦見於尚書，若康誥：「已！汝惟小子，未其有若汝封之心。」大誥：「已！予惟小子，不敢替上帝命。」然皆「惟」字單用。

七、延（征）

（一）解 字，參見 159 頁。

（二）說 明

征字，即經傳「誕」字。《經傳釋詞》曰：「誕，句中助詞。」〔註190〕考典籍，未見「誕」字作句中語中助詞之例。

（三）用 法

置於謂語中，以順適語氣：

王令保及殷東或五矦征兄六品。（保卣〈錄遺、二七六〉）

按：此例，「征」字作語中助詞，以順適語氣。令，致動詞。及，與也。「保」與「殷東國五矦」對舉，皆官名。「兄」即貺，《爾雅・釋詁》：「貺，賜也。」釋文：「貺本作況。」《詩・小雅・棠棣釋》文：「況本作兄。」《詩・小雅・彤弓》：「中心貺之。」《國語・魯語》下：「君以諸侯之故，貺使臣以大禮。」《儀禮・燕禮》：「君貺寡君。」毛萇傳、韋昭與鄭玄注並云：「貺，賜也。」可證「兄」假為「貺」〔註191〕。「品」者，

〔註190〕參見王引之《經傳釋詞》六卷 72 頁。

〔註191〕參見唐蘭〈論周昭王時代的青銅器銘刻〉，載《古文字研究》1980 年第二輯 81 頁。

《說文》二下品部訓爲衆庶，引申爲品物之稱。陳夢家謂所賑之六品，當指臣隸言，即《左傳・定公四年》分魯公之「殷民六族」也〔註192〕。

【參】句中語末助詞

西周金文，謂語提前之例少見，句中語末助詞僅「才」一字耳，其作用，或以停頓語氣，或表情意。

才（哉）

（一）解　字，參見 14 頁。

（二）說　明

才哉二字，古同音通用。《詞詮》云：「哉，語末助詞。表感歎，表疑問，表反詰，表擬議。」〔註193〕考典籍，「哉」字作語末助詞者，若《書・益稷》：「臣哉鄰哉！鄰哉臣哉。」又〈呂刑〉：「嗚呼！敬之哉！官伯族姓。」等是其例。

（三）用　法

甲、置於擬前謂語之後，表感歎兼停頓語氣：

允才顯！隹芍德，亡𧻚違。（班毁〈兩考、二十〉）

按：此例，「才」字作語末助詞，表感歎兼停頓語氣。「允才顯」者，謂宜其顯明也。「芍」即苟省，亦即敬省〔註194〕。「敬德」者，謂以先王之德爲敬戒也。𧻚，語中助詞，無義。

乙、置於提前謂語之後，表悲傷兼停頓語氣：

師訇！哀才今日！天疾畏，降喪。（師詢毁〈兩考、一三九〉）

按：此例，「才」字作語末助詞，表悲傷兼停頓語氣。疾，急也。畏，威也，愧畏威三字，一語之轉，古籍多通用，《書・皋陶謨》：「天明畏，自我民明畏。」高融本「畏」作「威」，《周禮・地官・鄉大夫》鄭玄注引同。《考工記・弓人》：「畏，故書作威。」等是。金文中，亦愧畏威互

〔註192〕參見陳夢家〈西周銅器斷代（一）〉，載《考古學報》1956 年第九期 21 頁。

〔註193〕參見楊樹達《詞詮》六卷 375 頁。

〔註194〕參見劉心源《奇觚》三卷 33 頁太保毁。

言，若毛公鼎銘：「敬念王畏」（〈三代、四、四六〉），齊侯鎛銘：「少心愧忌」（〈三代、一、六六〉）可證愧畏威三字，語本同根，義相表裡〔註195〕。「天疾畏」者，謂天怒也。

參、句末助詞

西周金文，句末助詞有「𢦏」、「才」二字。皆作表情意用。

一、𢦏（哉）

（一）解　字

$\raisebox{0pt}{𢦏}$（〈藏、一、二〉）	（戴叔鼎〈三代、四、七〉）
（〈藏、一、三〉）	（禹鼎〈錄遺、九九〉）
（〈戩、十一、四〉）	（史牆盤〈文物、1978、3〉）

《廣韻》：祖才切。　　　　　古音：精紐，之部。

《說文》十二下戈部：「𢦏，傷也。从戈才聲。」按字从戈才聲，戈乃兵刃，足以傷人，故𢦏訓傷也。

（二）說　明

「𢦏」孳乳為「哉」。《古書虛字集釋》云：「哉，感歎之詞也。」〔註196〕許世瑛先生謂，「哉」字表感歎，乃其基本作用〔註197〕。考典籍，「哉」字作句末助詞者，若《書・益稷》：「臣哉鄰哉！鄰哉臣哉！」《詩・國風・關雎》：「悠哉！悠哉！輾轉反側。」等皆是。哉，西周金文僅見「𢦏」字，而「哉」則始見於列國時器銘，若郘公華鐘〈三代、一、六二〉、余義鐘〈三代、一、五十〉、者汈鐘〈三代、一、五九〉等等。

（三）用　法

〔註195〕參見沈兼士〈鬼字原始意義之試探〉，載《國學季刊》1935 年五卷三期總頁 398 ～408 頁。

〔註196〕參見裴學海《古書虛字集釋》八卷 635 頁。

〔註197〕參見許世瑛先生《常用虛字淺釋》159 頁。

置於句末，表感歎語氣：

烏虖！哀^弋！用天降大喪於下或。（禹鼎〈錄遺、九九〉）

按：此例，「弋」字作句末助詞，表感歎語氣。

二、才（哉）

（一）解　字，參見 14 頁。

（二）說　明

才弋哉三字，古同音假借，蓋助詞初但取其聲，故本無定字也。參見一、弋。

（三）用　法

置於句末，表疑問語氣：

公告乒事于上：隹民亡徣才！彝炁天令，古亡。（班毁〈兩考、二十〉）

按，此例，「才」字作句末助詞，表疑問語氣。「徣」字，《說文》所無，高田忠周疑當讀爲延，轉爲安義〔註198〕。馬敍倫言字即「退」，有行義〔註199〕。唐蘭謂字讀如「造」，始也〔註200〕。陳夢家亦釋爲造，引《廣雅·釋言》：「造，詣也。」爲證，謂造即拜訪也〔註201〕。楊樹達言當爲「徂」字，用爲經傳之遂字，繼事之辭也〔註202〕。郭沫若郭字形言之，謂字係「出」之繁文，古出字作 屮，象足納履之形，卜辭或作 呂，或作 彳 從行，本銘作 徣，乃以行省〔註203〕。諸家之說，以郭說最得其實，蓋徣字，亦見臣辰盃：「隹王大龠于宗周，徣饗蓐京年」（〈三代、十四、十二〉），初方彝：「公令徣同卿族寮」（〈三代、六、五六〉）等銘，諸「徣」字皆與「之」「往」之義相因，故徣釋爲出也，遷徙也。彝，常也。炁通昧，不明之義。

〔註198〕參見高田忠周《古籀篇》49 第 17 頁。

〔註199〕參見馬敍倫〈令矢彝〉，載《國學季刊》1934 年四卷一期 18 頁。

〔註200〕參見唐蘭〈作冊令尊及作冊令彝銘考釋〉，載《國學季刊》1934 年四卷一期 22～23 頁。

〔註201〕參見王夢旦《金選》151 頁斷代（三）四十晶毁。

〔註202〕參見楊樹達《積微》四卷 113 頁章白毁毁再跋。

〔註203〕參見郭沫若《殷周青銅器銘文研究》48 頁；又《兩考》9 頁令彝。

第三節　統　計

　　西周金文，句首、句中、句末助詞計有：不、延、雩若、肇、隹、其、畯、弋、才、率、叀、爽、雩、有隹、曰、弘唯、亦、辭、叀等十九個。以下茲列表統計其作用，聲母與韻母之分布及使用次數。

壹、西周金文助字之作用

　　西周金文之助詞，依其作用，大別爲二類：（一）表情意助詞，如表命令、勸勉；表將然、必然；表測度、商量；表疑問語氣之助詞，皆對句之內容發生作用，亦往往決定句之性質。（二）不表情意助詞，如用以興發語氣、轉換語氣、順適語氣及停頓語氣等等。用法見下表所示：

類別／作用／助詞	句首助詞		句　中　助　詞						句末助詞	
			語　首		語　中		語　末			
	表情意	不表情意	表情意	不表情意	表情意	不表情意	表情意	不表情意	表情意	不表情意
率		∨								
延		∨	∨			∨				
辭		∨								
肇		∨	∨			∨				
隹		∨	∨							
叀		∨								
爽	∨									
其	∨		∨	∨	∨					
曰		∨								
亦		∨								
不		∨				∨				
雩		∨								
雩若		∨								
弘唯		∨								
眔		∨				∨				
有隹						∨				

	句首	語首	語中	語末	句末
亘				ˇ	
才				ˇ	ˇ
弋					ˇ
合計	15	4	7	1	2
		9（個數）			

由上表可知：

一、有表情意之助詞：爽、其、才、弋字等是。

二、不表情意之助詞：率、延、辥、肇、隹、叀、曰、亦、不、雩、雩若、弘唯、眈、有隹、亘字等是。不表情意助詞較常見。

三、句首助詞最多，有十五個；句中助詞次之，有九個；句末助詞最少見。蓋句首助詞多作興發語氣之用，故使用較頻繁。

貳、西周金文助詞之聲母與韻母

先有語言，後有文字，乃語文之通則。助詞者必先有表此一語氣之音，而後乃假同音之文字以為記錄之符號，故助詞多假借字及通假字。西周金文之助詞，其聲母分布如下：

發音部位	聲母	句首	句中 語首	句中 語中	句中 語末	句末	合計	
脣	p 幫	不		不			1（5.26%）	
舌尖	t' 透	延	延	延			1	7（36.84%）
	d' 定	辥肇唯亦	唯肇	唯肇亘			5	
舌尖	ń 泥	若					1	
舌尖前音	ts 精	眈		眈		弋	2	6（31.58%）
	dz' 從				才	才	1	
	s 心	率叀爽					3	
舌根音	k 見	其	其	其			1	5（26.32%）
	ŋ 疑						0	
	x 曉	雩					1	
	γ 匣	曰、弘		有			3	

由上表可知：

一、脣音，僅有：不字。

二、舌尖音，有：肂、肇、唯、亦、叀、若、征等七字，聲母分部最多。

　　舌尖前音，有、眈、戈、才、率、重、爽等六字。舌根音，有：其、

　　雩、曰、弘、有等五字。

西周金文之助詞，其韻母分布如下：（按：此表從段氏十七部之說，以省篇

幅。）

助詞\韻部	句　首	句　中			句　末	合　計（個數）	百分率
		語首	語中	語末			
一	不、其	其	有不	才	才戈	5	26.33%
二	肇	肇	肇			1	5.26%
三			叀			1	5.26%
五	亦、雩、雩若					3	15.79%
六	弘					1	5.26%
十	爽					1	5.26%
十四	征、眈、重	征	征眈			3	15.79%
十五	肂、隹、率、曰	隹	隹			4	21.04%

由上表可知，西周金文助詞之韻母分布：

一、第一部，有：不、其、有、才、戈等五個，最多，佔 26.33%。

二、第二部，有：肇一字。

三、第三部，有：叀一字。

四、第五部，有：亦、雩、雩若等三個，佔 15.79%

五、第六部，有：弘一字。

六、第十部，有：爽一字。

七、第十四部，有：征、眈、重等三字，佔 15.79%

八、第十五部，有：肂、隹、率、曰等四字，佔 21.04%

參、西周金文助詞使用之次數統計表

類別	助詞	器　　　　號	合　計	
句首助詞〔1〕	隹唯	①4、9、11、12、19、23、26、30、31、34、35、38、39、42、43、44、45、48、50、51、52、53、54、55、56、57、58、59、60、61、62、64、65 (2)、66、68、69、70、71、72、76、78、79、80、82、83、84、85、86、87、90、93、95 (2)、99、100、101 (2)、102、109、110、111、112、113、114、115、116、121、122、125、126、129、130、131、132、135、136、137、138、139、140、141、143、144、145、146、147、148、149、151、152、153、154、155、157、160、161、162、163、164、165、166、167、168、169、170、171、172、173、176、177、178、180、181、182、183、184、185、186、187、188、189、191、192、193、196、197、199、203、207、209、210、212、213、215、222、223、224、225、232、233、234 (2)、236、238、239、240、241、242、243、244、245、246、247、248、250、252、253、254、255、256、257、258、259、264、273、274、277、278 (2)、279、282、284、285、286、287、288、289、290、292、294、295、298、299 (2)	188	213
		②1、7、20、22、25、42、64、67、81、107、109 (2)、123、125、127、134 (2)、221、227、234、236、260、281、291、296	25	
	率	81、115、181、215	4	
	徂	35、43 (2)、108	4	
	肆	10、74 (5)、77、81、181、199、234	11	
	肇	16、63、223	3	
	重	86、135、234、291	4	
	爽	95	1	
	其	11、14、52、53、54、57、61、64、67、68、72 (3)、76、85、90 (2)、91、94、132、147、149、154、166、168、171、176、179、189、190、196、199 (2)、200、204、210、214 (2)、233、244、264、284、285、289、291、295、299	47	
	不	1 (3)、6、8、14、74、174、181、208	10	
	雩	16、42、74、115、129、145、224、256、291	9	
	雩若	43、211、224 (2)	4	

	弘唯	81（2）	2
	眈	42、77、150	3
	亦	231、290	2
	曰	16、81、291	3
句中語首助詞〔2〕	其	1、2、3、6、7、9、10、13、14、17、18、40、46、58、59、60、62、63、64、65、66、69、73、74、77（2）、78（2）、79、80、83、84、85、87、88、89、101、135（2）、139、141、144、145、148、150、151、152、155、156、157（3）、158、159、160、161、162、163、164、165、169、170、172、173、175、178、181、182、183、184、185、186、187、191、192、193、194、195、199、203、207（3）、208、209、212、213、215、216、233、239、240、24（2）、243、245、246、247、248、274、279、287、288、292、294	107
	隹	42（3）、64、65、77、81（2）、95、144、145（2）、155、159、163、170、173、182、185、186、208	22
	征	43、83、143	3
	肇	1、5、8、40、63、86、128、134、179、186、228	11
句中語中助詞〔3〕	有唯	183、234	2
	不	69、89、154、169、178、191、193、194、195、207、208、211、288、291	14
	迪	125	1
	征	217、249	2
	眈	1、12、66、157、164、199、200、201、207、240	10
	肇	6、64、81（2）、91、175	6
	其	60、128、134、232、294	5
句中語末	才	181、125	2
句末助詞	戈	74	1
	才	125	1

〔1〕句首助詞，共使用 320 次，其中「隹」字使用率最高。

　　（佔：表中①表「唯＋時間詞」②表「唯＋（主詞）……」。①：②＝8：1）

〔2〕句中語首助詞，共使用 143 次，其中「其」字使用率最高。

〔3〕句中語中助詞，共使用 40 次，其中「不」字使用率最高。「迪」字最少僅一見。

　　由上表統計可知：

　　一、句首助詞，共用 320 次，其中「隹」字使用率最高，佔 66.57%。隹字
　　　　作句首助詞，可位於時間詞前，亦可在主語（或省略主語）之首。時

間詞前之助詞「唯」使用較多，約爲主語（或省略主語）之句首助詞唯之八倍。

二、句中助詞，共使用 185 次。

　（一）語首助詞，使用 143 次，其中「其」字使用率最高。

　（二）語中助詞，使用 40 次，其中「不」字使用率最高。

　（三）語末助詞，僅「才」一字，使用 2 次。

三、句末助詞，共使用 2 次，見於禹鼎、班毀兩器。

第六章　歎詞探究

第一節　通　說

　　歎詞（Interjection）者，乃一種獨立之表聲字，用以表達感歎、悲痛、憤怒、驚疑、贊頌、命令、呼喚、喜悅或戲笑等語氣〔註1〕。其詞本身即無意義，復又單獨成句，以「不完全句」之形式〔註2〕，配合其它句子使用，以加強語言上表達意之效果。

　　夫言語之起源〔註3〕，距今奇遠，窮神搜討，終苦時期之間隔，不能架飛橋而渡，故居今論昔，憑藉甚少，結論鮮有信確者。然原始之時，初民或見風和日暖而喜悅，或受冰雪欺凌而悲哀，不平之鳴，其聲氣常侈張，古今中外，大體一致〔註4〕。唯感歎之法，僅足以表現簡單之情意，而不適於繁複之因應，故

〔註1〕參見楊伯峻《中國文法語文通解》520頁。

〔註2〕按：所謂「不完全句」者，指句子無主語、謂語之結構。形式有三種：甲、使用歎詞；乙、使用名詞；丙、合用歎詞與名詞。

〔註3〕按：綜計言語之起源，自古迄今，殆有四說：「神授說」、「發明說」、「寫聲說」及「感覺說」。參見安藤正次《語言學大綱》五章二節155頁，雷通群譯。

〔註4〕按：沈步洲《語言學概要》十二章134頁，謂：「日耳曼語之摹聲感歎詞，例如英法德各國，語言有 Ah、Oh、Aha、Bah 等感歎詞，均係開口音。」楊伯峻《中國文法語文通解》十一章520～524頁，以爲歎詞多借ㄚ、ㄛ、ㄞ等元音表淺情感。

歎詞絕非可包蓋言語之大部也〔註5〕。

　　歎詞既爲純表聲之字，因聲擬字，故字無定形，譬若「於」字，短言之曰「於」，長言之曰「於乎」，「於乎」或作「烏呼」，或作「嗚呼」，或作「於戲」，古皆通用〔註6〕。至若表情變化無窮，表聲之字有限，故數種情感可用同一之形式，若「噫」字，一爲歎美之聲，如《詩・周頌・噫嘻》：「噫嘻成王，既昭假爾」即是其例；一爲傷痛之歎聲，如《論語・先進篇》：「噫！天喪予！」即是；一爲心不平之歎聲，如《論語・子路篇》：「噫！斗筲之人，何足算也。」即是。然字同而情變，則調必有低昂，所謂隨事見情者。今以情感之不同，分歎詞爲八類焉：〔註7〕

　　　一、表感歎語氣。
　　　二、表悲痛語氣。
　　　三、表憤怒語氣。
　　　四、表驚疑語氣。
　　　五、表贊頌語氣。
　　　六、表命令或呼喚語氣。
　　　七、表喜悅或戲笑語氣。
　　　八、其它。

第二節　釋　例

　　西周金文用爲歎詞者，有「烏虖」、「於」、「虘」、「繇」「已」等五個。其性質茲分述如下：

一、烏　虖
（一）解　字
烏字：

〔註5〕同3，154頁。

〔註6〕參見裴學海《古書虛字集釋》三卷255頁。

〔註7〕按：歎詞爲表聲字，標音性質。受時、空因素之影響，同聲可表不同之情緒，而同音又可異形，故劃分歎詞之用法，僅能就句意推測。

（毛公鼎〈三代、四、二七〉）

（禹鼎〈錄遺、九九〉）

（沈子毀〈三代、九、三八〉）

（齊鎛〈三代、一、六六〉）

（余義鐘〈三代、一、五十〉）

《廣韻》：哀都切。　　　　　　　　　古音：影紐，魚部。

《說文》四上烏部：「　，孝鳥也。象形。孔子曰：『烏，盱呼也。』取其助气，故以爲烏呼。凡烏之屬，皆从烏。　，古文烏，象形。　，象古文烏省。」按上出金文，烏皆象鳥形，可皈入鳥部，而烏不應立爲部首矣〔註8〕。高田忠周謂，以秦刻石證之，秦篆「於」亦象烏之古文　、　〔註9〕，高田之說甚是。「烏」「於」本同，繁省之異耳。

虖字：

（沈子毀〈三代、九、三八〉）

（效尊〈三代、十一、三七〉）

（禹鼎〈錄遺、九九〉）

（寡子卣〈三代、十三、三七〉）

（毛公鼎〈三代、四、二七〉）

（余義鐘〈三代、一、五十〉）

《廣韻》：荒烏切。　　　　　　　　　古音：曉紐，魚部。

〔註8〕參見何大定〈說文解字部首刪定〉，載《中山大學語言歷史研究所周刊》1929年五冊 4188 頁。

〔註9〕參見高田忠周《古籀篇》九六第 3～4 頁。

《說文》五上虍部：「⿱⿰虎（圖），哮虖也。从虍丂聲。」高田忠周謂：「許氏云：『嘑，號也。从口虖聲。』又《廣雅》：『嘑，鳴也。』《周禮·雞人》：『夜嘑旦以嘂百官』是也，其實嘑亦虖異文無疑……从虍乎聲，虍即虎省，或號省，哮虖者，哮唬之謂也。轉爲號虖義，字或借呼，借謼爲之。……呼、謼亦同乎，乎爲語之餘，轉爲外息義，然从乎，已爲虖號意足矣。」〔註10〕其言可從。「虖」之或作「嘑」，猶「乎」或作「呼」，乎虖音義相近，故互通用。以「乎」爲「虖」，省文假借也；以「虖」爲「乎」，繁文假借也。

（二）說 明

經傳習用之歎詞「烏呼」，乃疊韻雙音節衍聲複詞，此二字，西周金文皆作「烏虖」。至春秋後期，戰國時代，百家爭鳴，文風趨口語化，同音異形之「烏乎」、「烏夫」、「於嘑」、「於虖」、「於乎」、「於戲」等始出現，其例如下〔註11〕：

（1）於嘑！敬才！〈㠱兒鐘〉

（2）烏夫！戏人剛恃，天远元型。〈信陽楚竹書〉

（3）於虖！先王之惠，不可復曼。〈㝬壺〉

（4）於戲！前王不忘。《《大學》引《詩·周頌·烈文》》

（5）嗚呼！西方有眔，咸聽朕言。《《尚書·泰誓》中》

上舉諸例，「於嘑」等皆獨立成句，以增進語勢，抒發情感，調和音節，故知歎詞實嚴謹結構，神化情韻所必需者也。

（三）用 法

甲、表贊頌語氣

1、烏虖！乃沈子敊克蔑，見猒于公。（沈子毁〈三代、九、三八〉）

2、烏虖！丕杯丮皇公，受京宗猷釐。（班毁〈兩考、二十〉）

3、烏虖！朕文考甲公文母日庚叔休。（𤼈鼎二〈文物、1976〉）

按：上舉諸例，歎詞「烏虖」表贊頌語氣。

例1，乃，汝也，爾也。「敊」字，自來有二說：一釋作昧，謂日始出時，

〔註10〕同註9，四八第29頁。

〔註11〕參見張振林〈先秦古文字材料中的語氣詞〉，載《中國語文研究》1981年二期59頁。

猶昧爽也〔註 12〕；一訓爲撫，謂妹讀爲敉，《說文》敉⌄三下支部，撫也；讀若弭，弭、敉、妹古音同部同紐〔註 13〕。按二說，當以後說爲長，以妹訓安撫，於上下文義最爲妥切。克蔑，與克殷之句法同，蔑爲地名。猒字，《說文》五上甘部訓飽也，猶今言滿足也，與《書・洛誥》：「萬年猒于乃德。」毛公鼎銘：「皇天弘猒乒德」（〈三代、四、四六〉）叔夷鐘銘：「余弘猒乃心」（〈兩考、二〇二〉）等猒字同義。

例 2，卂字，與朕同義，二字乃一音之轉。「不朽」同不顯，贊美之辭。釐字，《說文》十三下里部訓爲家福也，懿釐蓋謂美蔭。

例 3，庚，讀爲賡，繼續也。叔即淑，善也，美也。

乙、表傷感語氣

1、烏虖！訧帝家，㠯享不朿。（寡子卣〈三代、十三、三七〉）

2、戜曰：烏虖！王唯念戜辟剌考甲公，王用肇事乃子戜。（戜鼎二〈文物1976、6〉）

3、烏虖！隹考口念自先王先公，廼敕克衣，告列成工。（沈子毁〈三代、九、三八〉）

4、烏虖！哀哉！用天降大喪于下或。（禹鼎〈錄遺、九九〉）

按：上舉諸例，歎詞「烏虖」表傷感語氣。

例 1，訧字，《說文》所無，舊或釋爲「誶」〔註 14〕，郭沫若謂當是「哀」之異文也〔註 15〕。夫據文求義，郭說可從。享，祭也。不朿，不善也，古多用爲遭際不善之專名〔註 16〕。

丙、表感歎語氣

1、烏虖！效不敢不邁年夙夜奔徛朢公休。（效卣〈三代、十三、四六〉、效尊〈三代、十一、三七〉）

〔註 12〕參見吳大澂《古籀補》70 頁；強運開《古籀三補》七卷 1 頁。

〔註 13〕參見郭沫若《兩考》48 頁沈子毁。

〔註 14〕參見方濬益《綴遺》十二卷 30 頁羣丕叔卣蓋。

〔註 15〕參見郭沫若《金考》142 頁，〈韻讀補遺寡子卣〉。

〔註 16〕參見王國維《觀堂集林》二卷 76 頁，〈與友人論詩書中成語書〉。

2、烏虖！爾有唯乎亡哉。（何尊〈文物、1976、1〉）

按：上舉二例，歎詞「烏虖」表感歎語氣。

二、於

（一）解　字

兀 （大盂鼎〈三代、四、四二〉）

《廣韻》：哀都切。　　　　　　　　古音：魚部。

《說文》四上烏部：「於，象古文烏省。」參見前例「烏虖」條。

（二）說　明

於烏二字，同音通用。《助字辨略》曰：「於，又音烏，歎美辭也。」〔註17〕《古書虛字集釋》亦云：「於，歎詞也。按：短言之曰『於』，長言之曰『於乎』。『於乎』或作『烏乎』，或作『嗚呼』，或作『於戲』，古皆通用。」〔註18〕於，即嗚呼也。考典籍，「於」字作歎詞者，若《詩·秦風·權輿》：「於！我乎夏屋渠渠。」又〈商·頌那〉：「於！赫湯孫，穆穆厥聲。」等是其例。

（三）用　法

表呼喚或命令語氣：

王曰：於！令女盂井乃嗣且南公。（大盂鼎〈三代、四、四二〉）

按：此例，「於」字作歎詞，表呼喚或命令語氣。於，古文作 兀，舊多不識〔註19〕。徐同柏〔註20〕、劉心源〔註21〕、吳大澂〔註22〕釋「於」，歎詞，一字爲句，疑惑始清。井通刑、效法也。女、乃，皆第二身稱代詞，通汝也，爾也。「嗣且」者，繼嗣之祖，專指祖父也。

〔註17〕參見劉淇《助字辨略》一卷 22 頁。

〔註18〕參見裴學海《古書虛字集釋》三卷 255 頁。

〔註19〕按：柯昌濟《韡華》乙中 57 頁盂鼎，疑「兀」乃示之變體。

〔註20〕參見徐同柏《从古》十六卷 31 頁盂鼎。

〔註21〕參見劉心源《奇觚》二卷 40 頁盂鼎。

〔註22〕參見吳大澂《古籀補》附錄 1 頁。

三、虘（虡）

（一）解　字

虘孳乳爲虡。

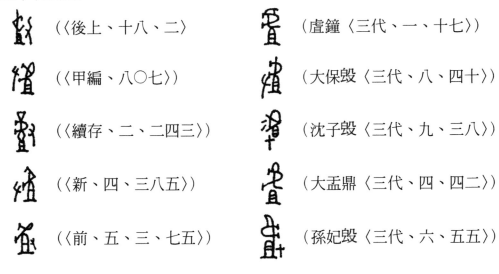

（〈後上、十八、二〉）　　　　（虘鐘〈三代、一、十七〉）

（〈甲編、八○七〉）　　　　（大保毁〈三代、八、四十〉）

（〈續存、二、二四三〉）　　　　（沈子毀〈三代、九、三八〉）

（〈新、四、三八五〉）　　　　（大盂鼎〈三代、四、四二〉）

（〈前、五、三、七五〉）　　　　（孫妃毀〈三代、六、五五〉）

《廣韻》：昨何切　　　　　　古音：從紐，魚部。

《說文》五上虍部：「虘，虎不柔不信也。从虍且聲，讀若鄌縣。」虘字，阮元〔註23〕、吳榮光〔註24〕並以爲當是古「祖」字繁文，高鴻縉謂字从虎省，且聲〔註25〕。就甲金文字形觀之，似高說爲是。《說文》三下又部：「虡，又卑也。从又虘聲。」虡字，卜辭用爲方名，辭云：「貞，我☑虡」（〈前、五、三七、五〉）、「叀虡令」（〈後上、十八、二〉）、「戉弗及虡方」（〈甲編、八○七〉）等等，丁山謂虡即春秋之相地，在今河南永城縣也〔註26〕。

（二）說　明

虘字，彝銘習見〔註27〕，前賢孫詒讓〔註28〕、徐中舒〔註29〕、容庚〔註30〕、

〔註23〕參見阮元《積古》六卷 8 頁伯據敦。

〔註24〕參見吳榮光《筠清》三卷周太師虘。

〔註25〕參見高鴻縉《中國字例》六篇 228 頁。

〔註26〕參見丁山〈卻虡跋〉，載《集刊》1932 年二本四分 419～422 頁。

〔註27〕按：虘爲作器者多見，若：虡啠妊簋〈三代、七、二六〉、虡尊〈三代、十一、二七〉、虡舥〈三代、十四、三一〉、虡壺〈三代、十二、九〉、虡霎卣〈攈古、二之二、五〉、虡戉爵〈三代、十六、二五〉、大師虘豆〈三代、十、四七〉、與虘鐘〈三代、一、十七〉等等皆是。

陳夢家〔註31〕等人，引《尚書・費誓》之「徂茲淮夷，徐戎並興」爲證，訓「叡」爲徂、往、昔或今，竝以叡字乃時間副語。唯徐釋叡爲「今」，容釋叡爲「往昔」，說各迥異。所以然者，蓋金文叡字，用於句首之例，皆未明指其時，而典籍與彝銘，上下文今昔對稱者，固不乏其例〔註32〕。惜乎彔卣〈三代、十三、四二〉、小臣謎毀〈三代、九、十一〉、大保毀〈三代、八、四十〉及沈子毀〈三代、九、三八〉諸銘，皆但言「叡」，而下文絕無「今」與之相承，故從語例細究之，釋叡爲徂往，似有可商。自柯昌濟謂金文「叡」，用爲「嗟」字〔註33〕，首創先例，一掃舊說，始得其眞。楊樹達推闡之，曰：「今案《書・費誓》云：『徂茲！淮夷徐戎並興。』僞傳訓徂爲往，茲爲此，殊無義理。余謂徂茲當爲句，徂茲猶嗟茲也。叡與徂聲類同。《詩・唐風・綢繆》云：『子兮子兮，如此良人何！』毛傳云：『子兮者，嗟茲也。』《管子・小稱篇》云：『嗟茲乎！聖人之言長乎哉！』〈秦策〉云：『嗟嗞乎！司馬空！』《尚書・大傳》云：『諸侯在廟中者，僦然若復見文武之身，然後曰：嗟子乎！此蓋吾先君文武之風也夫！』《說苑・貴德篇》云：『嗟嗞乎！我窮必矣！』揚雄《青州牧箴》曰：『嗟茲！天王！附命下土。』嗟嗞、嗟子，並與嗟茲同。」〔註34〕楊說引經據典，復就音同相假之理言之，謂徂、嗟、叡三字皆歎詞、無義，說至塙也。蓋歎詞表聲，本無定字，故「嗟」字，經傳中無慮千百見，而金文中了無其字，正以彝銘作「叡」，不作「嗟」之故爾。

（三）用 法

甲、表憤怒語氣

1、叡！㠱反，王降征令弓大保。（大保毀〈三代、八、四十〉）

2、叡！東尸大反，白懋父冒殷八自征東尸。（小臣逨毀〈三代、九、十一〉）

〔註28〕參見孫詒讓《餘論》三卷 19 頁橋改彝。

〔註29〕參見徐中舒〈逨敦考釋〉，載《集刊》1932 年三本二分 280 頁。

〔註30〕參見容庚《善圖》11 頁師旅鼎。

〔註31〕參見王夢旦《金選》35 頁斷代（一）6 頁小臣謎毀。

〔註32〕參見本論文《時間關係詞「既」字條下》，例 3 至 5，各例皆「昔……今」時間副語對舉。

〔註33〕參見柯昌濟《韡華》中 17 頁王孫鐘。

〔註34〕參見楊樹達《積微》一卷 18 頁縣改毀跋。

3、叡！厈不從厈右征。（師旅鼎〈三代、四、三一〉）

4、叡！淮尸敢伐內或。（彔敀卣〈三代、十三、四三〉）

5、叡！乃可湛，女敢以乃訟師。（儰匜〈文物、1976、5〉）

按：上舉諸例，「叡」字作歎詞，表憤怒語氣。

例1，「厈」經典作「厥」，三身稱代詞。征令，征伐之令。

例2，尸字，甲文作 ⟨甲編、二七七⟩形，金文亦作 兮甲盤〈三代、十七、二十〉形，隸作夷，《說文》十下大部：「夷，東方之人也。从大从弓。」東夷，概指周初東海沿綫各部族之總名〔註35〕。殷八𠂤，乃武王滅殷後所編成之軍隊，用以鎮撫東夷者也〔註36〕。

例3，厈，稱代眔僕。右，上之稱也。

例4，乃，汝也，爾也。「可」字，殆即《周禮·世婦》：「大喪……不敬者，苛而罰之」之苛刑〔註37〕。

乙、表贊頌語氣：

1、叡！酉無敢酖，有柴烝祀，無敢醻。（大盂鼎〈三代、四、四二〉）

2、叡！吾考克淵克尸，沈子其頮褭多公能福。（沈子𣪘〈三代、九、三八〉）

3、叡！乃仜楷白室，易女婦、爵、𨏖之弋周玉，黃☒。（縣妃𣪘〈三代、六、五五〉）

按：上舉諸例，「叡」字作歎詞，表贊頌語氣。

例1，酉即酒之初文。酖字，說文失收，字从舌从火从酉，殆舌傷酒嚴烈之意，與《說文》十四下酉部：「酤，酒味厚也。」義相近，或「酖」本會意字，後又另造形聲字「酤」，酤行而酖廢矣。「酒無敢酤」者，謂不貪於嗜酒也。柴，紫也，祭名。烝，登也，烝也，《禮記·月令》：「農乃登麥。」注：「登，進也。」經典以烝爲之，《爾雅·釋詁》：「烝，進也。」《詩·小雅·信南山》：

〔註35〕參見譚戒甫〈西周盠鼎銘研究〉，載《考古》1963年十二期671頁。

〔註36〕參見葉達雄〈西周兵制的探討〉，載《台大歷史學報》六期11～15頁。

〔註37〕參見唐蘭〈陝西省岐山縣董家村新出西周重要銅器銘辭的譯文和注釋〉，載《文物》1973年五期58頁。

「是烝是享。」傳：「烝，進也。」烝乃薦新之祭也。「釀」字，象一醉漢恍惚顛沛於酉（酒）旁，殆「醉」之初文也〔註38〕。

例2，克，勝也，征服也。淵、夷皆地名。「頴裹」讀若緬懷，思念也。多公，即祖宗之諸公也。

例3，乃，汝也。「仜」字，《廣雅・釋詁》：「仜，有也。」乃仜櫓白室，謂汝爲縣伯之內助。易讀若錫，下接賞賜物。

丙、表呼喚或命令語氣：

1、▲戲！厥隹顏林！我舍顏口大馬兩，舍顏妣虘各，舍顏有嗣壽商貊、裘、盠、邑。（裘衛鼎二〈文物、1976〉）

2、▲戲！鑿陝以西，奉于敵城、桳木。（散氏盤〈三代、十七、二十〉）

按：上舉諸例，「戲」字作歎詞，表呼喚或命令語氣。

例1，顏林、顏口、顏妣與顏有嗣，皆人名。下接賞賜物。

例2，「奉」讀爲封，封樹也〔註39〕。《周禮・地官・封人》云：「掌詔王之社壝，爲畿封而樹之，凡封國，設其社稷之壝，封其四疆，造都邑之封域者亦如之。」鄭注云：「爲畿封而樹之，畿上有封，若今時界矣。」孔疏云：「云『畿上有封，若今時界』者，漢時界上有封樹，故舉以言之。」蓋百年喬木，往往矗立於阡陌之間，爲遠近所矚目，古人劃定田疆，於凡有木之所，藉以爲標識。鑿陝，敵城、桳木，地名。

四、繇（芳）

（一）解　字

（彔自戜毀〈三代、九、二七〉）

（散氏盤〈三代、十七、二十〉）

（懋史鼎〈小校、二、二七〉）

〔註38〕參見高鴻縉〈大盂鼎集釋〉，載《南洋大學中文學報》一期12頁。

〔註39〕同註34，一卷33頁散氏盤跋。

【圖】（師袁毀〈三代、九、二八〉）

《廣韻》：以周切。　　　　　　　古音：餘紐，宵部〔註40〕。

《說文》十二下系部：「【圖】，隨從也。从系𣊫聲。」按：《說文》有「繇」無「䌛」，然「櫾」六上木部从木䌛聲，囮之重文「圝」六下口部从䌛，是可知許書不得無䌛，且繇字韻會二蕭引作䌛，或作繇〔註41〕，故《說文》「繇」蓋本有重文「䌛」，今挩耳〔註42〕。就上出古文觀之，懋史鼎之繇字，作【圖】，字从言，从爪，手也，所以執事，【圖】，則巨首長鼻，龐然大獸之狀，乃「爲」之初文〔註43〕。聞一多謂「繇」與「譌」係一字，義爲誘致生象，而以言語教諭之〔註44〕，說甚精塙。論其本原，「繇」「䌛」「譌」實係一字，許慎取其引而往也之義，故訓「繇」義隨從也〔註45〕。

（二）說　明

《經傳釋詞》曰：「《爾雅》曰：『繇，於也。』繇、由、猷古字通。」〔註46〕繇字，彝銘屢見，說者紛紜，吳式芬釋爲「䚦」，義爲危也〔註47〕；吳大澂釋爲「謠」〔註48〕；自劉心源釋爲「繇」，繇即謠，即譌亦即猷〔註49〕，剔抉不

〔註40〕按：繇字，段玉裁歸三部，董同龢歸宵部（屬段二部）。

〔註41〕參見嚴可均《說文校議》。此據《說文解字詁林》十冊 506 頁十二下系部繇字條下所引迻錄。

〔註42〕參見王筠《說文解字句讀》，迻錄同註41。

〔註43〕按：「爲」字，說文三下爪部訓母猴也，然古文作【圖】（〈前、五、三〇、四〉）、【圖】（〈甲編、二七六九〉）、【圖】（召伯毀〈三代、九、二一〉）、【圖】（郘公華鐘〈三代、一、六二〉）、【圖】（晉鼎〈三代、四、四五〉）形，字上从又，下从長鼻之象，以手牽象以助其事，以會作爲之意，小篆譌變至劇，許君據之，故釋義解形，皆非也。

〔註44〕參見《聞一多全集》二冊 545～546 頁釋圝。

〔註45〕參見周鳳五〈說繇〉，載《幼獅學誌》1985 年十八卷二期 27～40 頁。

〔註46〕參見王引之《經傳釋詞》一卷 8 頁。

〔註47〕參見吳式芬《攈古》三之二卷 54 頁師袁毀。

〔註48〕參見吳大澂《字說》23 頁譌繇字說。

〔註49〕參見劉心源《奇觚》四卷 11 頁彔伯𣪘毀。

盡善，始成定論。楊樹達從之，其曰：「按繇爲歎詞，《爾雅》曰：『繇，於也。』郭注云：『繇，辭也。』繇與銘文之繇同。《爾雅》訓繇爲於者，於，乃《書‧堯典》：『僉曰：於！鯀哉！』之於，亦歎詞也。猷與繇古音同，故今本《尙書》多作猷，〈大誥〉曰：『王若曰：猷！大誥爾多邦，越爾御事。』〈多方〉：『王曰：猷！若爾多士。』又曰：『王曰：猷！告爾四方，多方惟爾，殷侯尹氏。』又曰：『王曰：嗚呼！猷！告爾有方多士暨殷多士。』皆其事也。」〔註 50〕楊說由經籍文例，聲韻關係等探討之，推闡甚精，誠中肯之論見也。「猷」「繇」二字，古音相同，盡經中多作「猷」，而西周金文皆作「繇」。

（三）用　法

甲、表贊頌語氣

王若曰：彔白𤔲！繇！自乃且考又于周邦。（彔自𤔲𣪕〈三代、九、二七〉）

按：此例，「繇」字作歎詞，表贊頌語氣。「若曰」者，傳聞之語法，乃史官傳達王令之形式也。「」字，亦見毛公鼎〈三代、四、四六〉、單伯鐘之「董大令」（〈三代、一、十六〉）銘文，孫詒讓釋爲「揯」〔註 51〕，讀爲「勳」，有勳于周邦者，謂有功勳于周室也〔註 52〕。

乙、表呼喚或命令語氣

王令虔庆矢曰：繇！于圖。（矢𣪕〈錄遺、一六七〉）

按：此例，「繇」字作歎詞，表呼喚或命令語氣。「庆于圖」者，庆隸作侯，射禮也，《說文》五下矢部：「侯，春饗所射侯也。从人、从厂象張布，矢在其下。」圖字，地名，黃盛璋謂字正象重屋與窗牖之形，上層象天室，爲祭天之所，下層則爲太室，爲行政宴賞之所，故圖當與宗廟太室有關〔註 53〕。

〔註 50〕參見楊樹達《積微》一卷 9 頁彔伯𣪕𣪕跋。

〔註 51〕參見孫詒讓《名原》下 22～23 頁。

〔註 52〕同註 50，20 頁彔伯𣪕𣪕再跋。

〔註 53〕參見黃盛璋〈大豐𣪕銘制作的年代地點與史實〉，載《歷史研究》1960 年六期 84～85 頁。

丙、表憤怒語氣

▲

緐！我員晦臣，今敢博罙罘叚。（師袁毁〈三代、九、二八〉）

按：此例，「緐」字作歎詞，表憤怒語氣。「員」字，亦見兮甲盤〈三代、十七、二十〉，䛣伯毁〈愙齋、十一、二三〉等銘，郭沫若謂員即貝布之本字〔註54〕。說極精確，蓋員从貝，白聲，與「賦」相通，《書・多方》：「越惟有胥伯小大多正。」胥伯，《尚書・大傳》引作胥賦，伯賦通用，員自可讀賦，且古布賦二字亦常相假，《詩・大雅・烝民》：「明命使賦。」毛傳：「賦，布也。」《廣雅・釋詁》及《小爾雅》廣詁並訓賦爲布，足見賦布二字，音義俱通。「晦」字，《說文》以爲田晦字<small>十三下
田部</small>，或作畮，唯畎晦、壟晦二義，與此銘文義不合，郭沫若謂晦當作賄字解，晦賄通用，古有明證，其曰：「一切經音義四：『賄，古文晦同。』正從每聲，《儀禮・聘禮》記：『賄在聘于賄。』注云：『古文賄，皆作悔。』知賄與悔通，則知晦與賄通矣。」〔註55〕，《說文》六下貝部訓賄爲財也。此銘員晦連文，爲財賦之義。「員晦臣」者，猶言賦貢之臣也。博迫二字，古同音通用，「博罙罘叚」，謂迫其罘使暇也。

五、巳

（一）解　字

𠃚（〈藏、一、三〉）	𠃑（大盂鼎〈三代、四、四二〉）
𠃚（〈藏、二、四〉）	𠃑（毛公鼎〈三代、四、二七〉）
𠃟（〈前、一、三、四〉）	𠃟（蔡庆盤〈蔡、一三八〉）
𠃟（〈甲、二、十、八〉）	𠃟（欒書缶〈錄遺、五一四〉）

《廣韻》：羊巳切。　　　　　　　古音：餘紐，之部。

《說文》十四下巳部：「𠃚，巳也。四月陽气巳出，陰气巳藏，萬物見，

〔註54〕參見郭沫若《兩考》144 頁兮甲盤。

〔註55〕同註54。

成文章，故巳爲蛇，象形。凡巳之屬，皆从巳。」按就上出契文觀之，十二支第六位之「巳」，諸形實即篆文「子」字，《說文》十四下子部：「 ⚬ ，十一月陽气動，萬物滋，入以爲偁。象形。凡子之屬，皆从子。 ⚬ ，古文子从巛，象髮也。 ⚬ ，籀文子，囟有髮，臂脛在几上也。」故李孝定謂「巳」「子」一字也〔註56〕。夫干支之字，古世所以代時之偁，竝無專字，悉皆取假他字以承用者。「子」字，許君既知其初形爲幼兒全體之象（ ⚬ ），則子固屬幼兒之專字，唯謂子本「陽氣動，萬物滋」之稱，因假借以爲人之稱，則屬倒本爲末之說也。甲骨文「巳」字，象人形，其可斷言者，如祀之作 ⚬ 〈後下、一、八〉，改之作 ⚬ 〈前、七、三八、一〉，祀改所從之偏旁「巳」，亦屬人子之形無疑，許書釋巳爲巳（蛇），全屬虛構〔註57〕。是知李氏「子」「巳」一字之說，爲不誣也。更就其音察之，子（即里切），古音屬精紐，之部；巳（詳里切），古音屬定紐，之部；二字古韻同部，益可知子巳同文同體，古本一字之爲確也。蓋逮至小篆，子孫之「子」，終嫌於支名之「巳」，遂略變古文之 ⚬ 作 ⚬ ，以代支名「巳」字，而以「子」爲第一支名及子孫字，於是「子」「巳」遂分爲二字矣。

（二）說　明

《尚書集釋》曰：「巳，朱氏古注便讀云：『噫也』按：巳，莽誥作熙。師古曰：『熙，歎辭。』段氏古文尚書撰異，謂即今之嘻字。噫、嘻皆歎詞也。」〔註58〕巳，文章開端之歎詞也，經籍習見，若《書·大誥》：「巳！予惟小子。」唐誥：「巳！汝惟小子。」等是其例。楊樹達謂古言「巳」與今言「唉」同〔註59〕，其說甚諟，唉从矣聲，「巳」「矣」古音同屬舌尖音，發音部位同，且古韻亦歸屬之部，故可通假。

（三）用　法

表呼喚或命令語氣：

〔註56〕參見李孝定《甲骨文字集釋》十四卷 4366～4368 頁。

〔註57〕參見謝師一民《說文解字箋正》311～312 頁。

〔註58〕參見屈萬里《尚書集釋》135 頁。

〔註59〕參見楊樹達《詞詮》七卷 479 頁。

1、已！女妹辰又大服，余隹即朕小學。（大盂鼎〈三代、四、四二〉）

2、王曰：父曆！已！曰彶絲卿事寮、大史寮于父即尹。（毛公鼎〈三代、四、二七〉）

按：上舉二例，「已」字作歎詞，表呼喚或命令語氣。西周金文歎詞「已」，凡此二見，皆用於記錄冊命之長銘，作兼寫語氣之用〔註60〕。

例 1，「妹辰」即昧辰之叚借。「女妹辰又大服」者，謂盂早年（昧晨）有服位。余隹即朕小學，言今余命汝就事于王之學宮也。

例 2，卿事、大史皆官名。寮，即《爾雅・釋詁》：「寮，官也。」《左傳・文公七年》：「同官爲寮。」之寮，官屬也。即，就也。尹，正也。「于父即尹」者，謂就正于父也。

第三節　統　計

一、西周金文、歎詞有

烏虖、於、繇、歔、已等五字，其古音分布，茲圖示如下：

發聲部位 ＼ 聲紐 ＼ 韻部	之二十四	幽二十一	魚十三	合　計
舌根音　x 曉			虖	1
舌尖音　d' 定	已	繇		2
如尖前音　dz' 從			歔	1
喉音　?			烏、於	2
合計	1	1	4	共 6 個

聲紐分布於舌根音、舌尖前音、喉音、舌尖音。

韻母分布於：（一）第十三部，有：烏、虖、於、歔等四個；（二）第二十一部，有：繇一字；（三）第二十四部，有：已一字。

〔註60〕參見于省吾《雙選》上二卷 3 頁盂鼎，10 頁毛公曆。

二、西周金文歎詞用法統計

歎詞＼作用	感 歎	悲 感	憤 怒	贊 頌	命令或呼喚
烏虖	2	4		4	
叡			5	3	2
繇			1	1	1
已					2
於					1
合計	2 7.7%	4 15.38%	6 23.08%	8 30.77%	6 23.08%

　　歎詞為表聲字，標音性質。受時空因素之影響，同聲可表不同之情緒，而同音又可異形，故劃分歎詞之用法，僅能就句意推測。由上表可知，西周金文歎詞之作用，以表贊頌語氣最多，佔 30.77%，此殆與彝銘多為紀念先祖而作之性質有關；其次為憤怒、命令或呼喚語氣，各佔 23.08%；再為表悲感語氣，佔 15.38%；表感歎語氣省最少。

三、西周金文歎詞使用次數統計表

　　（註：器名後之「數」，為本文所編之器號。）

器名＼出現次數 歎詞	烏虖	叡	繇	已	於	總 計
何尊（234）	1					1
大保毀（104）		1				1
矢毀（111）			1			1
大盂鼎（42）		1		1	1	3
師旅鼎（44）		1				1
沈子毀（123）	2	1				3
效卣（265）	1					1
效尊（231）	1					1
班毀（125）	1					1
寡子卣（263）	1					1
小臣謎毀（115）		1				1

（表格左側有「西周前期（武王－昭王）」縱向標示）

西周中期	（穆王—夷王）	裘衛鼎（88）		1				1
		彔致卣（262）		1				1
		儠匜（293）		1				1
		致鼎（91）	2					2
		彔白致毀（135）			1			1
		縣妃毀（132）		1				1
		散氏盤（286）		1				1
西周末期	（厲王—幽王）	禹鼎（74）	1					1
		師袁毀（179）			1			1
		毛公鼎（81）				1		1
器銘：21								
次數			10	10	3	2	1	26
百分率			38.46%	38.46%	11.54%	7.79%	3.85%	100%

由上表統計可知：

（一）西周金文，歎詞出現次數最多者為：烏虖、叡等兩個，各佔38.4%，次則為繇字，已字，至若於字，僅大盂鼎一見耳。

（二）、「烏虖」後世仍沿用，或作嗚呼、烏乎、於戲、烏夫、於嘑等字形；「叡」、「繇」等字，則另以嗟、猷代之。而甲骨文所習之歎詞「匃」、「舲」，西周彝銘皆未見，此蓋歎詞表聲，本無定字之故也。

第七章　結　論

　　夫三代遺文，奇詭奧傳，固難歸結，而斷文廢款，豈易爲功。茲就本文管中窺豹之一得，綜述結論如下：

壹、虛詞探究

一、介　詞

　　西周金文，介詞計有：于、㠯、才、自、用、及、眔、从、卿等九類。其作用分述如下：

　　（一）受事介詞，僅「于」一字，介賓結構皆置於述語之後，可重複使用，「于」亦可省略。帶受事次賓語之句子，賓語可加連詞「㠯」或「用」。

　　（二）處所介詞，有「于」「才」「自」「卿」四類。「于」字最常見，約佔百分之三五，亦可省略。介賓結構之位置，可在述語之前或後。「卿」字僅介方位詞，且介賓結構倒置，此乃甲骨文至後代文言共同之現象。

　　（三）時間介詞，有「才」「自」兩類。「才」字最常見，約佔百分之八八，亦可省略。介賓結構之位置，可在述語之前或之後。

（四）憑藉介詞，有「用」「已」兩字。「用」字最常見，約佔百分之六六。介賓結構之位置，可在述語之前或之後，並可重複使用，前置時，次賓語並可省略。稱代詞「是」字作次賓語，介賓結構有倒置之現象。

（五）交與介詞，有「𣞤」「彶（及）」「眔」「从（從）」等四類。「從」用最常見，約佔百分之四四，多見於征伐例中。介賓結構之位置，皆在述語之前。

（六）施動介詞，僅「于」一字。介賓結構之位置，皆在述語之後。除賓語作主語外，受事次賓語亦可作主語。西周金文之被動句式，可總括爲「于字式」與「見字式」，楊樹達謂「見字式」之被動句金文中未見，沈子𣪘銘「見獻于公」之例，正可修正楊說。

二、連　詞

西周金文，連詞計有：又、𣞤、及、眔、雪、于、隹、之、氒、其、用、自等十二類。其作用分述如下：

（一）名詞並列結構之連詞，有「又」、「𣞤」「及」「眔」「雪」「于」「隹」等七類，其中「眔」「𣞤」「雪」「于」，甲骨刻辭有相同之用法。連詞可交替或重複使用。「眔」字最常見，約佔百分之六二，其次爲「𣞤」字，約佔百分之十七。連詞可省略。

（二）形容詞並列結構之連詞，僅「又」一字。以不加連詞爲常態。

（三）數詞並列結構之連詞，僅「又」一字。一般而言，古漢語整零數間，往往加連詞「又」，然大小盂鼎中有六個例外。而千、百之後，加「又」連接十位數者，西周金文僅大盂鼎、宜侯夨𣪘二器，五見耳。

（四）主從結構之連詞，有「之」「氒」「其」等三類。「之」字最常見，約佔百分之四八，可用以連接領屬性、形容性之加語與端語。「氒」「其」僅見於領屬性加語之主從結構中。以不加連詞爲常態。

（五）賓語之連詞，有「用」「𣞤」「自」等三類。「用」字最常見，約佔百分之六七。凡非雙賓語句中，連詞必在賓語之前，使與述語連接，此連詞通常可省略（省略爲常態）。凡雙賓語句中，受事次賓語無介

詞，則賓語前必加連詞「用」「㠯」。

（六）西周金文中，未見方位詞並列結構之連詞，亦無組合式造句結構「主
語＋之＋謂語」之例。

三、複句關係詞

西周金文，複句關係詞計有：既、乃、廼、爰、叀、隹、用、則、斯、㠯、
又、復、古、亦、眔、㠯、于、雩等十八類。其性質分述如下：

（一）時間關係詞，有「既」「乃」「廼」「爰」「叀」等五類，亦可不用。
其中以「既」字最常見，約佔百分之五四。第一分句之關係詞，僅
「既」字，凡使用既字之例，皆有「昔……今」時間副語上下對文。
「廼」「乃」「爰」「叀」則悉見於第二分句，以「廼」字最常見，容
庚金文編云：「乃，汝之也；廼，於是也，經典多叚乃爲主，金文絕
不相混。」本文所列之例，正可修正容說。

（二）因果關係詞，有「隹」「用」「則」「古（故）」等四類，亦可不用。「隹」
字置於原因小句；「用」字可同時置於原因、後果小句，使用最頻繁，
約佔因果關係詞之百分之九五，其文例多作：「……對揚王休，用
作……」。「古」「則」二字，皆置於後果小句。

（三）假設關係詞，有「廼」「乃」「則」「㠯」「又」等五類。「㠯」字最常
見，約佔百分之二九。「乃」「㠯」「又」皆置於第一分句，尚書有相
同之用法，「則」「廼」則皆置於第二分句。

（四）條件關係詞，有「斯」「則」二字，亦可不用，相同用法亦見於尚
書，其中以「則」字較常見，約佔百分之八九。

（五）目的關係詞，僅「用」一字，皆見於賞賜銘文。

（六）憑藉關係詞，有「用」「㠯」二字，亦可不用。其中以「用」字較常
見，約佔百分之九九，多見於銘末祈匄語。憑藉關係詞「㠯」字，
僅宗婦鼎一見。

（七）加合關係詞，有「隹」「又」「復」「亦」「眔」「于」「雩」等七類，
亦可不用。其中以「復」字最常見，約佔百分之四十。

（八）西周金文，補充關係複句皆不用關係詞。

四、助　詞

　　西周金文，助詞有：率、延、𦎫、肇、隹、叀、爽、其、曰、亦、不、雩、雩若、弘唯、眔、有隹、迺、才、𢦏等十九類。其古音分句，聲母以舌尖音最多，佔百分之三七；韻母歸屬之部者最多，佔百分之二六。其中「爽」「其」「才」「𢦏」四字，可表情意。

　　（一）句首助詞，有「率」「延」「𦎫」「肇」「隹」「叀」「爽」「其」「曰」「亦」「不」「雩」「雩若」「弘唯」「眔」等十五字，其中「隹」「叀」「其」三字，甲骨文卜辭已見其例，除「叀」字外，相同用法亦見於尚書。考尚書，「雩」字譌作「粵」（或作「越」），「𦎫」字作「肆」，「延」字作「誕」，「迺」字作「攸」。西周金文，句首助詞以「隹唯」字最常見，約佔百分之六七，「隹」字在時間詞之前作加強認定語氣者，約為非時間詞前（主語或主語省略）之八倍。「雩若」皆置於時間詞之前，作加強認定語氣。

　　（二）句中語首助詞，有「延」「肇」「隹」「其」等四字。以「其」字最常見，約佔百分之七五，悉見於銘末祈勾語。

　　（三）句中語中助詞，有「有隹」「不」「迺」「延」「眔」「肇」「其」等七類。以「不」字最常見，約佔百分之三五，皆「不顯」連言，作加強語氣。「有隹」悉置於同一性主從結構之中，相同用法亦見於《尚書》。

　　（四）句中語末助詞，僅「才」一字。

　　（五）句末助詞，有「才」「𢦏」二字，皆用於疑問句。「才」字甲骨文未見，《尚書》作「哉」（今文作「才」）。甲骨文句末助詞「吕」，《尚書》句末助詞「已」「矣」，西周金文皆未見。

五、歎　詞

　　西周金文，歎詞計有：烏虖、叡、繇、已、於等五類，其性質分述如下：

　　（一）作用以表贊頌語氣者最多見，約佔百分之三一。

　　（二）古音分布，聲母分屬舌根、舌尖（前）、喉音，韻母歸屬十三、二十一部，以十三部最多，約佔百分之六七。

　　（三）以「烏虖」「叡」最常見，約佔百分之三八。

（四）「烏虖」為疊韻雙音節衍聲複詞，甲骨文未見，而後世典籍常用，或作烏夫、於虖、於戲、嗚呼、於嘑等諸形，上古「烏虖」可表感歎、悲感、贊頌等語氣，惟後世皆用為悲痛之詞耳。

（五）典籍中，「虘」字作「徂」「嗟」，「䜌」字作「猷」。

（六）甲骨文習見之歎詞「勾」「餘」，西周彝銘未見，此殆歎詞表聲，本無定用之故也。

貳、文字考釋

一、蠢字，古文作 𤯔，𤯔 諸形，象草根形，金文用為除災求福之祭名，與《說文》一上示部之祓用，雙聲轉注。

二、各字，古文作 𠮷、𠮷 諸形，字象自外臨至之象，本義為至也，後世借用作各別之各，而各至之各，乃叚格為之。

三、卿字，古文作 𨟻、𨟻 諸形，字象賓主相嚮，饗食之狀，引申有嚮義，與卿士之稱。

四、用字，古文作 𤰃、𤰃 諸形，字絕肖鐘形，即「鏞」之本字，許書三下用部訓為施用，乃其引申義也。

五、𪔂字，古文作 𪔂，其朔義為以匕扱鼎中之肉而載之於俎之形，由儀禮、金文、字書證之，知𪔂訓饗或享也。

六、㠯字，古文作 𠃋、𠃌 諸形，象曲柄折頸宛口向內之形，所以發土之器，許書十四下已部訓為用也，乃其引申之義。

七、㘔字，古文作 𧮫、𧮫 諸形，象繩反縛戰俘雙手於背後之形，從口，取審問之誼，與「訊」用同義。

八、眔字，古文作 眔、眔 諸形，象目垂涕之形，為「涕」之初文，而涕為後出形聲別構。許書四上目部訓眔為目相及也，從目從隶省，釋義解形兩失之。

九、之字，古文作 𡳿、𡳿 諸形，象足在地上，足形向前，往之之象也，許書六下之部訓為艸過屮，枝莖益大，有所之，非是也。

十、氒字，古文作 𢎉、𢎉 諸形，字與古器物矢栝之形 𢎉、𢎉 合，知氒為栝之初文，許書十二下氏部訓為木本也，從氏大於末，說當有誤

脫。

十一、既字，古文作 、 諸形，象人就殷飽食反顧之狀，字當作從皀從旡，旡亦聲，許書五下皀部小食之訓，非其正解。

十二、龏字，古文作 、 諸形，象人手持二相同之物，井聲，殆為「兼」或「攝」之初文。

十三、懿字，古文作 ，從 （壺之省）以貯酒，字象人張口就飲於壺側，而歡美之義自見，許書十下壹部以為字從恣省聲，段玉裁改為壹亦聲，皆誤。

十四、豊字，古文作 、；醴字，古文作 、，偏旁豊與豐字同，皆象珏在 凵 中，從豆、會意字、故豊、豐古本一字。

十五、卣字，古文作 、 諸形，象盛酒器，有提梁。 凵 為器下座，為名物之象形，許書五上乃部言形況之義者，乃後世之假借。

十六、叀字，古文作 、 諸形，象收絲之具，許書四下叀部訓專小謹，乃收絲之意引申而得。

十七、不字，古文作 、 諸形，象花萼全形，許書十二上不部訓鳥飛上翔不下來也，恐非。

十八、若字，古文作 、 諸形，象人舉手跽足，諾服巽順之狀，許書一下艸部訓為擇菜也，殆由籀篆字形混亂，誤以叒（）為芋（），所析字形從艸右、亦據小篆形體而誤。

十九、龘字，古文作 ，為縺之異文。

二十、繇，古文作 、 諸形，字象誘致生象而以言語教諭之，與「諹」實係一字，許書十二下糸部取其引而往也之義，故訓隨從也。

上述結論，僅就本文之內容，條舉其犖犖大端者言之，細節詳見各章語句之分析，與字義之推尋。夫古文之精嚴雅絜者，莫如吉金文字，故本論文之深衷，要在明上古語文特色之一斑，管窺蠡測之見，何足以踵事增華，但祈拋磚引玉，有所補焉。

※註：西周金文虛詞用法（按：凡加ˇ於格中者，即表有用於此者。）

虛詞＼用法	介 詞	連 詞	複句關係詞	助 詞 句 首	助 詞 句 中	助 詞 句 末	歎 詞
于	✓	✓	✓				
㠱	✓	✓	✓				
才	✓						
自	✓	✓					
用	✓	✓	✓				
及	✓	✓					
眔	✓	✓	✓				
从	✓						
卿	✓						
又		✓	✓				
雩		✓	✓	✓			
隹		✓	✓	✓	✓		
之		✓					
氒		✓	✓				
其		✓		✓	✓		
既			✓				
乃			✓				
廼			✓				
爰			✓				
卣			✓		✓		
則			✓				
斯			✓				
復			✓				
古故			✓				
亦			✓	✓			
率				✓			
延				✓	✓		

犛				∨			
肈				∨	∨		
叀				∨			
爽				∨			
曰				∨			
不				∨	∨		
雩若				∨			
弘唯				∨			
眈				∨	∨		
有隹					∨		
才					∨	∨	
戈						∨	
烏虖							∨
叡							∨
繇							∨
巳							∨
於							∨

附錄一　本文所引用西周銘文名稱與號碼對照表

編　號	器　　　名	著　　錄　　書　　刊
1.	宗周鐘	〈三代、一、五六〉
2.	猶鐘	〈三代、一、四〉
3.	走鐘	〈三代、一、一〉
4.	虘鐘	〈三代、一、十七〉
5.	單伯鐘	〈三代、一、十六〉
6.	虢叔旅鐘	〈三代、一、五七〉
7.	士父鐘	〈三代、一、四三〉
8.	汈其鐘	〈錄遺、三〉
9.	克鐘	〈三代、一、二一〉
10.	井編鐘	〈三代、一、二四〉
11.	柞鐘	〈文物、1961、7〉
12.	雁侯鐘	〈文物、1975、10〉
13.	師㝬鐘	〈文物、1975、8〉
14.	甲組瘨鐘	〈文物、1978、3〉
15.	乙組瘨鐘	〈文物、1978、3〉
16.	丙組瘨鐘	〈文物、1978、3〉
17.	丁組瘨鐘	〈文物、1978、3〉

18.	癲特鐘	〈文物、1978、3〉
19.	旅鼎	〈三代、四、十六〉
20.	量方鼎	〈斷代、(一)、九〉
21.	作冊 ![圖] 鼎	〈三代、三、三十〉
22.	寧鼎	〈三代、四、十八〉
23.	員鼎	〈三代、四、五〉
24.	臣卿鼎	〈三代、三、四一〉
25.	獻侯鼎	〈三代、三、五十〉
26.	厚趠方鼎	〈三代、四、十六〉
27.	嗣鼎	〈三代、三、二七〉
28.	史獸鼎	〈三代、四、二三〉
29.	匽侯旨鼎	〈兩考、二二六〉
30.	寰鼎	〈錄遺、九四〉
31.	作冊大方鼎	〈三代、三、二十〉
32.	小臣攢鼎	〈錄遺、八、五〉
33.	雁公鼎	〈三代、三、三六〉
34.	敾方鼎	〈錄遺、九二〉
35.	德方鼎	〈文物、1957、7〉
36.	小臣邁鼎	〈錄遺、八四〉
37.	鄒父方鼎	〈三代、三、二四〉
38.	中齍一	〈兩考、十六〉
39.	中齍二	〈兩考、十七〉
40.	虃鼎	〈兩考、二十〉
41.	小臣擂鼎	〈斷代、(二)、二二〉
42.	大盂鼎	〈三代、四、四二〉
43.	小盂鼎	〈三代、四、四四〉
44.	師旅鼎	〈三代、四、三一〉
45.	尹姞鼎	〈錄遺、九七〉
46.	令鼎	〈三代、四、二七〉
47.	毛公方鼎	〈三代、四、十二〉
48.	庚嬴鼎	〈兩考、四三〉
49.	趞鼎	〈三代、四、三三〉
50.	井鼎	〈三代、四、十三〉
51.	師趛鼎	〈三代、四、十一〉

52.	𣂏鼎	〈三代、四、十三〉
53.	呂方鼎	〈三代、四、二二〉
54.	刺鼎	〈三代、四、二三〉
55.	趞曹鼎一	〈三代、四、二四〉
56.	趞曹鼎二	〈三代、四、二五〉
57.	師湯父鼎	〈三代、四、二四〉
58.	利鼎	〈三代、四、二七〉
59.	師𩰫父鼎	〈三代、四、三四〉
60.	師晨鼎	〈兩考、一一五〉
61.	庚季鼎	〈兩考、一一三〉
62.	伯晨鼎	〈三代、四、三六〉
63.	師望鼎	〈三代、四、三五〉
64.	善鼎	〈三代、四、三六〉
65.	曶鼎	〈三代、四、四五〉
66.	頌鼎	〈三代、四、三九〉
67.	噩侯鼎	〈三代、四、三二〉
68.	微變鼎	〈兩考、一二三〉
69.	康鼎	〈三代、四、二五〉
70.	無叀鼎	〈三代、四、三四〉
71.	善夫山鼎	〈文物、1965、7〉
72.	汈其鼎	〈錄遺、九六〉
73.	函皇父鼎	〈錄遺、八二〉
74.	禹鼎	〈錄遺、九九〉
75.	宗婦鼎	〈兩考、一五六〉
76.	南宮柳鼎	〈錄遺、九八〉
77.	大克鼎	〈三代、四、四十〉
78.	小克鼎	〈三代、四、三十〉
79.	大鼎	〈三代、四、三二〉
80.	𤔲攸从鼎	〈三代、四、三五〉
81.	毛公鼎	〈三代、四、二七〉
82.	不替鼎	〈文物、1972、7〉
83.	麥鼎	〈錄遺、九一〉
84.	旟鼎	〈文物、1972、7〉
85.	𣪘叔鼎	〈文物、1976、1〉

86.	師䚔鼎	〈文物、1975、8〉
87.	裘衛鼎一	〈文物、1976、5〉
88.	裘衛鼎二	〈文物、1976、5〉
89.	此鼎	〈文物、1976、6〉
90.	㝬鼎一	〈文物、1976、6〉
91.	㝬鼎二	〈文物、1976、6〉
92.	中甗	〈兩考、十九〉
93.	遇甗	〈三代、五、十二〉
94.	仲枏父鬲	〈文物、1965、1〉
95.	令彝	〈兩考、五〉
96.	獻彝	〈兩考、四五〉
97.	麥彝	〈兩考、四二〉
98.	史臨彝	〈三代、六、五十〉
99.	燹彝	〈三代、六、四九〉
100.	小臣靜彝	〈兩、五六〉
101.	吳方彝	〈三代、六、五六〉
102.	師遽方彝	〈三代、十一、三七〉
103.	大豐𣪘	〈三代、九、十三〉
104.	大保𣪘	〈三代、八、四十〉
105.	效父𣪘	〈三代、六、四六〉
106.	禽𣪘	〈三代、六、五十〉
107.	明公𣪘	〈三代、六、四九〉
108.	康侯𣪘	〈錄遺、一五七〉
109.	令𣪘	〈三代、九、二七〉
110.	獻𣪘	〈三代、六、五三〉
111.	宜侯矢𣪘	〈錄遺、一六七〉
112.	晶𣪘	〈錄遺、一六三〉
113.	燹𣪘	〈三代、六、五四〉
114.	�𣪘	〈三代、六、五二〉
115.	小臣謎𣪘	〈三代、九、十一〉
116.	小臣宅𣪘	〈三代、六、五四〉
117.	御正衛𣪘	〈三代、六、四九〉
118.	鼐𣪘	〈三代、七、二一〉
119.	過伯𣪘	〈三代、六、四七〉

120.	犾駿𣪘	〈兩考、五三〉
121.	段𣪘	〈三代、八、五四〉
122.	命𣪘	〈三代、八、三一〉
123.	沈子𣪘	〈三代、九、三八〉
124.	盂𣪘	〈考古學報、1962、1〉
125.	班𣪘	〈兩考、二十〉
126.	師毛父𣪘	〈兩考、七六〉
127.	啓貯𣪘	〈兩考、一百〉
128.	寧𣪘	〈錄遺、一五二〉
129.	靜𣪘	〈三代、六、五五〉
130.	遹𣪘	〈三代、八、五二〉
131.	競𣪘	〈三代、八、三六〉
132.	縣妃𣪘	〈三代、六、五五〉
133.	彔𣪘	〈三代、八、三五〉
134.	伯戜𣪘	〈兩考、六四〉
135.	彔伯戜𣪘	〈三代、九、二七〉
136.	卻晉𣪘	〈錄遺、一六五〉
137.	黃𣪘	〈錄遺、一六〇〉
138.	詧𣪘	〈三代、八、五一〉
139.	敔𣪘一	〈兩考、一〇九〉
140.	敔𣪘二	〈三代、八、四四〉
141.	君父𣪘	〈三代、八、四七〉
142.	函皇父𣪘	〈三代、八、四十〉
143.	師遽𣪘	〈三代、八、五三〉
144.	師虎𣪘	〈三代、九、二九〉
145.	牧𣪘	〈兩考、七五〉
146.	豆閉𣪘	〈三代、九、一八〉
147.	𩵋𣪘	〈兩考、一五〇〉
148.	格伯作晉姬𣪘	〈三代、九、十六〉
149.	格伯𣪘	〈三代、八、五〉
150.	追𣪘	〈三代、九、六〉
151.	免𣪘	〈三代、十一、三六〉
152.	弭叔𣪘	〈文物、1960、2〉
153.	大𣪘一	〈三代、八、四四〉

154.	大毁二	〈三代、九、十六〉
155.	師瘨毁	〈文物、1964、7〉
156.	走毁	〈兩考、七九〉
157.	師俞毁	〈三代、九、十九〉
158.	大師虘毁	〈斷代（六）一一八〉
159.	諫毁	〈三代、九、二十〉
160.	無𫊨毁	〈三代、九、一〉
161.	望毁	〈兩考、八十〉
162.	揚毁	〈三代、九、二五〉
163.	蔡毁	〈兩考、一○二〉
164.	頌毁	〈三代、九、三八〉
165.	史頌毁	〈三代、九、七〉
166.	師旂毁一	〈考古學報、1962、1〉
167.	師旂毁二	〈考古學報、1962、1〉
168.	𪊧毁	〈三代、九、四〉
169.	茆伯毁	〈兩考、一四七〉
170.	卯毁	〈三代、九、三六〉
171.	同毁	〈三代、九、十八〉
172.	輔師熒毁	〈考古學報、1958、2〉
173.	師𩢲毁	〈金石書畫、九〉
174.	番生毁	〈三代、九、三七〉
175.	叔向毁	〈三代、九、十三〉
176.	強伯毁	〈文物、1966、1〉
177.	伊毁	〈三代、九、十六〉
178.	師酉毁	〈三代、九、二二〉
179.	師袁毁	〈三代、九、二八〉
180.	詢毁	〈文物、1960、2〉
181.	師詢毁	〈兩考、一三九〉
182.	舉毁	〈兩考、一五四〉
183.	師毀毁	〈兩考、一一四〉
184.	師兌毁一	〈三代、九、三一〉
185.	師兌毁二	〈三代、九、三十〉
186.	師熒毁	〈三代、九、三五〉
187.	不嬰毁	〈三代、九、四七〉

188.	召伯虎毀一	〈兩考、一四二〉
189.	召伯虎毀二	〈三代、九、二一〉
190.	蔡姞毀	〈三代、六、五三〉
191.	衛毀	〈文物、1976、5〉
192.	即毀	〈文物、1975、8〉
193.	裘衛毀	〈文物、1976、5〉
194.	公臣毀	〈文物、1976、5〉
195.	此毀	〈文物、1976、5〉
196.	敔毀一	〈文物、1976、6〉
197.	利毀	〈文物、1977、8〉
198.	癲毀	〈文物、1978、3〉
199.	獣毀	〈文物、1979、4〉
200.	恆毀	〈文物、1975、8〉
201.	師艅毀	〈三代、九、十九〉
202.	不�毀	〈錄遺、一五九〉
203.	免簠	〈三代、六、五二〉
204.	史免簠	〈三代、十、十九〉
205.	虢仲盨	〈三代、十、三七〉
206.	伯汈其盨	〈錄遺、一八〇〉
207.	克盨	〈三代、十、四四〉
208.	師克盨	〈文物、1962、6〉
209.	叔尃父盨	〈考古學報、1965、9〉
210.	爾从盨	〈三代、十、四五〉
211.	盟盨	〈兩考、一四〇〉
212.	癲盨一	〈文物、1978、3〉
213.	癲盨二	〈文物、1978、3〉
214.	杜伯盨	〈三代、十、四二〉
215.	碼父盨	〈文物、1976、5〉
216.	大師虘豆	〈三代、十、四四〉
217.	保尊	〈錄遺、二〇四〉
218.	庚贏尊	〈三代、十一、二三〉
219.	塱劫尊	〈斷代（三）、九二〉
220.	嚨士卿尊	〈三代、十一、三二〉
221.	夐尊	〈斷代（三）八十〉

222.	鹽尊	〈錄遺、二〇五〉〉
223.	耳尊	〈錄遺、二〇六〉
224.	麥尊	〈兩考、四〇〉
225.	豐尊	〈文物、1978、3〉
226.	趞尊	〈三代、十一、三五〉
227.	小子生尊	〈古文審、三、十六〉
228.	服方尊	〈三代、十一、三二〉
229.	矢尊	〈三代、十一、三八〉
230.	守宮尊	〈兩考、九二〉
231.	效尊	〈三代、十一、三七〉
232.	盠方尊	〈考古學報、1957、2〉
233.	盠駒尊	〈考古學報、1957、2〉
234.	夗尊	〈文物、1976、1〉
235.	商尊	〈文物、1978、3〉
236.	呂行壺	〈兩考、二五〉
237.	佣生壺	〈三代、十二、十三〉
238.	史懋壺	〈三代、十二、二八〉
239.	舀壺	〈三代、十二、二九〉
240.	頌壺	〈三代、十二、二九〉
241.	汈其壺	〈三代、十二、三二〉
242.	番匊生壺	〈陝西、七十〉
243.	伯克壺	〈兩考、一一〇〉
244.	幾父壺	〈文物、1961、7〉
245.	三年瘐壺一	〈文物、1978、3〉
246.	三年瘐壺二	〈文物、1978、3〉
247.	十三年瘐壺一	〈文物、1978、3〉
248.	十三年瘐壺二	〈文物、1978、3 三〉
249.	保卣	〈錄遺、二七六〉三代、九、十九〉
250.	趞卣	〈三代、十一、三四〉
251.	員卣	〈三代、十三、三七〉
252.	作冊睘卣	〈三代、十三、四十〉
253.	泉伯卣	〈三代、十三、三六〉
254.	作冊齫卣	〈三代、十三、三九〉
255.	臣辰卣	〈三代、十三、四四〉

256.	作冊䰚卣	〈錄遺、二七八〉
257.	貉子卣	〈三代、十三、四一〉
258.	庚嬴卣	〈三代、十三、四五〉
259.	靜卣	〈三代、十四、四一〉
260.	競卣	〈三代、十三、四四〉
261.	稻卣	〈兩考、六〇〉
262.	彔致卣	〈三代、十三、四三〉
263.	寡子卣	〈三代、十三、三七〉
264.	匡卣	〈三代、十、二五〉
265.	啓卣	〈文物、1972、5〉
266.	免卣	〈三代、十三、四三〉
267.	召卣	〈三代、十三、四二〉
268.	盂卣	〈三代、十三、三八〉
269.	豐卣	〈錄遺、二六九〉
270.	作冊旂斝	〈文物、1978、3〉
271.	麥盉	〈三代、十四、十一〉
272.	臣辰盉	〈三代、十四、十二〉
273.	長甶盉	〈錄遺、二九三〉
274.	裘衛盉	〈文物、1976、5〉
275.	中觶	〈兩考、十八〉
276.	小臣單觶	〈三代、十四、五五〉
277.	叚觶	〈三代、十一、三六〉
278.	趞觶	〈三代、十一、三八〉
279.	免觶	〈三代、十一、三六〉
280.	史牆爵	〈文物、1978、3〉
281.	盂爵	〈三代、十六、四一〉
282.	御正良爵	〈三代、十六、四一〉
283.	豐爵	〈文物、1978、3〉
284.	免盤	〈三代、十四、十二〉
285.	守宮盤	〈錄遺、四九八〉
286.	散氏盤	〈三代、十七、二十〉
287.	休盤	〈三代、十七、十八〉
288.	裒盤	〈三代、十七、十八〉
289.	兮甲盤	〈三代、十七、二十〉

290.	虢季子白盤	〈三代、十七、十九〉
291.	史牆盤	〈文物、1978、3〉
292.	函皇父盤	〈錄遺、四九七〉
293.	儕匜	〈文物、1976、5〉
294.	永盂	〈文物、1972、1〉
295.	遹盂	〈考古學報、1977、1〉
296.	紐隋器	〈斷代（三）、一〉
297.	楲殘器	〈三代、六、四五〉
298.	甕圓器	〈三代、十三、四二〉
299.	折觥	〈文物、1978、3〉
300.	陵方罍	〈文物、1978、3〉
301.	伯父公勺	〈文物、1978、11〉
302.	厲侯玉戈	〈斷代（五）十六〉

凡十八類，合計三〇二篇

附錄二　本文所用金文通假字釋例

卷一

二上	二下	彔祿	福福
彶旻且景祖	旛祈	卹絮御禦	奉祓
辟璧	睘環	黃璜	章璋
周琱	絲茲	內芮	可苛

卷二

乎呼	烏虖嗚呼	禾訴	喪
徏走	趕徥趄	歸歸	莽糞登
艁誥窰竈造	叚遐	悳德德	复複
尋得	卹御		

卷三

叚嘏	廿二十	枻莁枻枼世	語語
者諸	喇訊	乎評	射謝
延誕	蕭善	贅敄對	鼻具
龔共	革勒	又有右	彶及
尗志叔	各嗇吾双友	史吏事	將

卷九

㕚顯	頁頡	玟文	庠辟
芀苟敬	雁應應	威畏畏	猒厭

卷十

隻獲	獸獸狩	厰寴獮	狀妥犹
尸夷	靅鼗鐘壺	歈歆懿	埶執
隹唯惟	望䜌忘		

卷一一

邕雒遳雖邕	乃女汝	未叔淑	酉酒
坴永	異翼		

卷一二

卥西	聖聲	寺持	睪睪擇
旳旱覷覹覹毇覣揚		生性姓	嬴嬴
帚婦	始姒似	敀嬗	爲嬀
吉姞	畏威	礻�熙	冓遘媾
母毋	珷武	㠯匃	戠織
畺彊	緣緜		

卷一三

屯純	內納	回綱	冬終
且組	賁績	妥綏	䜌率
齤塤	才在	奉封	戜城
井剶型	豕隊墜	㒸垂	𣪘堵
囏艱	盍歔贅釐	畺彊疆	沈畯

卷一四

易賜錫	盟盟盥盥鑄鑄	勺鈞	鍾鐘
綿巒	守鋝	陞陵	陰陰
陳墬陳陳	三四	禹臺萬	獸獸

十甲　　　　　子　　　　　姜羞　　　　　以
豐豐體　　　算算陶陶尊

合文

上帝　　　　小子　　　　小臣　　　　四十

五十　　　　二百　　　　三百　　　　四百

五百　　　　二匹　　　　三匹　　　　二朋

三朋　　　　五朋　　　　二月　　　　五月

一年　　　　二年

附錄三　西周金文虛詞訓解簡表

參考書目舉要

一、經　部

（一）一般類

1. 《詩經》，藝文印書館十三經注疏本，民國 68 年七版。

2. 《尚書》，藝文印書館十三經注疏本，民國 68 年七版。

3. 《周易》，藝文印書館十三經注疏本，民國 68 年七版。

4. 《周禮》，藝文印書館十三經注疏本，民國 68 年七版。

5. 《儀禮》，藝文印書館十三經注疏本，民國 68 年七版。

6. 《禮記》，藝文印書館十三經注疏本，民國 68 年七版。

7. 《春秋左傳》，藝文印書館十三經注疏本，民國 68 年七版。

8. 《春秋公羊傳》，藝文印書館十三經注疏本，民國 68 年七版。

9. 《春秋穀梁傳》，藝文印書館十三經注疏本，民國 68 年七版。

10. 《論語》，藝文印書館十三經注疏本，民國 68 年七版。

11. 《孟子》，藝文印書館十三經注疏本，民國 68 年七版。

12. 《爾雅》，藝文印書館十三經注疏本，民國 68 年七版。

13. 《今文尚書考證》，皮錫瑞撰，藝文印書館，未著明出版年數。

14. 《說文古籀補補》，丁佛言撰，藝文印書館，民國 13 年臺一版。

15. 《說文通訓定聲》，朱駿聲撰，世界書局，民國 45 年初版

16. 《說文古籀補》，吳大澂撰，商務印書館，國學基本叢書四百種，民國 57 年臺一版。

17. 《說文釋例》，王筠撰，商務印書館，國學基本叢書四百種，民國 57 年臺一版。

18. 《新訂說文古籀考》，周名煇撰，文海書局，民國62年初版。

19. 《說文解字六書疏證》，馬敍倫撰，鼎文書局，民國64年初版。

20. 《說文古籀三補》，強運開撰，商務印書館，民國65年臺一版。

21. 《說文中之古文考》，商承祚撰，學海書局，民國年68初版。

22. 《說文解字箋正》，謝師一民撰，蘭臺書局，民國69年再版。

23. 《說文解注》，段玉裁注，漢京文化書業公司，民國69年初版。

24. 《說文解字詁林》，丁福保編，鼎文書局，民國72年三版。

25. 《古籀篇疏證》，王國維撰，大通書局，王觀堂先生全集初編八冊，民國65年臺一版。

26. 《中國文字叢釋》，田倩君撰，商務印書館，人人文庫，民國57年初版。

27. 《古匋文舂錄》，顧廷龍撰，文海出版社，民國59年版。

28. 《中國文字學》，潘重規撰，東大圖書公司，民國61年初版。

29. 《中國文字學》，龍宇純撰，學生書局，民國61年增訂。

30. 《文字蒙求》，王筠撰，弘道文化事業公司，民國66年初版。

31. 《古文字學導論》，唐蘭撰，洪氏出版社，民國68年再版。

32. 《文字學》，衛聚賢撰，黎明文化事業公司，民國68年初版。

33. 《中國文字學》，唐蘭撰，洪氏出版社，民國69年初版。

34. 《中國字例》，高鴻縉撰，三民書局，民國70年六版。

35. 《魏三體石經殘字集證》，呂振端撰，學海書局，民國70年初版。

36. 《蘄春黃氏古音說》，謝師一民撰，大通書局，民國60年增訂本。

37. 《假借遡源》，魯實先先生，文史哲出版社，民國62年初版。

38. 《上古音韻表稿》，董同龢撰，中央研究院歷史館，言研究所單刊甲種之二十一，民國64年三版。

39. 《校正宋本廣韻》，陳彭年等重修，林師景伊校訂，黎明文化事業公司，民國67年再版。

40. 《中國聲韻學通論》，林師景伊撰，黎明文化事業公司，民國71年初版修訂、增註。

41. 《古音學發微》，陳師伯元撰，文史哲出版社，民國72年三版。

42. 《文字聲韻訓詁筆記》，黃侃口述，黃焯筆記，木鐸出版社，民國72年初版。

43. 《釋名》，劉熙撰，商務印書館，四部叢刊初編縮本，民國56年臺二版。

44. 《廣雅疏證》，張克撰、王念孫疏，商務印書館，國學基本叢書四百種，民國57年臺一版。

45. 《一切經音義》，慧琳撰，商務印書館，國學基本叢書四百種，民國57年臺一版。

46. 《國語虛字集釋》，張以仁撰，中央研究院歷史語，言研究所專刊之五十五　民國59年出版。

47. 《訓詁學概要》，林師景伊撰，正中書局，民國60年臺初版。

48. 《古書虛字集釋》，裴學海撰，泰順書局，民國 60 年出版。

49. 《方言校箋》，周祖謨撰，鼎文書局，民國 61 年出版。

50. 《經典釋文》，陸德明撰，藝文印書館，百部叢書集成，民國 62 年出版。

51. 《古書疑義舉例等七種》，楊家駱主編，世界書局，民國 63 年再版。

52. 《助字辨略等六種》，楊家駱主編，世界書局，民國 63 年再版。

53. 《經籍纂詁》，阮元撰，鳴宇出版社，民國 68 年出版。

54. 《尚書集釋》，屈萬里撰，聯經出版事業公司，民國 72 年初版。

55. 《訓詁學概論》，齊佩瑢撰，華正書局，民國 72 年初版。

（二）語法類

1. 《高等國文法》，楊樹達撰，成偉出版社，民國 18 年初版。

2. 《文言虛字》，呂叔湘撰，開明書店，民國 45 年出版。

3. 《中國語文研究》，周法高撰，中華文化出版事業委員會基本知識叢書三，民國 45 年再版。

4. 《馬氏文通校注》，章錫琛校注，世界書局，民國 48 年初版。

5. 《語言學原理》，張世祿撰，商務印書館，民國 59 年臺一版。

6. 《中國語文論叢》，周法高撰，正中書局，民國 59 年三版。

7. 《中國文法論》，何容撰，開明書局，民國 60 年臺四版。

8. 《古漢語語法學資料彙編》，鄭奠・麥梅翹編，文海出版社，民國 61 年出版。

9. 《楊樹達叔姪文法名著三種》，楊家駱主編，鼎文書局，民國 61 年初版。

10. 《中國古代語法稱代編》，周法高撰，台聯國風出版社，民國 61 年重刊。

11. 《中國古代語法構詞編》，周法高撰，台聯國風出版社，民國 61 年重刊。

12. 《中國古代語法造句編》，周法高撰，台聯國風出版社，民國 61 年重刊。

13. 《語言學》，鄭錦全撰，學生書局，1973 年初版。

14. 《中國語言學論文集》，周法高撰，聯經出版事業公司，民國 64 年初版。

15. 《論中國語之性質》，趙振靖撰，磐石出版社，民國 64 年出版。

16. 《中國文法要略》，呂叔湘撰，文史哲出版社，民國 64 年再版。

17. 《國語比較文法》，周遲明撰，正中書局，民國 65 年五版。

18. 《國語語法》，高明凱撰，洪氏出版社，民國 65 年出版。

19. 《國語變形語法研究第一輯》，湯廷池撰，學生書局，民國 66 年初版。

20. 《中國語法理論》，王了一撰，泰順書局，民國 66 年出版。

21. 《中國文法講話》，許也瑛先生撰，開明書店，民國 66 年修訂十三版。

22. 《中國文法概論》，李維棻撰，商務印書館，民國 67 年二版。

23. 《論中國語言學》，周法高撰，香港中文大學出版社，1980 年初版。

24. 《語言學與語文教學》，湯廷池撰，學生書局，民國 70 年初版。

25. 《西周金文語法研究》，管燮初撰，內山書店，1981 年出版。

26. 《漢語文言語法綱要》，黃魯平撰，華正書局，民國 70 年初版。

27. 《語言文字研究專輯》，吳文祺主編，上海古籍出版社，1982 年一版。

28. 《中國話的文法》，趙元任著、丁邦新譯，學生書局，1982 年二版。

29. 《國語文法》，黎錦熙編，里仁書局，民國 71 年出版。

30. 《古代漢語基礎》，譚全基編，源流出版社，民國 72 年出版。

31. 《古代語特殊語法研究》，何師淑貞撰，學海出版社，民國 74 年初版。

32. 《漢語史稿》，王了一撰，波文書局，未著明出版年數。

33. 《古代漢語》，王了一撰，友聯出版社，未著明出版年數。

（三）甲文類【（　）字省稱，下同】

1. 《鐵雲藏龜》（藏），劉鶚撰，藝文・拓本，1903 年出版。

2. 《契文舉例》（舉例），孫詒讓撰，藝文・拓本，1904 年出版。

3. 《殷虛書契前編》（前），羅振玉撰，藝文・拓本，1912 年出版。

4. 《殷虛書契菁華》（菁），羅振玉撰，北平富晉・拓本，1914 年出版。

5. 《鐵雲藏龜之餘》（餘），羅振玉撰，眘古叢書・拓本，1915 年出版。

6. 《殷虛書契後編》（後），羅振玉撰，藝文・拓本，1916 年出版。

7. 《增訂殷虛書契考釋》（增考），羅振玉撰，藝文甲書館，王國維手寫石甲本，1916 年出版。

8. 《戩壽堂所藏殷虛文字》（戩），王國維撰，藝文・拓本，1917 年出版。

9. 《殷虛卜辭》（明），明義士撰，藝文・摹本，1917 年出版。

10. 《龜甲獸骨文字》（甲），林泰輔撰，藝文・拓本，1921 年出版。

11. 《北京大學藏甲骨刻辭》（京），唐蘭撰，未刊，1922 年寫定

12. 《鐵雲藏龜拾遺》（拾），葉玉森撰，香港・拓本，1925 年出版。

13. 《簠室殷契徵文考釋》（簠考），王襄撰，天津博物館・石印本，1925 年出版。

14. 《新獲卜辭寫本》（新寫），董作賓撰，摹本，1925 年出版。

15. 《殷契賸義》（賸義），陳直撰，藝文印書館，1930 年出版。

16. 《殷虛書契前編集釋》（前釋），葉玉森撰，大東書局・石印本，1932 年出版。

17. 《福氏所藏甲骨文字》（福），商承祚撰，金陵大學印，1933 年出版。

18. 《卜辭通纂》（卜），郭鼎堂撰，東京文求堂，1933 年出版。

19. 《殷契佚存》（佚存），商承祚撰，金陵大學印，1933 年出版。

20. 《殷虛書契續編》（續），羅振玉撰，藝文・拓本，1933 年出版。

21. 《殷虛文字存真》（存真），許敬參撰，藝文印書館，1933 年出版。

22. 《殷契鉤沈》（鉤沈），葉玉森撰，學衡二四期，1933 年出版。

23. 《甲骨文編》（文編），孫海波撰，北平哈佛燕京學社，1933 年出版。

24. 《甲骨學文字編》（文字編），朱芳圃撰，商務印書館，1933 年出版。

25. 《殷契瑣言》（瑣言），陳邦福撰，藝文印書館，1934 年出版。

26. 《甲骨文字研究》（甲研），郭鼎堂撰，上海大東書局，1936 年出版。

27. 《甲骨文錄》（錄），孫海波撰，藝文・拓本，1937 年出版。

28. 《殷契粹編》（粹），郭鼎堂撰，大通・拓本，1937 年出版。

29. 《甲骨卜辭七集》（七），方法斂撰，摹本，1938 年出版。

30. 《殷契遺珠》（珠），孫海波撰，上海中法文化出版委員會，1939 年出版。

31. 《雙劍誃古器物圖錄》（雙古），于省吾撰，照片，1940 年出版。

32. 《殷契摭佚》（摭），李旦丘撰，來薰閣書局，1940 年出版。

33. 《甲骨學商史論叢》（商史論叢），胡厚宣撰，大通書局，1940 年出版。

34. 《殷契駢枝》（駢枝），于省吾撰，藝文印書館，1940 年出版。

35. 《殷契駢枝續編》（駢續），于省吾撰，藝文印書館，1941 年出版。

36. 《殷契駢枝三編》（駢三），于省吾撰，藝文印書館，1944 年出版。

37. 《甲骨六錄》（六），胡厚宣撰，摹本，1945 年出版。

38. 《殷曆譜》，董作賓撰，中央研究院歷史語言研究所專刊，1945 年出版。

39. 《殷虛文字甲編》（甲編），董作賓撰，中央研究院歷史語言研究所出版，1948 年出版。

40. 《殷虛文字乙編》（乙），董作賓撰，中央研究院歷史語言研究所出版，1949 年初版。

41. 《殷契摭佚續編》（摭續），李旦丘撰，拓本，1950 年出版。

42. 《殷契拾掇》（掇），郭若愚撰，上海・拓本，1951 年出版。

43. 《殷契徵醫》（徵醫），嚴一萍撰，藝文印書館，1951 年 4 月出版。

44. 《殷契拾掇第二編》（掇二），郭若愚撰，拓本，1953 年出版。

45. 《殷虛文字丙編》（丙），張秉權撰，中央研究院歷史語言研究所三冊，1953 年出版。

46. 《戰後京津新獲甲骨錄》（新），胡厚宣撰，拓本，1954 年初版。

47. 《甲骨續存》（續存），胡厚宣撰，上海群聯・拓本，1955 年初版。

48. 《殷虛卜辭綜述》（綜述），陳夢家撰，大通書局，1956 年初版。

49. 《殷虛文字外》（編外），董作賓撰，藝文・拓本，1956 年初版。

50. 《海外甲骨錄遺》（海外），饒宗頤撰，拓照，1958 年出版。

51. 《甲骨文零拾》（陳），陳邦懷撰，藝文・拓本，1959 年出版。

52. 《續甲骨文編續》（文編），金祥恆撰，台灣大學印，1959 年出版。

53 《殷虛文字甲編考釋》（甲釋），屈萬里撰，中央研究院歷史語言研究所中國考古報告集之二，1961 年初版。

54. 《甲骨文字集釋》（集釋），李孝定編，中央研究院歷史語言研究所專刊之五十　1970 年再版。

55. 《殷虛卜辭後編》（卜後），許進雄撰，藝文印書館，1972 年出版。

56. 《殷虛卜辭研究》（研究），島邦男撰，鼎文書局，1975 年初版。

57. 《甲骨文字釋林》（釋林），于省吾撰，大通書局，1981 年 10 月初版。

（四）金文類

1. 《博古圖錄》（博古），王黼撰，卷三〇・寶古堂刻本，1110 年頃。

2. 《歷代鐘鼎彝器款識法帖》（款識），薛尚功撰，卷二〇・阮元刻本，1144 年（成）1797 年刊。

3. 《嘯堂集古錄》（嘯堂），王俅撰，涵芬樓景印「蕭山朱氏藏宋刊本」，1176 年跋。

4. 《積古齋鐘鼎彝器款識法帖》（積古），阮元撰，卷一〇・阮元刻本，1803 年出版。

5. 《從古堂圳識學》（從古），徐同柏撰，卷一六・蒙學館石印本，1854 年出版。

6. 《攀古樓彝器款》（識攀古），潘祖陰撰，卷二・滂喜齋刻本，1872 年出版。

7. 《古籀拾遺》（拾遺），孫詒讓撰，卷三・刻本，1872 年（成）1888 年刊。

8. 《恆軒所見所藏吉金錄》（恆軒），吳大澂撰，二冊・吳氏刻本，1885 年出版。

9. 《奇觚室吉金文述》（奇觚），劉心源撰，卷二〇・石刻本，1902 年出版。

10. 《古籀餘論》（餘論），孫詒讓撰，卷三・刻本，1903 年敘 1929 年刊。

11. 《籀膏述林》（述林），孫詒讓撰，卷一〇，1916 年出版。

12. 《韡華閣集古錄跋尾》（韡華），柯昌濟撰，卷一五，1916 年頃（成）1935 年刊。

13. 《金文餘釋之餘》（金餘），郭鼎堂撰，不分卷・原印本，1932 年出版。

14. 《金文叢考》（金考），郭鼎堂撰，原印本，1932 年出版。

15. 《西周金文辭大系》（大系），郭鼎堂撰，文求堂印本，1932 年出版。

16. 《雙劍誃吉金文選》（雙選），于省吾撰，卷二・石印本，1933 年出版。

17. 《吉金文錄》（吉文），吳闓生撰，卷四・南宮邢氏刻本，1933 年出版。

18. 《毛公鼎斠釋》（斠釋），張之綱撰，永嘉張氏上海排印本，1395 年出版。

19. 《鄴中片羽初集》（鄴羽初），黃濬撰，卷二・拓本，1935 年出版。

20. 《殷文存》，羅振玉撰，卷二・考古學社專集第五，1935 年 10 月印。

21. 《續殷文存》（續殷），王辰撰，卷二・考古學社專集第五，1935 年 10 月印。

22. 《小校經閣金文拓本》（小校），劉體智撰，卷一八・拓本，1935 年初版。

23. 《金文麻朔疏證》（麻朔），吳其昌撰，石印本，1936 年出版。

24. 《善齋彝器圖錄》（善圖），容庚撰，哈佛燕京學社影印本，1936 年出版。

25. 《鄴中片羽二集》（鄴羽二），黃濬撰，卷二・拓本，1937 年出版。

26. 《金文研究》，李旦五撰，寺薰閣本，1941 年出版。

27. 《鄴中片羽三集》（鄴羽三），黃濬撰，卷二・拓本，1942 年出版。

28. 《商周金文錄遺》（錄遺），于省吾撰，明倫出版社，1957 年初版。

29. 《兩周金文辭大系考釋》（兩考），郭鼎堂撰，北京科學出版社，1957 年新一版。

30. 《金文通釋》（通釋），白川靜撰，白鶴美術館誌第一～五三輯，1962～1980 年

31. 《金文選讀》，孔德成撰，藝文印書館，1968 年 10 月初版。

32. 《金文論文選》（金選），王夢旦編，香港諸大書店，1968 年初版。

33. 《金文選讀》（第一輯），李棪撰，香港龍門書店，1969 年初版。

34. 《宣和考古圖》（考古），呂大臨撰，新興書局香政堂原刻本，1969 年新一版。

35. 《三代吉金文存》（三代），羅振玉撰，明倫出版社，1970 年初版。

36. 《西清續鑑甲編》（續鑑甲編），清高宗敕撰，台聯國風出版社，1970 年 6 月出版。

37. 《西清續鑑乙編》（續鑑乙編），清高宗敕撰，台聯國風出版社，1970 年 6 月出版。

38. 《彝銘會釋》，洪北江編，樂天書局樂天人文叢書之二十三，1971 年出版。

39. 《金文零釋》（零釋），周法高撰，台聯國風出版社發語所專刊之三十四，1972 年重刊。

40. 《殷周文字釋叢》（釋叢），朱芳圃撰，學生書局，1972 年出版。

41. 《殷周青銅器銘文研究》（青研），郭鼎堂撰，香港龍門書店，1973 年出版。

42. 《十二家吉金圖錄》（十二），商承祚撰，中新書局，1973 年 4 月出版。

43. 《商周青銅器與銘文的綜合研究》，張光直撰，中央研究院歷史語言研究所專刊之六十二，1973 年 6 月出版。

44. 《商周彝器通考》（通考），容庚撰，大通書局，1973 年 12 月初版。

45. 《積微居小學述林》（積微），楊樹達撰，大通書局，1974 年再版。

46. 《金文釋例》，胡自逢撰，文史哲出版社，1974 年 9 月初版。

47. 《攈古錄金文》（攈古），吳式芬撰，樂天書局，樂天人文叢書之五七，1974 年初版。

48. 《金文詁林》（金詁），周法高撰，香港中文大學，1975 年出版。

49. 《綴遺齋彝器款識考釋》（綴遺），方濬益撰，台聯國風出版社，1976 年 9 月出版。

50. 《愙齋集古錄》（愙齋），吳大澂撰，台聯國風出版社，1976 年 9 月出版。

51. 《善齋吉金錄》（善齋），劉體智撰，台聯國風出版社，1976 年 10 月出版。

52. 《雙劍誃吉金圖錄》（雙劍），于省吾撰，台聯國風出版社，1976 年 10 月出版。

53. 《周金文存》，鄒安撰，台聯國風出版社，1978 年出版。

54. 《河南吉金圖志賸稿》（賸稿），孫海波撰，台聯國風出版社，1978 年元月出版。

55. 《海外吉金圖錄》（海外），容庚撰，台聯國風出版社，1978 年出版。

56. 《貞松堂吉金圖》（貞松），羅振玉撰，台聯國風出版社，1978 年出版。

57. 《貞松堂集古遺文續編》（貞松續），羅振玉撰，台聯國風出版社，1978 年出版。

58. 《頌齋吉金圖錄》（頌齋），容庚撰，台聯國風出版社，1978 年出版。

59. 《周金文釋例》，王讚源撰，文史哲出版社，1980 年 3 月出版。

60. 《三代吉金文存補》（三代補），周法高撰，台聯風出版社，1980 年月出版。

61. 《兩罍軒彝器圖釋》（兩罍），吳雲撰，1980 年 6 月版。

62. 《欽定西清古鑑》（西清），梁詩正撰，大通書局，1983 年初版。

63. 《三代吉金文存釋文》，羅福頤撰，遠流出版社，1983 年出版。

二、史　部

1. 《史記》，司馬遷撰，文馨出版社英武殿刊本，民國 64 年再版。

2. 《漢書》，班固撰，商務印書館百納本二十四史，民國 70 年臺五版。

3. 《後漢書》，范曄撰，世界書局，民國 63 年三版。

4. 《國語》，韋昭注，藝文印書館天聖明道本，未著明出版年數。

5. 《戰國策》，劉向集錄，里仁書局，民國 67 年臺一版。

6. 《甲骨文所見氏族及其制度》，丁山撰，大通書局，民國 45 年出版。

7. 《兩周文史論叢》，岑仲勉撰，商務印書館，民國 47 年初版。

8. 《竹書紀年八種》，楊家駱編，世界書局，民國 52 年初版。

9. 《通志略》，鄭樵撰，商務印書館國學基本叢書四百種，民國 57 年臺一版。

10. 《中國上古史論文選集》，杜正勝編，華世出版社，民國 68 年月初版。

11. 《先秦史》，姚秀彥撰，里仁書局，民國 69 年出版。

12. 《中國歷史紀年表》，該社編訂，華世出版社，1983 年再版。

三、子　部

1. 《淮南子》，高誘注，世界書局，民國 47 年初版。

2. 《莊子集解》，王先謙撰，蘭臺書局，民國 60 年初版。

3. 《墨子閒詁》，孫詒讓撰，商務印書館人人文庫，民國 64 年臺二版。

4. 《荀子集解》，王先謙撰，時代書局，民國 65 年再版。

5. 《呂氏春秋集釋等五種》，楊寬等人撰，鼎文書局，民國 66 年初版。

6. 《增訂韓非子校釋》，陳啓天撰，商務印書館，民國 71 年四版。

7. 《管子》，房玄齡註，商務印書館四部叢刊正編，未著明出版年數。

四、集　部

1. 《太平御覽》，李昉等撰，新興書局，民國 48 年初版。

2. 《董作賓學術論著》，董作賓撰，世界書局，民國 51 年初版。

3. 《孫籀廎先生集》，孫詒讓撰，藝文印書館，民國 52 年初版。

4. 《書傭論學集》，屈萬里撰，開明書店，民國 58 年初版。

5. 《梅園論學集》，戴君仁撰，開明書店，民國 59 年初版。

6. 《楚辭集註》，朱熹註，藝文印書館百部叢書集成，民國 62 年初版。

7. 《龔自珍全集》，龔自珍撰，河洛圖書出版社，民國 64 年臺初版。

8. 《羅雪堂先生全集》，羅振玉撰，大通書局，民國 65 年初版。

9. 《王國維先生全集二十五冊》，王國維撰，大通書局，民國 65 年出版。

10. 《李濟考古學論文集》，李濟撰，聯經出版事業公司，民國 66 月 7 初版。

11. 《文選》，六臣註，華正書局，民國 66 年初版。

12. 《董作賓先生全集甲乙編十二冊》，董作賓撰，藝文印書館，民國 66 年初版。

13. 《高明文輯》，高師仲華撰，黎明文化事業公司，民國 67 年 3 月初版。

14. 《觀堂集林》，王國維撰，世界書局，民國 72 年第五版。

五、期刊論文

1. 《梁其鐘銘釋文》，孔德成，人文學報民國 59 年第一期。

2. 《五經中之獨立及句末語氣詞研究》，李國良，人文學報民國 59 年第一期。

3. 《五經中之句首及句中語氣詞研究》，李國良，人文學報民國 61 年第二期。

4. 《論金文在學術上之重要》，田倩君，人文學報民國 67 年第七期。

5. 《召禹鼎考釋》，張筱衡，人文雜誌民國 47 年第二期。

6. 《虢季子白盤考釋》，高鴻縉，大陸雜誌民國年卷二第二期。

7. 《毛公鼎考年》，董作賓，大陸雜誌民國 41 年卷五第八期。

8. 《毛公鼎釋文註釋》，董作賓，大陸雜誌民國 41 年卷五第九期。

9. 《西周年代學上的幾個問題》，方善柱，大陸雜誌民國 64 年卷五一第一期。

10. 《三十年來的殷周金文研究》，周法高，大陸雜誌民國 69 年卷六〇第六期。

11. 《「康侯毀」考釋後記》，周法高，大陸雜誌民國 69 年卷六一第三期。

12. 《殷周金文中干支紀日和十干命名的統計》，周法高，大陸誌民國 73 年卷六八第六期。

13. 《西周紀年銅器與武王至厲王的在位年數》，劉啟益，文史 1982 年第十三輯。

14. 《西周銅器銘文中的人名及其對時代的意義》，盛冬鈴，文史 1983 年第十七輯。

15. 《再論天亡毀二三事》，孫作雲，文物 1960 年第五期。

16. 《弭叔簋及訇簋考釋的商榷》，容庚，文物 1960 年第八期。

17. 《甲青銅器銘文來研究西周史》，唐蘭，文物 1976 年第六期。

18. 《陝西省扶風縣張家村出土的西周銅器》，文物編輯組，文物 1979 年第一期。

19. 《郿縣李家村銅器考》，李學勤，文物參考資料 1957 年第六期。

20. 《康誥康叔衛君考》，朱廷獻，孔孟月刊民國 69 年卷一八第七期。

21. 《說文解字部首刪正》，何大定，中山大學語言歷史研究所周刊第五冊九集。

22. 《兩周金文所見職官考》，斯維至，中國文化研究彙刊 1947 年第七卷

23. 《釋又 𠭁 𤯔 𠭁》，金祥恆，中國文字 1962 年第七冊。

24. 《釋 𠯂 𨐌》，嚴一萍，中國文字 1965 年第十五冊。

25. 《釋夷》，田倩君，中國文 1966 字年第二十冊。

26. 《金文稱代詞用法之研究》，韓耀隆，中國文字 1966 年第二二冊。

27. 《拜頷首釋義》，張光裕，中國文字 1968 年第二八冊。

28. 《作冊考》，白川靜，中國文字 1971 年第三九冊。

29. 《釋𢎛》，嚴一萍，中國文字 1971 年第四十冊。

30. 《彝銘上所加於器名上的形容詞》，馬薇廎，中國文字 1972 年第四三冊。

31. 《甲骨卜辭中重隹用法探究》，韓耀隆，中國文字 1972 年第四三冊。

32. 《關於漢語的詞類分別》，高名凱，中國語史 1953 年第十六期。

33. 《關於動賓結構問題》，劉世榮，中國語文 1954 年第十八期。

34. 《語法和語言事實》，劉雨人，中國語文 1955 年第三三期。

35. 《漢語介詞的新體系》，黎錦熙，中國語文 1955 年第五一期。

36. 《論所謂從屬連詞的詞性和它們在複句中可用可不用的問題，宋祚胤，中國語文 1955 年第五二期。

37. 《論劃分連詞的幾個問題》，黃盛璋，中國語文 1956 年第八七期。

38. 《略談文言虛字中的複詞》，胡行之，中國語文 1959 年第九一期。

39. 《如何正確掌握和運用虛字》，群力，中國語文 1960 年第一○一期。

40. 《論漢語副詞的範圍》，張靜，中國語文 1961 年第一○七期。

41. 《關於古漢語被動句基本形式的幾個疑問，方光燾，中國語文 1961 年第一○九期。

42. 《「愛」字上古作「焉」字用例證》，楊伯峻，中國語文 1961 年第一一二期。

43. 《甲骨文金文中「唯」字用法的分析》，管燮初，中國語文 1962 年第一一六期。

44. 《從甲文金文量詞的應用考察漢語量詞的起源與發展》，黃載君，中國語文 1964 年第一三三期。

45. 《詞的並列結構與古義》，夢湘，中國語文 1966 年第一四一期。

46. 《若干文言語氣詞源出上古時期的推測》，李達良，中國語文研究 1980 年創刊號。

47. 《先秦古文字材料中的語氣詞》，張振林，中國語文研究 1981 年第二期。

48. 《金文學史（一）》，白川靜，中國語文研究 1981 年第三期。

49. 《兩周銅器銘文代詞初探》，馬國權，中國語文研究 1981 年第三期。

50. 《詩經語法研究》，戴師璉璋，中國學術年刊民國 65 年第一期。

51. 《西周封建制度的國家組織與發展》，李震，中華文化復興月刊民國 62 年卷六第三期。

52. 《西周器銘文綜合研究》，譚戒甫，中華文史論叢 1963 年第三輯。

53. 《兩周銅器銘文數詞量詞初探》，馬國權，古文字研究 1979 年第一輯。

54. 《岐山董家村訓匜考釋》，李學勤，古文字研究 1979 年第一輯。

55. 《周厲王胡簋釋文》，張政烺，古文字研究 1980 年第三輯。

56. 《卜辭文法三題》，陳煒湛，古文字研究 1980 年第四輯。

57. 《牆盤銘文十二解》，于省吾，古文字研究 1981 年第五輯。

58. 《微氏家族銅噐群舞年代初探》，伍士謙，古文字研究 1981 年第五輯。

59. 《金文韻讀續輯（一）》，陳世輝，古文字研究 1981 年第五輯。

60. 《甲骨文金文零釋》，張亞初，古文字研究 1981 年第六輯。

61. 《則𤔲度量則則折三事試解》，孫常敘，古文字研究 1982 年第七輯。

62. 《西周金文被動句式簡論》，楊五銘，古文字研究 1982 年第七輯。

63. 《卜辭兩種祭祀動詞的語法特徵及有關句子的語法分析，周國正，古文字學論集初編 1983 年 9 月。

64. 《說𣁋》，周鳳五，幼獅學誌民國 74 年卷一八二期。

65. 《西周兵制的探討》，葉達雄，台大歷史學系學報民國 68 年第六期。

66. 《西周量鼎銘研究》，譚戒甫，考古 1963 年第十二期。

67. 《略論西周金文中的六𠂤和八𠂤及其屯田制》，于省吾，考古 1964 年第三期。

68. 《西周銅器斷代（一）～（六）》，陳夢家，考古學報 1956 年十二冊九～十四期。

69. 《禹鼎的年代及其相關問題》，徐中舒，考古學報 1959 年二五冊第三期。

70. 《西周銅噐斷代中的康宮問題》，唐蘭，考古學報 1962 年二九冊第一期。

71. 《詞的分析和用法》，李兆蘭，花蓮師專學報民國 67 年第十期。

72. 《周公旦父子考》，陳夢家，金陵學報民國 29 年卷一〇一第二期合刊。

73. 《兩周金文辭之研究》，翁世華，南洋大學中文學報 1962 年第一期。

74. 《兩周金文詞類之分析》，翁世華，南洋大學中文學報 1963 年第二期。

75. 《周初年代問題與月相問題的新看法》，勞榦，香港中文大學中國文化研究所學報 1974 年卷七第一期。

76. 《金文中冊命之典》，張光裕，香洪中文大學中國文化研究所學報 1979 年卷一〇第二期。

77. 《地下資料與周書研究》，朱廷獻，書目季刊民國 73 年卷一七第四期。

78. 《毛公鼎集釋》，高鴻縉，師大國文學報民國 45 年第一期。

79. 《詩經疑義考辨》，戴師璉璋，師大國文學報民國 46 年第二期。

80. 《左傳造句法研究》，戴師璉璋，師大國文學報民國 70 年第十期。

81. 《尚書句首句中句末語氣詞探究》，戴師璉璋，淡江學報民國 53 年第三期。

82. 《尚書介繫詞探究》，戴師璉璋，淡江學報民國 56 年第六期。

83. 《尚書連接詞複句關係詞探究》，戴師璉璋，淡江學報民國 57 年第七期。

84. 《詩經虛詞釋例》，戴師璉璋，淡江學報民國 62 年第十一期。

85. 《作冊令尊及作冊令彝銘考釋》，馬敘倫，國學季刊 1934 年卷四第一期。

86. 《殷虛文字續考》，余永梁，國學論叢民國 17 年卷一第四號

87. 《西周成王時代的青銅彝器》，高木森，華學月刊民國 71 年第一二四期。

88. 《召敦跋》，丁山，中央研究歷史語言研究所集刊（簡稱集刊）民國 21 年二本四分。

89. 《戈射與弩之溯原之關於此類名物之考釋》，徐中舒，集刊民國 23 年四本四分。

90. 《金文嘏辭釋例》，徐中舒，集刊民國 25 年六本一分。

91. 《說帥》，龍宇純，集刊民國 48 年三十本下冊。

92. 《說婚》，龍宇純，集刊民國 48 年三十本下冊。

93. 《說祝》，王恆餘，集刊民國 50 年三二本。

94. 《甲骨文金文禾字及其相關問題》，龍宇純，集刊民國 51 年三四本。

95. 《西周彝器斷代小記》，白川靜，集刊民國年 55 三六本。

96. 《古文字試釋》，勞榦，集刊民國 57 年四十本上冊。

97. 《論周初年代和加諸洛誥的新證明》，勞榦，集刊民國 68 年五十本一分。

98. 《希殺祭古語同原考》，沈兼士，輔仁學誌 1938 年卷八第二期。

99. 《霸曆解》，戴君仁，輔仁學誌 1940 年卷九第二期。

100. 《釋霸曆》，趙光賢，歷史研究 1956 年第十一期。

101. 《大豐毀銘制作的年代與史實》，黃盛璋，歷史研究 1960 年第六期。

102. 《從天象上推斷武王伐紂之年》，趙光賢，歷史研究 1980 年第四期。

103. 《西清金文真僞存佚表》，容庚，燕京學報民國 18 年第五期。

104. 《周金文中所見代名詞釋例》，容庚 燕京學報民國 18 年第六期。

105. 《臣辰盉銘考釋》，郭鼎堂，燕京學報民國 20 年第九期。

106. 《矢彝考釋》，吳其昌，燕京學報民國 20 年第九期。

107. 《周初地理考》，錢穆，燕京學報民 20 年第十期。

108. 《地下資料與書本資料的參互研究》，周法高，聯合書院學報 1970 年第八期。

109. 《妥字說》，杜其容，聯合書院學報 1970 年第八期。

110. 《周散氏盤銘述聞》，石叔明，藝壇民國 67 年第一二六期。

111. 《兩周金文語法研究》，戴師璉璋，國科會論文民國 59 年 H054。

112. 《僞作先秦彝器銘文疏要》，張光裕，台大中研所民國 63 年博士論文。

113. 《殷周語法研究》，戴師璉璋，國科會論文民國 66 年 H079。

114. 《西周金文斷代的一些問題》，周法高，國科會論文民國 70 年 H002。